スクール・フォー・グッド・アンド・イービル ②

プリンスのいない世界

ソマン・チャイナニ
［著］
金原瑞人・小林みき
［訳］

すばる舎

The School for Good and Evil : A World without Princes
by Soman Chainani

Published by arrangement with HarperCollins Children's Books,
a division of HarperCollins Publishers,
through Japan UNI Agency, Inc., Tokyo

Book Design : Coji Kanazawa

スクール・フォー・
グッド・アンド・イービル 2
プリンスのいない世界

The School for Good and Evil 2

[目次]
Contents

The School for Good and Evil 2 : Contents

The School for Good and Evil 2 : Contents

第2部

BOYS

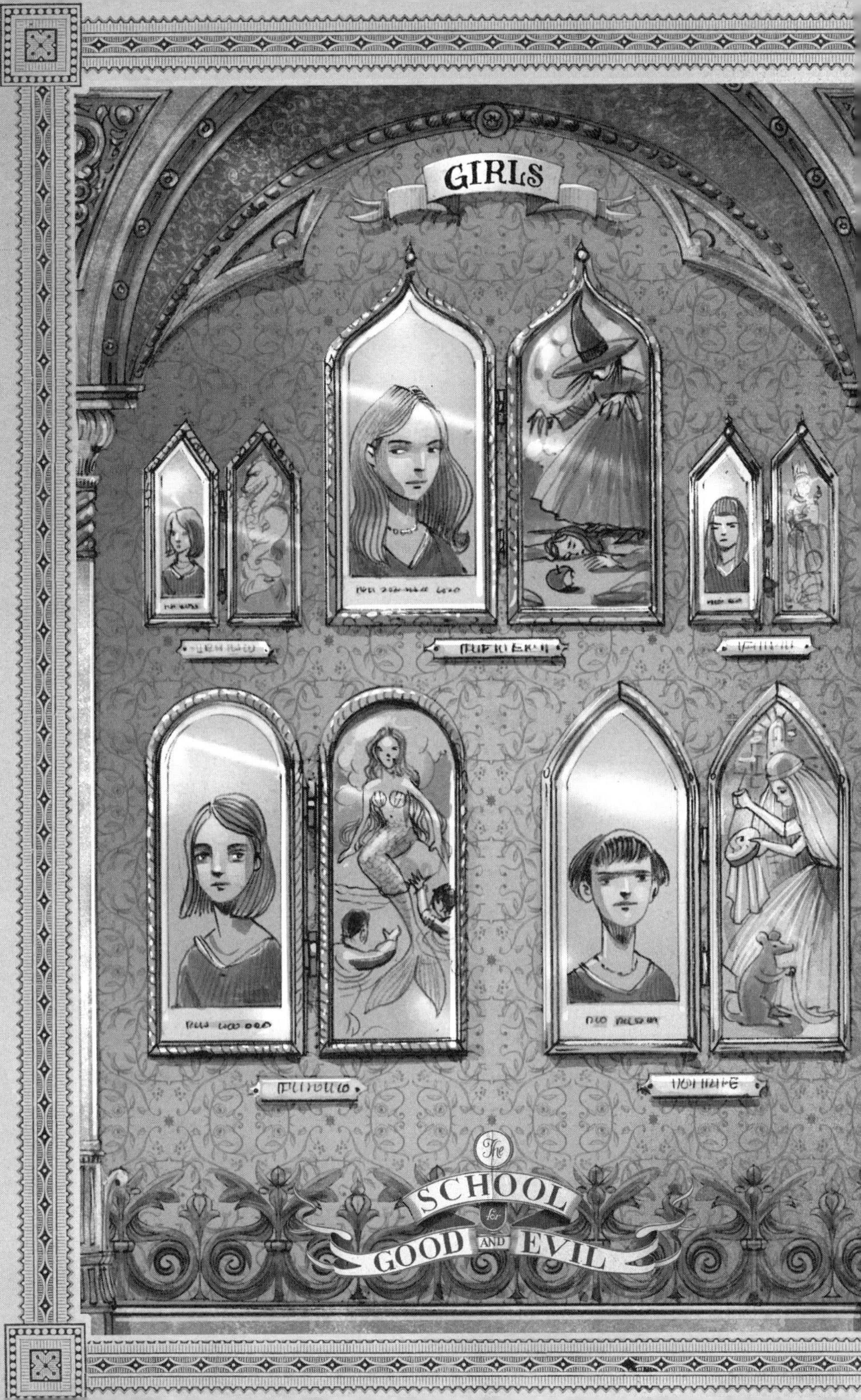
GIRLS
The
SCHOOL
for
GOOD AND EVIL

［主な登場人物］

〈ガヴァルドンの村〉

ソフィ……………かつて、身勝手《みがって》な理由から「善と悪の学校」に戦争を引き起こした「悪の学校」の魔女。村に帰ってきてからはよい子になろうと努力している。

アガサ……………ソフィの親友で「善の学校」のプリンセス。テドロスを思いながらも、ソフィと生きることを選び、ともに村に帰ってきた。

〈女子の学校の生徒〉

ヘスター・アナディィル・ドット……「悪の学校」出身の魔女三人組。アガサの友だち。

ベアトリクス……「善の学校」出身の美しい少女。かつてはソフィ・アガサと対立していた。

ヤラ……………イヴリン先生が連れてきた、正体不明の無口な少女。

〈男子の学校の生徒・プリンス〉

テドロス……………アーサー王の息子《むすこ》。「善の学校」出身で、いまは男子の学校のリーダー。

アリック……………学校を守る魔法のシールドを破って侵入してきた外の世界のプリンス。

ホート……………フック船長の息子。「悪の学校」出身で落ちこぼれ気味のオオカ人間。

トリスタン………荒れ放題の男子の学校になじめず、孤立している少年。


〈女子と男子の学校の先生たち〉


イヴリン先生……女子の学校の学部長。

レッソ先生………元「悪の学校」の学部長で、いまは女子の学校の教師。

ダヴィー先生……元「善の学校」の学部長で、いまは女子の学校の教師。

ヘルガ……………おとぎ話で生きのびるコツを担当。

ポルックスとカストル……双頭の犬。ポルックスが女子、カストルは男子。

セイダー先生……故人。命と引きかえに「善と悪の学校」の校長を亡き者にした。


善と悪の学校………おとぎ話の登場人物を養成する学校。ソフィとアガサ以外は、おとぎ話の登場人物の子孫。いまは、女子と男子の学校にさまがわりしている。

マリア・ゴンザレスにささぐ

古の森の中
善と悪の学校が
双子のふたつの塔
片方はよい子の塔
片方は悪い子の塔
逃げ出そうとした子はいつも失敗
ここから出たいなら
おとぎ話にお入り

第1部

第1章 ソフィの願い

親友に一度でも命をうばわれそうになったことがあったら、ふつうはその後も心配になる。

けれど、アガサはむこうの広場に立つ金色のアガサ像とソフィ像を見ながら、そんな気持ちをごくりと飲みこんだ。広場には雲の影が落ちている。

「なんでミュージカルなのよ」アガサはそういったとたん、くしゃみをした。ピンクのワンピースについているカーネーションのせいで鼻がむずむずする。

「だめ、暴れたら汗かいて衣装が汚れちゃう！」ソフィがどなった相手は、猛犬《もうけん》のかぶり物をかぶらされてもがいている男の子だ。この子とロープでくくられた女の子もふりまわされている。こちらのかぶり物はかわいい犬だ。〈チャディック〉という名札のついた衣装、〈レイヴァン〉という名札のついた衣装を着た男の子ふたりが、衣装を脱いで交換しようとしている。ソフィがそれに気づいた。「学校を入れ替わるのもだめ！」

「だって、エヴァー〔善の学校の生徒の呼び名〕の役をやりたいんだもん！」〈レイヴァン〉役はもんくをいって、だらんとした黒いチュニックを指でつまんだ。

「これかぶってると、かゆくて」〈ベアトリクス〉役はブロンドのかつらをかきながら泣きそうな顔だ。

「これじゃ母ちゃんにおれだってわかってもらえないかも」銀色に光る〈校長〉の仮面をつけた男の子もいやそうだ。

「みんな、自分の役にけちつけないで！」ソフィは大声でいいながら、鍛冶屋《かじ》の娘に〈ドット〉という名札をつけて、チョコアイスを二本持たせた。「来週までに体重を十キロ増やしてね」

「あんまり大げさにしない、っていいってなかったっけ」アガサの目は、はしごの上であぶなっかしげに作業をしている男の子を見ている。その子は舞台の大きな看板に描かれただれかの瞳を緑に塗《ぬ》っているところだ。「記念日っぽい、ちょっとした出し物なんでしょ」

「この村の男の子は全員テノールなの？」ソフィはぷんぷん怒りながら、テントに描かれているのと同じ緑の目で男の子たちをじろっと見た。「声変わりした子、ひとりくらいいるでしょ？　テドロス役ができる子、世界一美形で、かっこいいプリンスの役をできる子は――」

ソフィとラドリーの目が合った。赤毛で出っ歯のラドリーはぴちぴちの膝丈《ひざたけ》ズボン姿で胸を張っている。やめてよ。ソフィはラドリーに〈ホート〉の名札をつけた。

「けっこう大げさだよ」アガサは女の子ふたりがチケット売り場にかかっていた帆布《はんぷ》をはずすのを見ながらいった。チケット売り場にはソフィの顔が目立つ色で二十個並んでプリントされている。

「それに、記念日っぽい感じじゃ――」

「照明！」ソフィがロープでぶらさがっている男の子ふたりに指示すると――

爆音《ばくおん》がして視界《しかい》が真っ白になり、アガサは顔をそむけた。おそるおそる指のあいだから見ると、男の子ふたりのうしろにベルベットのカーテンがおりていた。カーテンには白熱電球千個を使ってこう書いてある。

ミュージカル「呪《のろ》い！」
主演・脚本・演出・制作　ソフィ

「これ、フィナーレとしてはつまんない？」ソフィはくるっとふりむいてアガサを見た。ソフィは金色の細い葉模様をあしらった濃紺《のうこん》のドレスを着て、ルビーのペンダントをつけ、頭に青いランの花で作ったティアラを載せている。「そうそう、アガサはハモって歌える？」

アガサはすっかり頭にきた。「何考えてるの！　ソフィはいってたでしょ。これは連れ去られた子どもたちにささげる出し物だから、おふざけにはしないって。あたしは演技も歌も無理。なのに、台本さえないタイトルだけのミュージカルのリハーサルなんて――ちょっと、**それ何？**」

アガサはソフィがドレスの肩からななめにかけている、赤いラインストーンをちりばめたサッシュを指さした。

〈舞踏会《ぶとうかい》の女王〉

ソフィはアガサを見つめた。「まさか、わたしたちの物語に起きたことをそのまま再現しろ、なんていわないわよね？」

アガサは顔をしかめた。

「ね、アガサ、わたしたちふたりが祝わなかったら、ほかにだれが祝ってくれる？」ソフィは少し悲しそうな顔で大きな円形劇場のほうを見た。「わたしたち、ガヴァルドンの呪いを解いたのよ！　校長を退治したのよ！　まさに英雄！　生きた伝説！　なのに、わたしたちの宮殿はどこ？　わたしたちのしもべはどこ？　このつまらない村からわたしたちが連れ去られた記念日に、村じゅうでわたしたちをたたえて、神のようにあがめて、わたしたちに腰をかがめておじぎしてほしいわ！　ださい服を着た太っちょのおばさんと散歩なんてやめて！」

ソフィの声が人気《ひとけ》のない木の客席に響《ひび》きわたる。ソフィはふり返り、アガサに見つめられていたことに気づいた。

「長老会はソフィのパパにお許しをくれたんでしょ」アガサはいった。

ソフィは表情をくもらせた。くるっとうしろをむき、役者たちに楽譜を配りはじめる。

「いつ？」アガサは聞いた。

ソフィはこたえない。

「ソフィ、いつなの？」

「ミュージカルの次の日」ソフィは大道具の巨大な祭壇《さいだん》にかけられた花飾りを整えた。「でも、パパたちがミュージカルのアンコールを見たら変更するかも」

「なんで？　アンコールで何かするの？」

「アガサ、わたしは大丈夫。もう落ち着いているから」

「ソフィ。アンコールで何するつもり」

「パパは大人だもの。どう決めようとパパの勝手」

「じゃあ、今回のミュージカル、パパの再婚を止めようとしてるんじゃないのね」

ソフィがくるっとふりむく。「そんなわけないでしょ」

アガサは宿なしの太ったおばあさん役の子をじろっと見た。ベールをつけて、祭壇《さいだん》の横に背中を丸めて座りこんでいる。名札は〈ホノーラ〉だ。

ソフィはアガサに楽譜を押しつけた。「わたしがアガサだったら、今すぐ歌の練習をするわ」


ふたりが九か月前に森から帰ってきたときは大騒ぎだった。校長は二百年前からガヴァルドン村の子を善と悪の学校に連れ去っていた。そうして子どもたちが次々に姿を消し、家族が次々に引き裂《さ》かれたのだが、初めて女の子ふたりが自力でもどってきた。村人はふたりにキスしたり、さわったり、ふたりの像を作ったりしたがった。ふたりは天から落ちてきた神様あつかいだった。そんな村人の要望にこたえるため、長老会は毎日曜日の礼拝の後にサイン会を開くことにした。ふたりへの質問はいつも同じだった。「拷問《ごうもん》された？」「呪《のろ》いは本当に解けた？」「うちの息子を見かけなかった？」

ソフィはサインにも質問攻めにも喜んで応じたけれど、驚《おどろ》いたことに、アガサもいつも参加した。実際に最初の数か月、地元の広報紙のインタビューに毎回こたえたり、ソフィに服選びやメイクをまかせたり、ソフィが毛嫌いする幼い子どもたちの相手をしたりした。

「病気のお守りだとでも思っているのかしら」ソフィはおとぎ話の本にサインをする合間に、鼻の穴にユーカリオイルを塗《ぬ》りながらぼやいた。見ると、アガサは男の子が持ってきた『アーサー王』

の本にサインをしながら、にっこりほほ笑んでいる。

「いつから子ども好きになったの？」ソフィは横でぶつぶついった。

「みんな、今度病気になったらうちのお母さんにみてもらう、っていってるから」笑う口元からのぞく歯に口紅がついている。「お母さんの人生でこんなに患者が来るなんて初めて」

ところが、夏頃には集まってくる人の数は一気に減った。ポスターを貼ろう、といったのはソフィだ。

呪いを解いたふたり
今週の
日曜日に
ライブ公演
希望者全員に
キス＆サイン
のプレゼント

アガサは教会の扉に貼られたポスターを見てあぜんとした。

「希望者にキス？」

「おとぎ話の本に、チュッてね」ソフィは手鏡にむかって真っ赤に塗ったくちびるでキスするまねをした。

「だれもそんなこと期待してないと思うけど」アガサはソフィから借りた、緑のぴちぴちのワンピースの生地をつまんだ。ふたりがガヴァルドンにもどった後、ソフィのクローゼットからはピンクがいっさいなくなった。おそらく、ピンクを見ると髪《かみ》の毛も歯もない魔女だったときのことを思い出してしまうからだ。

「ねえ、あたしたちはもう過去の話題になっちゃったんだよ」アガサはまたワンピースのストラップを引っぱった。「そろそろみんなと同じ、ふつうの生活にもどらなきゃ」

「今週はわたしだけ出ることにする」ソフィは鏡から目をあげた。

「アガサにやる気がないのがばれちゃうかもしれないから」

しかし、その日曜日に来たのはくさいラドリーだけだった。その次の日曜日は、ソフィが「サイン&ないしょのプレゼント」と書いたポスターを貼ってもだれも来なかったし、さらにその次の日曜日には「プライベートディナー」を約束してもだれも来なかった。秋になる頃には広場の「行方不明の子」たちのポスターは片づけられ、子どもたちはおとぎ話の本を全部クローゼットに押しこみ、ドービルさんは本屋の店の窓に〈まもなく閉店〉という張り紙をした。というのも、新しいおとぎ話の本が森から届かなくなったからだ。今ソフィとアガサは村にかかっていた呪《のろ》いの化石にすぎなくなった。ソフィの父親さえ娘に遠慮《えんりょ》するのをやめた。ハロウィンの日、父親はソフィに、長老会からホノーラとの結婚の許しをもらった、と話した。ソフィには再婚していいかどうか一度も聞かなかった。

いきなりのどしゃぶりの中、ソフィはリハーサルを終わらせて家に走りながら、自分の像をにらんだ。前は輝いていたけれど、今では鳥の糞《ふん》だらけになって、それが雨でだらだら流れている。この像のモデルになるためにすごくがんばった。一週間連続で顔にカタツムリの卵パックをして、食事はキュウリジュースだけにして、最高のコンディションで彫刻《ちょうこく》家の前でポーズをとった。それが今はハトのトイレだ。

ソフィはちらっとふり返った。はるかうしろの舞台の看板からほほ笑む自分の顔をいまいましそうに見る。このミュージカルを見て、パパはだれがいちばんだいじかわかるはず。このミュージカルを見れば、だれだってわかる。

水しぶきをあげて広場を駆け抜け、芝土の家が並ぶ通りを走った。家の煙突から煙が出ている。

そのにおいでそれぞれの家の夕食がわかる。ウィルヘルムの家は豚肉のパン粉焼きのキノコソースがけ、ベルの家は牛肉とジャガイモのホワイトシチュー、サブリナの家はベーコンとレンズマメのスープにヤムイモの酢漬《すづ》け……どれもソフィの父親の好物だけど、家ではありつけない料理ばかりだ。

パパなんかおなかをすかせていればいい。ソフィは通りを歩いて自分の家が近くなると、鼻から息を吸いこんだ。冷えきった、空っぽのキッチンのにおいがするはず。パパはこのにおいをかぐたび、自分が何を失ったか思い出せばいい。

えっ、うそっ！　うちのほうから料理のにおいがしてきた。ソフィはまた鼻から息を吸った。肉とミルクのにおいだ。ソフィは思わずドアに駆け寄った。ドアを大きく開けると――

ホノーラが骨付きのブタのあばら肉に包丁を入れていた。「ソフィ」ホノーラは息を切らしながら、ぷくぷく丸い手をふいた。「今日はもうバートルビーさんの店の仕事は終わらせてきたわ――よかったら手伝って――」

ソフィはホノーラなど眼中にない。「パパはどこ？」

ホノーラはくしゃくしゃで小麦粉だらけの髪《かみ》を手で整えようとしている。「パパなら、うちの息子ふたりと宴会用のテントを張っているところ。みんなでいっしょに食事をしたらいいんじゃないか、って――」

「テント？」ソフィは裏口に走った。「今？」

庭に飛び出すと、どしゃぶりの中、ホノーラの息子ふたりがそれぞれ、天幕《てんまく》をロープで結びつけた支柱をささえて立っていた。一方、ソフィの父親のステファンは三本目の支柱に天幕を結びつけようとしているけれど、風にじゃまされてなかなかうまくいかない。成功しそうになった、そのとき、天幕《てんまく》が支柱からいっぺんにはずれ、三人は頭から天幕をかぶってしまった。三人ともげらげら笑っている。と思ったら、父親がひょこっと頭を出した。「願ってもない。助っ人が来たぞ！」

「どうしてテントなんか張ってるの？」ソフィは冷やかにいった。「結婚式は来週でしょ」

父親はすっくと立ち、咳払《せきばら》いした。「明日だ」

「明日？」ソフィは青ざめた。「明日って？　今日の次の日？」

「ホノーラがいったんだ。ソフィのミュージカルの前にしたほうがいいんじゃないかって」父親は最近のばしはじめたあごひげを手でなでた。「そのほうが落ち着いてミュージカルを見にいけるからな」

ソフィはぞっとした。「でも……どうやって――」

「パパたちのことは心配しなくていい。日取りの変更は教会に連絡した。ジェイコブとアダムがあっというまにテントを張ってくれる。リハーサルはどうだった？」父親は六歳の男の子をたくましい腕《うで》で引き寄せた。「ジェイコブが、うちのポーチからも舞台の照明が見えた、といっていたぞ」

「ぼくも見た！」八歳のアダムが、父親の反対のわきにしがみつく。

父親はふたりの頭に順番にチュッとキスした。「パパのところにかわいいプリンスがふたりも来るなんて、夢にも思わなかったよ」小声でいう。

ソフィはそんな父親を見て、心臓がのどまでせりあがってきた。

「それはそうと、どんなミュージカルなのか教えてくれないか」父親がソフィにほほ笑む。

ソフィはきゅうにミュージカルなんかどうでもよくなった。

夕食はみごとな豚肉のローストで、つけあわせはしゃきっと茹《ゆ》でたブロッコリー。キュウリサラダ、小麦粉不使用のブルーベリータルトもあったけれど、ソフィはどれも手をつけなかった。まっすぐ座ったまま、狭苦しいテーブルのむこうのホノーラをにらむ。ソフィ以外がフォークを使う音が小さく響《ひび》く。

「食べろ」父親がソフィにいう。

ホノーラは父親のとなりで二重あごの下をかいている。ソフィと目を合わせようとしない。「いえ、好きじゃないなら――」

「ソフィが好きなものばかり作ったんだろう」父親はホノーラにいった。目はソフィを見ている。

「食べろ」

ソフィは食べない。フォークを使う音がやんだ。

「ソフィの豚肉、もらっていい?」アダムがいう。

「ママと友だちだったんでしょ?」ソフィはホノーラにいった。

ホノーラは豚肉をのどにつまらせた。父親がソフィをにらみ、何かいおうとしたところで、ホノーラが父親の手首をつかんだ。汚れたナプキンでかさかさのくちびるをふく。

「親友だったわ」ほほ笑みながら、細い声でいって、またごくりとのどを鳴らした。「昔からの」

ソフィはぴたっとかたまった。「そのふたりのあいだに何が起きたのかしら」

ホノーラの顔から笑みが消え、自分の皿を見つめる。ソフィの目はホノーラを見たままだ。

父親はテーブルにガチャンとフォークを置いた。「放課後、店でホノーラの手伝いをしたらどうだ」

ソフィはアダムが返事をするのを待った――けれど、父親はまだソフィを見ている。

「わたしが？」ソフィは青ざめた。「手伝う……この人を？」

「バートルビーさんから、奥さんはひとりくらい手伝いがいたほうがいい、といわれたんだ」

〈奥さん〉ソフィに聞こえたのはそれだけだった。どろぼうでも、おしかけでもない。〈奥さん〉

「結婚式とミュージカルがすんだら」父親はつづけた。「おまえも早くふつうの暮らしにもどれ」

ソフィはさっとホノーラを見た。同じくらいびっくりしているはずだと思ったのに、ホノーラはおどおどしながら、かさかさのくちびるにキュウリを押しこんでいる。

「パパ、わたしに手伝えっていうの――その――」うまく言葉が出てこない。「牛乳をぐるぐるかき混ぜて、バ、バターを作れって？」

「その細っこい腕《うで》が少しは太くなるかもしれん」父親はもぐもぐかみながらいった。ジェイコブとアダムはおたがいの腕をくらべている。

「でも、わたしは有名人なのよ！」ソフィは声を張りあげた。「ファンがいるし――ソフィ像だってあるのよ！　仕事なんて無理！　しかもこの人の手伝いだなんて！」

「なら、どこか住むところをさがすことだ」父親は肉を食べきった骨をつまんだ。「このうちにいるなら、それなりのことはしろ。でなければ、下の子ふたりが喜んでおまえの部屋を使うことになる」

ソフィは言葉を失った。

「早く食べろ」父親のきつい口調《くちょう》に、ソフィはいわれたとおりにした。

アガサはだぶついた古い黒のワンピースを頭からかぶって着た。それを横目で見ていたネコのリーパーがうなる。リーパーはぬれた床の上で魚の骨をしゃぶっている。

「ね？　昔と同じアガサでしょ」アガサはソフィから返してもらった衣装の上からトランクのふたをいきおいよく閉めて、ドアの近くまで引きずっていった。毛が抜けてしわだらけのリーパーをなでようと、膝《ひざ》をつく。「だから、またよろしくね」

リーパーがシーッと怒る。

「ほら、あたしよ」アガサはリーパーをなでようとした。「ちっとも変わってない」

リーパーはアガサを引っかいて、逃げた。

アガサは引っかかれた手の傷をさすった。手は治りかけのひっかき傷だらけだ。ベッドにごろんと寝転がる。リーパーはできるだけアガサから離《はな》れて、緑のカビだらけの部屋のすみで丸まっている。

アガサは寝返りを打って、枕を抱きしめた。

〈あたしは幸せ〉

雨がざあざあふっている。わらぶきの屋根は一か所穴が開いていて、雨もりの滴《しずく》が母親の置いた大きな黒い鍋に落ちていく。

〈なつかしの我《わ》が家〉

〈カン、カン、カン〉滴が鍋に落ちて音を立てる。

〈ソフィとあたし〉

アガサはひび割れだらけの壁を見つめた。〈カン、カン、カン〉剣の入った鞘《さや》がベルトのバックルにあたる音に似ている。〈カン、カン、カン〉心臓がどきどきして、血管を流れる血が溶岩《ようがん》みたいに熱くなってくる。まただ。〈カン、カン、カン〉黒い鍋が彼の黒いブーツに、天井のわらの色が彼の金髪《きんぱつ》に重なる。窓から見える空の色が彼の青い目に重なる。そして、抱きしめた枕が、日焼けしたたくましい体に――

「ねえ、ちょっと手伝って！」だれかの高い声が聞こえた。

アガサははっと目を覚ました。抱いていた枕に汗がしみている。すぐにベッドからおりて玄関のドアを開けると、母親のカリスが大きなバスケットをふたつ引きずって入ってきた。片方はくさいにおいのする木の根や葉で、もう片方は死んだオタマジャクシ、ゴキブリ、トカゲでいっぱいだ。

「いったい何を――」

「これでいよいよ学校で習った薬の作り方、教えてもらえるわね！」母親は目を見開いてうれしそうにいうと、アガサの両手にバスケットをひとつ持たせた。「今日は患者さんがそんなにいないの。だから薬を調合しましょう！」

「いったでしょ、魔法はもう使えないって」アガサはぴしゃりといって、ドアを閉めた。「ここでは指は光らないの」

「どうしてあそこで起きたことを何も話してくれないのよ？」母親はそういいながら、ヘルメットみたいな黒いおかっぱの髪《かみ》にさわった。「せめて、いぼを治す薬の作り方くらい教えて」

「だから、もう全部忘れちゃったって」

「トカゲは新鮮なうちに使わなくちゃね。トカゲでどんな薬が作れる？」

「全部忘れたって――」

「トカゲが腐《くさ》らないうちに――」

「やめて！」

母親がかたまる。

「お願い」アガサはいった。「あの学校の話はしたくないの」

母親はそっとアガサの手からバスケットをとった。「アガサが家に帰ってきてくれて、あんなにうれしかったことはなかった」アガサの目をのぞきこむ。「でも、なんとなく気になっていた。あきらめてきたこともあったんだろうなって」

アガサは自分の底の厚い、黒い靴を見つめた。母親はバスケットをキッチンに運んでいる。「むだにしちゃもったいないわ」母親はため息をついた。「トカゲのシチューでおなかをこわしませんように」

アガサはたいまつの明かりの下でタマネギを刻みながら、母親の下手なハミングに耳をかたむけた。これは毎晩の習慣だ。アガサは前はこの墓地の隠《かく》れ家や、親子のいつもの習慣を大切に思っていた。

アガサは包丁を持つ手を止めた。「お母さん、ハッピーエンドを見つけたかどうか、どうやったらわかる？」

「え？」母親は骨ばった手でバスケットの中からゴキブリの死骸《しがい》を二、三匹、水を張った鍋に払い落とした。

「だからその、おとぎ話の登場人物は」

「ほら、そこに書いてあるでしょ」母親はアガサのベッドの下から少し見えている、ページを開けたままのおとぎ話の本をあごでしめした。

アガサはその最後のページを見た。金髪《きんぱつ》のプリンスと黒髪《くろかみ》のプリンセスが結婚式でキスをしている。ふたりのうしろには魔法の城が描かれ、その絵の下には……


〈おしまい〉


「けど、ふたりとも自分たちの物語を読むことができないじゃない」アガサはプリンスに抱かれたプリンセスを見つめた。「自分たちが幸せかどうか、どうやったらわかる？」

「もし疑問に思ったなら、幸せじゃないのかもしれないわね」母親はなかなか沈まないゴキブリをつつきながらこたえた。

アガサの目がほんの数秒プリンスを見つめた。パタンと本を閉じ、鍋の下の火につっこむ。「そろそろ本は全部捨てないと。みんなみたいに」

アガサは部屋のすみでまたタマネギを刻みはじめた。さっきよりペースが早い。

「大丈夫？」アガサが鼻をすする音が母親にも聞こえた。

アガサは目をぬぐった。「タマネギのせいよ」


雨は止《や》んだけれど、冷たい秋の風が墓地を吹き抜けている。墓地の門の上のたいまつ二本の明かりは風にあおられて今にも消えそうだ。墓地に近づくにつれて、ふくらはぎがかたまって、心臓が大きく鳴りだした。これ以上行っちゃだめ。汗が背中をつたう。ソフィは雑草だらけのしめった地面で膝《ひざ》をつき、目を閉じた。今まで一度も見たことがない。一度も。

深呼吸して目を開ける。墓石の上のほうにある蝶《ちょう》の彫り物は形がわかりにくい。墓石にはこう刻まれている。

夫を深く愛し
わが子を深く愛した

母親の墓石の両側にはひとまわり小さく、何も書かれていない墓石がひとつずつある。ソフィは白いミトンをはめたまま、片方の墓石の割れ目についたコケをつまんでとった。何年もほったらかしだった墓石はびっしりコケにおおわれている。水がしみて冷たいミトンをはめた指であちこちのコケをとっていくうちに、割れ目より太いのみで削ったような線があるのが見えてきた。この墓石にも何か彫られている。顔を近づけてよく見ると――

「ソフィ?」

呼ばれてふり返ると、アガサがいた。すり切れた黒いコート姿で、受け皿にのせたろうそくが消えないよう、慎重に歩いてくる。

「うちのお母さんが窓からソフィが見えたって」

アガサはソフィの横にしゃがんで、三つの墓石の前にろうそくを置いた。ソフィはさっきから黙ったままだ。

「パパはママのせいだって思ってた」ようやくソフィが口を開いた。目は母親の墓石の右と左にある墓標《ぼひょう》のない墓石を見ている。「ふたりとも男の子で、生まれたときにはもう死んでたの。パパはそう思うしかなかった」青い蝶が一匹、暗がりから飛んできて、母親の黒ずんだ墓石の彫り物の上にとまった。

「どのお医者さんも、ママはもう子どもを産めないっていった。アガサのお母さんもそういった」ソフィは言葉を切って、青い蝶にかすかにほほ笑みかけた。「ある日、ママのおなかに子どもができた。ママは具合が悪くなって、みんなママの体はたえられないだろうって思ったけど、おなかはどんどん大きくなった。奇跡《きせき》の子。長老会はそう呼んだ。パパは、生まれてくる子の名前はフィリップって決めた」

ソフィはアガサを見た。「でも、女の子にフィリップっていう名前はつけられない」

ソフィはまた口をつぐんだ。頬《ほお》がこわばっている。「ママはわたしを愛してた。わたしのせいでどんなに体が弱ったとしても。パパがママの友だちの家を何度も訪ねて、中に入るのを見たとしても」ソフィはけんめいに涙をこらえた。「あの人はママの友だちだった、親友だったのよ。それなのに、パパはどうして？」ソフィは汚れたミトンで顔をおおって大泣きした。

アガサは下をむいたまま何もいわない。

「わたしが見ている前でママは亡くなったの。裏切られて、心を引き裂《さ》かれたまま」ソフィは母親の墓石に背をむけた。顔が赤い。「パパは今、ほしいものを全部手に入れようとしてる」

「それを止めることはできないよ」アガサはそっとソフィにさわった。

ソフィがびくっとする。「じゃ、パパは悪くなかったことにしろって？」

「ほかにどうするっていうの？」

「結婚式なんかできると思う？」ソフィは吐き出すようにいった。「見ててごらん」

「ソフィ……」

「パパが死ねばいい！」ソフィは顔を真っ赤にして怒っている。「かわいいふたりのプリンスといっしょに！　そしたらわたしはこの小さな村で幸せに暮らせる！」

ソフィの顔が恐ろしすぎて、アガサはかたまった。ガヴァルドンにもどって初めて、親友の中に潜《ひそ》む恐ろしい魔女がちらっと顔を見せた。魔女は解き放たれるときを待っている。

ソフィはアガサの心配そうな目に気づいた。「や、やだ、ごめん――」つかえながら横をむく。「わたし――どうしちゃったんだろう――」恥ずかしそうな顔になる。魔女は消えた。

「アガサ、わたしね、ママに会いたい」震《ふる》えながら、ささやくようにいう。「わたしとアガサがハッピーエンドを迎《むか》えたことはわかってる。でも、やっぱりまだママに会いたいの」

アガサは一瞬ためらって、そしてソフィの肩に手を置いた。ソフィが体をあずけてきた。アガサが抱きしめると、ソフィはしくしく泣きだした。「もう一度ママに会いたい」泣きながらいう。「会えるならなんでもする。なんでも」

かたむいた時計塔が丘の下で十回鐘を鳴らした。鐘の音といっしょに、悲しげにきしみながら転がる車輪の音が近づいてくる。ソフィとアガサが抱きあったまま見ていると、年老いたドービルさんの背中を丸めた影が、店じまいの後に残っていたものを載せた荷車を引いて、時計塔の前を歩いていった。ドービルさんはもうだれも見向きもしないおとぎ話の本の重さに疲れ、二、三歩ごとに足を止めていたけれど、そのうちに角を曲がって見えなくなり、車輪のきしむ音も消えた。

「わたしはママみたいになりたくない。孤独で……だれからも忘れられて死ぬなんて」ソフィはつぶやくようにいった。

アガサを見て、にっこりほほ笑もうとする。「でも、ママにはアガサみたいな友だちがいなかった、そうよね？　アガサはプリンスをあきらめた。わたしといっしょにいたいから。自分がだれかをこんなに幸せにできるなんて……」目にもやがかかる。「わたしはアガサの友だちにふさわしくない。本当に。アガサにひどいことばかりしてきた」

アガサはまだ黙っている。

「よい子なら、この結婚式をじゃましたりしないわよね」ソフィはそっとアガサの体を押した。「アガサみたいによい子なら」

「もう遅いから」アガサは立ちあがり、片手を出した。

ソフィはその手を力なく握った。「あーあ、結婚式に着るドレスをさがさなくちゃ」

アガサはぎこちなくほほ笑んだ。「うん、ソフィはよい子だよ」

「わたしにできるのは、花嫁よりかわいくすることくらい」ソフィはそういいながら、さっさと歩きだした。

アガサは鼻先で笑って、門の上のたいまつをつかんだ。「待って、送ってく」

「ありがとう」ソフィは足を止めない。「アガサが夕食に食べたタマネギスープのにおいもいっしょにね」

「正確にはトカゲ&タマネギスープだけど」

「どうしてわたしたちが友だちなのか、ぜんぜんわからない」

ぎしぎし鳴る墓地の門から、ふたり並んでするりと出る。たいまつの明かりが、のびすぎた雑草風がふたりの長い影を映す。ふたりがエメラルド色の丘を注意深くおりて姿が見えなくなると、墓地を駆け抜け、きたならしい受け皿に立てたろうそくの燃えさしに火をつけた。火は大きくなり、墓石にとまっている青い蝶の上までのびあがると、まぶしく光り、一瞬、右と左にある墓標《ぼひょう》のない墓石に彫られた模様を照らし出した。どちらもスワンだ。片方は白のスワン。

もう片方は黒のスワン。

突風がうなりをあげて駆け抜け、ろうそくの明かりを消した。

第2章

アガサの願い

血だ。血のにおいだ。

〈食べろ〉

野獣《やじゅう》が獲物《えもの》のにおいをかぎながら、森をかき分けて追ってくる。オオカミのように両手をついて、うなり声をあげ、よだれをたらして走る。かぎづめのついた手と足で地面を蹴《け》って、枝やつるを引きちぎり、岩を飛び越え、どんどんスピードをあげる。ついに、ふたりの息づかいが聞こえ、点々と落ちた血の跡が見えるところまで来た。片方はけがをしている。

〈食べろ〉

野獣は内部が空洞になった大きな倒木の中をそっと進みながら、血の跡をなめ、ふたりの恐怖のにおいをかいだ。いそぐ必要はない。あのふたりに逃げ場所はない。ほどなく、すすり泣く声が聞こえ、月明かりが作るふたりの影が少しずつ見えてきた。ふたりは倒木のトンネルを出た後、濃《こ》いイバラのしげみに行く手をふさがれて動けなくなっている。兄のほうはけがをしていて、青

ざめた顔で弟をしっかり抱きしめている。

野獣はふたりをすくいあげると、ふたりが泣くのを無視して抱きしめた。野獣がイバラにもたれ、やさしくふたりを揺する。すると、ふたりとも泣きやんだ。この野獣は「よい」野獣だ。そのうち、野獣の黒い胸に抱かれたふたりの呼吸が落ち着いてきた。どちらも野獣の腕《うで》に身をあずけ、しがみつく……野獣の腕がかたくなって……骨ばって……そして、ふたりがはっと目を覚ますと……

目の前でソフィが不気味な笑いを浮かべていた。

ソフィはベッドから飛び起きた。はずみでベッドの横にあったろうそくにぶつかって、壁にラベンダー色のろうが飛び散る。ふり返って鏡を見ると、髪《かみ》も歯もなく、いぼだらけのソフィがいた――

「助けて――」言葉につまり、目をつぶる――

目を開けると、鏡の中の魔女は消えていた。鏡に映っているのはかわいいソフィだ。

びっくりした。震《ふる》える白い肌にさわっていぼがないかどうかたしかめ、冷や汗をぬぐう。

〈わたしはよい子〉いぼなんかないとわかって、ほっとした。

それでも、手の震えは止まらない。頭の中はパニックだ。あの野獣の姿をふり払うことができない。遠い世界でソフィが命をうばった野獣は、今も悪夢になって出てくる。墓場で声を荒げてしまったことを思い出す。アガサはぎょっとしていた……

〈ソフィ、きみはけっして善になれない〉校長はそういった。

ソフィは口の中がかわいてきた。結婚式ではにっこり笑ってみせよう。バートルビーさんの店で働こう。太ったおばさんの手料理を食べて、おばさんの息子ふたりにおもちゃを買ってあげよう。

ここで幸せになろう。アガサみたいに。

また魔女にもどらないためだ。

「わたしはよい子」だれにともなく、くり返す。

校長先生はまちがったことをいったに決まっている。わたしはアガサの命を、アガサはわたしの命を救った。

ふたりでいっしょに帰ってきた。質問の答えは出た。校長先生は死んだ。

おとぎ話の本は閉じられた。

〈まちがいなく善〉ソフィは大きくうなずき、また枕に頭をつけた。

でも、まだ血の味がした。


夜の霧《きり》が晴れ、風がおさまり、晴天の太陽がまぶしい。十一月にしては日差しが強すぎるほどで、愛に満ちた今日という日を祝福するかのようだ。ガヴァルドン村の結婚式はつねにたくさんの人が集まる。金曜日の今日、店はすべて閉じ、広場にはだれもいない。というのも、ステファンは村の人気者だからだ。ステファンの家の裏に用意された宴会用の大きな白いテントの下では、村じゅうの人が集まってチェリーパンチやプラムワインを楽しみ、すみのほうではバイオリン弾き三人が、昨晩は葬式に呼ばれて疲れているにもかかわらず、演奏している。

アガサにはだぼっとした黒いスモックが結婚式にふさわしいかわからなかったけれど、今日の気分にはぴったり合っていた。起きたら気持ちが沈んでいて、その理由は不明。〈ソフィの前では幸せそうにしなきゃ〉自分にいい聞かせながら、墓地の丘をとぼとぼおりていく。けれど、ソフィの家の庭に集まった人たちに交じる頃には、暗い表情どころか、しかめ面になっていた。だめ、ふつうにして。でないと、ソフィはもっと元気がなくなっちゃう……

ピンクの塊《かたまり》が人ごみをかき分けて近づいてきた、と思ったら、アガサに飛びついた。ひらひらでふわふわのドレスがアガサを抱きしめる。

「ありがとう。わが家のだいじな日にわざわざ来てくれて」ソフィの声はやさしい。

アガサは咳払《せきばら》いした。

「わたし、ふたりの結婚を心からうれしく思っているの」ソフィはうそっぽくいって、涙をぬぐうふりをした。「こんなにわくわくすることってあるかしら。新しいお母さんが来て、弟がふたりできて、毎朝お店に行って、牛乳をかき混ぜて」――吐き気をこらえる――「バターを作るなんて」

アガサは思わずソフィを見つめてしまった。お気に入りの服装にもどっている。「ソフィはまた……ピンク着てる」

「わたしの愛情あふれる、よい心の表れよ」ソフィはささやくようにいいながら、ピンクのリボンを編《あ》みこんだ髪《かみ》に手をやった。

アガサはまばたきした。「飲み物に毒キノコでも入ってた？」

「ソフィ！」

ふたりとも声のしたほうを見ると、ソフィの父親、ジェイコブ、アダムの三人がテントの前の祭壇《さいだん》にかけた青いチューリップの花輪のゆがみを直していた。ジェイコブとアダムがカボチャの上に立って作業をしながら、ソフィを手招きしている。

「ふたりともおとぎ話に出てくる子どもみたいにかわいいでしょ」ソフィはほほ笑んだ。「食べちゃいたく――」

ソフィの緑の目が恐怖でかたまった。と思ったらふつうになって、目の下のくまだけが残った。悪夢の名残《なご》り。アガサは前にもソフィの目の下にこういうくまがあるのを見たことがあった。

「ソフィ、今話してる相手はあたしよ」アガサは静かにいった。「無理しなくていいからね」

ソフィはうなずいた。「アガサはわたしの友だち。それだけでわたしはよい子でいられる」声が震《ふる》えている。ソフィはアガサの腕《うで》をつかんで、黒い目をのぞきこんだ。「ふたりでわたしの中の魔女を死んだままにしておけたら、よい子でいられる。それ以外のことは、がんばればがまんできる」つかんだ手に力をこめ、祭壇《さいだん》のほうを見る。「待ってて、すぐに行くから！」ソフィは大声で返事をすると、無理やりほほ笑んで、新しい家族の手伝いをしに走っていった。

アガサはそれを見て喜ぶどころか、もっと落ちこんだ。〈あたし、どうしちゃったの？〉

母親のカリスが横に来て、アガサにチェリーパンチの入ったコップをわたした。アガサはそれを一気に飲もうとした。

「ツチボタルを少し入れておいたわ」母親がいった。「その浮かない顔を明るくしてあげようと思って」

アガサは飲みこもうとしていた液体をぷっと吐いた。

「本当よね。わかるわ、結婚式なんていやでたまらない。でも、できるだけそういう顔はしないで」少し先のほうへ顔をむける。「わたしたち母娘はとっくに長老会にきらわれているんだから。これ以上きらわれたくないのよ」

アガサは長老三人をちらっと見た。三人ともあごひげを生《は》やし、膝丈《ひざたけ》の灰色の上着に黒いシルクハットをかぶり、座席のあいだを歩きながらだれかと握手《あくしゅ》をしている。あごひげの長さで年齢がわかる。いちばん年寄りの長老のあごひげは胸の下まである。

「なんで結婚にはいつも長老会の許しがいるの？」アガサは聞いた。

「それはね、四年ごとの人さらいが起きつづけたとき、長老会はそれをお母さんみたいな女のせいにしていたからよ」母親は頭のふけをつまみながらいった。「その頃は、学校を卒業するまでに結婚していなかったら、魔女だとみなされた。だから、長老会は結婚していない人全員を強制的に結婚させたの」引きつった笑みを浮かべる。「だけど、いくら強制されてもお母さんと結婚したがる人はいなかった」

アガサは同じ学校の男の子がだれも自分を舞踏会《ぶとうかい》の相手に選ぼうとしなかったときのことを思い出した。けど、ようやく……

突然、もっと悲しくなった。

「それでも人さらいがつづくと、長老会はやり方を少しゆるくして、結婚を『許す』やり方に変えた。だけど、今でも長老会の強引なやり方は覚えているわ」爪で頭をかく。「ステファンがいちばん気の毒だった」

「なんで？　ソフィのお父さんに何があったの？」

母親がだらんと手をおろした。娘がそこにいることを一瞬忘れたかのようだ。「何も。今はもう問題ない」

「けど、さっきいったじゃない――」名前を呼ばれてアガサがふり返ると、ソフィが手をふっていた。いちばん前の座席から呼んでいる。

「アガサ、そろそろはじまるわよ！」

祭壇《さいだん》から一メートル足らずの最前列にふたりで並んで座ると、アガサはソフィが「ふり」をやめるのを今か今かと待った。ところがソフィはほほ笑んだままだ。父親が司祭に祭壇の前に呼ばれ、バイオリンを持った人たちが聖歌をかなで、ジェイコブとアダムがおそろいの白いスーツ姿で通路にバラをふりまいても、変わらない。何か月も父親と戦い、注目を集めようと戦い、現実の日々と戦った結果……ソフィは変わった。

〈アガサはわたしの友だち〉

今までアガサは、ソフィにふさわしい友だちになりたいと思っていた。自分がソフィを必要としているくらい、ソフィに必要とされたかった。そして今、ついに、アガサは望みどおりのハッピーエンドを手にした。

しかしアガサは今、ぜんぜん幸せな気持ちではなかった。なぜかこの結婚を素直に喜べない。何かが心の中でうごめいている。それが何か突き止める前に、バイオリンの演奏がゆっくりになり、テントの下の全員が立ちあがった。ホノーラが通路をもたもた歩いてくる。アガサはソフィから目をそらさないようにした。いつ本性を現すかわからない。ところがソフィはぴくりともしない。新しい母親の球根みたいな髪型《かみがた》、大きなお尻、ケーキの粉砂糖らしきものがついたドレスをじっと見ている。

「お集まりのみなさん」司祭がはじめた。「みなさんは今日、このふたりの魂《たましい》が結びつく場に証人として……」

ソフィの父親がホノーラの手をとると、アガサはさらに気持ちが沈んだ。背中が曲がり、くちびるがとがる――

通路のむこうから母親がにらんでいる。アガサは背筋をのばし、ほほ笑んで見せた。

「愛において、幸せは誠意《せいい》から生まれます。幸せはわれわれが必要とする相手に誓《ちか》うところから生まれます」

ソフィがそっとアガサの手をとった。ふたりとも今、おたがいの必要とするものすべてを手にしている。そう伝えたがっているかのようだ。

「ふたりを満たす愛を、ふたりで育《はぐく》んでいきますように。永遠につづく愛を育んでいきますように」

アガサの手が汗ばみはじめた。

「なぜなら、あなたがたふたりがこの愛を選んだからです。ふたりの物語にこの結末を選んだのです」

アガサの手は汗でぐっしょりになったけど、ソフィは放そうとしない。

「そして今、この結末は永遠にあなたがたふたりのものです」

アガサの心臓が岩をくだくドリルのように鳴りだす。肌が猛烈《もうれつ》に熱くなる。

「そして、異《い》を唱《とな》える者がだれひとりいなければ、このふたりは永遠に結ばれ――」

アガサは体を折り曲げた。気持ちが悪い――

「ここに宣言します。あなたがたは――」

そこでアガサは気づいた。

「夫として――」

人さし指が、金色に光っている。

思わず声をあげてしまった。ソフィが驚《おどろ》いてアガサを見る――

何かがふたりのあいだに飛んできて、ふたりとも地面にふせた。アガサがふり返ると、また矢が飛んできた。よけたアガサののどをかすめて飛んでいく。子どもたちが泣き、椅子が倒れ、みんなあわてて逃げようとしている。金色の矢が次々に何十本も飛んできて、テントに穴が開く。アガサがソフィをさがそうとした瞬間、天幕《てんまく》が支柱からはずれて、泣き叫ぶ人々の頭の上に落ちてきた。アガサもその下になり、何も見えなくなった。天幕の下で大勢の人がもがいているのがわかるだけだ。アガサは息を切らしながら、はうようにして、無残《むざん》にこわれた祭壇《さいだん》を乗り越えた。地面をつかむように花輪の上を進むアガサの行く手に、矢が天幕の上からつき刺さる。だれがこんなことしてるの？　結婚式がめちゃくちゃ――

アガサはかたまった。今やアガサの人さし指はさっきの何倍もまぶしく光っている。

〈まさか〉

前のほうから女の子の悲鳴が聞こえた。知っている声だ。アガサは汗をかき、震《ふる》えながら、ひっくり返った椅子の下をくぐり、ようやく天幕の下から外に出た。まぶしい太陽の光を浴びながら、いそいで家の前の庭まで行く。大変なことになっているはず――

ところが、庭に出てきた人たちは無言でじっと立ったまま、矢があらゆる方向からふってくるのを見ている。

矢は森から飛んでくる。

アガサはあわてて身を守ろうとして、どの矢も自分をねらっていないことに気づいた。村人のだれかをねらっているのでもない。森から飛んできた矢は直前で方向を変え、一方向を目指す。ねらう的はひとつだけだ。

「きゃー！」

ソフィは家のまわりをぐるぐる走りながら、頭を引っこめたり、ガラスの靴で矢を払い落としたりしている。

「アガサ！　助けて、アガサ！」

しかし、助けを待っているひまはなかった。飛んできた矢が頭をかすめていき、ソフィは全速力で丘を駆けおりた。その後を無数の矢が追いかけていく。


「だれがわたしに死んでほしいと思ってるの？」ソフィはステンドグラスの殉教者《じゅんきょうしゃ》と大理石の聖人像にむかって泣き声でいった。

アガサはだれもいない信者席にソフィと並んで座った。ソフィが教会に隠《かく》れるようになってから二週間がたった。矢がソフィを追ってこないのは教会の中だけなのだ。ソフィは何度も教会から抜け出そうとしたけれど、矢は執念《しゅうねん》深く、またすぐ森から飛んでくる。そのうちに槍、斧、短剣、投げ矢まで飛んでくるようになった。三日目、逃げ道はないことがはっきりした。ソフィの命をうばおうとしている連中は、いつまでも待つつもりだ。

最初のうち、ソフィにはパニックになる理由がなかった。村人は食べ物を（ソフィの小麦、砂糖、乳製品、赤肉に対する「致命的なアレルギー」に気を配って）届けてくれるし、アガサはソフィが美容クリームを作るのに必要な薬草や木の根を持ってくるし、父親は娘が無事に家に帰るまで再婚はしないときっぱりいった。村人たちが森のあちこちをさがしても犯人は見つからない。村の広報紙はソフィを、新たな呪《のろ》いを一手に背負った「勇敢《ゆうかん》なプリンセス」と呼び、長老会はソフィ像をきれいに塗《ぬ》りなおすように命じた。まもなく子どもたちはまたサインをねだるようになり、村歌は『わが村のソフィは幸いかな』に書きかえられ、村人たちは交替で教会を見張るようになり、さらにはソフィが今回の危険を乗り越えたら劇場で定期的にソフィの独演会を開こうという提案まで出た。

「題は『女王《ラ・レーヌ》ソフィ』、わたしの数々の業績をほめたたえる三時間の大独演会」ソフィは通路を埋めつくしたお見舞いの花束のにおいをかぎながら大はしゃぎだ。「まずは楽しい余興を少し。途中で野生のライオンとか空中ブランコとかのサーカスをやって、しめくくりは胸おどるミュージカル、『わたしはふつうの女の子』。ねえ、アガサ、わたしがどれだけずっと、このよどんだ、退屈な村で自分の居場所を見つけたいと思っていたかわかる？　わたしに必要なのは、わたしにふさわしい大役だけだったの！」ここで突然、心配そうな顔になる。「だれだか知らないけど、わたしの命をねらうのをやめたりしないわよね？　だって、これってわたしの人生で最高の出来事なんだもの！」

ところが、その後、攻撃《こうげき》はエスカレートした。

その晩、森から火の塊《かたまり》がいくつも飛んできて、ベルの家が全焼して、一家は住むところがなくなった。二日目の夜、森から高温の油が洪水のように押し寄せてきて、村の通りに立ち並ぶ家を焼きつくした。くすぶりつづける焼け跡の地面には、次のメッセージが焼きつけられていた。

ソフィをよこせ

翌日の朝、長老会が暴動を起こした村人たちをしずめるために広場にむかう頃、ソフィの父親はすでに教会に来ていた。

「長老会とパパがソフィを守るにはこれしか方法がない」父親は金槌《かなづち》となんきん錠《じょう》を手に、ソフィにいった。

アガサが出ていこうとしなかったので、ソフィの父親はアガサもいっしょに教会に閉じこめた。

「わたしたちの物語は終わったと思ってたのに！」ソフィは声を張りあげた。外で村人たちが「ソフィを引きわたせ！　ソフィを引きわたせ！」と叫んでいるのが聞こえる。ソフィは座ったまま、肩を落とした。「どうしてアガサじゃないの？　どうしてわたしがいつも悪者なのよ、どうしてわたしはいつも閉じこめられるの？」

ソフィのとなりでアガサは、祭壇《さいだん》の上にある大理石のレリーフを見つめていた。聖人が天使を追いかけている。たくましい腕《うで》をのばし、上半身をひねり、天使がどこに行こうと追いかけようと……。

「アガサ？」

アガサははっと我《われ》に返り、ソフィを見た。「ソフィは敵を作るのが得意だから」

「わたしはよい子になろうとがんばってきた！　とにかく、アガサみたいになろうとがんばってきた！」

アガサはまた気持ちが悪くなってきた。ずっとこらえていたのに。

「アガサ、どうにかして！」ソフィがアガサの腕をつかむ。「アガサはいつも問題を解決してくれるでしょ！」

「ひょっとしてあたしはソフィが思うほどよい子じゃないのかも」アガサはつぶやくようにいうと、靴の汚れをとるふりをしてソフィから離《はな》れた。沈黙の中、ソフィが自分を見ているのがわかる。

「アガサ」

「何」

「どうしてアガサの人さし指が光ったの？」

アガサはぎくっとした。「え？」

「わたし見たの」ソフィが静かにいう。「結婚式のとき」

アガサはちらっとソフィを見た。「光の反射か何かじゃないかな。魔法はここでは働かないから」

「そうね」

アガサは息を止めた。ソフィが何か考えている。

「でも、アガサもわたしも、先生たちにあれっきり人さし指をロックされてないわよね？」ソフィがいう。「魔法は感情にしたがう。先生たちはそういった」

アガサは少し姿勢を変えた。「だから？」

「アガサは結婚式のとき、うれしそうじゃなかった。何か理由があって動揺《どうよう》したんじゃない？　魔法が出てきちゃうくらい」

アガサはソフィの目を見た。ソフィはアガサの表情を読みとろうとしている。

「わたしにはわかるわ」

アガサは座面の縁をつかんだ。

「どうしてアガサが悲しかったのかわかる」

「ソフィ、そんなつもりはなかったの！」アガサはあわてて――

「アガサはわたしのパパに怒っていた。娘の気持ちを考えたらどうなの、って」

アガサは目を大きく開けてソフィを見た。気をとり直してうなずく。「そうなの、そう、正解」

「最初はアガサが結婚式を止めるために魔法を使ったんだと思った。でも、それはおかしいでしょ？」ソフィは鼻を鳴らした。「だって、アガサがわたしを矢でねらってくるはずないもの」

アガサはソフィのほうは見ないようにしながら、かわいた声で笑った。

「やっぱりただの光の反射だったのかな」ソフィはため息をついた。「アガサのいったとおり」

ふたりとも黙って座ったまま、村人たちの叫ぶ声に耳をかたむける。

「パパのことは心配しないで。パパとわたしはうまくやっていくから。魔女はもどってこない。わたしがアガサと友だちでいるかぎり」

ソフィの声はそれまでにないくらい素直に聞こえる。アガサは驚《おどろ》いて顔をあげた。

「アガサがいればわたしは幸せ」ソフィがいった。「それがわかるまで時間がかかっただけ」

アガサはソフィの目を見つめ返そうとしたけれど、祭壇《さいだん》の上の聖人像のレリーフが気になってしかたない。プリンセスに手をさし出すプリンスのように、アガサにむかって手をのばしている。

「ねえ、ふたりで作戦を考えましょ。いつもみたいに」ソフィはあくびしながらピンクの口紅を塗《ぬ》りなおした。「でも、その前に美容のために少しお昼寝……」

ソフィは枕を抱えて信者席の上でネコみたいに丸まった。お気に入りの枕にはブロンドのプリンセスとプリンスが刺繍《ししゅう》されている。抱きあうふたりの上には〈それからずっと幸せに暮らしました〉という文字。プリンスのほうはソフィが自分で刺繍しなおした。今のプリンスは帽子をかぶったみたいな黒髪《くろかみ》で、ぎょろっとした黒い目で……黒いワンピースを着ている。

ソフィは二、三回息をしただけですやすや眠《ねむ》りだした。この数週間で初めて、悪い夢を見ずに寝ている。

外の叫び声が大きくなった――「ソフィを引きわたせ！　引きわたせ！」――アガサはソフィの枕をじっと見た。また吐き気がしてきた。

キッチンでおとぎ話の本のプリンスを見たときも、新郎新婦が誓《ちか》いをかわしたときも、ソフィと手を握っていたときもこうだった。どんどん気持ちが悪くなって、表に出せない気持ちが人さし指を光らせた。抱《いだ》いてはいけない、考えてはいけない感情のせいで、アガサはおとぎ話をめちゃくちゃにした。

アガサはあの瞬間、自分はけっしてあげられない結婚式を見て、とんでもないことを願ってしまったのだ。

自分の物語にそれまでとちがうエンディングを願った。

ほかのだれかとのエンディングを。

そうしたら、矢がソフィめがけて飛んできた。

矢はまだ飛んでくるだろう。アガサがどんなに自分の願いをとり消そうとしても。

第3章　道しるべ

その夜、まず森から大きな岩が飛んできて、ラドリーの家がつぶされ、つづいて時計塔が的《まと》になった。塔の鐘が苦しげに鳴り響《ひび》く中、広場にいた人々は悲鳴をあげて逃げ出した。そのうち通りという通りがずたずたにされた。親は穴や溝の中で子どもを胸に抱きしめて、大きな岩が流星のように月の前を飛び交うのを見ていた。翌朝四時、この猛攻撃《もうこうげき》が終わる頃には村の半分が破壊されていた。人々は震《ふる》えながら、遠くに明るく浮びあがる劇場のほうを見た。赤い幕に電球で書かれた文字が変わっている。〈ソフィをよこせ。さもなくば死だ〉この猛攻撃のあいだソフィはぐっすり眠っていたけれど、アガサは教会の中で座ったまま、悲鳴や岩のぶつかる音を聞いていた。ソフィを相手にわたせば、アガサの親友は死ぬ。ソフィをわたさなければ、この村は全滅《ぜんめつ》する。どうしようもない気持ちでのどが焼けそうだ。自分はなぜかふたつの世界のあいだのゲートをまた開けてしまった。けど、だれ？　だれがソフィを亡き者にしたがってるの？　なんとかする方法があるに決まってる。あたしがゲートを開けたんだったら、あたしにはそれ

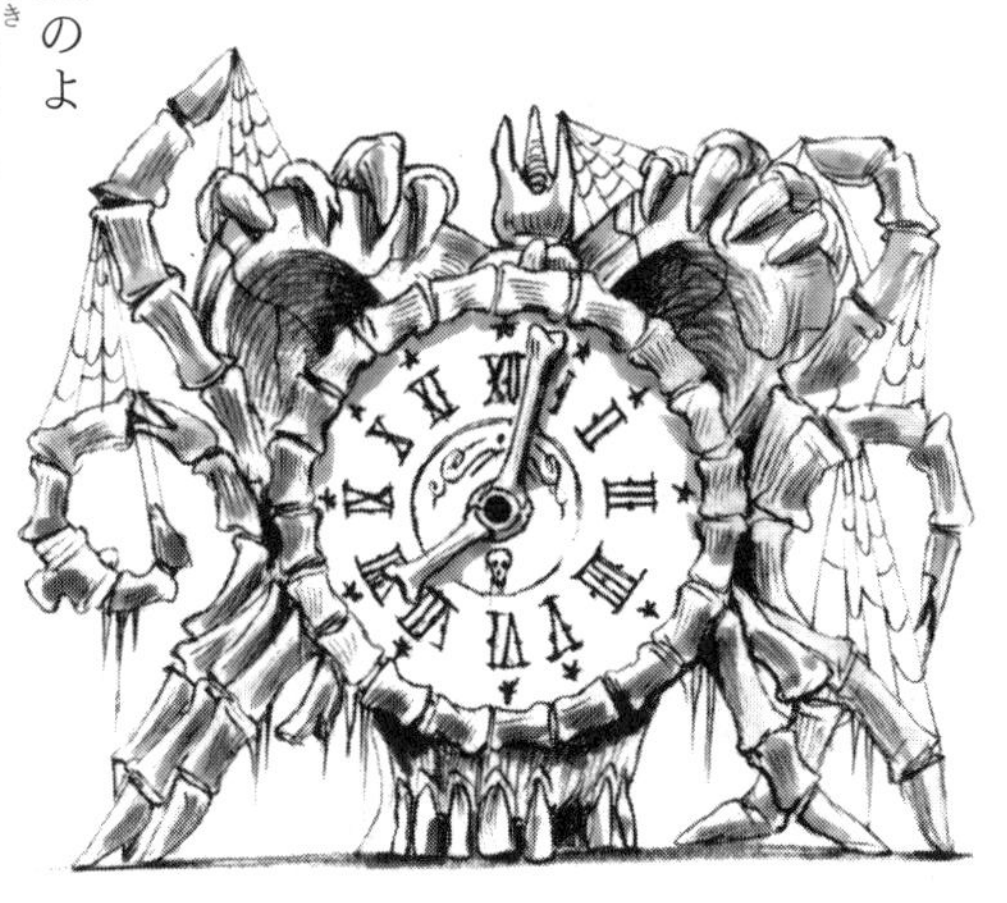

を閉じられるはずだ！

手はじめにまた人さし指を光らせてみることにした。怒りの感情に集中する。両頬《りょうほお》がぱんぱんにふくれるくらいまで——犯人に、自分に、そして自分のまぬけな指に怒りをぶつけた。指はまったく光らない。前より青白く見えるだけだ。次に、犯人を追い払う魔法を唱《とな》えてみたけれど、予想どおり、なんの効果もなかった。次にステンドグラスの聖人に祈りをささげ、星に願い、ジーニーを呼び出そうと教会にあるランプをひとつひとつみがいたけれど、どれも失敗。最後はソフィが握りしめていたピンクの口紅を勝手に借りて、**〈代わりにあたしを連れてって〉**と朝焼けに照らされた窓に書いて、アガサはびっくりした。返事が来た。

〈ことわる〉森の手前の地面に炎が文字を書く。

一瞬、森の中で何か赤いものが見えて、すぐに消えた。

〈いったいだれなの？〉アガサが書く。

〈ソフィをよこせ〉炎がこたえる。

〈正体を見せなさい〉アガサが書く。

〈ソフィをよこせ〉

〈ぜったいにわたさない〉

返事の代わりに砲弾が飛んできて、ソフィ像の首が飛んだ。

うしろでソフィが目を覚ます気配がした。寝不足ってにきびに、とかつぶやいている。ソフィが暗がりの中であちこちにぶつかりながら、ろうそくに明かりをつけると、教会の天井のツガの垂木《たるき》が黄金色に光った。ソフィは変なヨガのポーズをいくつかして、アーモンドを一粒かじり、グレープフルーツの種と、魚のうろこと、カカオクリームで顔をマッサージして、それからふりむいてアガサを見た。眠《ねむ》そうな顔でほほ笑んでいる。「おはよう。作戦、思いついた？」

しかしアガサは力なく窓の下枠に座って、割れた窓ガラスの外を見ている。ソフィも外を見てみた。全壊《ぜんかい》した村、家を失ってがれきの中で物をあさる大勢の人たち、教会の階段からこちらを見ているソフィ像の首。ソフィの顔からゆっくりと笑みが消えていく。

「作戦はないの？」

ガツン！

両開きのオークの扉が震《ふる》えた。金槌《かなづち》がなんきん錠《じょう》をたたき落とした。

ガツン、ガツン！

「来た！」ソフィが悲鳴をあげる。

大変！　アガサは立ちあがった。「教会は聖域のはずでしょ！」

扉に打ちつけられた板がバキッと鳴った。ねじ釘が抜けて床にチャリンと落ちる。

ふたりとも祭壇《さいだん》のほうへ後ずさる。「隠《かく》れて！」アガサの声に、ソフィはパニックになって聖書台のまわりを走りまわるだけ——

扉に金属製のものをさしこむ音がした。

「鍵《かぎ》！」アガサは金切り声だ。「鍵を持ってるんだ！」

カチャッと鍵をまわす音がした。ソフィはあわててカーテンのあいだに隠れようとしている。

「早く隠れて！」アガサが叫ぶ——

扉が乱暴に開く。アガサは暗い戸口に目をやった。弱いろうそくの明かりの中、背中を丸めた黒い人影がゆっくり教会に入ってくる。

アガサの心臓が止まった。

〈うそでしょ〉

背中を丸めた人影が音もなく通路を歩いてくる。その姿をろうそくの明かりがちらちら照らす。アガサは祭壇《さいだん》を背に膝《ひざ》をついた。心臓がばくばくして、息ができない。

〈死んだはずでしょ！〉白いスワンに引き裂《さ》かれて、風に飛ばされた！ そして、死んだ黒いスワンの羽根は戦場と化した学校の上空に飛び散った！ しかし、今、死んだはずの校長がゆっくり近づいてくる。幽霊じゃない。アガサは悲鳴をあげて聖書台の下で身を縮《ちぢ》め——

「このままにはしておけない状況だ」声がいった。

校長の声ではない。

アガサが指のあいだからのぞくと、あごひげのいちばん長い長老が目の前に立っていた。

「ソフィは安全な場所に移さなくてはならない」そのうしろで二番目に年寄りの長老が黒いシルクハットをとりながらいった。

「今夜、移す」さらにそのうしろでいちばん年下の長老が短めのあごひげをなでながらいう。

「どこに？」小さな声がした。

長老三人が顔をあげて声のほうを見た。ソフィが祭壇の上にあるレリーフの陰に隠《かく》れていた。はだかの聖人にぴったりくっついている。

「**そこ**に隠《かく》れてたの？」アガサは思わず大声でいった。

「わたしはどこに連れていかれるんですか？」ソフィはいちばん年寄りの長老に聞いた。はだかの像の陰から出ようとしているけれど手間どっている。

「手配ずみだ」長老はまた帽子をかぶりながら扉のほうに歩きだした。「今晩また来る」

「でも、矢や石は！」アガサは大声で聞いた。「どうやって止めるんですか？」

「手配ずみだ」二番目の長老もそういいながら教会から出ていく。

「今晩八時に」三番目の長老も二番目の後をついていく。「移すのはソフィだけだ」

「安全だっていう保証は！」アガサは気が気でない――

「すべて手配ずみだ」一番目が大声で返し、外から扉に鍵《かぎ》をかけた。

ふたりともぽかんと口を開けて立っている、と思ったら、ソフィがうれしそうな悲鳴をあげた。

「ね？　いったでしょ！」大理石のレリーフからすべりおりてきて、アガサにぎゅっと抱きつく。

「わたしたちのハッピーエンドをめちゃくちゃにできるものなんてないわ」ほっとした顔で鼻歌をうたいながら、かわいいピンクのスーツケースに美容クリームやキュウリをつめていく。どれも長老会がいつまた友だちのアガサに届けさせてくれるかわからないからだ。ソフィがちらっとうしろを見ると、アガサの大きな黒い目は窓の外を見たままだ。

「アガサ、心配しないで。すべて手配ずみなんだから」

村人たちは教会を憎《にく》らしげににらみつつ、がれきをかき分けてそれぞれの大切なものをさがしている。アガサはその様子を見ながら、このあいだ母親がいっていたことを思い出していた。昔、長老会は強引なやり方をした……今回は強引すぎませんように。

長老会は日没前に、ソフィが教会に閉じこめられてから会っていなかった父親を連れてきた。父親は前と変わっていた。あごひげはのび、服は汚れ、栄養不足のせいか血色が悪い。歯が二本抜けて、左目のまわりにあざがある。娘が長老会に守られている中、村人たちは怒りを父親にぶつけたにちがいない。

ソフィは同情した表情を作ってみせたけれど、心の中では笑いたくてうずうずしていた。どんなによい子になろうとしても、ソフィの中の魔女は今も父親を苦しめたいと思っている。アガサは教会のすみで爪をかみ、聞こえないふりをしていた。

「長老会はそう長くはないだろうといっている」父親はいった。「ソフィを安全なところに隠《かく》したことがわかったら、森に潜《ひそ》んでいるひきょう者どもは遅かれ早かれさがしにくる。そうしたらパパの出番だ」毛穴の目立つ顔を手でかき、娘がいやそうな顔をしているのに気づく。「ほら、パパはこのざまだ」

「ハチミツクリームでマッサージしてよく洗うといいわ」ソフィは化粧品用のバッグの中をさがして、ハチミツクリームが入ったヘビ皮の小袋をとり出した。しかし父親は涙を浮かべて廃墟になった村を見つめているだけだ。

「パパ？」

「村の人たちはおまえを引きわたせばいいと思っている。だが長老会はおまえを守るためならなんでもするつもりだ。クリスマスはもう近いというのにな。長老会は村のだれよりいい人たちだ」力なくいう。「もうだれもパパには何も売ってくれない。これからどう生きていけばいいのか……」目をぬぐう。

ソフィが父親の泣くのを見るのは初めてだ。「でも、わたしのせいじゃない」思わずそういった。

父親は大きく息を吐いた。「ソフィ、何よりだいじなのはおまえが無事に家に帰ることだ」

ソフィはハチミツクリームの小袋をいじった。「今どこにいるの？」

「それもパパが目の敵《かたき》にされている理由のひとつだ」父親はあざのできた目をこすった。「おまえをねらっているやつは、うちがある通りの家は全部こわしたのに、うちだけは手をつけなかった。家にあった食べ物は底をついたが、まだ全員なんとかホノーラに毎晩食べさせてもらっている」

ソフィはヘビ皮の小袋を握りしめた。「全員？」

「ホノーラの息子ふたりにソフィの部屋を使ってもらっている。みんな無事で結婚式を終えられるまではそうする」

ソフィは父親の顔に白いクリームをべったり塗《ぬ》った。父親はハチミツクリームのにおいをかぐと、すぐにソフィのバッグの中身をさぐり――「何かあの子たちに食べさせられるものはないか？」

アガサはソフィが気絶しそうなのを見て、横から口をはさんだ。「ソフィのお父さん、長老会がソフィをどこに隠《かく》そうとしてるか知ってますか？」

父親は首をふった。「だが、村人にも見つからないところだといっていた」目はソフィがバッグを教会の奥に持っていくのを見ている。父親はソフィが話の聞こえないところまで行くのを待った。「森にいる連中からだけじゃない。ソフィを守らなくてはいけないのは」小声でささやく。

「けど、ソフィはずっとひとりなんて無理です」アガサは父親にいった。

父親は窓のむこうの森に目をやった。あたりが薄暗くなる中、森はガヴァルドン村をぐるりと暗く囲んでいる。「アガサ、あそこで何があった？　だれがうちの娘の命をほしがっているんだ？」

それはアガサにもわからない。「計画がうまくいかなかったら？」

るはずだ」

「長老会を信用するしかない」父親は目をそらした。「長老たちは何がいちばんいいかわかってい
父親の顔が不安でくもる。〈ステファンがいちばん気の毒だった〉アガサの母親はそういった。

「今回のことはあたしが解決します」責任を感じながら、アガサはしぼり出すようにいった。「あたしがソフィを守り抜く。約束します」

父親は両手をのばしてアガサの顔をつつんだ。「たのむ、その約束をかなえてくれ」

アガサは父親のおびえた目を見つめた。

「あきれた」

ふたりがふり返ると、ソフィは祭壇《さいだん》のところにいた。胸にバッグを抱えている。

「週末までには家に帰るわ」眉をひそめる。「だから、ベッドのシーツは交換しておいてね」

午後八時が近づく中、ソフィは自分のまわりに火のついたろうそくを並べて祭壇に腰かけていた。おなかがぐうぐう鳴っている。残っていたバター不使用のオートブランクラッカーは、あの子たちにあげて、と父親にわたしてしまった。アガサにそうするようにいわれたからだ。あの子たちは食べたとたん吐き出すに決まっている。いい気味だ。

ソフィはため息をついた。〈校長先生のいったとおり。わたしは悪い子〉

ただし、校長には大きな力があって魔法も使えたけれど、ひとつ知らないことがあった。それは、ソフィを善に変えられる友だちのことだ。アガサがいるかぎり、ソフィは二度とあのみにくくて恐ろしい魔女にならずにすむ。

教会の中が暗くなってきて、アガサはソフィをひとりにするのはいやだといったけれど、ソフィの父親が無理やり連れていった。長老会ははっきりといった――「移すのはソフィだけだ」――今は長老会の指示にそむくわけにはいかない。長老会はソフィの命を守ろうとしているのだから。

アガサがいなくなると、ソフィはきゅうに不安になってきた。アガサも昔はこんなふうに不安だった？　その頃のわたしはプリンセスになる夢を見てばかりで、アガサに冷たい態度をとっていた。今はアガサのいない未来なんて考えられない。どんなにつらくても、これからの隠《かく》れて暮らす日々にたえてみせる――だって、その終わりには友だちがいる、わたしの本当の家族になった友だちがいるってわかっているから。

でも、それならどうして最近のアガサは様子が変なの？

ここ一か月、ソフィはアガサとのあいだに距離《きょり》ができたのに気づいていた。アガサはいっしょに散歩していてもあまり笑わないし、スキンシップをとろうとしても冷たいし、いつも何か考えている感じだった。ふたりが知りあって初めて、ソフィは自分のほうがふたりの友情を大切に思っていることに気づきはじめた。

そして結婚式の日、ソフィは気づかないふりをしたけれど、握ったアガサの手は汗をかいて、震《ふる》えていた。逃げたがっているみたい、大きな秘密を持っているみたいだった。

〈あたしはソフィが思うほどよい子じゃないのかも〉

耳の奥で血管がどくどく鳴りだした。あの日、アガサの指が光ったはずがない。

でも、本当に？

ソフィは母親のことを思い出した。ママもきれいで、頭の回転がよくて、魅力的で……ママにもずっと信頼していた友だちがいた……けれど、最後は裏切られて、悲しく孤独に死んだ。

ソフィは頭をふって母親のことは考えないようにした。アガサはわたしのためにプリンスをあきらめた。わたしのために命さえさし出そうとした。アガサはあらゆる困難を乗り越えて、わたしたちふたりのハッピーエンドを手に入れた。

冷たく暗い教会の中で、ソフィの心臓は不規則に打っている。

〈そのアガサが、わたしたちの物語をめちゃくちゃにしようとするはずがないでしょ？〉

うしろで教会の扉がきしみながら開いた。ソフィがほっとしてふり返ると、灰色の上着を着た人たちが待っていた。全員手に黒いシルクハットを持っている。

いちばん年寄りの長老だけ、ほかにも何か持っている。

その先がとがっている。

墓地に住む欠点は、死者には明かりが必要ないことだ。門の上でちらちら燃えるたいまつの明かり以外には、夜中の墓地は真っ暗だ。アガサがこわれたよろい戸から外をのぞくと、丘の下のほうに白いテントがいくつもあるのが見えた。森からの猛攻撃《もうこうげき》で家を失った人たちのために設けられたものだ。あのどこかで、長老会は今ソフィを安全な場所に移そうとしている。アガサにできるのは待つことだけだ。

「あたしも教会の近くに隠《かく》れていればよかった」アガサはそういって、リーパーにさっき引っかかれてできた傷をなめた。リーパーはまだアガサを他人あつかいしている。

「長老会にそむくことはできないわ」アガサの母親がいった。ベッドにぎこちなく腰かけて、目は置時計を見ている。時計の針は骨でできている。「アガサが人さらいを止めたから、長老会はとても親切にしてくれる。これからもこのままでいてもらいましょう」

「やめてよ。おじいさん三人があたしに何をできるっていうの？」

「どの時代でも不安におびえた人間がすることは同じ」母親の目は置時計を見たままだ。

「魔女のせいにする」

「へえ。じゃあ、あたしたち親子も火あぶりにすればいい」アガサはベッドに寝転んだ。

沈黙が重くなってきた。アガサは体を起こし、母親の緊張《きんちょう》した顔を見た。まだまっすぐ前を見ている。

「お母さん、うそでしょ？」

母親の口元に汗が浮かんでいる。「人さらいが止《や》まなかったとき、村の人々はいけにえをささげたのよ」

「女の人を火あぶりにしたの？」アガサはショックでそういうのがやっとだ。

「結婚していない女の人をね。おとぎ話の本にはそうしなさいって書いてあったから」

「けど、お母さんは結婚してなかった――なんで火あぶりにされなかった――」

「お母さんのために立ちあがってくれた男の人がいたから」母親はいいながら、目は時計の針が八時をしめすのを見ている。「その人は代償《だいしょう》を払わされた」

「お父さんのこと？　お父さんはお母さんを裏切って、水車小屋の事故で死んだんでしょ」

母親はこたえない。じっと前を見つめている。

アガサは背筋がぞくっとした。母親を見る。「ソフィのお父さんがいちばん気の毒だったっていってたけど、どういう意味？　長老会が結婚を決めたときのこと？」

母親の目は時計を見たままだ。「ステファンのまちがいは、信用すべきでない相手を信用したこと。あの人はいつも、人はみんな善良だと思っていた」時計が八時一分をさした。母親がほっと肩の力を抜く。「だけど、だれも見た目ほど善良じゃない」静かにいいながら、娘のほうをむく。「アガサもそれは知っているはずよ」

初めてふたりの目が合った。母親の目に涙が浮かんでいる。

「まさか――」アガサの首に赤いぽつぽつが出てきた。

「長老会はいうでしょうね。ソフィ本人がそうするといったと」母親の声がかすれる。

「お母さんは知ってたのね」アガサは震《ふる》える声でいいながら、ドアにむかって走った。「長老会はソフィを移すんじゃなくて――」

母親がアガサの前に立ちふさがった。「長老会にはわかっていたのよ。アガサはソフィをうばい返そうとするだろうって。だから約束してくれた。事がすむまでアガサを家に引き止めておいてくれたら、アガサは見逃してやろう――」

アガサは母親を壁につき飛ばした――母親はひっしにアガサを止めようとしたが間に合わなかった。「アガサ、殺されるわ！」カリスは窓から大声で叫んだけれど、娘の姿はすでに暗闇に消えていた。

真っ暗な中、アガサはよろけ、つまずき、ぬれて冷たい雑草に足をとられながら丘を駆けおり、最後はふもとにあったテントにつっこんだ。アガサを大砲の弾とかんちがいした家族にいそいであやまり、家を失った大勢の人をかき分けて教会にいそぐ。みんな火にかけた鍋でカブトムシとトカゲの煮こみを作ったり、わが子をきたならしい毛布でくるんだり、来るはずのない次の急襲《きゅうしゅう》にそなえたりしている。明日、長老会はソフィの勇気ある「犠牲《ぎせい》」をなげき、ソフィ像を作りなおし、村人たちはあらためてクリスマスの準備をはじめるだろう。もう呪《のろ》いに悩まされることはないと……

アガサは叫びながら両開きのオークの扉を大きく開けた。

教会の中は空っぽ。通路に、先の細いもので引っかいたような跡が何本もついている。

ソフィが引きずられていったときの、ガラスの靴のかかとの跡だ。

アガサは扉の前でがくっと膝《ひざ》をついた。

〈ソフィのお父さん〉

アガサはソフィの父親に約束した。娘のソフィを守り抜くと。

顔を両手でおおう。あたしのせいだ。今回のことは最初からすべてあたしのせいだ。あたしにはほしいものが全部あった。友だち、愛、ソフィ。それなのにほかのものを願った。あたしは悪。悪よりひどい。犠牲になるならあたしのほうだ。

「お願い……あたしはソフィを家に連れて帰る……」声がつかえる。「お願い……誓《ちか》う……なんでもする……」

しかし何もできない。ソフィは消えた。村の平和と交換に、姿の見えない連中のもとに運ばれた。

「ごめんなさい……そんなつもりじゃなかった……」アガサは目から涙を、口からつばをこぼしながら泣いた。ソフィのお父さんにいえる？　娘さんは死にましたって。約束を守れなかったのに、あたしもソフィのお父さんもどうやって生きていく？　すすり泣きがゆっくり引いて、恐怖がこみあげてきた。アガサは長いこと動かなかった。

ようやく吐き気とめまいをこらえてふらふら立ちあがり、ソフィの家がある東の方向に歩きだす。教会から一歩離《はな》れるごとに気分が悪くなる。よろよろと道を歩きながら、脚がべたべたしている気がしてきた。なんとなく人さし指で膝《ひざ》をぬぐって、においをかいでみる。

〈ハチミツクリームだ〉

アガサはその場でかたまった。心臓がどきどきする。道の先にもクリームの跡がある。点々と、道しるべのように湖へとつづいている。アドレナリンが全身にみなぎってきた。

テントの中で足の爪をかんでいたラドリーのうしろで、かさかさっと音がした。ふり返ったラドリーの目に、人影がナイフとたいまつをかすめとるのが見えた。

「敵だ！」ラドリーは叫んだ――

アガサはいそいでうしろを見た。あちこちのテントから男の人たちが飛び出して、追ってくる。アガサはパンくず代わりのハチミツクリームの跡をたどって湖へむかった。スピードをあげて走るうちに、ハチミツクリームの点は小さくなって、そのうちしぶきみたいに散って消えた。ほかに手がかりはないかさがしているうちに、追っ手もやって来て、湖岸沿いに走ってくる。しかし、湖のむこうにも人影が三つあり、西からアガサをつかまえようとむかってくる。三人それぞれが持ったいまつの明かりで、三人とも長い上着を着て、あごひげを生《は》やしているのがわかった――

長老会の三人だ。

殺される。

アガサはふり返り、たいまつをふってまわりを見た。両側から長老と村人が近づいてくる。〈ソ

フィ、どこ――〉

「あの男を殺せ！」追ってきた村人のだれかが叫んだ。

アガサははっとそちらを見た。知っている男の人の声だ。

「あいつを殺せ！」同じ声がいった。みんながかたまって走ってくる。

どうしよう。アガサはたいまつでまわりの木を照らしながら、よろよろ前に進んだ。何かが耳元をかすめ、ふたつ目がわき腹をかすめ――

と思ったら、少し先で何かがきらっと光った。アガサはとっさに明かりをかざしてみた。

森の手前に空っぽになったハチミツクリームの小袋が落ちていた。ヘビ皮のうろこがきらきら光っている。

ゴンッ。冷たくてかたい物が背中に飛んできて、アガサは膝からくずれ落ちた。足下にごつごつした石がひとつ落ちている。ふり返ると、東からせまってきた大勢の村人がアガサの頭めがけて石を投げている。もう十五メートルくらいしか離れていない。西から走ってきた長老会の三人がたいまつを高くあげた。このままだと顔を見られてしまう――

アガサは湖にたいまつを投げ捨てて暗闇に飛びこんだ。

村人たちはてんでに叫びながらたいまつをふって敵を探している。その前を黒い影が森の方向に走った。復讐《ふくしゅう》に燃える村人たちは、獲物《えもの》をねらうライオンのようにうなり声をあげ、ひとつになってその影を追いかけた。どんどんスピードがあがる。集団からひとりが飛び出し、大声で叫んでうしろから敵の首をつかんだ。つかまれた相手がふり返る――

ソフィの父親は驚《おどろ》いて言葉が出ない。そのすきにアガサは耳元でいった。

「約束する」

そしてアガサは森の迷路に消えた。墓穴に投げこまれた一輪の白バラのように。

第4章 赤い覆面

たいまつの明かりと大勢の叫び声が遠くなっていく。アガサは暗闇の中で膝《ひざ》をつき、腐《くさ》りかけのしめった木に寄りかかって、震《ふる》える両腕《りょううで》で黒いワンピースを着た体を抱きしめた。

　遠く、かすかに聞こえていた叫び声と足音がついにやんだ。アガサは動かなかった。石をぶつけられた背中が痛い。さっきからずっと親友を助け出して帰ることだけを考えていた。だけど、帰るって、どこに？　人の命をうばおうとする長老三人のところ？　また森から攻撃《こうげき》されるところ？　ソフィを亡き者にしたがっている村？

　そう遠くない昔、広場で、大勢の目の前で無実の女の人たちが火あぶりにされたという話を思い出して、胃がむかむかしてきた。〈家に帰れるはずがない〉ガヴァルドン村でのふたりの未来は、自分を今とり巻いている森みたいに暗い。家に帰るためには、ソフィを助け出すだけじゃだめ。森の連中を――だれなのか、何人いるか知らないけど――やっつけて、二度と手を出せないよう

にしなくちゃ。

　しかし、どこからソフィをさがしはじめればいいかさえわからない。これまで約二百年、村人たちは行方不明の子どもをさがして森に分け入って——反対側から出たと思っても、入ったところにもどっただけだった。連れ去られた子どもたちと同じで、アガサとソフィも森のむこうに何があるか見た。それは終わりのない善と悪の危険な世界だった。無事にもどってきた幸運なふたりは、現実とおとぎ話の世界のあいだにあるゲートを永遠に閉じた……少なくともアガサはそう思っていた。それが、たったひとつの願いで、また開いてしまった。

　ソフィがどこにいるにしても、恐ろしい危険にさらされているはずだ。

　アガサは立ちあがって、果てしなき森に足を踏み入れた。厚底の靴で落ち葉を踏みしめながら、ゆっくり前に進む。何も見えないので手さぐりで進んでいく。樹皮がめくれた幹、クモの巣だらけの枝……頭が木にぶつかって、飛び出してきた黒い影がアガサの顔にぴゅっと何かをかけ、シューッといって姿を消した。それにこたえるように、森のあちこちからいっせいにうなり声やうめき声が聞こえてきた。まるで、眠《ねむ》っていた敵が招集をかけられたかのようだ。アガサはぼうぜんとして顔についた液体をぬぐい、ポケットからラドリーのナイフを出した。足下でがさがさ音がした。

　落ち葉の下で目が開いたり閉じたりしている。黄色と緑の目だ。一か所で光ったかと思うと、また別のところに現れる。アガサはまばたきをこらえて、木に体をつけてしゃがんだ。少しずつ目が慣れてきたところに、細長い影が八つ、落ち葉の下から出てきてアガサのまわりで円を描きだした。まるで煙の渦みたいだ。

〈ヘビだ〉
といっても、ふつうのヘビより太い。炭みたいに黒くて、頭は平たく、体じゅうのうろこの端が針みたいにとがっている。ヘビはアガサのまわりをぐるぐるまわりながら、どんどん鎌首《かまくび》をもたげていく。どのヘビもシューシューいいながら、とがった歯の並ぶ口を大きく開けると、アガサめがけて――

いっせいに液体を飛ばした。

アガサは粘液《ねんえき》で木にはりつけにされ、手からナイフが落ちた。もがいて木から離《はな》れようとしても、半透明《はんとうめい》のすっぱい粘液が口と目にかかって、ヘビの影がぐるぐるまわっているのがぼんやり見えるだけだ。ヘビがいっせいにアガサの体のあちこちに飛びついて、巻きついてきた。うろこが肌に刺さって痛い。ひっしでもがくアガサの目に、いちばん大きな最後の一匹が枝からおりてきて、冷たく、黒い尾をアガサの首に巻きつけるのが見えた。うろこがのどに刺さった。アガサは口を開けて息をしようとしたけれど、ヘビの頭はもう顔の上をはっている。アガサの頬《ほお》にかかった粘液の膜《まく》に大きな鼻を押しつけ、細く、意地の悪い緑の目でアガサをにらみ、そして……首をしめてきた。

アガサは息ができなくなって目を閉じた。

どこも痛くない。魂《たましい》が記憶をたどっている……アガサが湖の岸で、だれかの肩に頭をのせて座っている。腕《うで》を組んでくっつき合ったふたりに太陽の光がふりそそぎ、おたがいのおだやかな呼吸のリズムはぴったりそろっている。アガサはこの幸せな静けさに耳をかたむけた。ひとときのハッピーエンド……次の瞬間、刺すような、するどい痛みが全身に走った。終わりのときが来た。アガサはとなりのだれかの腕にしがみついて、湖面に映るふたりの姿をのぞきこんだ。最後にもう一度、自分のハッピーエンドの相手の顔を見たい……
湖面に映っているのはソフィの顔ではなかった。
暗闇に光がつき刺さった。ヘビたちが悲鳴をあげて後ずさり、いそいでまた落ち葉の下に隠《かく》れる。アガサは目を開けた。きょとんとしてあたりを見わたし、光の出どころをさがす。粘液《ねんえき》を透《す》かして、人さし指が金色に光っているのが見えた。結婚式以来、二回目だ。ほっとすると同時に、気持ちが悪くなった。二回とも、彼のことを考えたらこうなった。

〈魔法は感情にしたがう〉ユーバはそう教えてくれた。アガサは、もう魔法も感情もコントロールできなくなった。

だけど今回、人さし指は光ったままだ。なんで？　アガサは人さし指を顔に近づけた。この木から離《はな》れたい。そう願ったとたん、指がドクンドクンと明るく光りだした。アガサの指示を待っているかのようだ。アガサは心臓がどきどきしてきた。おとぎ話の世界に入りこんでしまった。魔法がもどってきた。

全身が痛くて、木にはりつけにされて、学校で習った魔法を思い出せる状態ではない。けれど、呼吸が落ち着いてくると、なんとか初歩的な「溶解《ようかい》の魔法」を唱《とな》えることができた。うろこに刺されて出た血とともに顔や手の粘液は溶けて流れたけれど、黒のワンピースだけはべたべたしてぬれたままだ。それでもなんとか生きている。アガサは弱々しくうめきながら、ラドリーのナイフを拾って、ナイフにくっついていた樹皮をはがした。

アガサは年老いたノームのユーバに教えられたとおり、光る人さし指をたいまつのようにかかげて、節だらけの木が立つ森の中で道をさがした。ユーバは善と悪の学校の講師のひとりとして、

「青の森」という青くて静かな森で生徒の訓練を行った。青の森は、各生徒が将来の冒険にそなえる場として、果てしなき森そっくりに作られていた。アガサは体じゅうの傷の痛みをこらえて、腐《くさ》りかけた二本の木のあいだをくぐり抜けた。本物の果てしなき森の恐ろしさにくらべれば、青の森なんて校長の冗談のようなものだ。

少し先で木がとぎれている。道かもしれない。アガサはクモの巣だらけの木と木のあいだを抜けて、そちらにむかった。ソフィの名前は呼ばない。呼んだらアガサがさがしにきたことが、敵にばれてしまう。

一歩ごとに死に近づいている気がする。果てしなき森には前に二度入ったことがある。けど今回はちがう。自分を守ってくれる学校はない。テドロスはいない。

人さし指がドクンドクンと明るくなった。

テドロス。キャメロット出身。

ついにここで、森にひとりきりになって、その名前をつぶやいてしまった。最後にテドロスを見たのは夕暮れの中、アガサがソフィとキスをしたときだ。テドロスはアガサとキスをするのは自分だと思っていた。じょじょに消えていくアガサにむかって手をのばし、切なそうに叫んだ――

〈待ってくれ!〉

テドロスの手をとることもできる。テドロスのプリンセスとして残ることもできる。ふたつの世界のはざまで全身が明るく光りだしたあのとき、アガサはそう思った。

だけどソフィを選んだ。そうして、アガサは消えた。

あのときの選択は正しかったと確信していた。それこそずっと前から願っていたエンディングだ。

なのに、テドロスを忘れようとすればするほど思い出してしまう。夢の中で、昼も夜も……テドロスのつらそうな青い目……テドロスが走ってくる……大きく、たくましい手が、アガサをつかまえようと……

そしてついに、アガサも手をのばしてしまった。

〈とにかくソフィを見つけなきゃ〉アガサはソフィの父親との約束を思い出し、くちびるをかんだ。アガサが望んでいるのはソフィが——かわいくて、わがままで、少し変わったところのあるソフィが無事に家に帰ることだけ。自分のハッピーエンドを二度と疑《うたが》ったりしない。

足元に重なって落ちている枝をかき分けながら、木がとぎれているところまで来て、光る人さし指で下を照らしてみた。道じゃない。大きな泥《どろ》の池だ。赤っぽい泥がたまっていて、見わたすかぎり東西に広がっている。石をひとつ拾って池に放りこんでみる。かなり深い。

そこでふいに、少し離《はな》れたところに影がふたつ立っているのに気づいた。岸から黒っぽいひづめで赤い泥をつついている。角《つの》の生えた雄《お》ジカと雌《め》ジカのペアだ。雄ジカはさらに何回かつついて安全だと思ったらしい。二頭並んで泥の池にするっと入り、対岸にむかって泳ぎだした。よかった。アガサもワンピースの裾《すそ》をまとめて、同じように——

何かが雌ジカをつかまえた。アガサはびっくりしてうしろによろけた。とげだらけの白く長いクロコダイルの鼻面が三つ、泥の中から飛び出した。角《かく》ばって平たい鼻の先に巨大な丸い鼻の穴がある。黒い、サメのような歯が逃げようともがく雌ジカにかみついた。クロコダイル三頭が雌ジカを泥の中に引きずりこむ。体の大きい雄ジカのほうは見もしない。雄ジカは弱々しく鳴きながら、なんとかむこう岸にたどり着いた。

アガサはわたるのをやめた。

目に涙を浮かべ、光る指で森の迷路を照らしながら来た道をふらふら引き返す。ソフィはどこ？ 長老会はソフィをどうしたの？ 泣きたいのをこらえ、足を引きずって森の出口をめざす。何も見えない。見えるのは骸骨《がいこつ》みたいな枝の影と……切れ切れの黒い雲と……一点のピンクの光……

アガサは人さし指をそのピンクの光にむけた。指先が危険信号みたいに脈打っている。ほかの人なら動物の目だと思ったかもしれない。けれど、アガサは知っていた。

地球上であんなピンクに光る生き物はほかにいない。

アガサは痛みと戦いながら、ピンクの光を追って深い森を走った。光はまだ遠くて、しかもどんどん弱くなっていく。近づくにつれて、あちこちの木に血がついているのが見えてきた。けがをした生き物が歩いた跡だろうか。足下の折れた枝を蹴散《けち》らし、つるを払いのけ、イラクサに髪《かみ》の毛を引っかかれて走るうちに、ふとラベンダーの香りがしてきた。心臓の高鳴りを感じながら丸太を飛び越え、小さな空き地に飛びこむ――

「ソフィ！」

ソフィは返事をしない。顔はちがうほうをむいている。空き地の奥にある木のむこうでぐったり両膝《りょうひざ》をつき、両腕《りょううで》は頭の上にあげている。ソフィの右手の人さし指がドクン、ドクンとソフィ特有のピンクに光り、そして、消えた。

「ソフィ？」アガサは声をかけた。アガサの人さし指の金色も消えた。

ソフィはまだ動かない。

アガサはいっきに心配になって木に近づいた。ソフィの浅い呼吸が聞こえる。アガサはゆっくり手をのばしてソフィの肩にさわった。ドレスが裂《さ》けて肌が見えている。

血が出ていた。

アガサはソフィの体をこちらにむかせた。ソフィの両手は手綱《たづな》を編《あ》んだロープで枝につながれている。どちらの手のひらにも浅いナイフの切り傷がある。長老会はソフィ本人の血で、ソフィの胸に血文字のメッセージを書いていた。

〈わたしを連れていって〉

信じられない。アガサはすぐにナイフで枝につながれたロープを切って、ソフィの手をおろさせた。血を洗い流す魔法を思い出そうとしたけれど浮かんでこない。震《ふる》える手でソフィについた血をぬぐう。「ごめん――」手のロープも切って、つかえながらいう。「ふたりで家に帰ろう――約束する――」

自由になったとたん、ソフィは氷みたいに冷たい手でアガサの口をふさいだ。アガサは、ソフィの大きく開けた、血走った目がむいているほうを見た。

視線の先のどの木にも何かくっついている。暗がりで乳白色のものがはためいている。アガサは光る人さし指を前にのばした。

何本もの木に貼られた羊皮紙のポスターが、風に吹かれて落ち葉のように乾いた音を立てている。全部同じポスターだ。

ポスターの似顔絵はソフィの顔だ。

「うそでしょ！」アガサは叫んだ。「校長先生はもう死んで――」

アガサはかたまった。

木立のむこうに赤いものがちらちら見えた。何かがやって来る。

アガサはソフィの手首をつかむと、引きずって木のうしろに隠《かく》れた。何かいおうとするソフィの口を手でふさぎ、木の陰からそっと顔を出して様子をのぞく。

からみ合う枝のむこうに、赤いレザーの覆面《ふくめん》をした者たちがいた。それぞれが持つ火矢の明かりが、袖なしの黒いレザーの服とたくましい腕《うで》を照らし出す。アガサは人数を数えてみた――十人、十五人、二十人、二十五人……ひとりが紫《むらさき》の目でアガサをにらむと、にやっと笑い、弓をかまえた。

「ふせて！」アガサは叫んだ――

ふたりが地面にふせると同時に、最初の矢がソフィの首元をかすめた。ふたりとも無言で密集した黒いイバラのしげみをかき分けて逃げる。ふたりがかろうじてよけた何十本もの火矢が右や左の木に刺さって火がつく。アガサとソフィは手をつないで果てしなき森の奥へ奥へと逃げながら、隠れ場所をさがした。赤い覆面がせまってくる。そのとき、行く手の生いしげった木々のあいだにすきまができて、ようやく道が見えた。月明かりの下でひっそりしている。ふたりともほっとして大きく息をしながら、その道に出ようとして、立ち止まった。

道は二本に分かれていた。灰色の細い道がそれぞれ大きく右と左に曲がっている。どちらの道も先に何があるかわからない。けれど、おとぎ話の本の読み手であるふたりは知っている。

正しいのは一本だけ。

「どっち？」ソフィの声はかすれている。

ソフィは見るからに疲れ、震《ふる》えている。アガサはソフィを安全な場所に連れていかなくてはならない。矢が近くを飛ぶ音を聞きながら、左右に分かれた道を見る。火矢が木に刺さる音が近づいてきた……

「アガサ、どっち？」ソフィがせかす。

アガサの目は左右を交互に見るばかりで、手がかりは何も――

ソフィが息を飲んだ。「見て！」

アガサはすぐに東の道を見た。暗い道の上を高く、青く光る蝶が一匹飛んでいる。羽をさかんにはばたかせて道の先にむかう。ついて来て、と誘っているかのようだ。

「行こう」ソフィがいった。突然また元気になり、ずんずん歩きだす。

「蝶についていくの？」アガサは文句をいいながら追いかけた。ソフィは**「おたずね者」**のポスターが貼られた木の横を平気で通り過ぎていく。

「心配ないわ。わたしたちをここから連れ出してくれるのよ！」

「なんでわかるの？」

「いそいで！　見失っちゃう！」

「知らないでしょ。あたしがここまでどんなに大変だったか――」アガサはうしろで大きく息を切らしている。

「どっちが大変だったかじまんしている場合じゃないわ！」

蝶がスピードをあげた。目的地がせまってきたようだ。羽をまぶしいくらい青く光らせながら大きくカーブする。ソフィもアガサの手首をつかんで、引っぱるようにして道を曲がると――

倒木が道をふさいでいた。

青い蝶は消えた。

「うそでしょ！」ソフィは叫んだ。「でも、あの蝶は――ぜったい――」

「特別な蝶だった？」

ソフィは目に涙をためて首をふった。アガサにわかるはずがない、といいたげだ。そのとき、アガサのむこうに、たいまつに照らされた人影が見えた。木立のむこうから近づいてくる。ひとり、さらにもうふたり……

赤い覆面《ふくめん》たちも道を発見したのだ。

「わたしとアガサはハッピーエンドを迎《むか》えた――」ソフィは倒木にむかって後ずさりした。「今回のことは全部わたしのせい――」

「ちがう……」アガサはうつむいた。「あたしのせい」

ソフィは胸が苦しくなった。教会にひとりで残されて、アガサはすっかり変わってしまった、と思ったときと同じだ。この一か月に起きたことはひとつとして偶然ではない、そう感じた。

「アガサ……どうしてこんなことになったの？」

いくつもの人影がカーブに近づいてくる。アガサは涙で目が痛くなってきた。「ソフィ……あたし――あたし――まちがって――」

「アガサ、落ち着いて」

アガサはソフィを見ることができない。「開けてしまったの――あたしたちふたりの物語の――」

「何をいっているかわからない――」

「ね、ね、願ったの！」アガサは赤くなった。「願ってしまったの――」

ソフィは首をふった。「願った？」

「そんなつもりじゃなかった――けど、気づいたら――」

「何を願ったの？」

アガサは深呼吸した。ソフィのおびえた目を見つめる。

「だから、ソフィじゃなくて――」

「チケットを」声がした。

ふたりがぎょっとしてふり返ると、空洞になった倒木から驚《おどろ》くほど細いイモムシがひょこっと体を半分出した。シルクハットをかぶり、カールした口ひげを生やし、紫《むらさき》のタキシードを着ている。

「花園トレインに毎度ご乗車ありがとうございます。花園ではつば、くしゃみ、歌、鼻水、スイング、暴言、平手打ち、居眠《いねむ》り、小便禁止。規則を破った者は服を没収。チケットは？」

ソフィとアガサはぽかんと見つめ合った。花園トレインを呼び出す方法なんて、ふたりとも知らなかった。

「聞いて」アガサはちらっとうしろを見ながらいそいでいった。追っ手の影が行き止まりの手前のカーブにさしかかった。「今すぐ乗車したいんだけど、チケットはなくて――」

「わたしにまかせて」ソフィはアガサに小声でささやき、またイモムシを見た。「車掌《しゃしょう》さん、またお会いできてうれしいわ！　わたしのこと覚えてる？　以前すごく親切にわたしたちのクラスを善と悪の庭に案内してくれたでしょ。その口ひげ、なんてすてきなの！　わたし、そういう口ひげが大好きで——」

「チケットがなければ乗車不可」イモムシはぶっきらぼうにそういい、引っこもうとした。

「けど、つかまって殺されちゃう！」アガサは叫んだ。赤い覆面《ふくめん》たちがカーブを曲がり、姿を現した——

「特別な事情があれば書類の提出を。花園トレイン事務局で書式七十七号に記入すること。事務局は隔週月曜日、午後三時から午後三時半まで——」

アガサはイモムシをつかんで引っぱり出した。「乗せないと、食べちゃうよ」

イモムシはアガサの手の中で青ざめた。「ネヴァー〔悪の学校の生徒の呼び名〕だ！」イモムシが叫んだとたん、つる植物が飛び出してきて、アガサとソフィを木の空洞に吸いこんだ。同時に火矢が何本も刺さって、倒木が燃えあがる。

ふたりともパステルカラーが渦巻く穴をどんどん落ちていく。と思ったら、つるがふたりを放り投げた。ふたりとも大きく口を開けたハエトリグサを飛び越して、目が痛いくらい熱い蒸気でいっぱいのトンネルに飛びこむ。両手で目をおおったふたりの胴体をつるがぐるぐる巻きにして、頭の上に引っかける。指のあいだから見ると、ふたりとも緑の蛍光色《けいこうしょく》の木にストラップでぶらさがっていた。木にはこう書いてある。

樹木ライン

「青い蝶が、なぜかわからないけど、花園トレインを呼び出したのよ！」ソフィは全身ぐるぐる巻きにされて運ばれながら叫んだ。「やっぱりね！　青い蝶はわたしたちを助けようとしていたの！」

蒸気から出て、初めて花園を見たアガサは言葉を失った。目の前にあるのは壮大な地下の運搬システムだ。大きさはガヴァルドン村の半分くらいあって、どこもかしこも植物でできている。底なしの洞穴《ほらあな》の中をラインによって色分けされた幹が線路のように交差しながら走り、ストラップで幹にぶらさがった乗客を、果てしなき森のそれぞれの目的地に運んでいく。車掌《しゃしょう》は**樹木ライン**の緑の幹に設けられたガラス窓つきの車掌室の座席に腰かけ、トレインが駅にさしかかるたびにヤナギのマイクにむかってめんどうくさそうに駅名をアナウンスする。「メイドゥンヴェイル！」「アヴァロンタワーズ！」「ラニヤンレイン！」「ジニーミル！」

乗客は自分の目的地がアナウンスされたらストラップを引っぱる。すると、ストラップが手首に巻きついて、その乗客をラインからはずし、渦巻く風が作る出口めがけて放り投げる。乗客はそのまま渦に吸いこまれ、花園から地上に出る。

アガサは自分の緑のラインにはほかにも大勢の女の人たちがぶらさがって、楽しそうにおしゃべりしていることに気づいた。きれいな服を着て陽気な人もいれば、エヴァーにしてはいじわるなおばあさん風で、見てくれの悪い人もいる。一方、緑の樹木ラインと直角に交わる赤の**バラライン**にぶらさがっているのは、不機嫌そうで、だらしない服装の男の人が数人だけ。この二本のラインの下を走るのは黄色の**ダリアライン**で、美人とブサイクな女の人が交じったグループがいくつもぶらさがってにぎやかだけど、これと交差するピンクの**シャクヤクライン**にはよれよれで、きたならしい男のドワーフが三人ぶらさがっているだけだ。アガサは首をかしげた。イモムシはラインは男女別なんていってたっけ？　といっても、イモムシのいっていた規則はどれもばかばかしくて、半分も覚えていない。

アガサは二羽のインコに目をとめた。羽色は濃《こ》い緑で、セロリ&キュウリジュースの入ったグラスとピスタチオマフィンを運んでいる。アガサがぶらさがっている緑の蛍光色《けいこうしょく》の幹の上には正装したトカゲのオーケストラがいて、バイオリンとフルートでバロック調のワルツを演奏し、それに合わせて緑のカエルのコーラス隊がうたっている。アガサは数週間ぶりに笑顔を浮かべた。甘いピスタチオのマフィンをひと口でたいらげ、甘くない緑のジュースでのどの奥に流しこむ。

となりにぶらさがっているソフィはインコからもらったマフィンのにおいをかぎ、指でつついている。

「食べないの？」アガサはいった。

ソフィは自分のマフィンをアガサに押しつけた。「バターが」とか「悪魔の食べ物」とかつぶやく。「家に帰るのはかんたん」マフィンをおいしそうに食べているアガサを見ながらいう。「このラインを逆もどりすればすぐに――」

アガサは食べるのをやめた。ソフィはアガサの視線をゆっくりと追って自分の傷だらけの手のひらを……さらには長老会にロープでしばられた手首の赤い跡を……そして、胸に薄く残る血で書かれた文字を見た……

「家には帰れない、わよね？」ソフィが力なくいう。

「たとえ長老会がうそをついたと証明できても、校長先生はソフィをつかまえようとする」アガサの声も暗い。

「校長先生が生きてるはずない。死ぬのを見たもの」ソフィはアガサの顔を見た。「でしょ？」

アガサには返事ができない。

「ねえ、どこに行っちゃったの？」ソフィは小さく首をふった。「わたしたちふたりのハッピーエンドはどこに行っちゃったの？」

アガサは知っていた。今こそ花園トレインに乗る前にいいかけたことを最後まで話すときだ。しかし、ソフィの大きくつぶらな瞳を見て、ソフィを悲しませることはできないと思った。自分が何を願ったか、親友に知られずに今回のことを解決する方法があるはずだ。アガサの願いはただのまちがい。ソフィにはぜったい知られてはならないまちがいだ。

「あたしたちふたりのエンディングをとり返す方法があるはず」アガサはきっぱりといった。「とにかく、ふたつの世界のあいだにあるゲートを閉じれば――」

ところがソフィは首をかしげ、アガサのうしろを見ている。アガサもふり返った。

ふたりの後方は空っぽだ。乗客は全員消えた。

「アガサ……」ソフィはそういうのがやっとだ。さっきの蒸気のトンネルに目をこらしている。

アガサにも見えた。赤い覆面《ふくめん》が何人もぶらさがっている。ラインからラインへと移動しながら、こちらにむかってくる。

ふたりとも安全ベルトをほどこうとしたけれど、しっかり巻きついている。アガサは人さし指を光らせようとしたけれど、光らない――

「アガサ、つかまっちゃう！」ソフィは叫んだ。赤い覆面がふたつ上の赤いラインに飛び移った。「ストラップを引っぱって！」アガサも大きな声でいう。ほかの乗客はそうやってラインからおりていたからだ。しかし、アガサとソフィがどんなにストラップを引っぱっても、樹木ラインはふたりを放さず運びつづける。

アガサはあわててラドリーのナイフを出し、自分の安全ベルトを切った。せまりくる赤い覆面を見る。「そこにいて！」ソフィにそういいながら、ソフィのストラップまでの距離《きょり》を目で測る。アガサはストラップにぶらさがったまま、足下で口を開けてかみつこうとしている巨大なハエトリグサにたじろいだ。下はパステルカラーの底なしの穴だ。アガサは声をあげながら、足を前後にふって体を揺らし、トンネルから吹き出す風にさからってソフィのほうへ――

アガサはストラップをつかみそこねてソフィに激突した。ソフィにぎゅっとしがみつく。

緑の幹がオレンジに光り、点滅《てんめつ》しだした。「**違反！**」ぶっきらぼうな声がスピーカーから響《ひび》く。

「**スイング禁止！　違反！　スイング禁止！　違反――**」

緑のインコの群れが飛んできてアガサの服をつつき、引き裂《さ》きだした。アガサの手からナイフが落ちる。「やめて――」

「アガサから離《はな》れなさい！」ソフィが叫びながらインコを引っぱたく。

「**違反！**」ぶっきらぼうな声がとどろく。「**平手打ち禁止！　違反！　平手打ち禁止！**」

樹木ラインの上に乗っていたトカゲとカエルが全員、緑の花を咲かせたつるをつたっておりてきて、ソフィの服を引っぱりだした。何するのよ。ソフィに引っぱたかれてトカゲや花が宙を舞う。アガサは花粉を吸いこんでくしゃみが出た。

「違反。くしゃみ禁止。違反」ほかのラインの鳥、トカゲ、カエルもおりてきて、ふたりの服を没収しはじめ――

「おりなきゃ！」アガサは叫んだ。

「わかってるわ！　わたしのボタン、あとふたつになっちゃったのよ！」ソフィがカエルを引っぱたきながらいう。

「ちがう！　今すぐ！」

アガサは上を指さした。赤い覆面《ふくめん》の連中が樹木ラインに飛び移ってきた。

「ついてきて！」アガサは色とりどりのトカゲをふり払いながらソフィにそう叫ぶと、体をふってとなりのストラップに飛び移った。うしろを見ると、ソフィは襟元《えりもと》のカナリアをつかんでいる。

「シッ、シッ！　これ、お手製のドレスなのよ！」

「早く！」アガサがどなると――

ソフィも覚悟を決め、となりのストラップに飛び移ろうとした。が、失敗。悲鳴をあげながら大きく口を開けたハエトリグサにむかって落ちていく。アガサは恐怖で青ざめ――

ソフィはうつぶせに**ハイビスカスライン**に落ちた。青いハイビスカスラインは樹木ラインと並行して高速で走っている。ソフィは手足を広げて青い幹にへばりついたまま、アガサを見あげた。アガサはほっと息をもらした。

「アガサ、あぶない！」ソフィが叫ぶ――

アガサがふり返る。アガサのストラップに追いついた赤い覆面が、アガサののどをつかんだ。

頭上でアガサの苦しそうな声を聞いて、ソフィはハイビスカスラインの幹の上で立ちあがり、イバラのトンネルにつっこむ直前なのに気づいた。首が飛ぶ！　ソフィがまた幹にへばりつくと同時に、ハイビスカスラインがトンネルにつっこむ。小さくはばたく音が聞こえた。ソフィが顔をあげてうしろを見ると、例の青く光る蝶がいた。ハイビスカスラインの上をいっしょに移動している。

「助けて！」ソフィがたのむと――

青い蝶は羽をはばたかせ、ひゅっと前方に飛んでいった。ソフィもトンネルの外に出ると、すぐに幹をはって蝶を追った。前のほうにアガサの首をしめる赤い覆面の黒い影が落ちている。いそがなくちゃ。蝶に遅れないようについていこうとしたソフィの目の前に、赤い覆面の男がふたりおり立った。どちらも弓矢を持っている。ふたりがねらいを定めた瞬間、ソフィは怖くて上を見た。男がアガサの首をへし折ろうと――

すかさず青い蝶が飛んできて、ソフィの手の下のつるを引っぱった。と同時にそれがソフィの手首に巻きつき、ソフィをハイビスカスラインから連れ去ると、つづけてアガサの手にも巻きついた。赤い覆面の連中は驚《おどろ》いて向きを変え、ふたりめがけてナイフや矢を飛ばしてきたけれど、つるは鞭《むち》のようにしなやかに、青く光る風の渦めがけてふたりを放り投げた。風がふたりを吸いこむ。中は花びらが渦巻く光のトンネルだ。ふたりは上へ、上へと引っぱられ――

青々とした芝生《しばふ》に出た。

アガサとソフィは背の高い赤と黄色のユリの花壇に両膝《りょうひざ》をつくと、肩で大きく息をした。どちらも顔は傷だらけで、髪《かみ》の毛に花びらがつき、服はかろうじて無事だった。ふたりとも自分たちが飛び出した穴を見おろした。すでに土でふさがれて、その下に矢が飛んできては刺さる音がしている。

「ここはどこ」ソフィは目で青い蝶をさがしている。

アガサは首をふった。「わかんない――」

そのとき、赤いユリと黄色いユリがささやき合いながら、いぶかしげにこちらを見ているのに気づいた。

前にも一度、花がアガサを見てひそひそいい合っていたことがある。あのときもこれと似た場所で、そのうち手首を引っぱられ、立たされて……

アガサは思わず立ちあがった。

目の前に善の学校がそびえていた。アイダ湾の真ん中から片側の、クリスタルのようにすんだ水面のむこうで、オレンジ色の朝焼けに照らされている。善の学校のガラスの塔四本は前は二本がピンクで二本が青だったけれど、今は青だけだ。四つの尖塔それぞれの先には蝶の描かれた青い旗がはためいている。

「もどって来た」ソフィはあっけにとられている。

アガサの顔から血の気が引いていく。

忘れようとしていたところにもどって来た。すべてをめちゃくちゃにするかもしれない場所にもどって来た。

丘の上に立つ善の学校の正面の扉は閉じている。前庭への道は金色のしのび返しつきのゲートでふさがれ、その上に鏡で文字が書かれている。

女子の教育と育成のための学校
THE SCHOOL FOR GIRL EDUCATION AND ENLIGHTENMENT

アガサはかすんだ目を一度閉じて、また開けた。読みまちがえたと思ったからだ。

ううん。やっぱり「**女子**」だ。

「なんで？」

ソフィも横に来た。「変ね」

「ひょっとして」アガサはいった。「『ＧＯＯＤ（善）』と『ＧＩＲＬ（女子）』は似てるから、ニンフがまちがえたのかも」

しかし、そこでアガサはソフィが見ているものに気づいた。アイダ湾の真ん中からむこう側は悪の学校のにごった堀《ほり》だ。ただし、以前のようにヘドロまじりの黒い色ではなく、果てしなき森の泥《どろ》の池と同じ赤さび色で、見張りは雌《め》ジカをえじきにしたのと同じ白いクロコダイル――少なくとも二十頭はいる。赤さび色の水に身を潜《ひそ》めて、黒くするどい歯を光らせている。

アガサはゆっくりと、赤さび色の堀のむこうにそびえる悪の学校を見た。血のように赤い、逆とげのついたような塔が三本、つるんとした銀色の塔を囲んでいる。銀色の塔はほかの三本の二倍の高さだ。四本の塔それぞれのてっぺんにかかげられた黒い旗が、霧《きり》のむこうではためいている。旗の図柄は赤いヘビだ。

「悪の学校の塔は前は三本だったわよね」ソフィはにらむように悪の学校を見た。「四本じゃなくて……」

湾のむこうから数人の声がして、アガサもソフィもまたユリのうしろに隠《かく》れた。

森から黒の服を着た数人が飛び出し、そのまま悪の学校のゲートから中に入っていく。

全員、赤いレザーの覆面《ふくめん》をつけている。

「校長先生の手下だわ！」全員が霧《きり》のむこうに姿を消したところで、ソフィが叫んだ。

アガサはもう真っ青だ。「けど、ってことは――」

またすぐアイダ湾を見る。

「ない……消えてる」アガサはそういうのがやっとだ。黒い堀《ほり》と透明《とうめい》な水のあいだに高々とそびえ、両方を見張っていた校長の銀の塔はなぜか……消えてしまった。

「ううん、あるわ」ソフィがいった。目はまだ悪の学校を見ている。

アガサにもやっとわかった。なぜ塔が三本ではなく、四本なのか。

校長の銀の塔は悪側に移動した。

「校長先生は生きてるんだ！」アガサは銀の塔を見て驚《おどろ》くだけだ。「けど、なんで――」

ソフィが指をさした。「見て！」

銀の塔には窓がひとつしかない。霧のかかった窓の中から、人影がこちらを見おろしている。よく見えないけれど、顔に銀の仮面をつけていることだけはわかる。

「校長先生だ！」ソフィはくやしそうだ。「悪の学校の校長になったのね！」

「アガサ！　ソフィ！」

ふたりが花壇からふり返ると、ダヴィー先生がいた。ハイネックの緑のドレス姿で、善の学校から走ってくる。

「早くいらっしゃい！」

ふたりはダヴィー先生のうしろについて走り、善の学校の金色のゲートから中に入った。アガサは途中で一度ふり返り、銀の塔と、窓の中の仮面をつけた人影を見て思った。また校長の命をうばえばいい。そうすれば、あたしのまちがいは永遠に葬《ほうむ》られる。ふたりで無事に家に帰り、ソフィの父親との約束は守られる。あたしが何を願ったかソフィが知ることはないだろう。悪の学校を支配する人影を見あげながら、アガサは待った。自分の心に決意がみなぎるのを、自分を戦いに駆り立てるのを……ところが、心はちがう反応をした。

ときめいた。

おとぎ話の本に出てくるプリンセスはいつもそうなる。

プリンスの姿を見ると。

第5章 ちがう学校

ダヴィー先生に遅れないよう、ソフィと並んで鏡だらけの廊下を走りながら、アガサは息を整えようとした。ダヴィー先生は親切な妖精として知られている。いつもアガサの心配をしてくれた。今回も答えをくれるに決まっている。

「あの赤い覆面《ふくめん》の連中はだれなんですか」アガサは聞いた。

「どうやって校長先生は生きのびたんですか」ソフィが聞く。

「なんで校長先生がネヴァー側に？」とアガサ。

「静かに！」ダヴィー先生はふたりを黙らせて、魔法の杖で三人の足音を消した。「時間がないのです！」

「あたしたちを見ても驚《おどろ》いてないみたいですね」アガサは小声でいったけれど、ダヴィー先生は返事をしない。ふたりを人気《ひとけ》のない善のロビーにいそいで入らせ、魔法でドアのかんぬきをかける。

ほんの数か月前、魔女に変身したソフィはアガサとテドロスへの仕返し

として、このロビーをめちゃくちゃにした。ステンドグラスの窓も、らせん階段も、大理石の床も、がれきの山になった。しかし今、ソフィもアガサもすっかり修復されたロビーを見て、あぜんとしてしまった。前はピンクと青の二本ずつだったらせん階段は、今は四本とも善の城の外壁と同じロイヤルブルーだ。縦長のステンドグラスの窓が照らし出す四本のらせん階段は、生徒用の寮《りょう》が入った四つの塔につづいている。豪華な手すりに大きく書かれた**「ほまれ」**、**「ゆうき」**、**「きよら」**、**「めぐみ」**が各塔の名前だ。アガサは前は「きよらの塔」と「めぐみの塔」のすましたプリンセスピンクが好きではなかったけれど、そのふたつの塔の色がプリンスの塔と同じ青になったのを見て、なんだか不安になってきた。

ソフィがアガサを肘《ひじ》でつついた。ソフィはロビーの中央にある「伝説のオベリスク」を食い入るように見ている。高くそびえるクリスタルのオベリスクには善の学校の卒業生の肖像画《しょうぞうが》がたくさん飾られ、そのとなりには、それぞれが卒業後になったおとぎ話の登場人物の絵が並んでいる。しかし、上のほうにあるプリンセスや女王になった金の額の生徒や、真ん中あたりにある主人公の相棒になった銀の額の生徒、下のほうにたくさんある煙突そうじ屋や召使いになった生徒の肖像画を見ているうちに、ふたりとも何かおかしいことに気づいた……

「男の子たちは？」ソフィがいった。男子生徒の肖像画が一枚もないのだ。

アガサはぱっと「ほまれの塔」の階段を見た。前にあった騎士や王のレリーフはどれも鎖《くさり》かたびらを着て、剣をふりまわすプリンセスのレリーフに変わっている。ソフィは「ゆうきの塔」の階段を見た。前はたくましい狩人《かりゅうど》とかしこそうな猟犬《りょうけん》のレリーフだったのに――今はイヌ皮の服を着た女狩人と、どう見ても雌イヌのレリーフに変わっている。ふたりの視線が壁に書かれた文字を追う。前はEVERだったけど……今はGIRLだ。

「女子の学校に変わったんだ！」アガサは頭をなぐられた気がした。「善の学校はどうなったの」

「男の子たちがいなかったら校長先生と戦えない！」ソフィが叫ぶ。

「しーっ！」ダヴィー先生はふたりを「ゆうきの塔」の階段にいそがせた。「ここにいることをだれにも知られてはなりません！」

銀髪《ぎんぱつ》を上品にひとつにまとめたダヴィー先生のうしろについて、「ほまれの塔」の青いアーチの下、壁画のあいだを駆け抜けながら、アガサもソフィも驚《おどろ》くばかりだ。以前は悪魔を倒したり、無力なプリンセスを助けたりするプリンスの勇ましい姿が描かれていた壁画のエンディングが、まるで変わっている。「白雪姫」は自分でガラスの棺《ひつぎ》をたたき割って飛び出し、「赤ずきん」はオオカミののどを引き裂き、「眠《ねむ》れる森の美女」は糸車を火にくべている……プリンセスを助け、プリンセスの命を守る勇ましいプリンス、狩人《かりゅうど》、男たちは……消えた。

「エヴァーの男子たちなんか最初からいなかったみたい！」アガサが小声でいう。

「校長先生に全員、殺されちゃったのかも！」ソフィも小声だ。

突然、小さな鈴のような音が聞こえた。ソフィがふり返ると、青く光る蝶が三匹、物陰からこちらを見ていた。三匹ともソフィの視線に気づいてミーッと高く鳴き、引っこんでいなくなった。

「どうしたの？」アガサもふり返った。

「いそいで！」ダヴィー先生にせかされ、ふたりともあわててついていく。洗濯部屋は前かがみで駆け抜ける。身長二メートルのニンフ二名が宙をただよいながら青いボディス〔コルセット状のベスト〕を洗濯中だったからだ。さらに魔法の鍋がサフランライスとレンズ豆スープを料理している調理室を抜け、ゆうきの塔の談話室の前を走り、奥の階段へといそぐ。ソフィもアガサも果てしなき森の奮闘で疲れ、体じゅうが痛い。ダヴィー先生は見た目より足が速くて、ついていくのがやっとだ。

「どこに行くんですか？」アガサは息も切れ切れだ。

「あなたたちの命を守ることができる、もうひとりの人のところに」親切な妖精が階段をいきおいよく駆けあがりながらこたえる。

とたんにソフィもアガサもペースをあげた。五階分の長い階段を駆けあがり、六階にひとつだけある白いドアへと――

「セイダー先生の研究室？」アガサは大きく息をした。「けど、死んだはずでしょ！」

ダヴィー先生が、元歴史の教師がいた部屋のドアについている小さな青い点々を指先でなぞった。音もなくドアが開く。ソフィとアガサはダヴィー先生につづいて、いそいで中に入った。

窓辺に細身の女の人がひとり立っている。長い黒髪《くろかみ》は編《あ》んで、肩をとがらせた紫《むらさき》のドレスの背中にたらしている。「だれかに見られなかった？」

「ええ、大丈夫」ダヴィー先生がこたえる。

レッソ先生がふりむいてこちらを見た。紫の目が光る。

「では、そこにいるふたりに教えてあげましょう。自分たちが何をしたか」

「あたしたちのせいでこうなったっていうんですか？」アガサはあわてた。

「でも、いなかったのにどうして！」ソフィの目は、窓辺にいる悪の学部長と、セイダー先生の机の前に座っている善の学部長をかわるがわる見ている。机の上は開いた本でいっぱいだ。

レッソ先生はアガサとソフィの泥《どろ》だらけの顔をにらむように見ている。「この世界では、行動が結果をもたらします。『エンディング』が今の結果をもたらしているのです」

「でも、わたしとアガサの物語はハッピーエンドでした！」ソフィはいった。

ダヴィー先生がうめく。

「どう終わったか、話してくれる？」レッソ先生がばかにするように笑う。静脈が浮き出ている。

「校長先生を亡き者にして、校長先生の質問の答えを出しました！」ソフィはいった。

「そして、ソフィとあたしは村に帰りました！」アガサはいった。

「ダヴィー先生、実際はどう終わったか、ふたりに見せてあげて」レッソ先生はいらついた口調《くちょう》だ。

ダヴィー先生が机の上に本を一冊、放り投げた。分厚く、重そうで、表紙は茶色いヒツジの皮。あちこちに泥がついている。アガサはしめった一ページ目を開けた。まっさらな羊皮紙のページに黒い文字が書かれていた。少しにじんでいる。

ソフィとアガサの物語

ソフィがページをめくる。挿絵《さしえ》には豊かな色彩でソフィとアガサが描かれている。校長の前に立つふたりだ。

〈その昔〉下のほうに文字が書かれている。〈ふたりの少女がいました〉

アガサはこの部分を覚えていた。アガサとソフィが校長の塔にしのびこんだとき、語り手はふたりの物語をこう書きはじめたのだ。ページをめくるたびに、アガサとソフィの物語があざやかな挿絵となって現れる。テドロスのキスを勝ちとろうとがんばるソフィ……猛攻撃《もうこうげき》の中、テドロスの命を救おうとするアガサ……恋に落ちるアガサとテドロス……復讐《ふくしゅう》に燃えた魔女に変わるソフィ……ソフィを刺した校長……アガサの愛のキスでよみがえるソフィ……そして最後のページは……実物そっくりにかっこよく描かれたテドロス。アガサとソフィの姿が消えていく中、アガサにむかってひっしで手をのばしている。挿絵の下に書かれた言葉が、物語をしめくくる……

〈ふたりの姿が消えました〉

アガサは涙がこみあげてきた。家に帰るためにソフィと分かち合った苦しみ、いつくしみがいっきによみがえってきた。

「完璧《かんぺき》なおとぎ話ね」ソフィが涙をこらえて、ほほ笑みながらアガサの目を見る。

ふたりはまたダヴィー先生とレッソ先生のほうを見た。どちらの先生も恐ろしくむずかしい顔だ。

「いいえ、まだ終わっていません」レッソ先生がいった。

どういう意味だろう。アガサもソフィもまた本に目をもどした。ふたりは汚れた手で最後のページをめくり、裏にまだ何か描かれているのに気づいた。

テドロスだ。背中をむけ、ひとりきりで暗い霧《きり》の中に歩いていく。

〈そして、ソフィとアガサはそれからずっと幸せに暮らしました。なぜなら、女の子はプリンスがいなくても愛を手にすることができるから……

そう、おとぎ話にプリンスはいらないのです〉

「この本はメイドゥンヴェイルから持ってきたものです。ですが、同じものは実際にどこでも手に入ります。ネザーウッドでも読まれているくらいです」

ソフィとアガサは顔をあげ、ダヴィー先生のほうを見た。ダヴィー先生は本が山積みの机の前で顔をしかめている。

「みんなが聞きたいのはこの物語だけ」

ふたりにもようやくわかった。どの本もてきとうに開いて置いてあるんじゃない。全部、最後のページが開かれている。挿絵《さしえ》は油彩《ゆさい》だったり、水彩《すいさい》だったり、木炭《もくたん》や墨《すみ》で描かれているものもあるし、書かれている言葉はふたりが知っている言語以外にもいろいろある。けれど、どの『ソフィとアガサの物語』もエンディングは同じだ。テドロスはひとりで、となりにはだれもいない。肩を落として暗闇に入っていく。

「やだ、おふたりがむすっとしているのは、わたしたちが人気者だから？」ソフィはいった。「驚《おどろ》くことじゃないわ。白雪姫もシンデレラもかわいらしかったりしたけど、どっちもいらないでしょ？　わたしがいれば」

ソフィは「そうでしょ」とアガサを見たけれど、アガサは窓の外を見つめている。「アガサ？」

アガサは返事をしない。アガサがゆっくり窓に近づいていくと、レッソ先生は無言でわきにどいた。机の前にいるダヴィー先生がかたずを飲む。

高い塔の窓からアガサは青の森を見おろした。善と悪の学校の裏手に広がる両校の訓練用の魔法の森は、すべてが青系の色で統一されている。青の森はフェンスで囲われ、フェンスにはしのび返しつきの金色のゲートがいくつかある。森の中はいつもどおり静かで、もう秋で寒いというのに青々としている。

音はゲートのむこうから聞こえてくる。

アガサは最初は落ち葉だと思った。果てしなき森のねじ曲った木ははだかになり、根元は黄土色やオレンジの枯葉でおおわれている。ところがよく目をこらすと、落ち葉ではなく、人だった。

数千人が青の森のゲートのむこうに集まっていた。仮設のきたならしいテントを張って、住む場所をなくした小作人みたいにたき火の前で背中を丸めている。顔は見えないけれど、ぼさぼさのあごひげを生やしていたり、頬がうす汚れていたり、膝丈《ひざたけ》ズボンがしみだらけだったり、脚が異様に細かったりするのがわかる。さらに、すり切れた上着やサッシュにはきらきら光るものがついて……

紋章だ。

小作人じゃない。あの人たちは――

「プリンスだわ」ソフィもアガサの横で驚いている。

「いたぞ！」大勢の中からだれかが叫んだ。あちこちで顔が上をむき、この部屋の窓を見る。

「魔女だ！」

怒りをあらわにしたプリンスたちがいっせいに青の森のゲートにつめ寄る――

「ソフィに死を！」

「殺せ！」

「魔女を殺せ！」

プリンスたちが塔にむかって矢を射たり、石弓で石を飛ばしたりしてきた。けれど、矢も石もゲートの上にある半透明《はんとうめい》の紫《むらさき》の泡みたいな魔法のシールドに吸いこまれて消えるだけだ。プリンスたちがわめき、森のあちこちで見かけた〈**おたずね者**〉のポスターを貼ったプラカードをふる中、恐れ知らずのプリンスがひとり、しのび返しつきのゲートに飛び乗った。金色のゲートが魔法でジュッと熱くなる。プリンスは驚《おどろ》いてバランスをくずし、しのび返しで串刺しになった。ソフィがぞっとして顔をそむける――

「あの人たちがプリンスのはずがないわ！」ソフィは叫んだ。

「あの人たちがプリンスのはずがない？」レッソ先生がからかうようにいった。「あのプリンスたちがあそこにいるのは、あなたたちのせいよ」

えっ？　アガサとソフィは顔を見合わせた。「どういう意味――」アガサはその先がいえない。

ダヴィー先生が歯ぎしりした。この親切な妖精がこれほど怒るなんて、アガサが一年生のときにべつの先生にさからって善の城を燃やしてしまいそうになったとき以来だ。

「アガサ、考えてごらんなさい。以前、あなたは自分がみにくい魔女だと信じていた。ところが、あなたの運命はプリンセスになることだった。わたしたちの国でもっとも注目の的のプリンスとのハッピーエンドを迎《むか》えることだった。実現すれば善の最大の勝利となったでしょう！　わたしたちが失った価値をすべてとりもどすことになったでしょう！　校長の命をうばい、あなたの悪の友人を安全に家に送り返し――あなたは将来テドロスの王妃として、永遠に彼とここで暮らす。あなたはこの世界から消えてしまう前にテドロスの手をとるだけでよかった。それが『正しい』おとぎ話のはずだった。ところが……」

ダヴィー先生はソフィをにらみつけた。「あなたはこの子を選んだ」

「正解だったわ」ソフィも負けていない。「アガサのことを本当に知っていたらわかるはずよ。アガサがわたしを捨てて男の子を選ぶなんてありえない」くるっとアガサを見る。今度はアガサもうなずくはずだ。ところが、ちがった。アガサは息をつめ、自分の泥《どろ》だらけの靴を見つめるだけだ。

「何が起きたんですか、あたしたちがいなくなった後に」アガサはたずねた。

「追放です」

アガサもソフィもレッソ先生を見た。レッソ先生がそのときのことを思い出して身震《みぶる》いする。

「あなたたちふたりのキスの後、生徒たちはそれぞれの学校にもどろうとしました。ですが、悪の城はネヴァーの女子生徒たちを追い出しました。女子生徒六十名が窓の外に――階段、教室、ベッド、トイレ、談話室から湾に放り投げられ……そして、悪の城のゲートはかたく閉ざされてしまったのです。ネヴァーの女子生徒六十名は善の学校に避難《ひなん》してきました。エヴァーの女子生徒たちはその六十名をこころよく迎えました。あなたたちふたりのハッピーエンドの影響《えいきょう》です」

「ネヴァーの女子生徒六十名が到着すると同時に、善の城も乱暴なやり方でエヴァーの男子生徒たちを追い出しました」ダヴィー先生がつづけた。「男子生徒が全員いなくなった瞬間、善の城は魔法で今のように変わってしまいました――男子生徒の肖像画《しょうぞうが》が消え、壁画が描きなおされ、レリーフが彫りなおされたのです。あなたたちふたりの物語にならって。善の学校は女子の学校になりました」

そして実際、ダヴィー先生とレッソ先生の胸元に輝く紋章は、前は銀のスワンだったのに、今は青く光る蝶だ。アガサは首をふった。わけがわからない。

「けど、あの人たちはエヴァーの男子生徒じゃない！」窓の外を指さす。「本物のプリンスです！」

「ここで起きたことは果てしなき森のいたるところで起きました」ダヴィー先生の口調《くちょう》は重い。

「あなたたちふたりの物語が疫病《えきびょう》のように広がり、プリンセスがプリンスのいない世界を思い描くのに合わせ、プリンスは魔法によって城から追い出され、住む場所をなくしたのです。追い出されたプリンスたちは魔女に呪《のろ》いを解いてくれとたのみましたが、魔女も『ソフィとアガサの物語』のうわさは聞いていました。あなたたちふたりの絆《きずな》の強さに感心し、魔女もプリンセスと手を組んで、各王国の主権を握ることにしたのです」

「魔女とプリンセスが友だちに！」ソフィは信じられなかった。

「そんなことがありうるなど、だれも思っていませんでした。あなたたちふたりの物語を聞くまでは」ダヴィー先生がいった。「そして今や、男女が敵同士です」

アガサは花園トレインの中を思い出した――美人とブサイクな女の人が交じったグループがあちこちにいて楽しそうにしていたけど、男の人はだらしない服装の人が数人いただけだった……

「けど、あたしもソフィもプリンスにテント暮らしなんかさせたくない！」アガサは叫んだ。「プリンスを敵にしたくなんかないです！」

「プリンスがくさいのも、ぜったいいやだわ」ソフィがつぶやく。

「あなたたちふたりがプリンスを無意味にした」レッソ先生がいい返す。「無能に、時代遅れの存在にしたのです。そして今、復讐《ふくしゅう》を誓《ちか》う彼らは新たなリーダーを求めたのです」

アガサとソフィがレッソ先生の視線を追い、ゲートの外側にかかげられた無数の**〈おたずね者〉**のポスターを見る。彼らの新たなリーダーがソフィの首をとってこいと命じている。

「校長先生ね！」ソフィはすかさずいった。「見たわ――」

「今頃？」レッソ先生がふんと笑う。

「悪の城にいるわ！　亡き者にしなくちゃ！」くるっとアガサを見る。「さっきのこと、ダヴィー先生に教えてあげて！」

　アガサは胃のむかむかをこらえた。「けど、校長先生が生きてるはずない」ひとり言みたいにいって、顔をあげる。「ダヴィー先生もレッソ先生もあのとき、あそこにいましたよね。いっしょに、校長先生が死ぬのを見たでしょう？」

「たしかに」ダヴィー先生がいった。「ですが、後任がいますからね」

「後任？」アガサもソフィも思わずいい返す。

「当然ながらレッソ先生もわたしも、自分が次期校長候補だと思っていました」ダヴィー先生はドレスについている飾りのカブトムシの羽を整えた。「城から追い出され、きらわれ者になったプリンスたちは信用できるリーダーを必要としていました。われわれは『ソフィとアガサの物語』は永遠に閉じられたといって、プリンスたちをなだめました。われわれの保護の下、語り手のペンは、善と悪の均衡《きんこう》を元にもどしたように、男子と女子の均衡を元にもどすだろうと思っていたからです。ですが、われわれが男子と女子の和平を結ぶ手助けをしようとしていた、ちょうどそのとき……」表情がくもる。「奇妙なことが起きました」

　ダヴィー先生はふたりの物語の本の最後のページを本人たちにつきつけ、何かいうのを待った。

「テドロスの身長が実際より高い」ソフィがいう。

「そうではなく、何か足りないものがあるでしょう？」ダヴィー先生がため息をつく。

　アガサは自分のベッドの下にあった本を思い出してみた……プリンセスとプリンスの結婚式……

「〈おしまい〉」アガサはいった。「なんで〈おしまい〉って書かれてないの？」

ダヴィー先生はアガサを横目で見ると、ゆっくりと本を手にとって、明かりの下でふたりに見せた。最後の一行の下に、〈おしまい〉と書いたインクの跡がうっすらと残っている……

一度書いたけれど消されたのだ。

「何が起きたの？」ソフィは弱々しくいった。

「どうやら、いったん閉じたあなたたちの本がまた開いたようです」ダヴィー先生は目線でふたりに机の上を見るよう、うながした。イラストも言葉もいろいろの『ソフィとアガサの物語』が、ページを広げたまま積み重なっている。どの本からも〈おしまい〉が消えている。

ソフィは全部調べてみた。「でも、ハッピーエンドが消えるはずないわ！」

「あなたたちの片方がそうではないエンディングを願ったからです」レッソ先生はぴしゃりといった。ソフィのほうは見ない。「片方が新たなハッピーエンドを願った。そして今、本校を戦いの瀬《せ》戸際《とぎわ》に立たせた」

「ばかみたい」ソフィはむくれた。「もちろん、わたしはプリンセスになりたかった――でも、なれない、でしょ？　この学校でひどい目にあったから、もうここには一秒だっていたくない。ガヴァルドン村がウマのお尻みたいにくさくて、ろくな男子がひとりもいなくたってかまわない。わたしは願い事なんかしていないの。だから、これは完全にまちがい――」

ここまでいって、ソフィはレッソ先生がだれを見ているか気づいた。ソフィの顔からさっと血の気が引いた。

ソフィはゆっくりふりむいて、部屋のすみの薄暗いところにいるアガサを見た。「アガサ、森の中でいったよね……　アガサはまちがって　……願ってしまったって……そのことじゃないわよね？」

　アガサはソフィを見ることができない。

　ソフィの手が震《ふる》えている。「アガサ、ちがうっていって」

　アガサは言葉をさがした——信頼をとりもどす言葉を——

「今回のことは全部……」ソフィは息苦しくなってきた。「何もかも……アガサのせいなの？」

　アガサは真っ赤になった。レッソ先生のほうをむく。「どうしたら解決できますか？　どうしたらソフィを無事に家に帰せますか？」

　悪の教師はすぐには返事をしない。とがった赤い爪に視線を落とす。

「かんたんです」ようやく爪から目を離《はな》す。「ふたり同時に、相手とのエンディングを願うこと。おたがいを、おたがいだけを願う。そうすれば、語り手はもう一度〈おしまい〉と書くでしょう」

「そうすれば、果てしなき森とはさよならできるんですね」アガサが確認する。

「二度と追われることはありません——その願いが心からのものであれば」

　アガサは大きく息を吐いた。「解決する方法があった」ソフィを見る。「あたしたちのエンディングをとりもどすことができる！　村の人たちも石をぶつけてこなくなる！」

　ソフィは後ずさった。「アガサはどんなエンディングを願ったの？」

「聞かないで」

「ほかに何を望んだのよ？」

「まちがっただけ——」

「こたえて」

「ソフィ、お願い――」

ソフィはアガサから目をそらさない。「何を願ったの？」

「今すぐ解決できるんだから」

「残念ながら、まだできないのです」

ふたりともふり返る。

「あなたたちふたりの願いをかなえるためには、語り手が〈おしまい〉と書かなくてはなりません」

ダヴィー先生がいった。「ところが、現在、それはできないのです」

「どういう意味ですか？」アガサはむっとして赤くなった。「語り手はどこにあるんですか？」

「いつもの場所」レッソ先生が眉をひそめて返す。「校長のところです」

「え？」アガサはいった。「けど、さっき、校長先生には後任が――」

アガサの心がときめいた。

霧《きり》のむこうの顔。

アガサはゆっくり顔をあげた。

「あなたたちふたりのハッピーエンディングを望まない人はだれかしら？」レッソ先生が意地悪そうにいう。「ふたりの物語に新たなエンディングがほしい人は？」

レッソ先生は本の最後のページをまたふたりに見せた……男子がひとりで霧の中に歩いていく……

「自分のプリンセスの願いを聞いた人はだれ？」

アガサはとっさに窓を見た。アイダ湾のむこうの校長の塔の上空で稲妻が光り、雷が響《ひび》く。閃光《せんこう》に銀の仮面をつけた人影が照らされる――

金色の髪《かみ》、引きしまった体。鞘《さや》には輝きを放つ剣が……

空が暗くなり、人影は見えなくなった。

アガサは気を失いそうだった。矢や石の攻撃《こうげき》は全部……あの恐ろしい攻撃は全部……

「彼だったのね」ソフィは壁にもたれながら、つぶやくようにいった。「アガサは……願ったのね……彼とのエンディングを」

アガサは言い訳をさがした。けれど、汚れたピンクのドレスに埋もれるようにしゃがみこんだソフィをひと目見ただけでわかった。言い訳なんかできない。

「なんで？」アガサはひとり言みたいにいった。「なんでテドロスに聞こえたの？」

「あなたが聞いてほしいと思ったからです」すかさずレッソ先生がこたえ、アガサに近づいてくる。

「あなたが去ったその日から、テドロスはあなたがいつか自分を求めるときが来ると信じていました。あなたが去ったその日から、彼と彼の仲間はあなたの村をさがし、『森のむこう』に入りこもうとしていました――そしてついに、あなたの願いがゲートを開けたのです」

アガサは青ざめた。目は自分のまわりを歩くレッソ先生を見ている。「ですが、あなたのプリンスは今度こそ、自分のプリンセスに自分を選ばせたいのです。あなたがまちがいをくり返さない、という保証がほしい。だから、テドロスはわれわれの手元にあった語り手を盗んだ。校長の塔は語り手のペンがどこに行こうとついていくことを知っていたからです。テドロスは現在、語り手があなたたちふたりの物語に〈おしまい〉と書くのを封じて――新たなエンディングを手にしようとしているのです」

アガサは胃が冷たくなった。「新たなエンディングって？」声がかすれる。

レッソ先生がさぐるような目でアガサを見た。「ソフィを亡き者にすること」

ソフィがゆっくりと、赤く充血した目をあげた。

「テドロスは、ソフィを亡き者にすればあなたたちふたりの物語があるべき形におさまると信じています」ダヴィー先生がいった。「魔女が死に、プリンセスは解放されてプリンスの元へ。エンディングはアガサが願ったとおりに書きかえられる」

アガサはソフィの視線が痛くて息ができない。

「テドロスの手間をはぶいてあげたら？」ソフィが意地悪くいう。「自分でこの魔女の命をうばったら？」

「そうすれば問題は解決ですね」ダヴィー先生がため息をつく。

アガサもソフィもふり返る。

「あら」ダヴィー先生がいった。「口がすべったかしら？」

「ソフィの命はそう長くはないでしょう」レッソ先生の声はいらついている。「テドロスはソフィがここに避難《ひなん》してくるのを待っていました。テドロス軍はすぐにもソフィの命をうばいにくるでしょう」

「軍？」アガサは真っ青になった。「テドロスに軍がいるんですか？」

「テドロスが率いる学校のことを忘れていますね」レッソ先生がいった。

アガサははっとして窓の外を見た。ふりしきる雨のむこう、悪の城の周辺に赤い覆面《ふくめん》がいくつも潜《ひそ》んでいる。全員、赤いヘビの紋章のついた黒いレザーの制服に、光沢のある黒いブーツをはいている。アガサはゆっくりと視線をおろし、悪の城側の湖岸にあるゲートを見た。ゲートの上にさびた鉄の文字がアーチ状に並んでいる。

THE SCHOOL FOR BOY VENGEANCE AND RESTITUTION
男子の復讐と復権のための学校

「ひとつの願いが多くの結果をもたらす、そうでしょう?」レッソ先生は横目でアガサを見た。

「テドロスは宣言しました。ソフィを殺した者には、ほうびとして父親から受けついだ財産の半分をあたえる。いうまでもなく、エヴァー、ネヴァー双方の男子生徒はこの呼びかけに応じました」

「あそこにいるプリンスたちも全員、同様です」ダヴィー先生の目はゲートのむこうにむらがるうすぎたない集団を見ている。「テドロスはわれわれと戦うには、男子の学校の生徒だけでは足りないことを知っています。また、われわれ教職員が戦わずにソフィを手放すはずがないことも」

「ですから、テドロスは諸国のプリンスまで使って、われわれの出方を見ようとしています」レッソ先生は苦い顔だ。「プリンスたちが入ってこられないよう、わたしは両校のまわりにシールドを張りました。ですが、プリンスたちがそれを突破して入ってくるようなことがあれば、テドロス軍は彼らと合流してこの城を襲《おそ》い、ソフィの命をうばうでしょう」

アガサは真っ赤な要塞《ようさい》を見つめた。まだ頭がよく働かない。「語り手は、男子の学校にあるってこと?」

「語り手を解放してソフィを無事に家に帰らせるか……テドロスがソフィの命をうばう前にテドロ

スとキスをするか」ダヴィー先生はショックを隠《かく》し切れないアガサの目を見つめた。「あなたのプリンスとキスをして、それが心からのものであれば、あなたはここで彼と幸せに暮らすことになる。そしてソフィは、あなたの物語から永遠に消え……ひとりで家に帰る」

「ひとりで帰る？」ソフィは銃で撃たれたみたいな顔をした。「ガヴァルドンに？　アガサは手に入れるのに？……プリンスを」

「戦いを回避《かいひ》するためのエンディングは、このふたつだけです」ダヴィー先生がいった。

室内の四人に聞こえるのは、下でどなっているプリンスたちの声だけだ。

ソフィは恐ろしい目でアガサをにらんで、そしてまた小さくなった。

〈テドロス〉アガサはくちびるをかんだ。なんで愛のためにここまでする男子を求めてしまうの？　なんで親友の命をうばおうとする男子とのエンディングを願うの？　以前の魔女みたいだったあたしには考えられないことだ。

「三つ目の選択肢」アガサは大またでドアにむかいながらいった。「テドロスにいってくる。ばか、何かんちがいしてるのって」

「だめ」

アガサはふり返った。

「テドロスとのエンディングを願ったくせに」ソフィは怒って頬が赤くなっている。「わたしがあなたたちふたりを信用して、ふたりだけで会わせるはずないじゃない」

アガサはひるんだ。ソフィは墓地で見たときよりもっと魔女みたいに見える。

「恋人同士のけんかに首をつっこむつもりはありませんが、アガサは一刻も早く決断するべきです」レッソ先生の口調はきつい。「テドロスがいったんプリンスたちにわたしのシールドを突破させてしまえば、われわれ全員の命が危険にさらされるでしょう」

「あなたとソフィが何かいい作戦を思いつくまで、ふたりとも青の森に隠《かく》れてもらいます」ダヴィー先生がアガサにいいながら、鍵《かぎ》の束を引っぱり出す。「あなたたちがここに来たことを、女子生徒に知られてはなりません」

アガサは顔をあげた。「なんで?」

「なぜなら、あなたたちの恩師ふたりとちがって、女子生徒たちは今回のことを入学以来、いちばんゆかいだと思っているからよ」ハチミツみたいに甘ったるい声がいった。

四人がふり返ると、背が高く、目を見張るほど美しい女の人がドアを押し開けて入ってきた。先生らしく、蝶柄の水色のドレスを着ている。胸は豊かで、ドレスからのぞく肌は白くてなめらかだ。さらさらの栗色の髪《かみ》を背中までのばし、黒く太い眉の下の目は深緑、くちびるはあでやかなピンクで、白い前歯二本のあいだにすきまがある。

「ここは兄の研究室よ」ぷっくりふくれたくちびるをかみながらいう。「まさか、こんなところで秘密のミーティングを開いていたとは」

「ここだけですから。だれにも盗み聞きされないのは」レッソ先生が返す。声がみょうにおどおどしている。

「本校の名誉あるゲストが来るなら、ぜひ前もって知らせていただきたかったわね」蝶柄ドレスの先生がささやくようにいいながら、ソフィとアガサを見る。「結局、このすばらしい学校ができたのは、このふたりのおかげなんだから」

ソフィもアガサもえっという顔でその先生を見た。

「わたしたちはあなたたちふたりが来る日のために、念入りに準備をしていたのよ」蝶柄ドレスの先生は眉をひそめた。「それなのに、あやうくその機会を逃すところだったわ」ダヴィー先生、レッソ先生をにらむ。

アガサは首をふった。「けど、あたしたちが来ることをどうやって知った――」

「そんなことより、ふたりともひどいかっこうね」蝶柄ドレスの先生が指をふり、魔法でソフィとアガサの顔も服もきれいにした。ただし、ソフィのドレスからはピンクの色も消えて真っ白になった。

ソフィが自分のドレスの裾《すそ》をつかむ。「どうしてドレスの色まで――」

「さあ、いらっしゃい」蝶柄ドレスの先生はドアにむかって平然と歩きだした。「あなたたちふたりの教科書と時間割はお部屋に置いてあるから」

「時間割ですって!」ダヴィー先生が立ちあがる。「まさか、授業を受けさせるつもりではないでしょうね、イヴリン先生!」

蝶柄のドレスの先生がくるっとふり返る。「このわたしの学校にいるかぎり、ふたりとも授業に出席して、本校の規則にしたがってね。そして、学校から外に出ないこと。もちろん、規則は守るわよね?」

ソフィもアガサもダヴィー先生、レッソ先生が反対するのを待った。けれど、ふたりともなぜか黙ったまま、それぞれの鼻の頭に止まった青い蝶を見ている。

「本校の元学部長二名はこの新しい学校におけるもっとも大きな変化について、あなたたちに教えるのを忘れたみたい」イヴリン先生はソフィとアガサにほほ笑んだ。「わたしはイヴリン・セイダー。女子の学校の新学部長よ。せかして悪いけれど、みんなを待たせたままにしておきたくないの。さあ、ついて来て」

イヴリン先生が身をひるがえしてドアから出た、そのとき、二匹の蝶がイヴリン先生のドレスに止まり、それぞれが蝶の柄に重なって魔法みたいに消えた。見ていたソフィはびっくりだ。「だれが待ってるんですか？」

さらにまた蝶が飛んできてドレスに重なって消えていくけれど、イヴリン先生はふりむかない。

「あなたたちの軍よ」イヴリン先生がいった。まるで最初からずっとこの部屋で話を聞いていたかのような返事だった。

第6章
謎の少女ヤラ

「あなたたちのような物語を生み出すことに、身をささげた軍なの」新学部長のイヴリン先生は青いガラスのハイヒールのかかとを鳴らして、ゆうきの塔からほまれの塔へ、日差しのふりそそぐわたり廊下を歩いていく。「ソフィとアガサの物語は、プリンセスと魔女が協力すれば何ができるかについての序章にすぎなかった。あなたたちはここで、全校を導いてちょうだい」

「学校じゃなくて――」アガサは息がつづかない。イヴリン先生に遅れないようほまれの塔の階段をおりていく。「家に帰りたいんです!」

「わかっていると思うけど、元学部長二名とわたしの意見はちがうの」蝶があちこちから飛んできてはイヴリン先生のドレスに消えていく。「ソフィとアガサがふたりのハッピーエンドを迎《むか》えるためには、ふたりともわたしたちの世界を去らなくてはならない。ダヴィー先生とレッソ先生はそう考えているけど、わたしは、ふたりともこの世界にとどまるべきだと思っているの」

「でも、男子側はわたしを殺すつもりです!」ソフィはアガサを押しのけて前に出た。

「そう、たとえば、あなたたちが実際、血に飢《う》えた男子生徒でいっぱいの城に飛びこんだとするでしょ」イヴリン先生はお尻をふりながらロビーを歩いていく。「そして、万が一、語り手を解放したとしましょう」善の資料館のすりガラスの前で止まる。「それでも、あなたたちが心から願わないかぎり、願いはかなわないの」

イヴリン先生はソフィをじっと見た。「あなたはアガサとのハッピーエンドを願うことができる？　アガサはプリンスを求めているのに」

今度はアガサを見る。「あなたはソフィとのハッピーエンドを願うことができる？　ソフィの中の魔女を恐れているというのに」

イヴリン先生はふたりをのぞきこむように顔を近づけた。しみひとつないイヴリン先生の顔は、ハチミツクリームの香りがする。

「自分が信用していない子とのエンディングを願うことなんてできる？」

ソフィとアガサは、はっとして見つめ合った。どちらも相手が「信用しています」というのを待ったけれど、どちらも何もいわない。

「ふたりの友情が修復されなければ、ふたりとも家に帰れない。だからここで、あなたたちふたりはこわれたものを修復するの」イヴリン先生はいった。最後の蝶がひらひら飛んできてドレスの柄に消えていく。「おとぎ話はわたしたちに、あなたたちふたりのような美しい絆《きずな》はつづかないと教えこんできた。なぜ？　男子が割りこんでくるはずだからよ。あなたたちの物語におびえた男子は、その絆を引きちぎるために人の命をうばうこともいとわない。でも、本校では生徒に真実を教えます」イヴリン先生がドアを開けると、中は真っ暗だった。

「男子のいない女子こそ、最大のハッピーエンドなのよ」

イヴリン先生が人さし指をふって魔法でたいまつに火をつけた。炎が赤く、ごうごうと燃えて、太鼓の音が鳴りだした。アガサとソフィはうしろに飛びのいた――

女の子たちが二十列、頭をさげて整列していた。白いベール、ロイヤルブルーのハーレムパンツ、胸元に蝶の紋章の刺繍《ししゅう》がある水色のボディスを身につけた百名以上が善の資料館にずらりと、奥のドアを抜けて、巨大な善のホールの中まで並んでいる。顔はよく見えないけれど、全員不気味なくらいじっと立っている。胸の前で腕《うで》を組んで、ジーニーを呼び出そうとしているかのようだ。彼女たちの頭上、善の資料館の天井のすぐ下に魔法のじゅうたんが浮いている。ベールをつけた女子二名がじゅうたんの上で太鼓をたたき、そのリズムがどんどん速くなる。

列の前に女子が一名立っている。この子のベールは白ではなく青だ。赤毛で、白く細い腕は赤いそばかすだらけ。この子がゆっくり両手をあげると……

太鼓の音が止まった。

列の前に立っている子がかん高い声を張りあげて火を吐いた。魔法のじゅうたんのはしが少しこげ、アガサもソフィもびっくりして後ずさる。また太鼓が鳴りだすと、その子はくるくるまわって踊《おど》りだした。ベリーダンスだ。動きに合わせて高く口笛を吹いたり、声をあげたりしている。

「あの子をひと目見たら、テドロスは自分とのエンディングを願った子のことはすっかり忘れるかもね」ソフィが冷やかにいう。

「ソフィ、ごめん」アガサはじりっとソフィに近づいた。「本当にごめんって」

ソフィは体を引いてよけた。

「あたしはぜったい、ソフィの代わりに男の子を選んだりしない」アガサはひっしにうったえた。

しかし、ベリーダンスを踊る子を目で追っていたら、少し心配になってきた……テドロスはこの子を知ってる?

だめだってば。テドロスはあたしの親友の命をうばいたがってるのに、まだテドロスのこと考えてるの? 〈テドロスは敵なのよ、アガサのばか!〉

ソフィの父親の顔が頭の中でちらつく。アガサに、たのむから娘を無事に家に帰してくれ、といっている。親友を守るためならなんでもするアガサはどこに行ったの? 自分の気持ちをコントロールしてきたアガサはどこ? よい子のアガサはどこ?

気づくと、整列している女子たちも先頭の子に合わせてベリーダンスを踊りはじめていた。手をきびきびと動かしながら、流れるように踊っている。と思ったら、全員いっせいに一対一でむき合い、ふたりひと組で踊りはじめた。まずは片手でおたがいの背中にさわりながら、反対の手は軽くタッチしてから握手《あくしゅ》する。腕をあげたり、ペア同士で場所を入れ替わったりして踊っているけれど、つねに手のひらがふれ合っている。全員きらきら光る青いハーレムパンツと白いベールで踊っているので、イソギンチャクが揺らいでいるようにも見える。ソフィは心の中は荒れているにもかかわらず、ついほほ笑んでしまった。こんなに美しい光景は初めてだ。そして、女子が男子なしで踊るのを見るのも初めてだ。

アガサはソフィの表情が気になった。「ソフィ、あたし、テドロスと話してこなきゃ」

「だめ」

「ごめん、っていったでしょ。お願いだからあたしに解決させて――」

「だめ」

「テドロスはばかだから、あたしがソフィを亡き者にしたがってると思ってる！」アガサは自分の肩に止まった青い蝶を手で払った。「あたしだけなの、テドロスに説明してわかってもらえるのは」

「自分を校長だと思いこんでるプリンス、受けついだ財産の半分をわたしの首にかけてるプリンス、そんな男子が何をわかるっていうの」ソフィのほうは自分の肩に止まった蝶をそのままにしている。

「びっくりよ。善がそんなに単純なやり方で勝てたら」

アガサはこちらに背中をむけたままのイヴリン先生をちらっと見た。太鼓が打ち鳴らされ、先頭で踊《おど》る子がハイエナみたいな声をあげている中で、イヴリン先生にふたりの話が聞こえるはずがない。しかし、アガサはなぜかイヴリン先生にはすべて聞かれている気がした。

「ソフィ、一瞬の気の迷いだったの」アガサは小声でいった。「まちがいだったの」

ソフィの目は先頭の子を見ている。先頭の子がまた火を吹いた。「イヴリン先生のいうとおりかも」ソフィはふつうの音量で話している。「わたしはここにとどまるべきなのかも」

「え？　あたしたち、あの先生がどうやって学部長になったかはもちろん、どこから来たかも知らないんだよ！　ソフィもダヴィー先生の表情を見たでしょ。イヴリン先生は信用できない――」

「今のところ、アガサよりは信用できるわ」

アガサはイヴリン先生がにやっと笑うのが見える気がした。「ソフィはここにいたら危ない！　テドロスが命をうばいにくる！」

「どうぞ。それがアガサの望みなんでしょ？」

「あたしはソフィを無事に家に帰したいの！　ふたりいっしょに善と悪の学校に来たことなんか忘れちゃえばいいと思ってる！　テドロスなんていらない！」

ソフィがかみつくようにいった。「じゃあどうして彼とのエンディングを願ったのよ?」

アガサはかたまった。

「さあ、贈り物を!」イヴリン先生が指示した。

「贈り物ですって!」ソフィはアガサから目をそらした。うれしそうな顔だ。「やっといいお知らせが来た」イヴリン先生のほうへゆっくり近づいていく。ベールをつけた女子たちはふたつに分かれて、二枚貝が開くみたいに左右の壁のほうにさがりだした。真ん中に通り道ができる。

アガサもしかたなくソフィの後をついていきながら、この世界が前に自分と自分の親友に何をしたか思い出していた。ここにいるかぎり、危険がつづく。今すぐソフィを家に帰らせなきゃ。

小さい窓から入る日差しの中に行ってみると、資料館の展示物が変わったのがわかった。男子生徒の功績はすべて、アガサとソフィの物語の思い出の品々に置きかえられていた。アガサの善の女子生徒用の制服、ソフィのお昼のレクチャーのお知らせ、おときトライアルのときにアガサがソフィにわたしたメモ、おしおきルームで罰として切られたソフィの髪《かみ》の束。その他数十点がひとつずつ青いガラスのケースにおさめられている。壁の一面に描かれていたプリンスとプリンセスの〈ハッピーエンド〉の結婚式の壁画には、蝶柄の紺《こん》のおおいがかかっている。昔のまま残っているのは奥の一角に飾られたセイダー先生の絵だけだ。元歴史教師のオーガスト・セイダー先生は、未来を見ることができる予見者として、ガヴァルドン村から善と悪の学校に来た読み手ひとりひとりの絵を描きつづけた。アガサはこたえがほしいときはいつも、ここに並ぶ絵の前に立って手がかりをさがした。アガサは今、セイダー先生の絵をまたじっくり見たくなった。そのとき、ベールをつけた女子二名が真ん中にできた通り道からこちらに歩いてきた。ふたりで大きな紫《むらさき》の壺《つぼ》を抱えている。

「メイドゥンヴェイルの」さっきまでハチミツみたいだったイヴリン先生の声が、低い命令調になっている。「プリンセス・リゼルダから贈られた壺《つぼ》よ。プリンセス・リゼルダもほかの何百人と同様、ソフィとアガサの物語を聞いて、自分もプリンスがいないほうが幸せになれると知ったわけ。そこでプリンスの玉座を焼き、その灰をこの壺に入れて贈り物として届けさせたの」

運んできた女子二名がソフィとアガサに壺をさし出した。ふたりとも壺の彫り物を見た。魔法で城の窓から放り出されたプリンスの真下で、クロコダイルが口を開けている。

「こんなのいらない」アガサは冷ややかにいった。

「わたしの部屋に運んでもらおうかしら?」ソフィは笑顔でイヴリン先生を見た。

「部屋?」アガサはあわてた。「ソフィ、まさかここにいるつもりじゃ――」

そこでまた、別の女子二名が東洋風のすだれを運んできた。

「ピッフルパフヒルズの」イヴリン先生がうれしそうにいう。「プリンセス・サユリから贈られた、手描きの絵入りのすだれよ。プリンセス・サユリはソフィとアガサの物語を読んで、プリンスがいないほうがプリンセスと魔女は幸せだと知ったの」

二枚あるうちの一枚にはプリンセスと魔女が抱き合う場面が、もう一枚にはテドロスそっくりのプリンスが野獣《やじゅう》にこてんぱんにされている場面がリアルに描かれている。

「ひどい」アガサはいった。

「わたしのベッドの横にかけておいて」すかさずソフィがすだれを運んできた女の子たちにいう。

「次は何?」

イヴリン先生が金色のマニキュアを塗《ぬ》った指で通り道をさす。「ネザーウッドからは、家を失ったプリンスたちを描いたタペストリー……」

「ダヴィー先生もレッソ先生もイヴリン先生のセンスがちっともわかってないみたい」ソフィはイヴリン先生におせじをいった。プリンスをばかにした贈り物の列はつづいている。プリンスの呪《のろ》いの人形、プリンスからとりあげた剣、プリンスの髪《かみ》の毛で作ったカーペットまである。「授業は今日からですか？」

「ちょっと、やめて」アガサはソフィにつめ寄った。「今度は授業に出るって？」

イヴリン先生は短くほほ笑んで、その場をさっと離《はな》れた。「ええ、わたしの授業もあるわよ」

「お菓子で作った教室は全部リフォームしてあるといいけど」ソフィは手で髪を整えた。今日一日にそなえている。「お菓子のにおいって苦手」

「ねえ、ソフィの首にはほうびがかかって――」

「そして最後は、わたしからの贈り物よ」イヴリン先生がいった。カバーでおおわれた「ハッピーエンド」の壁画の前に立っている。「みんな聞いて、以前、この学校ではこう教えていた。均衡《きんこう》とは善と悪の力の均衡だと。でも、エヴァーとネヴァーの力の均衡より、まずは男子と女子の力の均衡がだいじ。わたしたちの読み手は手ちがいで本校に舞いもどってきたんじゃないわ。ふたりの物語はまだ終わっていなかったの」

イヴリン先生はそのふたりをまっすぐ見た。「そして、その物語のエンディングをめぐる戦いははじまったばかり」

イヴリン先生が壁画のおおいをとった。アガサとソフィは息を飲んだ。

壁画の上部に横書きで大きく書かれた〈**ハッピーエンド**〉の文字はまだ残っている。雲のあいだから顔をのぞかせるように、金色で太く書かれているけれど、それ以外はすべて描きかえられている。

新たに描かれたのは湖畔にたたずむ青いガラスの城ふたつ。空色の制服姿の女子が塔のバルコニーから外を見たり、湖畔で日光浴をしたり、ゲートで囲われた敷地を散歩したりしている。美人の子も、そうでない子もいるけれど、みんなへだてなく、いっしょに勉強したり、暮らしたり、のんびり過ごしたりしている。まるで魔女とプリンセスはずっと昔から仲がよかったかのようだ。

壁画には男子たちも描かれている。ただ、「男子」のイメージにはほど遠く、黒いぼろきれみたいな服を着て、顔は鬼みたいにゆがんでいる。肥やしをすくったり、城の裏にある青の森を熊手でそうじしたり、鎖《くさり》につながれたかっこうで城を建てたりしていて、それが終わるとゲートの近くにあるきたならしいテントに帰っていく。女性の看守《かんしゅ》に奴隷《どれい》のように追い立てられてもさからわない。永遠に奴隷として働くものとあきらめている様子だ。アガサは壁画の上のほうを見た。後光がさした女の人がふたりいる。クリスタルのティアラをつけ、いちばん高いバルコニーから自分たちの王国を見わたしている……。

「わたしたちね」ソフィが息を飲んだ。

「これ……この学校だ」アガサは眉をひそめた。

「あなたたちふたりの本当のハッピーエンドよ」イヴリン先生がふたりのあいだに入ってきた。「この神聖な城のリーダーとして、女子をプリンスのいない未来に導くの」

アガサは追い出されて奴隷になったエヴァーの男子生徒、ネヴァーの男子生徒の絵を見て顔をしかめた。「この学校はあたしたちのエンディングじゃない」ソフィのほうを見ながらいう。「イヴリン先生にいって。あたしたちは帰らなきゃいけないって！」

しかしソフィは目を大きく開けて壁画を見ている。「これ、どうしたら現実になるんですか？」

アガサはぎくっとした。

「英雄はどうやってハッピーエンドを勝ちとるか考えてみて」イヴリン先生がふたりの肩に手を置く。「敵に立ちむかい」意地悪く笑って窓の外のテドロスの塔を見る。「そして、たたきつぶす」

アガサとソフィは驚《おどろ》いて顔を見あわせた。

「わたしのかわいい生徒のみんな！」イヴリン先生は手をのばして呼びかけた。「本校にもどってきたわれわれの読み手を歓迎《かんげい》しましょう！」

女子たちが歓声をあげてベールをとり、ふたりに駆け寄ってきた。

「お帰りなさい！」リーナがそばかす顔のミリセントといっしょにアガサに抱きついて、緑の肌のモナとひとつ目のアラクネがソフィに抱きついてもみくちゃにする――

「わたしたちが友だちだったなんて知らな――」ソフィは息ができなくて――

「うちらはあんたたちの味方。テドロスは敵」アラクネがはしゃぐ。アラクネはミリセントと腕《うで》を組んでいる。エヴァーとネヴァーがきゅうに親友になったらしい。「全員、味方だよ！」

「ふたりはわたしたちの英雄なのよ」リーナがアガサにいう。アガサはこのアラビアのプリンセスのお尻が前より太ったのに気づいた。「アガサとソフィがわたしたちに、男子が本当はどんなものかを教えてくれたの！」

アガサが返す言葉を見つける前に、だれかがきゃあきゃあいいながらアガサとソフィにぎゅっと抱きついてきた。「わたしのルームメイト！」ベアトリクスの声だ。「喜んで！　イヴリン先生はふたりともわたしと同室にしてくれたわ！」

ソフィもアガサもこの劇的な変化を理解する余裕はなかった。ふたりの目の前にもっと驚《おどろ》くことがあったからだ——「髪《かみ》の毛が！」ソフィが叫ぶ。

「男子がいないっていうことは、おばかのプリンセスでいる必要はないっていうこと」ベアトリクスは誇らしげに自分のスキンヘッドの頭をなでた。「考えてみて、わたしが去年テドロスや舞踏会《ぶとうかい》や、おしゃれやお化粧にどれだけの時間をむだにしたか。いったいなんのため？　今のわたしは本を読んで、勉強して、エルフ語会話を学んで……ついにわたしたちの世界で何が起きているか知ったわ！」

「でも、ビューティー学はどうなっちゃったの？」ソフィは少し心配になった。

「あんなのとっくになくなったわ。女子の学校には美人もブサイクもいないの！」そういったリーナを見て、ソフィはぎょっとした。リーナはすっぴんだ。「服装はパンツスタイル、マニキュアはしない……チーズだって食べるわ！」

ソフィは言葉を失い、イヴリン先生をさがしたけれど、先生は蝶の群れを連れて善の資料館から出ていくところだ。「でも、きっと口紅くらいは許されて——」

「自分の好きなようにしていいんだよ！」アラクネがいった。頬に真っ赤なチークをべったり塗《ぬ》っている。「ネヴァーだっておしゃれしていいし、エヴァーはおしゃれしなくてもいい。好きにすればいいんだから！」

ミリセントがうれしそうに顔を近づけてきた。「わたし、一か月シャンプーしていないの」

ソフィもアガサもぎょっとして体を引く。けれど、アガサはまた奇声をあげるだれかに飛びつかれて――

「きゃーーー！　おかえりなさい！　わたしの世界一の大親友！」キコはソフィにもわざとらしくほほ笑んだ。「あなたもね」そしてまたアガサに抱きつく。アーモンド形の茶色の目をうるませている。「アガサがもどってくるように、わたしがどんなに祈っていたか知らないでしょう！　ここは天国みたい！　歴史の授業もすごく楽しくて――イヴリン先生が教えていて、実際に物語に入りこむの――ほかにダンスのレッスン、学校新聞、読書クラブもあるし、舞踏会《ぶとうかい》の代わりにお芝居《しばい》もするし、おたがいの部屋で寝てもいいし――」

キコは最後まで話すことができなかった。女子がいっせいにソフィとアガサにむらがってきたからだ。どの子も親友みたいな顔をしている。

アガサは自分をとり囲んだ女子たちをかき分け、払いのけてソフィに近づこうとした。「ここから逃げなきゃ、今すぐ――」つまずいて、顔から転んだ。「本にサインしてくれる？」ジゼルがいった。黒かった髪が青いモヒカンになっている。アガサはカニみたいに横にはって逃げたけれど、またファンに囲まれた。

女子たちは本、カード、体のどこかにサインしてと、次から次へソフィにたのんでくる。そこでベアトリクスは全員一列に並ばせて、ひとりずつ順番にあいさつをさせた。ソフィにはもうだれが善の生徒でだれが悪の生徒か見分けがつかない。というのも、髪《かみ》を切ったり体形を気にしなくなったエヴァーの女子生徒はほかにも大勢いたし、ネヴァーの女子生徒の大半がメイクやダイエットにチャレンジしていたからだ。

一方、アガサはようやく群衆から逃げることができた。しかし、ソフィの腕《うで》をつかんでこの大騒ぎを終わらせようとした瞬間、かたまった。

ベリーダンスをリードしていた女子が、空色のベールをつけたまま、ダンスのステップみたいな足取りで近づいてくる。シラサギみたいにひょろっとしていて、ほぼつま先で歩いている。白いダンスシューズのかかとはまったく床につけない。ぽかんと口を開けた女子たちを横目に通り道を小走りでやってきて、読み手ふたりの前でぴたっと止まった。さらさらの赤毛の頭をあげ、顔からベールをはずす。

ソフィもアガサもきょとんとした。

初めて見る顔だ。けれど、どこかで見たことがあるような気もする。鼻は高くとがって、あごはたくましく、青い目は顔の真ん中に寄っている。首がみょうに長く、丈を切って短くしたブラウスから見えるおなかは白く、そばかすが浮いているけれど、腹筋は見事に割れている。赤毛の女子は謎めいたほほ笑みを浮かべると、ふたりの目をのぞきこみ、ガチョウみたいな声をあげてソフィとアガサを飛びあがらせた。と思ったら、ふたりに投げキスをして、またベールをつけ、踊《おど》るような足取りで資料館から出ていった。

ぽかんと見ていた女子が全員、またいっせいにソフィとアガサに押し寄せてきた。ベアトリクスが笛を吹いて注意する。

「さっきの子、何?」アガサはサインをしながら、キコに聞いた。

「あの子の名前はヤラ」キコが小声でこたえる。「どこから入ってきたか、だれも知らないの！わたしたちが知るかぎり、口をきかないし、何も食べないし、いつもすぐいなくなっちゃう。かわいそうに、たぶん、どこも住むところがないんだと思う。でもイヴリン先生はすごく親切だから追い出したりしないの。ヤラは人間とステュンフのあいだに生まれた子だっていううわさもあるわ」

アガサは眉をひそめた。ステュンフは骨だけの肉食の怪鳥で、ネヴァーを憎《にく》んでいる。「ステュンフの血が半分流れてる子なんていているはずが――」

途中で気がそれた。ソフィが女子を全員、自分のところに集めて、えらそうにほほ笑んだり、サインをしたり、頬にキスをしてあげたりしている。ついに居場所を見つけたという顔だ。

「ソフィが男子側と戦うとき、いっしょに連れていってくれる？」アラクネが叫ぶ。

「ソフィの副官にしてくれる？」ジゼルが叫ぶ。

「ソフィの副官の副官にしてくれる？」フラヴィアがあわてていう。

「昼食はわたしのグループといっしょに食べて！」ミリセントが叫ぶ。

「だめ、うちらのグループに来て！」モナも負けていない――

「またファンが大勢できて光栄だわ」ソフィはアガサのぎょっとした表情など無視して、サインの横にハートを書いた。「ついさっきまで待つ人なんかいない家に帰ろうとしていたけど、思いがけなく楽園を見つけちゃったわ。みんなわたしを待っていたのよ」

「ベアトリクスと同じ部屋でがっかりかもしれないけど、心配しないで」キコがいった。アガサの暗い表情に気づいたのだ。「いつでもわたしの部屋に泊まりにきていいから」

アガサがキコを見る。キコはアガサの顔を見てわかってしまった。「ここに長くいるつもりはないの？」

アガサのまわりにいた子たちがしんとなる。

「ねえ、さっきいっていたお芝居《しばい》のこと教えて」ソフィは大きな声でリーナに話しかけている。「主役はもう決まって――」

そこでいうのをやめた。女子が全員、アガサの視線を追って窓の外を見ていたからだ。アイダ湾のむこうの不気味な赤い城をつつむ霧《きり》が濃《こ》くなっている。

「あたしとソフィがここにとどまれば、戦争がはじまる」アガサは女子たちにいった。「そうなれば、みんな、命があぶなくなる」

アガサはソフィを見た。「ダヴィー先生やレッソ先生の話を聞いたでしょ。あたしたちはだれも犠牲《ぎせい》にしないであたしのしたことを解決できる。ソフィも、テドロスも、ここにいるだれも死ななくてすむ。ふたりでおたがいとのエンディングを願えば、この学校があったこと自体、忘れられるんだから」ソフィの肩に手を置く。「ソフィ、ここにとどまることは悪。ソフィは悪じゃない」

ソフィはゆっくりと顔をあげ、なんの罪もない大勢の女子たちを見た。全員、テドロスとテドロスの赤い覆面《ふくめん》軍の手にかかって命を落とす可能性が高い。ただし、アガサはイヴリン先生が念を押したことを忘れている。ふたりが家に帰るには、ふたりとも心から願わなくてはならない。でもソフィは知っている。アガサが心からソフィを願うはずがない。アガサがこの学校を忘れられるはずがない。

だって、アガサにはもう友だちだけでは足りないから。

アガサはプリンスを求めている。

「青の森に隠《かく》れて作戦を立てよう」アガサはそっとソフィにいった。イヴリン先生がもどってくる前に逃げ出すつもりだ。「何か生き物に変身して男子の学校にしのびこめるかも」

ソフィはしょんぼりしたまま、何もいわない――

そこで壁画の自分と目が合った。

クリスタルのティアラをつけて城のバルコニーにいるソフィは、ブロンドの長い髪《かみ》にエメラルド色の目、象牙色の肌で、ソフィの知っているだれかとそっくりだ。その人も男子のせいでハッピーエンドをなくして、ひとりきりで死んでいった。

〈ソフィ、あなたはこの世界には美しすぎる〉

それがソフィの母親の最後の言葉だ。

ソフィは思った。ママがわたしに見つけてほしかったのは、わたしがママみたいなエンディングを迎《むか》えない世界だ。

わたしとアガサが永遠に幸せでいられる世界。

ふたりのあいだに男子が割りこんでこない世界。

プリンスのいない世界。

そして、ソフィのじゃまをするプリンスはひとりだけ。ソフィは目に涙を浮かべ、くちびるをかんだ
そのプリンスが死んでしまえば、アガサも忘れるはず。

「アガサ、ここにとどまることは悪じゃないわ」ソフィはきっぱりといった。「この学校はわたしたちのたったひとつの希望だもの」

アガサは体をかたくした。「ソフィ、何を考えて――」

「テドロスはわたしを殺せ、そういってるのね?」ソフィは指示を待っている女子軍にむかって大

きな声でいった。テドロスの城にむかって歯をむき出す。

「それなら、力づくでそうしにくればいい」

女子全員が大きな歓声をあげて新たなリーダーのもとに集まってきた。

「テドロスを倒せ！」

「男子を倒せ！」

アガサは青ざめた。ソフィはアガサと目を合わせ、そして女子たちに交じって姿を消した。願いをひとつ。それでアガサは戦争への道を開いてしまった。男子と女子がアガサの愛を勝ちとるために戦う戦争。アガサの愛するふたりが戦う戦争。アガサの親友とプリンスが戦う戦争。

アガサの魂《たましい》が罪の意識でちりちり燃えだした。ひとりの父親とかわした約束にも火が燃え移って消えそうになる。

〈だれか助けて〉アガサはソフィが自分の兵士たちに投げキスをしているのを見ながら、祈った。今回のことをすべて見通すことができる人はどこ？　今回はだれが善でだれが悪か教えてくれる人はどこ？

女子の集団から後ずさるアガサの目に、部屋のすみで何かが光ったのが見えた。セイダー先生の絵が飾ってある暗い角の床の少し上だ。ビー玉が宙に浮いているのかと思ったら、黄色の小さな目だった。その目がふたつ、ゆっくりこちらに近づいてくる。そこに、またふたつ、さらにふたつが最初のふたつの横で光り、背中を丸めた生き物の影が大理石の柱のうしろから小走りで出てきた。

三匹の大きな黒ネズミがアガサをにらみつけた。まるでアガサが魔法の言葉で呼び出したかのようだ。三匹はすぐに走りだし、奥のドアから外に出た。アガサをご主人のところに案内するつもりだ。

第7章　魔女三人組の作戦

「もう一度最初から整理させて」

ヘスターはにらむような目つきだ。アナディルと並んで金ぴかのシンクに脚を広げて腰かけている。ふたりとも着ているのはよれよれの黒いネヴァーのチュニックだ。「テドロスはソフィを亡き者にしたい。ソフィはテドロスを亡き者にしたい。で、あんたが今すぐそのふたりのどちらかとエンディングを迎《むか》えないと、この学校の全員が死ぬ」

アガサは弱々しくうなずいた。アガサはほまれの塔にいて、象牙のバスルームの個室のドアにもたれている。並んでいる個室にはそれぞれサファイア色のトイレとバスタブがそなえつけられている。一度に魔女ふたりに会えてこんなにうれしいなんて、アガサはまったく予想していなかった。ほかの女子とちがって、このふたりはぜんぜん変わっていない。ヘスターの赤のメッシュを入れた黒髪《くろかみ》は前よりべたついているし、首にいれた二本角の赤い悪魔のタトゥーも、一年前に一度魔法に失敗して色が薄くなったはずなのに、今はくっきり見えている。逆にアナディルは前より白く

なった。といっても、もともと肌も髪《かみ》も幽霊みたいに白かったから、そう見えるだけかもしれない。アナディルもヘスターのとなりのシンクに腰かけて、生きたトカゲを指でつまんで黒ネズミ三匹に食べさせようとしている。三匹とも去年の善対悪の戦いで犠牲《ぎせい》になったアナディルのペットのネズミ三匹とそっくりだ。

「プリンスと魔女が、あんたのために相手を殺そうとしてる」アナディルがきしるような声でいう。「あたしがあんただったら、うれしいかも」ネズミ三匹がトカゲの内臓をえぐり出すのを見てから、半分閉じたみたいな赤い目をあげる。「ありがたいことに、あたしは感情ってものがないんだ」

「それは疑問。ペットが死んで、またそっくり同じのを飼いはじめたくせに」ヘスターがつぶやく。

「まじめに聞いて。あたしはおなかが空いてて、うす汚れていて、ぜんぜん寝てなくて、男子軍に親友の命をうばわれそうなの」アガサはストレスで声がろくに出ない。「生きて家に帰りたいだけなのに」

「だけど、あんたはテドロスとのエンディングを願った」ヘスターはいつもどおりのとがった、ばかにするような口調《くちょう》だ。「家にはぜんぜん帰りたくなさそうだけど」

アガサは一瞬口をつぐんだ。「とにかく、だれも傷つけないためにどうしたらいいか教えて」

「聞いた、アナディル？　うちらは親切な妖精だと思われてるらしい」ヘスターが鼻で笑い、赤く光る人さし指から立ちのぼる煙の輪をふっと吹いて消す。

アナディルは緑に光る人さし指の先でシンクにどくろの落書きをした。「うちらは年寄りでもないし、召使いでもないけどね」

「お願い」アガサはいった。「ふたりとも魔女でしょ。願い事をとり消す方法を何か知ってるはず

――」

「ずいぶん熱心だね！」ヘスターはうしろをむき、赤く光る人さし指の先で鏡に映るアガサの顔を四角い線で囲んだ。「無力で、困りきった、かわいそうなこの子を見てごらん。今も黒を着て、昔のアガサを……首のとれた鳥を投げつけて、エヴァーの女子生徒におならをかまして、自分の命よりソフィを大切にしていたアガサをさがしてる」ヘスターは鏡のアガサの目を見つめ、にやっとした。「けど、そのアガサは消えたんだよ、プリンセスちゃん」

「ちがう」アガサがそう返したとたん、リーパーに引っかかれた傷が、たった今引っかかれたみたいに痛んだ。

「前に一度あんたをルームメイトにしたいと思ったことがあったけど」アナディルがいう。「あんたは今ここにいて、男子のせいで親友が痛い目にあうのを心配してる」

「ふたりともちっとも変わってなくてよかった」アガサはひとり言みたいにつぶやきながら、とぼとぼバスルームの出口にむかった。「なんであたしたちが友だちになれなかったか思い出した」

「最後にあんたを幸せにできるのはひとりだけ」ヘスターがアガサの背中にむかって、からかうようにいう。「それは、どっち？」

アガサはふり返った。魔女ふたりがシンクからするっとおりてきて、サメみたいにアガサのまわりをぐるぐる歩きだす。

「ソフィ、それともテドロス？」ヘスターが首をかしげる。

「テドロス、それともソフィ？」アナディルも首をかしげる。

そして、ふたりとも並んでシンクにもたれた。「よーく考えてみな」ヘスターがそういいながらアナディルと目を合わせる。と思ったら、ふたりともアガサを見た。

「テドロスだ」ふたりの声がそろった。

アガサの心臓が飛びあがる。アガサはあわてて心臓を押さえつけた。「待って、ちがう！　あたしはプリンスなんていらない！」

ヘスターがすっとシンクから離《はな》れた。「いいかげんにしな。ぎょろ目のふたまた女子、あんたがテドロスとキスしないかぎり、この学校は今のままなんだよ」突然、アガサの知っている危険な魔女の顔になる。「テドロスとキスしな。そしたら全部解決する。プリンスがプリンセスといれば、魔女は永遠に消える。エヴァーはこっちで、ネヴァーはあっち。善の学校と悪の学校は元どおりになって、あたしは無事に三年生の生徒会長になる」

アガサは腕《うで》組みした。「わかった。あたしは親友の命を心配してて、そっちは学校の心配をしてるわけね」

「このどっちつかず、自分がこの学校に何をしたか知ってる？」ヘスターは声を荒げた。黒い目が怒りに燃えている。「おかげで、うちらがどんな目にあったか知ってる？」

ヘスターがポケットからくしゃくしゃに丸めた羊皮紙を出して投げつけた。アガサが開くと、時間割だった。落書きだらけでほとんど読めない。

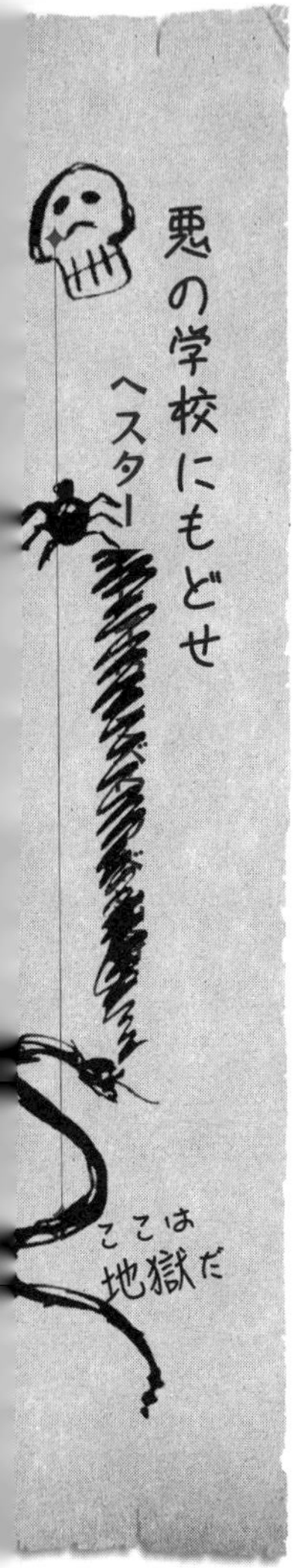

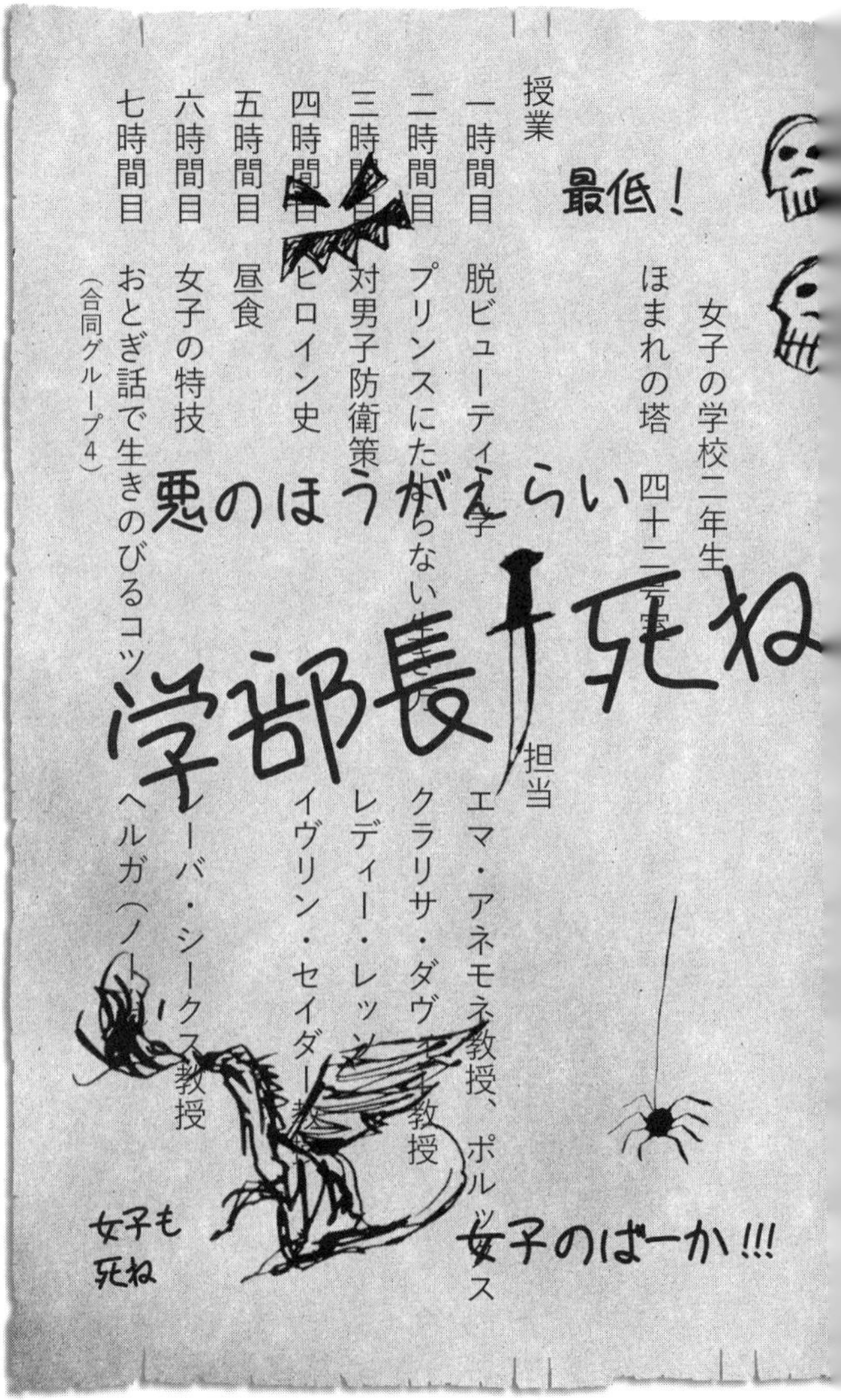

女子の学校二年生
ほまれの塔　四十二号室

授業		担当
一時間目	脱ビューティー学	エマ・アネモネ教授、ポルックス
二時間目	プリンスにたよらない生き方	クラリサ・ダヴ　教授
三時間目	対男子防衛策	レディー・レッ
四時間目	ヒロイン史	イヴリン・セイダー教授
五時間目	昼食	
六時間目	女子の特技	ルーバ・シークス教授
七時間目	おとぎ話で生きのびるコツ（合同グループ4）	ヘルガ（ノー

アガサはぎょっとした。「けど――これって――」

「女子の時間割だよ、見たまんま！　この学校の何から何まで、女子女子、女子、ってやつばっかり！」ヘスターは金切り声だ。「あたしは今までひっしに自分は女子以上のものだって証明しようとしてきたんだ。それが今、女子だらけの城で暮らすはめになった。学校は共学であるべき！　うちらだってそれは知ってる。ただし、男子には死んだってさわらないけどね！」

「悪の舞踏会《ぶとうかい》ではいっしょに踊《おど》ったくせに」アナディルが横からいう。

「うるさい」ヘスターがどなって、またすぐアガサを見る。「男子を好きなやつなんかいない！　きらってないとしたって、たえられない！　男子はくさくて、ぐだぐだしゃべってばかりで、散らかし放題で、いつもズボンの中に手を入れてる。けど、だからって学校に男子はいらないってことじゃない！　そんなの骨がないステュンフと同じ！　いぼがない魔女と同じ！　男子がいなかったら**人生に意味はない！**」

ヘスターの声に鏡が震《ふる》える。

アガサは時間割の表をヘスターにむけた。「それで、先生たちはこれに賛成なの？」

「なんで先生たちがあんたたちふたりの『歓迎会《かんげいかい》』にいなかったと思う？」ヘスターはすねた表情をした。怒りは少しおさまった。「先生たちもうちらと同じくらい不満に思ってる。けど、どうしようもない。さからったら、プリンセス・ウーマと同じ運命が待ってるんだから」

そういえば、時間割には動物語の先生の名前がない。「ウーマ先生はどこ？」

「イヴリン先生は動物語の授業を『動物狩り』の授業に変えた。女子は自給自足が原則。食料調達を男子にたよるな。これ、五原則のひとつ」アナディルはふくれっ面だ。蛇口をひねって、ペットのネズミ三匹に水を引っかける。「ウーマ先生はもちろん、そんな授業を受け持つのはいやだっていった。これまでずっと仲良くしてきた生き物の命をうばうつもりはありません、って」ぬれて震えるネズミをやさしくなで、顔をあげる。「その次の日の朝、ウーマ先生は階段から森に放りこまれた」

「今は前より幸せに暮らしてるかも」アガサは少しほっとした。これでもうピンクの気どったプリンセスからフクロウ語とかイヌ語を習わなくてすむ。ところが、アナディルはまだアガサをにらむように見ている。

「覚えてる？　森の中に何がいるか」

アガサはどきっとした。〈国から追い出されたプリンセスたち〉復讐心《ふくしゅうしん》に燃え、血に飢《う》えたプリンセスたちだ。

「なんでイヴリン先生はウーマ先生を助けなかったの？」アガサの声がうわずる。「プリンセスたちに殺されちゃうかも――」

「そんなのたいしたことじゃない」ヘスターがいい返す。また肌が赤らんできた。「ネヴァーがどれだけバスルームをきらいか知ってる？　近づくだけでむかむかしてくるって知ってる？　サファイアのトイレがついたバスルームに隠《かく》れるなんてありえない。それでもバスルームに隠れるくらい、うちらはここの授業に出たくないんだ」

ヘスターにうらみがましい目でにらまれて、アガサはウーマ先生のほうがやっぱり気の毒だと思う、といいたいのをこらえた。

「ソフィに生きててほしい？　男子対女子の戦争を回避《かいひ》したい？　ハッピーエンドを迎《むか》えたい？」ヘスターは刺すような目でアガサを見た。「じゃあ、テドロスとキスしな」

アガサの心臓がおさえきれずに暴れだしそうだ。〈正しいエンディング〉ダヴィー先生はそういった。

アガサの頬がだんだん赤くなってきた。親友を裏切る？　ソフィを永遠に手放す？　ふたりでいろんなことを切り抜けてきたのに？

「無理」アガサはかすれた声でそういい、ドアにぐったりもたれた。すると突然、個室の中から咳《せき》払《ばら》いが聞こえた。

ヘスターが牙《きば》みたいな歯をむきだす。「何？」

「もう出てもいい？」聞き覚えのある、か細い声だ。

「ずっとそこにいな。自分は裏切り者だ、みんなからきらわれてる、またその顔を見せるくらいなら自分で自分ののどをナイフで刺すほうがいい、って認めるまではね」ヘスターがののしる。

沈黙。

「アガサ、出てもいい？」

アガサはため息をついた。「久しぶりね、ドット」

個室のドアがゆっくり開く。そして、アガサが見たことのない、ウエストが細くて、茶色の髪《かみ》をカールしたエヴァーの女子生徒が出てきた。アガサはきょとんとして、その子を目で追い、それから、個室をのぞきこんでドットをさがした。

中にはだれもいない。

アガサはまたゆっくりさっきの子を見た。「えっ、まさか――この子が――」

「いつだっておなかぺこぺこ」ドットはアガサをぎゅっと、しばらく抱きしめた。アガサはドットから体を離《はな》して、そして、ドットを見つめた。ドットは体重が十キロ以上減って、顔には薄くファンデーションを塗《ぬ》って、赤い口紅、ラメ入りのマスカラをつけている。茶色の髪にはブロンドのハイライトを入れ、ていねいにカールして黄色のキラキラのバレッタでとめてある。制服の水色のボディスまで裾《すそ》を短くして、ウエストを強調している。

「アガサはこの学校をなくすつもりじゃないよね？」ドットは心配そうな顔で何かかじっている。干したケールらしい。

「またはじまった」アナディルがぼやく。

「いつもお父さんからいわれてたんだ。おまえはお父さんと同じだ、太っちょで孤独な悪者で終わるって」ドットは目をうるませた。「だけどね、アガサ、女子の学校はあたしをなりたい自分にさせてくれた。生まれて初めて自分を好きになれた。だけど、このふたりは、そんなの大まちがいだっていうの。ふたりとも前はあたしが太ってるってさんざん笑ってたのに、今はやせすぎだってばかにする」

「死んだほうがまし」ヘスターがいった。

「しっとしてるだけでしょ。あたしに新しい友だちができたから」ドットがいい返す。

ヘスターの首から悪魔のタトゥーがぺろっとはがれてふくらみ、ドットの頭めがけて稲妻を投げた。ドットがバスタブに飛びこみ、稲妻が大理石の壁にあたって穴が開く。壁のむこうでベッドに寝転んで『男子がいらない理由』を読んでいた小さい女の子が穴を見て目をまん丸くし、部屋から逃げ出した。

ヘスターはぶつぶつ文句をいいながら、悪魔を呼んで首にもどした。ドットはバスタブから顔だけ出してアガサを見た。今度は星形のニンジンらしきものをかじっている。「ヘスターがかっかしてるのは、自分以外はみんな新しい学部長先生のことを好きだから」

「うちらにあのふざけた制服を強制できなかった点は好きだけどね」ヘスターはドットの水色のボ

ディスをにらんだ。「シークス先生からないしょで、いい魔法を教わったんだ。あの制服を着るたびに顔に伝染性のぶつぶつができるやつ。女子たちが二日間きゃあきゃあ騒いで、それでイヴリン先生もあきらめた」

「なんでイヴリン先生が学部長になれたの?」アガサは首をかしげた。

「あんたたちが消えた時点で、男子と女子の関係は相当悪くなってた」ヘスターがいった。「学校でいちばん人気のプリンスが、髪《かみ》も歯もない魔女に自分のプリンセスをとられた。男子は突然、女子を敵扱い――で、女子は男子を乱暴者扱い。この学校は男子と女子の学校に変わる前からとっくに、善と悪の学校みたいに分裂《ぶんれつ》してた。それなのにイヴリン先生が来てその状況がさらに悪化した」

「けど、イヴリン先生はどこから来たの?」アガサは聞いた。「セイダー先生の妹だっていってたけど――」

「うちらが知ってるのは、ここが男子の学校と女子の学校に変わったその夜、ダヴィー先生は自分の研究室にもどることができなかったってことだけ」アナディルがいった。「ダヴィー先生とレッソ先生でドアを開けようと何時間もねばって、やっと開けたと思ったら……イヴリン・セイダーが学部長の席についてた」

「けど、どうやって中に入ったの?」アガサは眉をひそめた。「それと、なんで先生たちは追い出そうとしないの?」

「ひとつ目の理由として、男の先生たちがそうしようとしたけど」アナディルはいった。「それ以来、男の先生たちをだれも見ていない」

アガサはアナディルを見つめた。

「ダヴィー先生とレッソ先生のもとに語り手のペンがあるかぎり、和平のチャンスはあった」ヘスターがいった。「今はあんたがテドロスとキスすることが唯一の希望。だって、イヴリン先生と戦うなんて無理だから」

ヘスターはアガサの目をにらみつけた。

「この城はイヴリン先生に味方するから」


ソフィはイヴリン先生の後をついて、ほまれの塔からゆうきの塔への青いわたり廊下を歩いていた。行く手に女子が現れては、船長にするみたいにソフィにあいさつをしていく。

「あのプリンスに死を！」にきびだらけの子が高い声でいう。

「ソフィとアガサ、万歳《ばんざい》！」エルフ似のエヴァーの女子生徒がいう。

ソフィはこわばったほほ笑みをうかべて、湖の上にかかるガラスのトンネルみたいなわたり廊下を、どんどん先へ行くイヴリン先生に遅れないようについていった。イヴリン先生が歩きながら横目で青の森のほうを見た。ゲートのむこうでプリンスたちが大声をあげながらレッソ先生が張った魔法のシールドに石を投げたり、棒でつついたりしている。先生の赤く塗《ぬ》った厚いくちびるが少し引きつり、歩くペースが速くなった。ほかの先生たちが着ている服より体にフィットしたドレスのせいで衣ずれの音がする。ソフィはうしろをいそぎながら、わたり廊下のガラスに映るイヴリン先生の姿を観察した。こんなに美しい人は見たことがない――ソフィの母親だってかなわない。体形はおとぎ話の登場人物そのものだし、バラ色のくちびるも、豊かでつやのある髪も、本の挿絵《さしえ》からだれかを引っぱり出して命を吹きこんだのかと思うくらいだ。何で肌のお手入れをしているの？

〈アザミエキスだってあんなに毛穴を目立たなくするのは無理〉ソフィはくもりひとつないガラスに映る自分の顔とくらべようと――

映っていたのは髪《かみ》も歯もないソフィだ。いぼだらけの顔で、口をゆがめてにらみ返している。

ソフィは恐怖で息がつまり、目を閉じた。〈うそよ……わたしはよい子……よい子になったのに……〉

「ソフィ?」

目を開けると、肌がすべすべの自分の顔がまた映っていた。

心臓をどきどきさせながらイヴリン先生をさがすと、先生はわたり廊下の端で顔をしかめて待っていた。ソフィはいそいで追いかけた。脚が震《ふる》えている。また女子生徒がすれちがってはあいさつしていく。

「テドロスに死を!」

「あのプリンスに死を!」

「あの、テドロスを『たたきつぶす』っていってましたけど」ソフィは口ごもりながらおずおずといった。「わ――わ――わたしが『たたきつぶす』わけじゃないですよね……わたしがかかわるってことじゃないですよね……悪事に――」

「あなたの履歴《りれき》からして、悪事を働くのを楽しみにしているんじゃなかったの?」イヴリン先生は何か思い出しているような表情だ。

ソフィは汗をぬぐった。「あれは、ただ……わたしの評判を聞いたらみんな怖がるかもしれないのは知ってます……けど、わたし、変わったんです。見れば、わかると……」

「変わった？」イヴリン先生は刺すような目でソフィを見た。「さっき、善の資料館では、率先して戦争の指揮をしそうに見えたけど」

「なんていうか、リーダーシップをしめすことはだいじですから」ソフィは汗が止まらなくなってきた。「でもほんとに、わたしが魔女だったのは遠い過去のことです。だから、今の今あくどい生徒がテドロスの命をうばうのが最適ではないかと――ヘスターとかアナディルはどうでしょう。ふたりともすごい悪者で――」

「あなたのたったひとりの友だちを盗みたがっている男子がいる。それなのに、戦うのが怖いの？」

ソフィはゆっくり顔をあげてイヴリン先生を見た。先生はゆうきの塔の入り口の手前でゆかいそうに笑っている。

「おそらく、自分がなんのために戦うか知らないからでしょう」

両開きのドアが魔法で開く。ソフィは息を飲んだ。

五階までつづく階段はどこも生徒でうまっている。その両側の壁いっぱいにソフィとアガサの顔がステンシルで描かれていた。ほほ笑むふたりの巨大な顔は星で囲まれ、その下にきらきら光る青い文字でこう書いてある。

よりよい世界への希望

以前、ゆうきの塔はジャコウのような革のにおい、コロン、動物の毛皮のにおいがしていたけれど、今は青いガラスの階段や大理石の柱の上に青々とした観葉植物がつりさげられ、授業にむかう生徒たちの頭上に空色のバラが花びらをふらせたり、下のほうまでのびたつる植物がそれをそうじしたりしている。ソフィがイヴリン先生にくっついて階段をのぼっていくと、女子生徒たちはすぐに左に一列になって道を開け、横を通ると温かい笑顔であいさつをしてきた。ソフィはらせん階段の手すりの内側をのぞいてみた。青い蝶の群れがフロアからフロアへ飛びながら、いろんな形……ステュンフ、ニンフ、スワンなど……を作っては、階段をおりる生徒たちを楽しませている。イヴリン先生が蝶の群れをちらっと見た。蝶は「ミーッ！」と鳴いてすぐにイヴリン先生のドレスにもどってきた。

イヴリン先生が三階にあがって廊下を歩いていったのでソフィもついていくと、大勢の生徒でにぎやかだった。壁際のあちこちでエヴァーとネヴァーが交じった女子グループが、教科書『果てしなき森の歴史 改訂版《かいていばん》』の上に浮かぶ立体画像を見ながら宿題をしている。寮の長い廊下の壁には端から端までソフィとアガサの神様みたいな顔が透かし絵で描かれていて、その上に女子生徒たちがヒツジ飼いみたいに奴隷《どれい》の男子に命令している場面が描いてある。

リーナがポーチドエッグと黒パンのトーストの載った皿を各部屋に投げるように配ってまわり、アラクネはバターミルクココアの入ったマグカップを手わたしていく。片すみで女子が集まってオーボエ、バイオリン、トランペットの練習をしているけれど、ソフィにはエヴァーとネヴァーの区別がつかない。全員髪《かみ》はぼさぼさで、メイクをしていないからだ。階段のふきぬけにかけられた梯子《はしご》の上にはモナとミリセントがいて、手すりに描かれたピンクのバラを青系の色に塗《ぬ》りかえたところだ。その下で木製の剣を使って練習中の女子ふたりに、青のペンキがぽたぽた落ちている。キコが羊皮紙のパンフレットを右に左にわたしながら廊下を駆け抜けていく――「今晩、読書クラブがあります！　みんな、参加してね！」――が、その声はすぐにかき消された。ジゼルとフラヴィアが楽譜を手に大きな声で歌の練習をはじめたからだ。あちこちで寮の部屋のドアが開いたり閉じたりしている。女子生徒が歓迎会《かんげいかい》からもどって自分の部屋に駆けこんでは、またすぐ教科書を手に教室に走っていく。顔やわきの下に汗をかいていてもだれも気にしていない。

ソフィはかつての学校を思った――ネヴァーはおたがいを押しのけて授業に行こうとしていたし、エヴァーは身じたくに何時間もかけていた。生徒全員、善と悪の学校間で、さらにはそれぞれの学校内でも「つねに」激しく対立していた。それが今この女子の学校では、汗だらけで、だらしないかっこうで、バタークリームの悪魔的なにおいがぷんぷんしているにもかかわらず、みんないっしょに、幸せに暮らしている……プリンスがひとりもいないというのに。

「アガサはどうしてこれが気に入らないのかしら」ソフィはそっといった。

「つねに変化にあらがう子がいるの」イヴリン先生がとなりでいった。「アガサはプリンセスで、今も自分にはプリンスが必要だと信じている。あなたもその夢物語の力を知っているはずでしょ」

ソフィは自分がプリンスとの夢物語につぎこんだ希望、エネルギー、時間のすべてを考えてみた。高貴な生まれのハンサムな男の子がいつの日かさっそうと現れ、白亜の城に、永遠の幸せに連れていってくれる。そう信じきっていた。アガサはそんなソフィを頭からばかにして、そうこうしているうちにふたりとも校長に連れ去られた。「この筋肉ばかにソフィを理解できるはずがないよ」アガサはそういって笑っていた。「ソフィはあたしといっしょにいるほうが幸せになれるって」アガサはいつも鼻を鳴らして冗談ぽくそういっていた。でも、ソフィはアガサが冗談ではなく、本気でいっているのがわかっていた。アガサは前からずっと、ハッピーエンドには自分とソフィのふたりでじゅうぶんだと思っていたはず。

でも、そのアガサが魔法にかかっちゃった？　アガサは自分がばかにしていた夢物語を信じはじめちゃったの？

ソフィは胃がずしんと重くなった。わたしとアガサは入れ替わっちゃったの？

「アガサは彼に会いたがってます」ソフィは小さな声でいった。

イヴリン先生の表情がかたくなる。先生は女子生徒たちを避《さ》けてソフィを階段の裏側に連れていった。「アガサがテドロスとキスしたら、すべて台無し」

「アガサがテドロスとキスするはずありません――だって、そんなことしたらわたしを失うって――」

「ソフィ、アガサは彼とのエンディングを願ったのよ」イヴリン先生はソフィの手をぎゅっとつかんだ。「願いは魂《たましい》の産物。否定すればするほど強くなるだけ」

ソフィは体の中が冷たくなった。

イヴリン先生が顔を近づけ、金色のマニキュアを塗《ぬ》った爪の先でソフィの顔をつつんだ。「今のアガサはあなたの知っていた女子じゃない。アガサの心にはとげが一本刺さっているの。それをとりのぞいてあげなくちゃ」

ソフィはイヴリン先生の肩にそっともたれかかった。「わたしは友だちをとりもどしたいだけなんです」ささやくようにいう。

「そうなるわよ。アガサのプリンスが死ねば」イヴリン先生はソフィの髪《かみ》をなでた。「あなたたちふたりはいつもいっしょにいられる。男子が割りこんでくることはないわ。二度と」

ソフィは目がかすんできた。永遠にイヴリン先生の腕《うで》の中に隠《かく》れていたい。「何をすればいいの」

「ふたりを会わせないようにして」イヴリン先生はつき放すようにソフィから離《はな》れた。「テドロスがわれわれに攻撃《こうげき》してくるようにしむける。攻撃してきたら、あなたとあなたの率いる軍が迎《むか》え撃つ」

「でも、わたし――だめです――戦うなんて――」ソフィは言葉がうまく出ない。顔にいぼができていて、それがひりひり痛くなってきた気がする。「わたし――今回は――善に――なりたい――」

「親友にプリンスとキスさせるの？」イヴリン先生がソフィをにらむ。「つまらない世界に送り返されて、つまらない人生を送るの？」ソフィにつめ寄ってきた。「友だちもなく……愛もなく……だれからも忘れられた生活を送りたい？」

ソフィは声が出なくなった。

「それがあなたのお母さんのエンディングだったんでしょ？」イヴリン先生がさらに顔を寄せ、ソフィの耳元でささやく。「そしてお母さんはどうなった？」

ソフィはいっきに青ざめた。

だれかに手をつかまれ、ソフィは驚《おどろ》いて悲鳴をあげた――

「心配しないでください！」ベアトリクスはうきうきとイヴリン先生にそういって、ソフィを連れていこうとした。「ソフィに部屋と、制服と、時間割を見せてきます！」ソフィの手を引っぱって、廊下をどんどん歩いていく。「信じられる？　わたしたちふたりが前に男子のとりあいをしていたなんて」

ソフィは何もいえず、ちらっとうしろを見てみた。イヴリン先生は壁画にもたれて、母親が子どもにするようにソフィにほほ笑んでいる。イヴリン先生の姿がどんどん遠く、暗くなって、見えているのは緑に光る目だけになって、しだいに壁画のソフィの顔に吸いこまれるように消えた。ティアラをつけた巨大なソフィの顔の下にあるのは、プリンスのいない世界。

親友が二度とソフィを裏切ることのない世界だ。

ソフィは歯を食いしばった。

アガサがテドロスとキスをしないかぎり、わたしたちにはチャンスがある。


アガサはぼうっと、無言でバスタブの縁に腰かけた。うっかりせっけんにぶつかって床に落としてしまったことにも気づかない。考えられるのは、もしあんなことを願わなかったら、自分は今どこにいたか、それだけだ。

お母さんは今頃、昼食にシチューを……ニンニクとレバーのシチューを作ってるところかな。鍋からただようにおいが、こわれた窓から入るすきま風の灰みたいなにおいと混じって、あたしはベッドの上で、午後の文法の授業の宿題を終わらせようとがんばってる。リーパーは部屋のすみでうずくまり、シャーといってあたしを威嚇《いかく》してる。だけど、昨日よりは少しおとなしい。あたしがシチューをきれいにたいらげる頃、雑草を踏む足音、小さな鼻歌が聞こえてきて……ガラスのハイヒールがポーチを歩いてくる。「いっしょに学校に行かない?」ソフィがいう。ふたりで黒、ピンクの冬用コートを着てゆっくり墓地の丘をおりていく。クラスメイトの、納屋《なや》のにおいがする男子たちを話題にしてからかいながら。「わたしたちと結婚しようとしたって無理よ」ソフィはそういって笑う。だって、こんなことになる前は本当にそうだったから。あたしたちにはおたがいがいる。それ以上は何もいらない。

「今さらそれをめちゃくちゃにできる？」アガサは震《ふる》える声でいった。そこにいる三人を見る。「テドロスとのエンディングを願える？」

「だって、アガサ、あんたはプリンセスなんだから」ヘスターの顔が初めてやさしくなった。「どんなに否定したって……プリンスがほしいんだよ」

アガサはのどのつかえを飲みこんだ。見ると、アナディルもヘスターのとなりでうなずき、ドットがうなずくのを待っている。

ドットはうなずかない。

ヘスターとアナディルがドットに火花をぶつけた。

「痛い！　わかった、賛成するってば！」ドットは星形のセロリをかじりながら、がっくりうなだれた。「そうなったらあたしはまた、悪で、太っちょで、友だちのいない子にもどるけどね！」

アガサは首をふった。「とにかく、ソフィがあたしを許してくれればいい。そうすれば何もかも――」

「ソフィがあんたを許すわけないって」ヘスターが笑った。「ソフィはあんたを信じきってた。なのに、あんたは一度はソフィのものだった男子に骨抜きにされたんだ。そのあんたが森のむこうの魔女に許してくれ、って？　やめときな。ソフィは内心、あんたを切り裂《さ》きたいと思ってる」

「何も知らないくせに」アガサは怒った。「ソフィは変わって――今は善に――」

アナディルのペットのネズミまでくすくす笑っている。「アガサ、ソフィはネヴァーだよ」ドットがいった。「アガサがどんなにソフィを好きだって、どんなにソフィを変えようとしたって、ソフィは悪として、孤独に終わる」

「生徒会長にもなれない」ヘスターがつぶやく。

アナディルがアガサの前で膝《ひざ》をついた。「アガサが心からソフィとのエンディングを願うことはぜったいにない。だって、アガサとソフィはむこうの世界ではぜったい幸せになれないんだから」

初めて、アナディルの赤い目が人間味をおびた。「アガサは何度だって自分のプリンスを求めてここにもどってくる。で、ソフィはアガサとプリンスを引き離《はな》そうとする魔女のまま……アガサとテドロスがキスするまではね」アナディルの冷たく、白い手がアガサの手首をつかんだ。「わからない？　アガサの願いは正しかったんだよ」

アガサはバスタブの縁に腰かけて黙ったままだ。また問題を出されてしまった感じだ。今回も答えを知っているのは校長だけ。今回はソフィといっしょに解けない。

「ひとりでテドロスに会ってこなきゃ」アガサは静かにいった。

ドットがうなずいた。「たしかめるにはそれしかないよ。アガサが心からテドロスといっしょにいたいかどうか」

「もしそうじゃなかったら？」アガサは聞いた。今、この瞬間にテドロスを大きらいだと思う理由をすべて頭に思い浮かべる。「もしあたしがまだソフィといっしょに家に帰りたいと思ってたら？」

「そしたらあんたたちふたりに協力する」アナディルがむすっという。

アガサはセイダー先生の研究室でのソフィの顔を思い出した。うらみのこもった冷たい表情だった。「けど、どうやってソフィにないしょでテドロスと会う？　ソフィとあたしは同じ部屋なのよ」

「うちらにまかせな」ヘスターが赤と黒二色の髪《かみ》の先をかみながらいった。「だけど、実行は今夜

が出る。

これからテドロスと会う。何が起きても、その後にきっと希望がある。幸せへの道が開ける。答えだからね。授業にはもう一日だって出たくない」

アガサはみょうにほっとした。台風の中で突然、その目に入ったみたいに。いろいろあったけど、

バスタブに背中を丸めて腰かけていたアガサの目がふと、床に落ちている星形のせっけんを見つけた。視線がドットの持っている星形のキュウリに移る。

「チョコレートよりかんたん、って思うかもしれないけど」ドットはため息をつきながら、今度はせっけんをカブに変えた。「しばらくのあいだ、何から何までゴーダチーズに変わるだけだった――」アナディルがドットの口を手でふさいだ。

アナディル以外の三人がアナディルの大きく開いた目を追い、さっき壁にできた穴からひらひら飛んで入ってきた一匹の青い蝶を見る。

アガサは鼻を鳴らした。「ただの蝶で――」

ヘスターが人さし指の先から飛ばした火花に撃たれ、アガサはうっとうめいた。ヘスターがアガサをにらみつけ、赤く光る指の先で宙に字を書く。煙の文字が浮かぶ……

〈話を聞かれてる〉

アガサには意味がわからない。

ヘスターとアナディルが指でカウントする……五、四、三、二……

バスルームのドアがきしみながら開いて、だれかが顔を出した。

「アガサ、ここにいたのね」イヴリン先生だ。さっきの青い蝶が先生のドレスの柄に重なって消

える。「授業はあと五分ではじまるのに、まだ制服を着ていないの？　一日目のはじまりとしてはちょっと問題ね」

イヴリン先生はヘスターとアナディルをにらんだ。この二名といっしょにいるのも問題ね、といいたげだ。先生の視線がふたりのうしろの壁の穴に移る。そのとたん、穴はひとりでにふさがった。「学校の施設をこわすことは、男子的行為よ」先生は氷のように冷たい声でふたりにいったかと思うと、ドットを見て笑顔でうなずいた。「あなたたちふたりもルームメイトから女子らしいふるまい方を学ぶこと。でないとひどい目にあうわ。この城は男子生徒たちにあたえたのと同じ教訓を、あなたたちふたりにもあたえるかもしれないんだから」

ヘスターもアナディルもおどおどして、うつむいている。それを見てアガサはさらにイヴリン先生に警戒心《けいかいしん》を覚えた。そういえば歓迎会《かんげいかい》のさいちゅう、なぜかイヴリン先生に盗み聞きされている気がした。

ソフィの肩に一匹の青い蝶が止まったときのことだ。

アガサははっとした。果てしなき森にいた蝶……花園トレインにいた蝶……

イヴリン先生はずっと近くにいて、アガサとソフィをここに導いた。

〈そして、全部聞いていた〉

「行きましょう」イヴリン先生は長く、するどい爪の先でドアを開けておさえている。

アガサは全身を緊張《きんちょう》させて先生についていった。けれど目はバスルームの鏡から離《はな》さない。バスルームを出るまぎわに、ヘスターが黒い目をあげて口を動かすのが見えた。

〈今夜だからね〉

第8章 許さない心

「早くしないと最初の授業に遅れちゃうわよ！」ベアトリクスは教科書の入ったカバンふたつを手に、顔をしかめた。

ソフィはアガサをにらんだまま、動かない。

「今度はここにずっといたいですって？」ソフィは真ん中のベッドにちょこんと座って、横目でアガサを見ていた。制服を着て、頭にきらきらしたクリスタルのティアラを載せている。「とどまるのは悪だ、っていったくせに」

アガサはソフィに背中をむけて、壁に大きく描かれた絵を見つめている。以前、壁にはハンサムなプリンスとプリンセスがキスをしている場面がいくつも、ピンク系の色で描かれていたけれど――今はアガサがキスでソフィを生き返らせた場面が等身大で描かれ、まわりには青い光が飛んでいる。〈あたしはテドロスに会いにいくだけ。テドロスを選ぼうとしているわけじゃない。た

だ……テドロスと会うだけ〉

「テドロスに会いにくの？」ソフィがきつい声で聞いてきた。イヴリン先生の警告《けいこく》を思い出したのだ。「プリンスに会いにいくの？」

アガサはこたえない。

「聞いてる？」ソフィがねばる。

アガサがふり返った。制服からのぞく腕《うで》は青白くて、ティアラはななめになっている。「あたしはまだちゃんとここにいるでしょ？」

ソフィは息を吐いた。頭の中で響《ひび》いていたイヴリン先生の声が遠くなっていく。校長と同じで、イヴリン先生にもふたりの友情の強さは測れない。アガサがテドロスに会いにいくはずがない。ふたりともこれ以上のめんどうはごめんだ。

「あたしのこと許してくれるの？」アガサはソフィがおとなしくなったので驚《おどろ》いた。

ソフィは顔をあげて、にっこり笑って返事をしようとした。けれど突然、ソフィの目の前にいるのはアガサではなくなっていた。

この子は男子とのエンディングを願った女子。ソフィを裏切った女子、ふたりのハッピーエンドをめちゃくちゃにした女子だ。

ソフィの中で前と同じ疑《うたが》いの炎が燃えだした。

〈アガサを許してあげて〉ソフィは疑いの炎と戦いながら自分にいった。

しかし、体がこわばって……両手を握りしめて……

〈善は許す！〉

けれど、もうソフィの心臓はふくれあがって、魔女としての怒りが――

ソフィはあえぎながらベッドから飛びおりて、アガサに抱きついた。アガサのティアラがずり落ちる。「アガサ、許すわ！　全部許す！　わかってる、アガサはテドロスに会いにいったりしない！」

アガサは赤くなって目をそらした。「これ、ほんとにじゃまなんだけど」なんとかティアラのはしっこを口でくわえて、ぼやく。

「何いってるの。生徒会長のティアラなのよ」ベアトリクスはいらついて足で床をとんとんたたいている。「いなくなったとき、アガサはエヴァーのトップだったし、ソフィはネヴァーのトップだった」

「でも、今はふたりとも同じ側よ」ソフィがにこっとしてアガサの手を握る。

アガサは自分の手が汗ばんでいるのを感じてすぐに手を離《はな》すと、ベアトリクスから教科書入りのカバンをとった。

「だけど、ふたりとも順位表は今日からやり直しよ」ベアトリクスがいった。「最初の授業を受けられたとしての話だけど」

スキンヘッドのベアトリクスについて部屋を出ながら、ソフィはちらっとふり返ってアガサを見た。アガサは眉をひそめてカバンの中の教科書の背表紙を見ている。

『男ほど下品な生き物はいない』

『男子のいない幸せ』

『プリンセスのためのプリンスなしの生き方の手引き』

「新しい女子の学校への心がまえは大丈夫?」ソフィがいった。ドアを開けたまま手でおさえて待っている。

アガサは顔をあげてソフィを見ると、めいっぱいほほ笑んでみせた。

アネモネ先生は、何かいいたげな目でアガサをにらみながらゆっくりと、青いハードキャラメルでコーティングされた脱ビューティー学の教室に入ってきた。先生は以前のコスプレみたいなかっこうはしていない。女子生徒二十名はきちんと並んで背筋をのばした。
「今週もプリンスがプリンセスに期待するすべての美を撤廃《てっぱい》する授業を行います」アネモネ先生は不機嫌そうだ。明るい黄色のドレスには真鍮のアクセサリーも、鳥みたいにふわふわのビスチェも、かぶり物も、毛皮のえりもついていない。この教室に以前あったビューティー学関連の展示品も全部なくなっている。プッツィから贈られたアンティークの鏡台も、アネモネ先生ごじまんの生徒のビューティー化前・後の肖像画《しょうぞうが》も、メイク道具がずらりと並んだ棚もない。残っているのは白いソフトキャンディーの机と、黒いリコリスキャンディーの黒板と、青いハードキャラメルの壁だけだ。壁には透かし画法でソフィの笑顔が描かれ、白いマシュマロみたいな吹き出しで標語が書かれている。〈美は内面が作る〉
「復習しましょう」アネモネ先生はいやそうな口調《くちょう》だ。またアガサを責めるようににらむ。「一、女子の学校はダイエットを非現実的な悪癖として撤廃し、心のおもむくままになんでも……お菓子でさえ……食べることを奨励《しょうれい》しました」

アガサは咳《せき》をした。アネモネ先生はお菓子に断固反対のはずだ。アガサも前に一度お菓子を食べた罰として二週間皿洗いをさせられたことがある。それなのに、エヴァーの女子がこの百八十度の方向転換にあわてている様子はまったくない。アガサはここで、リーナのお菓子の机にいくつか穴が開いているのに気づいた。突然、リーナが前より太めになったのが謎ではなくなった。

「二、女子の学校は髪《かみ》の毛を脱ビューティー化し、プリンス好みの長くてつやのある巻き毛を撤廃しました」アネモネ先生はつづけた。「今は、女子ひとりひとりが自分に合うスタイルをためし、見つけることを奨励しています」

アネモネ先生はしかめ面でジゼルの青いモヒカンカット、ベアトリクスのスキンヘッド、ミリセントの赤いモップみたいな髪を見つめている——どれも以前はアネモネ先生の授業で何か月もかけてスタイリングしなおさなくてはならなかった髪型だ。

「三、女子の学校はメイクを、男社会が作りあげた、彼らの気を引くためだけの手段として撤廃しました」アネモネ先生は顔をひきつらせた。教室じゅう、顔を洗っていない生徒、にきびだらけの顔で誇らしげな生徒、二歳の子がフェイスペイントをしたみたいな、下手なメイクのネヴァーの生徒でいっぱいだ。

「そして今日は、四の授業を行います——」アネモネ先生が黒板をむいて、いかにもいやそうに人さし指で左から右にさっと黒板をなぞると、文字が表れた——

ピンク撤廃

最後の文字が表れる直前、アネモネ先生の爪の先が黒板を引っかいた。生徒たちが耳をふさぐ。

「昨日の宿題に出しておいたのですが」アネモネ先生はむすっとしている。「ピンクを撤廃《てっぱい》しなくてはならない三つの理由は?」

アガサは顔をしかめた。アネモネ先生はピンク大好きのはずだ。

「では、ベアトリクス」アネモネ先生がいった。ベアトリクスはトイレに行きたい子みたいに高く手をあげていた。

「ピンクは虚弱《きょじゃく》、無力、不安を表す色だからです。でも、アネモネ先生——」

「ふたつ目の理由は、ドット?」

「ピンクは力と落ち着きを表す青と正反対の色だからです。男子はこれまで女子に選択の機会をあたえないで、青を独り占めしてきました」ドットはエヴァーのクラスメイトからハイタッチされてうれしそうだ。ヘスターがパチンコで飛ばしたキャラメルの弾があたって、ドットが悲鳴をあげる。

「アネモネ先生——」ベアトリクスがまた何かいおうと——

「あなたがこたえる番は終わりました! アラクネ、三つ目の理由は?」

「ピンクは切り傷がうんでいる証拠だからです。そして、目がピンクになる結膜炎《けつまくえん》は目に真菌《しんきん》が入りこんでいることを——」

「いいですか、アラクネ、ちゃんと宿題をしていらっしゃい」アネモネ先生がぴしゃりといって、さらに小声でつけ足す。「だからエヴァーとネヴァーは同じ学校にするべきではないのに——**なんですか、ベアトリクス!**」

「アネモネ先生はどうしてまだピンクを身につけているんですか？」

アネモネ先生はベアトリクスの視線を追って、自分のぼさぼさのブロンドの髪《かみ》を見た。ピンクのハート形のバレッタでとめてある。先生の頬が真っ赤にふくれ、何かいい返そうと——

そのとき、窓の下枠に蝶が一匹いるのに気づいた。

「まさか！　わたしが？」先生は人さし指をふって魔法でバレッタを青に変えた。「歳のせいで少し色の区別がつかなかったのです。さあ、ではここで宿題を集めます。ひとりひとり、自分がどんな脱ビューティー化を実行したか日記に書くことになっていましたね」

アネモネ先生は机のあいだを歩いて宿題を集めながら、ひらひら飛んでいく蝶を小ばかにしたようににらんだ。蝶はアネモネ先生の言葉を信じたのだろう。アガサは教室の青い壁を見わたした。前はソフィのお気に入りのドレスと同じピンクだったのに、イヴリン先生が自分好みの色に変えてしまった。アガサはピンクを好きだと思ったことは一度もない（赤ちゃんが吐いたものを連想してしまう）けれど、なぜアネモネ先生はこの教室を自分の好きな色にしなかったのだろう？

アガサはとなりの席のソフィをちらっと見た。ソフィは青い壁に透かし絵で描かれた自分の顔をまじまじと見ている。お菓子アレルギーはみんなにちやほやされたことでなおってしまったらしい。

「アガサ、わたし考えてたの」ソフィがアガサを見ていった。「どうしてテドロスがアガサに会いにこないんだと思う？」

「え？」

「アガサは今朝《けさ》からずっとここにいる。プリンスは窓からしのびこんでこない。恋人たちの抱擁《ほうよう》はない……伝言さえ送ってこない」

アガサはぎくっとした。「そんなのどうでもよくない？」アガサはそういって、先生の話を聞いているふりをした。

「あのね、だからやっぱりテドロスに会いにいかないほうがいいわ」ソフィはティアラを磨きながらため息をついた。「そもそもテドロスはアガサに会いにきてほしいと思っているかしら？　それはそうと、わたしとアガサは最初の三つの授業はいっしょだけど、その後は時間割がちがってる。どうしてイヴリン先生は別々にしたのかしら。青の森のグループ学習も同じグループじゃないかも……」

ソフィの声が小さくなっていく。アガサが窓の外のアイダ橋を見ていたからだ。橋は渦巻く灰色の霧《きり》につつまれている。アガサはまだ、さっきソフィにいわれたことを考えていた。

〈なんでテドロスはあたしに会いにこないの？〉

青いバレッタがアガサの机の上に、さらにはね返ってチャリンと床に落ちた。拾おうとのばしたアガサの手をだれかがつかむ――「ダヴィー先生はかなり怒っています」アネモネ先生がアガサの耳元でささやく。「あなたは今すぐソフィかテドロス、どちらかとのエンディングを迎《むか》えなくてはなりません――」

アネモネ先生が黙った。ドアが大きく開いて、イヌのポルックスがよたよたと――正確にはポルックスのイヌの頭が――入ってきたからだ。頭はレイヨウの胴体の上でぐらぐら揺れている。首から下の体の使い方がわからないらしい。

「遅れて申し訳ない」えらそうに鼻先をあげる。「学部長とふたりきりで相談をしていて。今以上に積極的にピンクを撤廃《てっぱい》する必要性についての相談でした。ついさっきも四階フロアのカーペットにピンクの糸が一本残っているのを見つけて、すぐに処分してきたところです」

アガサとソフィは驚《おどろ》いて顔を見あわせた。ふたりとも確実に同じことを考えていたからだ。双頭のイヌのポルックスは、悪側で教えているカストルとひとつの胴体を共有しているけれど、どちらが胴体を使うか争って負けてばかりだった。カストルは意地悪な雄イヌなので、カストルが男子といっしょに善の城から追い出されたと聞いてもアガサは驚かない。ところが今の今まで、アガサはポルックスはぜったいに……

「ポルックスも雄じゃなかったの？」アガサはうしろにいるヘスターに聞いた。

ヘスターはポルックスのきゃしゃなあご、貧相な毛、バラ色の鼻先を見た。「ポルックスの『男子的要素』は、四階フロアのカーペットにまだ残ってたピンクの糸程度らしいね」

「アネモネ先生」ポルックスはかん高い耳ざわりな声でいった。「先ほど、ピンクのバレッタ関連の問題があったようです。おそらく、今日の課題はわたしが行うべきではないですか？　アネモネ先生が最善をつくしていないとすれば」

アネモネ先生はぎろっとにらんだ。「あなたのそのピンクの鼻は？」

ポルックスは平手打ちを食らったかのような顔だ。「こ――これは、遺伝的なもので――」

「課題を選ぶことは今もわたしが許されている唯一の自由です」アネモネ先生は生徒にむかっていった。「今日の課題は――」

ドアがまた開いた。**「何？」**

イヴリン・セイダー学部長がにこやかにほほ笑んで教室に入ってきた。「アネモネ先生、今日は本校の生徒会長二名の一日目でしょ。わたしが課題を選ぶほうがふさわしいのじゃなくて？」

アネモネ先生はむっとして何かつぶやくと、お菓子の教卓の椅子にどすんと座った。

「ポルックス」イヴリン先生はゆうゆうと教卓の前に立った。「生徒会長に順位表のつけ方をもう一度説明しておいたほうがよくない？」

「もちろんです」ポルックスはふんと鼻を鳴らした。「女子の学校の全生徒は授業の課題によって一位から最下位まで順位づけされます。各クラス二十名ずつなので、もっとも優秀な生徒が一位で、もっともできの悪い生徒が二十位。生徒は各自の順位によって『主役』になるか、『脇役《わきやく》』になるか、『変身役』になるかの進路が決まります。『変身役』の女子生徒は動物あるいは植物に変身することになります」

女子生徒が全員、少しざわめいた。善と悪の区別のない世界でもまだイモリやシダ植物になって終わる生徒がいることを忘れていたのだろう。

「生まれ変わり、強化された本校において」ポルックスはつづけた。「学部長は各自の進路の決定を三年次の初めまで遅らせることにしました。ですから、生徒のみなさんは大至急、自分の順位をつねに気にするよう心がけて――」

「そうそう、ポルックス」イヴリン先生はアネモネ先生にお尻をむけて教卓に腰かけた。「なぜ今こそ女子生徒が各自の順位を気にすべきなのか、その理由がもうひとつあるわよね？」

「スタイルルームね」アガサはつぶやいた。前は順位が上位の女子生徒だけが使うことができた中世風の化粧室兼スパはどうなっただろう。

ヘスターが首をふった。「あれは焼かれたよ。脱ビューティー化の一環で」

「もちろんです」ポルックスがいった。「みなさんごぞんじのとおり現在、くさくて、みすぼらしいなりのプリンスたちが果てしなき森へのゲート前に結集して、本校の生徒一名の命をうばおうとしています。本日本校の生徒会長二名が到着したことを受けて、彼らはきっと勢力を倍増させることでしょう。本校の城にかかっている魔法のおかげで、彼らはあの距離《きょり》までしか近づくことができません。ですが、魔法が破られた場合にそなえて、本校は警戒態勢《けいかいたいせい》をとらなくてはなりません。したがって、今晩から毎日、その日の終わりに成績が最下位だった生徒二名に日暮れから夜明けまで果てしなき森へのゲートの見張りをしてもらいます」

アガサは顔をしかめた。まわりの女子生徒もざわついている。去年は、善の学校で落第することは悪側の、悪の学校で落第することは善側の召使いになることを意味した。今年は、男子対策の授業で落第した女子は、真っ先に男子に命をうばわれるかもしれない。「生まれ変わり、強化された」結果がこれ？

「最初の課題は『許さない心』です」イヴリン先生がいった。「来《きた》るべき戦いで身を守るためには、男子の魅力に抵抗することを学ばなくてはなりません。各自かつて感情を揺さぶられた男子のダミーに対面してもらいます。許したい、そう思っても、ようしゃなくたたきつぶすこと。その男子は今や敵で、むこうもあなたを敵とみなしています。いかに残酷《ざんこく》に相手を倒したか、それによって順位が決まります」

アガサは緊張《きんちょう》した。アガサとソフィの相手は同じ男子かもしれない。

最初はベアトリクスだ。イヴリン先生がとがった爪の先をベアトリクスの胸元にむけた。すると、ナイフで切りつけたみたいに、ベアトリクスの胸から青い煙が細くもれてきた。その煙がふくらんで形をとると、影絵みたいにベアトリクスの体から出てきた。チャディックのダミーだ。チャディックはたくましく、灰色の目をしたエヴァーの男子生徒で、以前ベアトリクスに舞踏会《ぶとうかい》のパートナーになってくださいと申しこんだことがある。かすかに青く光るチャディックのダミーがベアトリクスの前で片膝《かたひざ》をついて、きりっとほほ笑んでバラを一本さし出す――

ベアトリクスは光る人さし指をつきつけて、チャディックを吹き飛ばした。

「あの子、大成長じゃない？」アナディルは感心してポケットからこわごわ顔を出しているペットのネズミに話しかけた。

アネモネ先生は怒って落ち着きをなくしている。「イヴリン先生、こんな課題は残酷《ざんこく》で反道徳的です。脱ビューティー学とはなんの関係もありません」顔を真っ赤にして教卓のむこう側に立っている。「今すぐ別の課題に――」

アネモネ先生は口をつぐんだ。お菓子の教卓からかぎづめのついた魔法の手が二本のびてきて、アネモネ先生の両肩をつかんだのだ。先生を放り出そうとしている。

「別の課題？」イヴリン先生が聞いた。

「いえ、つづけてください」アネモネ先生が消えそうな声でいうと、魔法の手はまたすっと教卓に引っこんだ。

女子生徒は次は自分の番だといいあっている。イヴリン先生にさからうつもりはまるでない。一方、ヘスターは「ほらね」と顔をしかめてアガサを見ている。

女子生徒がひとりずつ、自分が前に好きだった相手の青白いダミーと対面する――キコは赤い髪《かみ》のトリスタンを片づけ、ジゼルは褐色《かっしょく》の肌のニコラスの髪を長い三つ編《あ》みにして自分の首をしめさせ、ドットはイタチ顔のホートの顔ににきびをひとつつけるのがやっと――アガサはまたぼんやりテドロスのことを考えていた。あまり認めたくなかったけれど、ソフィのいうとおり。アガサに会いたければ、テドロスはなんとかして会いにきているはずだ。ひょっとして、あたしはテドロスからの伝言を見逃してしまった？　それとも、イヴリン先生に横どりされた？　やっぱりヘスターたち三人組の作戦を今夜実行するべきかも――

アガサは悲鳴を飲みこんだ。〈あたし、頭がおかしくなっちゃった？〉自分がまだろくに知らない男子のために親友の命を危険にさらす？　さっき部屋で見たソフィのうれしそうな顔を思い出した。仲直りできてほっとしていた。今回のことはエヴァー、ネヴァーの問題じゃない。プリンス対魔女の戦いじゃない。アガサとソフィの問題だ。あたしたちは相手のまちがいを許す努力をして、友情を守るために戦っている。

なんて皮肉なんだろう。アガサはソフィが死にかけたときに学んだ教訓を忘れていた。

プリンスは夢、親友は現実。

アガサは深呼吸した。「ソフィ？」

「何？」ソフィがいった。こっそりエヴァーの女子生徒ふたりにサインをしてあげている。

「ほんとにあたしを許してくれる？」

ソフィが目をあげて、まじめな顔でまっすぐアガサを見た。「アガサは願いをとり消した。それでじゅうぶん」手をのばしてアガサの手首をぎゅっとつかむ。「ここにいるのも、そう悪くないかもね」

アガサはソフィの希望に満ちた目を見つめた。この学校の女子生徒も全員、同じ希望を抱いている。「男子が無価値になった後の生き方があるの」ソフィは自分のティアラみたいにまぶしくほほ笑んだ。「アガサにもそのうちわかるわ」

アガサは初めて、その言葉を信じることにした。

「次はソフィ」ポルックスがソフィのうしろで鼻を鳴らした。

ソフィがふり返ると、クラス全員が興味津々《きょうみしんしん》でこちらを見ていた。

「わたしたちにも課題をやらせるの？」ソフィは少し困っている。「スタイルルームはいつ開くの？」

ソフィがほとんどルールを飲みこめないでいるうちに、ポルックスがレイヨウのひづめでソフィをぐっと押して前に出し——

「さっさと倒しちゃって！」アガサはソフィにささやいた。「ぜったいに今夜の見張り係になっちゃだめだからね！」

「でも、わたしはだれも倒したくないのよ！」ソフィは半泣きだ。ポルックスにせかされて、教卓で頭から湯気を立てて怒っているアネモネ先生のそばを通りすぎる。

ソフィはイヴリン先生の前に立ち、気持ちを落ち着かせようとした。とにかくダミーをたたきつぶせばいい。そうすれば、アガサと安心して過ごせる。少なくとも今夜は。

〈魔女は消えた〉

ソフィはうなずいた。親友が自分をさし置いて求めた男子と対面する覚悟はできている。

〈魔女は消えた〉

イヴリン先生が人さし指の長い金色の爪の先をむけて、ソフィの胸元から青い煙を引き出した。

煙の筋がゆっくりふくらんで、形を作りはじめ……そして、消えた。

ソフィはじまんげにほほ笑んだ。「前にいったとおり、わたしは百パーセント善で――」

胸を切り裂《さ》くような痛みが走り、ソフィはよろめいた。「うそ、やだ」

アガサはすぐに立ちあがった。「大丈夫？」

ところが、ソフィの胸元から血のように赤い煙がもれてきた。ソフィは胸をぎゅっとつかんで、苦しそうにむせている。おびえた目でアガサを見た。煙はソフィの内側からどんどん出てくる。

「アガサ――た――助けて」

助けにいこうとしたけれど遅かった――

ソフィが悲鳴をあげ、胸元がさけて赤い光が飛び出した。

着席していた全員がいっせいにのけぞった。ぎょっとしている。アガサはかたまった。

ソフィの胸元からダミーの頭がにょきっと出ている。

テドロスの頭ではない。

半分人間で半分オオカミの、黒い野獣《やじゅう》の頭だ。目は悪魔のように真っ赤で、ソフィの胸元から出た口に煙のよだれをたらしている。ソフィは息をつめて野獣の頭を見おろすばかりで何もできない。野獣は一年前にソフィに命をうばわれてからずっと、ソフィに悪夢を見させつづけている――

その野獣が今、ソフィ本人の魂《たましい》から生まれた。

野獣のダミーがゆっくりと、ソフィの胴体をかき分けるようにして片方の足、そして反対の足を踏み出した。ナイフのようにとがったかぎづめと、毛むくじゃらの脚二本でまっすぐに立つ。うつむき、鼻の穴はふくらんでいる。

いきなり、赤い目で生徒たちのほうを見て、うなった。

野獣《やじゅう》は机をかき分けて歩きながら、石のようにかたまってしまった女子生徒ひとりひとりの顔を調べている。だれかをさがしている。うなって首をふり、また首をふる。今にもかみつきそうな顔をして、いきり立ち、よだれをたらし、どんどん怒りが高まって……ぴたっと止まった。

野獣がゆっくりアガサのほうをむいて、血のついた歯を見せて笑う。

「やめて！」ソフィは悲鳴をあげ――

野獣が教室のむこうからアガサの机の上に飛んできた。憎《にく》々しげな吠え声をあげて、アガサにかぎづめで切りつけたかと思うと、またひと飛びでソフィの胸にダイブして、真っ赤に光りながら吸いこまれて消えた。

ソフィは気を失って床にくずれ落ちた。

だれも動かない。アガサは心臓が激しく鳴って、目の前が真っ白で何も見えない。少しずつ視《し》界《かい》がはっきりして、野獣がアガサの胸につけたピンク色のおぞましい傷あとが見えてきた。

許さない

不気味な吸引音とともに、ピンクの文字が縮《ちぢ》んでアガサの肌に吸いこまれた。

アガサは震《ふる》える指先で元どおりになった自分の胸にさわり、そしてゆっくり目をあげた。

アネモネ先生が膝《ひざ》をついてソフィを抱きかかえ、人さし指の魔法でそっと目を覚まさせたところだった。先生がソフィをささえて椅子に座らせようとすると、ソフィは苦しそうに息をして体を震わせた。「わたし、じゃない――」座りながら、言葉がつかえて切れ切れになる。「わたしがやったんじゃ――」

「しーっ、あなたがアガサを攻撃《こうげき》するはずないことは、アガサも知っているわ。あなたの魂《たましい》がつい興奮して、アガサを男子のだれかとかんちがいしてしまっただけよ」イヴリン先生はソフィとアガサの肩をさすって落ち着かせた。「ですが、まちがいだったとしても、みんなのいいお手本になりました」いったん言葉を切って、生徒たちにほほ笑む。「次はだれですか？」

アネモネ先生はイヴリン先生を苦々しげににらんで、教室を出ていった。

ソフィは自分の席についたまま、アガサと同じくらい震えていた。ふたりとも相手を見ることができない。女子生徒は順番におそるおそる課題を行っては、なんとか自分のダミーを倒していく。そんな中、まわりの子たちは何かとアガサに視線を送ってくる。イヴリン先生がいったとおりだし、アガサもそう思ったほうがいい。みんなそういいたげだ。

ソフィが涙のにじむ目をあげた。「アガサ、イヴリン先生のいったことを信じるでしょ？　わたしはアガサを許す――誓《ちか》うわ――」

けれどアガサはヘスターを見つめていた。ヘスターは不吉な表情だ。バスルームでアガサに、ソフィがアガサの願いを許すはずがない、といったときの顔だ。

「いっしょに語り手を手に入れよう」ソフィがいった。声がかすれている。

アガサはゆっくりソフィを見た。

「今こそふたりで、心から同じことを願うの」ソフィがいう。「アガサはさっきいったでしょ。家に帰りたいって」

アガサはちっともほっとできなかった。よけいに怖くなっただけだ。今さら家には帰れない。

「アガサ」だれかに呼ばれた。

ソフィのうしろに目をむけると、イヴリン先生が窓にもたれて立っていた。

「最後はあなたの番よ」

アガサはしばらく時間の感覚がなくなった。どう移動したのかもわからなくて、気づいたら教室のいちばん前にいるイヴリン先生の正面に立っていた。こんな課題はいやだし、怖い。胸が熱くてじんじんする。さっきの生傷みたいなメッセージが皮膚にしみこんで、タトゥーみたいに残っているのだろうか。こんなことは初めてだ。友だちを信じてという善の声は聞こえない。その代わりに、魔女たちの声が聞こえる。アガサに、この学校の二年生になった理由に「大きな手ちがいはなかった」といっている。

だって、結局はアガサが正しいエンディングを願ったのだから。

イヴリン先生が人さし指の先をむけて、アガサの胸元からぐいっと煙を引っぱり出した。そのはずみでアガサはうしろによろけた。青い煙の筋が立ちのぼって、雲みたいに一か所にたまっていく。ダミーが姿を作りそうになった、そのとき……

煙が黒くなった。

イヴリン先生が目を見開く。煙は嵐の雲みたいに濃《こ》くなって渦を巻きだした。どんどん回転の速度があがり、黒々とした恐ろしい竜巻になる。アガサは後ずさった。「何、これ――」

竜巻から稲妻が飛び出し、黒い風が回転刃みたいに切りつけてくる。女子生徒は次々に床に倒されて、イヴリン先生は教卓にたたきつけられた。竜巻は教室を横断してイヴリン先生のドレスから蝶を全部吹き払うと、ひとまとめにして大砲の弾《たま》みたいに窓の外に飛ばした。すさまじい勢いで渦を巻きながら叫ぶ黒い竜巻は、ドアを蝶つがいから引きちぎって、女子生徒たちを壁にはりつけた。無事なのはアガサだけだ。床をはってアガサを助けにいこうとしたソフィを、竜巻は教室の反対側にあるキャビネットに投げこんだ。そしていっそういきおいよく渦巻いてアガサを床から浮かせると、悲鳴もろとも飲みこんだ。

アガサはあえぎ、ぐるぐるまわるだけで、何もさわれないし、何も見えない。まわりはどこも黒い風の壁で、それがどんどん高くなって、教室が見えなくなった。竜巻はアガサを壁から壁へとようしゃなくたたきつけ、生徒会長のティアラを引きちぎって飲みこんだ。竜巻の吠え声はさらにすさまじくなって、耳がちぎれそう――と思ったら、一気に風がおさまり、アガサは黒い竜巻の目の中にいた。

アガサを囲む黒い壁がじわじわ集まって、ぼんやり光る形を作りだした。アガサの前後左右に同じ何かの影が浮かびあがる……仮面が四つ……巨大な銀色の仮面だ……

仮面からのぞく目は燃えるように青い。テドロスの目が前後左右からこちらをにらみおろしている。

「今夜」テドロスの声が低く鳴り響《ひび》く。「あの橋をわたれ」

アガサは仮面の下で身を縮《ちぢ》ませ、声がうまく出てこない。「けど――だけど――」

テドロスは消えた。雷鳴がとどろく、と同時に黒い風がアガサの胸を切り裂《さ》いて飛びこみ、アガサはまた静かな教室の中にいた。髪《かみ》は一本も乱れていない。

床にうずくまっていた女子生徒たちがゆっくり顔をあげて、ずたずたにされた教室の中を見た。アネモネ先生、ダヴィー先生、レッソ先生は戸口のむこうから目を丸くして見ている。ドアに魔法がかかって、三人の目の前でばたんと閉まる。

「さっきのはだれ？」イヴリン先生はよろけながら立ちあがった。竜巻のせいでひどいかっこうだ。

「だれを見たの？」

アガサは視線をさげて、イヴリン先生のドレスを見た。蝶柄はすべて消えている。そうか、イヴリン先生は全部盗み聞きできるわけじゃないんだ。アガサは挑戦的な目で先生をにらみ返した。

イヴリン先生の顔がゆっくりほどけて謎めいた笑みを浮かべた。そのとたん、アガサの頭の上にボンッと煙の「20」が表れた。うじ虫みたいにうごめいている。「大失敗ね」イヴリン先生は魔法でまた身なりを整えながら、ほかの生徒にもそれぞれの順位をあたえた（ドットは悪臭を放つ「19」を追い払おうとひっしだ）。青い千匹の蝶がイヴリン先生のドレスの縫《ぬ》い目から蛹《さなぎ》みたいにかえって、また柄を作った。

アガサは椅子に座り、ティアラをなくした生徒会長を疑《うたが》わしげに見る女子生徒たちの視線を受け止めた。一方、ヘスターとアナディルは同じ心配そうな顔でアガサに、授業が終わったらうちらの質問にこたえてよ、といっている。

「テドロスだったんでしょ？」アガサの横で震《ふる》える声がいった。

アガサはじっとしたままだ。

「アガサ？」ソフィの声が高くなる。「テドロスはなんていったの？」

アガサは一瞬ためらって、そして目をあげて親友の血の気の引いた顔を――

アガサの心臓が止まった。

ソフィの首に何かついている。襟《えり》のすぐ下だ。

黒いいぼがひとつ。

「アガサ？」ソフィが姿勢を変えて、いぼは襟《えり》に隠《かく》れた。「何を見たの？」

アガサはあえぐばかりで声が出ない。

「どうなの？」ソフィの表情が暗くなる。

アガサは震える手を隠した――「ソ、ソフィが、い、いった、とおりだった」言葉につかえながら、残念そうな表情を作る。「テ、テドロスは――あたしに、会う、つもりなんか、ないって」

ソフィは、えっ、という顔でアガサを見た。「ほ……本当に？」

ソフィのエメラルド色の目がゆっくりと、疑わしげな色をおび、刃物みたいに細くなった。アガサは息をこらした。ソフィのナイフの目がアガサの魂《たましい》に切りつけて、アガサのうそに輪縄をかけて、首をしめようと……

「わたしがいったこと、覚えている？」ソフィは怒りをおさえて静かにいった。アガサの手を握りしめる。「いったでしょ、男の子は悪」

アガサは驚《おどろ》いてソフィを見つめた。

「アガサ、心配しないで。わたしたちが協力すれば、怖いものなんてない」ソフィはきっぱりといった。生徒会長のティアラがきらきら光る。「テドロスから語り手のペンをうばいとって、わたしたちのハッピーエンドをとり返しましょう。このあいだみたいに」

心臓をどきどきさせながら、アガサはソフィのうしろのアイダ橋に目をやった。アイダ橋の先は霧《きり》に隠れている。

アガサにはわかっていた。今回は協力できない。

「今夜、でしょ？」ソフィは希望たっぷりにほほ笑んだ。

アガサはおびえながらほほ笑み返した。自分の声がテドロスの声と重なる。

「うん、今夜」

第9章 ふたたびの前兆

「そのいぼ、どのくらい大きかった？」アナディルはほまれの塔の階段の裏で膝《ひざ》をついた。ここなら青いバラのしげみの陰で人目につかない。「たしかに見たんだね？」

アガサは爪をかんで、指が震《ふる》えるのをおさえながらうなずいた。

「ソフィはあたしを許すっていってる。家に帰りたいって――」

「もう手遅れ」アガサのとなりにしゃがみこんだヘスターが、バラを一輪握りつぶした。「忘れたの？　いったん前兆がはじまったら、ソフィは悪の自分をおさえることができない。アガサはソフィが魔女に変身する前にテドロスとキスしなくちゃいけない。でないと、うちらは全員死ぬ」

髪《かみ》の毛が一本もない、殺人鬼のような魔女だったときのソフィの記憶がいっきに頭によみがえって、アガサは震えが止まらなくなった――魔女のソフィはオオカミを次々にたたきつぶし、塔を破壊し、生徒たちをさんざんな目にあわせた。あのときはソフィの変身を前もって知らせる警告《けいこく》があった。悪夢、激しい怒り……そして、ひとつ目のいぼ。今回アガサはどれも見落としていた

けれど、また同じことが起きていたのだ。結婚式のときにソフィは悪夢のせいで目の下にくまができていたし、セイダー先生の研究室ではおそろしい目でにらんでいたし、歓迎会《かんげいかい》では不気味なほほ笑みを浮かべていた。アガサはそれらを全部否定して、ソフィは変わったのだと思っていた。けれど、ソフィはプリンスを求めたアガサを許していなかった。許すことなんかできなかった。

今や、そのプリンスがアガサの唯一の希望だ。

「どのくらい？」アガサは目をあげてヘスターを見た。「ソフィが変身するまで、あとどのくらい？」

「野獣《やじゅう》はただの警告《けいこく》だった」ヘスターは真剣な表情で考えている。「ソフィは実際にはまだなんの危害も加えてない」

「その前にまたほかの前兆が出てくるはず」アナディルもうなずいた。「けど、ヘスターのいうとおり。うちらが安全なのは、ソフィが手を出すまで」

ドットが飛びこんできた。バラの花の形のヤムイモをかじっている。「てことは、アガサは今夜の読書クラブに参加できるってこと？」

「アガサはまだ今夜テドロスとキスできるってこと」ヘスターはむっといい返して、アガサを女子生徒でいっぱいの廊下に引っぱっていく。「けど、うちらはいつもどおりにしてること。アガサがあいつに会いにいくことはだれにも知られちゃ――」

「ちょっと待って――」アガサはいった。

「ヘスター、一回のキスでうちらはまた善と悪にもどれる」アナディルはにやっと笑って、女子生徒をよけて歩きながらヘスターのすぐ横に来た。「子分教習に、死の罠《わな》に、ウジ虫粥《がゆ》……」

「ねえ、待って――」アガサはあわてた。

「おしおきルームがまた開くのがこんなにうれしいとは思わなかった」ヘスターがにやりとしてアナディルにいう。

「ふたりとも、聞いて――」

「読書クラブの課題書は『プリンスいなくてワンダフル』」ドットはヤムイモを口いっぱいにほうばりながらふたりのうしろでしゃべっている。「アガサが参加できなくてすごく残念だけど――」

アガサは三人の前にまわりこんだ。「あなたたち三人組は人の話を聞かないの？」

「三人組に四人目はいらないから」ヘスターがいった。「これもアガサがテドロスとキスしたほうがいい理由のひとつ」

「あたしはその話をしようとしてるの！　どうやったら会えるか、テドロスはそれをいわなかった！」アガサは思わず大きな声が出てしまい、蝶に盗み聞きされていないかまわりを気にした。声をひそめる。「あの橋をわたれ、っていわれただけ」

「アイダ橋のこと？」アナディルがいった。「聞きまちがいじゃない？」

「『お箸《はし》』のことかも」ドットがいった。すれちがったエヴァーの女子生徒ふたりに手をふり返す。

「調理室に魔法のお箸があるか――ちょっと！」ドットは自分の青いハーレムパンツを手でおさえた。ヘスターがビリッと引きちぎったからだ。「なんで？」

「ネヴァーのくせにエヴァーみたいになろうとするからだよ、このやせっぽち」ヘスターはドットをののしって、それからアガサを見た。「ドットのいうとおり、テドロスが『橋』っていったはずない」

アガサは顔をしかめた。「けど、たしかにそういわれ――」

「ひょっとして、罠《わな》じゃない？」ドットがいいながら、ちぎられたハーレムパンツの布をホウレンソウに変える。

ヘスターもアナディルもドットを見つめた。

「聞いて」ドットは髪《かみ》をうしろに払った。「今のあたしには自尊心がある。だから、ふたりがこんなふざけたことばかりするなら、あたしはリーナの部屋に入れてもら――」

「ちょっとは頭が働くみたいだね」アナディルがつぶやく。

「今だけだよ」ヘスターがぼやき、またアガサを見た。「たしかに、イヴリン先生の策略ってこともありうる。生徒会長がプリンスを求めてたら、プリンスのいない学校は実現しない、ちがう？よく知らないけど、イヴリン先生はテドロスのダミーを呼び出して、アガサがテドロスに会いにいこうとしたところをつかまえるつもりかも」

「ここの女子たちが知ったらどうなるか考えてみなって。本校の偉大なる希望の星が自分たちを捨てて男子を選ぼうとした」アナディルはすれちがう女子生徒たちを目で追いながら、からかうような口調《くちょう》だ。「アガサは夕食に早変わり。オランデーズソースがけのメイン料理だよ」

アガサはぞくっとした。「それでもあたし、今夜テドロスに会いにいくの？」

「それしかないでしょ」ヘスターが小声でいった。アガサのうしろに目をこらしている。「あの子のとなりで寝られるはずないんだから」

アガサがぱっとふり返ると、ソフィがいた。不安げな顔でこちらに走ってくる。さっきの授業の後、ひとりきりで怖くなったのかもしれない。蝶三匹がソフィをすばやく追い越し、アガサと三人組のほうに――

「けど、あたしはソフィと同室なの！」アガサはまた前を見ていった。「どうやってソフィとかべアトリクスに見られずに部屋を出て――」

ヘスターとアナディルはすでにソフィとは反対の方向に歩きだしていた。ふたりとも光る人さし指を口にあてている。ふたりがにやっと笑いながら、指に息を吹きかけた。それぞれの指先から赤と緑の細い煙が出て、ゆらゆらアガサに近づいてくると、目の前で文字を作った……

失敗しな

蝶が煙の文字につっこんだ。煙の中を行ったり来たりしながら、何か聞こえないかさがしている。

「三人組はわたしとアガサが語り手をとってくるのに協力してくれそう？」ソフィはやっとアガサのうしろに追いついて、息を切らしている。

アガサはふりむいて、悲鳴をあげそうになった。ソフィは首にイヌ柄のショールを巻いている。

「このショール、キコから借りたの」ソフィはむすっとした顔でため息をついた。「だって、ここ、すごく寒くって。ほら、わたしってすぐ風邪をひくでしょ。皮下脂肪が少なかったりで。ただ、首がかゆくて、かゆくて――これ、きっとすごい安物のショール――」

ソフィはアガサがショールを見つめ、真っ青になっていることに気づいた。「ソフィはオートクチュールしか身に着けないはずなのに、っていいたいの？」ソフィは眉をひそめた。「で？　今夜の作戦は？」

アガサは脚を震《ふる》わせながら、ひとりで作戦を実行することにした。三人組のいうとおりだ。今日の残りの課題全部に失敗して最下位をとる。そうしたらさらにほかの前兆が出る前にプリンスと無事に会える。

二時間目はヘスター、アナディルとはちがう授業だったので、アガサはソフィのとなりの席でよけいにびくびくしていた。ソフィはショールの下をかいてばかりいる。

ダヴィー先生の授業もアネモネ先生と同じで、イヴリン先生が見張っていた。イヴリン先生がいるので、ダヴィー先生は気安くアガサに声をかけることができない。しかしダヴィー先生はアガサの頭の中をすべてお見とおしらしい。順位のつけ方をおさらいしながら、何度もはげますようにアガサを見ている。

「そして、これはくり返しておく必要があるでしょう」ダヴィー先生はボンボンで作った教卓の前で声を張りあげている。「最下位の生徒二名は果てしなき森へのゲートの見張りをしてもらいます。教師はだれもつきません、つまり――」

「ダヴィー先生、それはすでに全部説明しました」イヴリン先生が不機嫌な声でいう。

「見張りの生徒は教師からまったく『目の届かない』状態で青の森に――」

「ダヴィー先生！」

ダヴィー先生はもう一度アガサに「わかっていますね」という視線を送って、話をつづけた。

「プリンスにたよらない生き方」の授業はダヴィー先生の昔の「よい行い」の授業の焼き直しにすぎなかった。唯一のちがいはカボチャのキャンディーの壁にゼリービーンズで描かれた絵。アガサの顔だ。吹き出しのセリフは〈男子は生まれつきの奴隷《どれい》！〉

アガサはそれをたたきこわしたい気持ちをこらえた。親友が恐ろしい魔女に変身しかけてるだけじゃ足りないの？　今、あたしは男子奴隷化推奨《すいしょう》ポスターのイメージキャラクター？　ダヴィー先生もアガサと同じ気持ちらしい。イヴリン先生の苦々しげな表情は無視して話をしている。

「男子も女子と同じ、奴隷のようにこき使われるべきではありません。たしかに、女子には男子にはない思いやり、気づかいがあります。ですから、ときには、男子と女子の共生は不可能に見えることがあるかもしれま――」

アガサはキャラメルの椅子に座って、何度も横目でソフィを見ては、またいぼが出てきていないか、歯が抜けていないかたしかめた。しかし、まだかゆそうにしている以外は美人でかわいいソフィのままだ。アガサは首をのばして、ショールの下のいぼが増えていないか見ようとした……ソフィがアガサの視線に気づいた。アガサは鼻をほじっているふりをした。

ソフィがメモをすっとよこしてきた。〈今夜、あの橋を使う？〉

アガサはあいまいにほほ笑んだ。テドロスに会う。そのために、なんとかソフィにあやしまれずにこの授業の課題で大失敗しなくてはならない。

「男子は生きのびるために、感情よりも力をしめすことを学びます」ダヴィー先生は授業をつづけている。「ですから、男子は女子にやさしさを求めます。女子はやさしくありつづけることによって、男子の一生におけるかけがえのない瞬間に心を開かせるのです。男子を理解することは、男子を味方にする際に女子の最強の手段となります」

「味方にして、奴隷にするのよ」イヴリン先生が足を組み、口をはさんできた。「わたしたちの知るかぎり、男子は鞭《むち》で打つ、食事をあたえない、このふたつにいちばん反応するわ」

「イヴリン先生、男子は励ましと良識に反応します」ダヴィー先生がいい返す。「また、プリンセスとプリンスがおたがいを信じる愛の力にも」

イヴリン先生のクリーム色の頬に赤みがさして、教室の壁が震《ふる》えた。「ダヴィー先生、女子に必要なのは野蛮《やばん》で呪《のろ》わしい連中なしで幸せになる権利よ――」

「女子に必要なのは、どういう男子なら愛する価値があるか知る権利です。女子に必要なのは、学部長の決めたエンディングではなく、自身のエンディングを選ぶ権利です」ダヴィー先生は怒りで声が大きくなっている。「女子に必要なのは、そもそもなぜあの学部長がここにいるべきでないのか、その理由を知る権利です！」

イヴリン先生がすっと立ちあがった。ダヴィー先生のうしろの壁から魔法の腕《うで》二本がのびてきて、ダヴィー先生を教室の外にいきおいよく放り出した。反動でドアがバタンと閉じ、カボチャフレークが生徒全員の机にふってきた。

アガサは青ざめたまま、椅子から立たないようにするのがやっとだ。まわりの子たちは驚《おどろ》きのあまり目を大きく開けている。

「それでは」イヴリン先生がこちらをむいた。「課題のつづきね」

女子生徒たちは少しざわつきながら座りなおした。ダヴィー先生は放り出されて当然、無謀《むぼう》にもイヴリン先生にさからったんだから、という感じだ。アガサもひっしでみんなに同調しているふりをした。知っていたからだ。ダヴィー先生はなんとしてもあたしをプリンスと会わせたがってる。けど、ダヴィー先生は何をいいたかったの？　イヴリン先生を昔から知ってるの？

そこでふと、となりのソフィに気づいた。ショールに手をつっこんでぼりぼりかいている。今あったことはまるで見ていなかったらしい。

アガサはさらに青ざめて、課題に失敗することに集中した。

イヴリン先生は魔法で糖蜜の天井から緑の豆の茎を数十本呼び出して説明した。これは「信用度テスト」です。ひとりずつ順番に目隠《かく》しをして、どれか一本の茎の上のほうに乗ってもらい、クラスメイトが下から教えてくれる指示にしたがって、茎から茎へ飛び移って自分の机までもどる。いちばん早くもどることができた生徒が一位よ。

ベアトリクスはクラス全員に指示してもらいながら、自分の机までもどった。アラクネとリーナはおたがいに指示し合ってゴール。ミリセントとモナも同じだった。ソフィもまた悪よばわりされるのはいやなので、下からのクラスメイトの指示に注意深くしたがった。野獣《やじゅう》の件があった後なので、クラスメイトはみんなソフィの機嫌をそこねないようにひっしだ。ソフィは記録的な速さで課題をこなした。

ソフィは椅子に座って、こっそり抜けて制服のあちこちについている髪《かみ》の毛を手で払った。目をあげると、アガサがソフィを見つめてぶるぶる震えていた。具合が悪そうだ。「笑っちゃうくらいかんたんよ、アガサ」ソフィが指で髪を整えようとすると、また髪がごそっと抜けた。「わたしの指示を聞いて、そしたら大丈夫」

抜け毛が増えて、ショールの下にはいぼが隠れている。ほかにも魔女の前兆が現れてくるかも。アガサは課題に失敗することにうまく集中できなくなった。それでもカンがにぶくて、耳が聞こえなくて、言葉がわからないふりをしてなんとか最下位よりひとつ前の順位になって、がっかりした顔をして、それをイヴリン先生にしっかり見せた（うっかり窓から飛び出してしまったドットが最下位だった)。

「あんなに大きな声で教えてあげたのに！」ソフィはなげいた。アガサといっしょに廊下を歩きながら首をぼりぼりかいている。「アガサ、次の課題はがんばって。でないと今夜の見張り係になっちゃう！」

アガサはしょげているふりをしてうなずいた。ソフィが前をむく。アガサは首をのばして、ソフィのショールの下をのぞきこもうと——

ソフィがまたこちらを見た。アガサは首を前に出したままだ。「ごめん、おならが出そう」

「ねえ、せめて気品は忘れずにね！」ソフィはあきれ顔だ。

ふたりとも「対男子防衛策」の授業に遅刻して、アガサはヘスター、アナディルから離《はな》れた席に座ることになった。ふたりはアガサと話がしたくてしかたない様子だ。しかしレッソ先生はアガサの考えていることが読めるらしい。というのも、ソフィが教室に入っていくと、元「呪《のろ》いと死の罠《わな》」の先生はドアのすぐ内側に立ち、紫《むらさき》の目を薄く開けてソフィの頭から足までじろじろと——

「わたしの顔ににきびでも？」ソフィは羽根ペンの先をかみながらつぶやいて、席についたとたん、氷の椅子の冷たさに飛びあがった。しかめ面でまた座り、氷砂糖でできた教室を見わたす。この教室はレッソ先生の悪の教室を復元したもので、天井からは氷砂糖のつららもさがっている。ここでソフィは、アガサが口を開けて自分を見ていることに気づいた。ナイフで刺されたような顔だ。

「アガサ、さっきからすごく変なんだけど」ソフィはかんでいたペンをぽいっと捨てた。

アガサは息ができなかった。

ソフィの前歯が黒くなっている。

「こ、ここ、さ、寒くて――」アガサは口ごもって――

「それに、このショールをじろじろ見てばかり」ソフィはふんといって顔をそむけた。

アガサはヘスターとアナディルにむかってぶんぶん手をふった。口の動きで「前兆！　前兆！」と教えようとして、ソフィに見られていることに気づいた。ハエを払おうとしているふりをする。

〈いぼ、抜け毛、虫歯……〉魔女が出現する前にテドロスのところに行けるだろうか。

おそらくイヴリン先生は、ダヴィー先生を放り出したことで自分のやり方を十分に見せつけたと思ったのだろう。だからレッソ先生の授業は自分で監督《かんとく》せず、代わりにポルックスを送りこんだ。ポルックスは教室のうしろに座っていた。肩に蝶を止まらせて、やたら鼻をふんふんいわせている。みんなが気づくのを待っているらしい。

「男子は下品で、きたない生き物です。ですからネヴァーの女子は男子とは結婚しません」レッソ先生は靴音を響《ひび》かせて机のあいだを歩きながら、エヴァーの女子生徒たちを軽蔑《けいべつ》のまなざしで見ている。「ですが、だからといって男子を亡き者とせよ、ということではありません」

「もちろん、攻撃《こうげき》してきたら話は別です」ポルックスがいう。

レッソ先生は目をあげた。スカンクのにおいがしましたけど、といいたげな顔だ。また視線をさげる。「だれかの命をうばうと、手をくだした者がエヴァーであれネヴァーであれ、その魂《たましい》は永遠にけがれます。相手の命をうばっていいのは、純粋な正当防衛《せいとうぼうえい》、あるいは宿敵を倒さなければ平穏に暮らせない場合だけです。いずれの状況も、この学校で経験することはないはずです」

「つまり、戦争になれば話は別、ということですね」ポルックスがえらそうにいう。

「おそらく、そろそろまた害虫駆除《がいちゅうくじょ》をするべきでしょう」レッソ先生がだれにともなくいう。

ポルックスはもう口をはさんでこない。それでもレッソ先生はアガサの横をとおるときに気づかわしげな視線を送って、課題の順番は最後のほうにした。アガサが最下位になるためにはどんなへまをやる必要があるか考えさせたいらしい。

「はい、課題です。意地の悪い変身役から身を守ってください。男子側は侵入の際、生き物に変身してくる可能性が高い。ですから、あなたがたも同様の準備をしておく必要があります」レッソ先生は話しながら、三つ編《あ》みを整えた。「ですが、いいですか、生き物に変身すると、われわれは自《みずか》らの心の奥底にある生存本能に近づくことになります。許しがたい悪によってけがれている者がこころみると、予期せぬ事態になる可能性があります」ナイフの刃のように鋭い紫《むらさき》の目でポルックスを見る。「これは、『戦争』という語を軽々しく口にするすべての者に対する警告《けいこく》です」

変身した敵を倒すために、女子生徒はひとりずつ生き物に変身することになった。一年前、「おとぎ話で生きのびるコツ」の授業で生徒たちは、錯覚を利用して自分のなりたい生き物に変身する方法を教わった。これは比較的かんたんな魔法なので、「水や天気をあやつる魔法」と同じく、一年生のときに習う（ただし、生き物への変身には着ている服から飛び出すというやっかいな問題がともなう）。今回の課題は、敵である男子を倒すための「正しい」生き物を選ぶことのようだ。

毒ヘビに対抗するために、ヘスターはまずカニに変身してかみつき、次にすばしこいマングースに変身して勝った。ベアトリクスの変身したペリカンは動きがにぶくて、最後は敵のピラニアに降《こう》参《さん》した。ドットの変身した子ブタは、雄ヒツジが突進してくるのを見て逃げだした（「男子はかわいい生き物が好きだと思ったの」ドットはブウブウいいながら小走りで自分の服を置いてあるところにもどった）。

アガサは困った。これ以上ひどい結果を出すにはどうしたらいいだろう。レッソ先生はアガサの目の前に、自分の胸を太鼓みたいにたたいているクマを登場させた。アガサは立ったまま、頭をぽりぽりかいた。「あの――忘れちゃって――」

「忘れた？　変身のしかたを？」ポルックスはうたがわしげだ。「一年目のかなりの期間をゴキブリとして過ごした女子が？」

「読み手の頭は覚えたとたんに忘れてしまう」レッソ先生はため息をついた。満足そうな顔をしないように、こらえている。「最下位確定です」

「あたし、今夜は見張り係かもね」アガサはソフィのとなりの席にどすんと座った。

「で、で、でも、それじゃ語り手をとりにいけないわ！」ソフィはさらに黒くなった歯を見せて青ざめた。

アガサは椅子にぎゅっとつかまった。

「なんかおかしい――」ソフィはうかない顔だ。「アガサはいつも課題で上位を――」顔がぱっと明るくなる。「待って！　わたしも失敗すればいいのよ！　そしたらアガサといっしょに見張り係になれるじゃない！　ふたりで男子の学校に入りこんで、家に帰れる！」

「だめ！」アガサはいった。「ソフィ、そんなことしたら――」

しかし、ソフィはもう教室の前に跳んでいって、課題に失敗する気まんまんだ。アガサの顔を見て、レッソ先生はソフィが何をたくらんでいるかわかったらしい。ソフィの敵として太りすぎのハトを呼び出した。ソフィは毛づやのいいピンクのネコに変身して、弱々しくつついてくるハトから逃げた。

「ああ、強い野獣《やじゅう》さん」ソフィはネコの声をまねしていった。まるで学校のお芝居《しばい》のオーディションだ。「あなたにはとてもかなわない！」

アガサはヘスターが教室のむこうから心配そうに見ているのに気づいた。今夜ソフィがいっしょに見張り係をすることになったら、あんた、どうやってこっそりテドロスに会いにいくの？

「野獣さん、どうかお慈悲を！」ネコのソフィはよちよち歩きのハトに叫んだ。そして、芝居がかったしぐさで前足を頭の上にあげると、床に落ちている自分の服の上に乗っかって、人間の姿にもどって最下位を確実なものにしようと――

何も起きない。

ソフィのネコは顔をしかめて、また魔法で人間にもどろうとした。ところが、前足の毛がさらにふわふわになっただけだ。ハトが飛んできて、ソフィの頭にとまった。女子生徒たちはくすくす笑っているけれど、アガサだけは別だ。ソフィがどんなに演技が得意かはよく知っている。

「無理です――」ソフィは息切れしながらレッソ先生にいった。「もとの姿にもどれませ――」

「集中しなさい！」レッソ先生がぴしゃりといった。まわりのくすくす笑いが爆笑《ばくしょう》に変わる。

しかし目をつぶっても、開けても、ソフィは人間にもどることができない。「わたしじゃなくて――」つかえながらいう。「何かがじゃましてー――」ハトがソフィに糞をした。「助けてーー！」ソフィのネコみたいな声は教室じゅうの大笑いにかき消された。アガサまで鼻で笑ってしまった。

「おふざけはもうじゅうぶんです！」レッソ先生はうめいて、ソフィに魔法をかけてこの騒ぎを終わらせようとした。

ソフィはネコのまま、口をぽかんとあけてレッソ先生を見ているだけだ。今回はしゃべろうとしてもニャーしか出てこない。

爆笑がやんだ。

レッソ先生は顔を真っ赤にして、また人さし指の魔法でソフィを人間の姿にしようとした。ソフィがさらに大きな声でニャーと鳴く。レッソ先生は目を見開き、ふりむいてポルックスの肩にとまっている蝶を見た。「イヴリン先生を呼んで――」

しかし、ドアはすでに開いていて、イヴリン先生が入ってきた。人さし指を前にのばしている。何か呪文《じゅもん》をつぶやきながら、人さし指の先をソフィにむける。ソフィが人間にもどりはじめた。ところが、アガサたちクラスメイトがほっとして力を抜きかけたところで、変身が止まってしまった。ソフィはネコと人間の中間の姿のまま、苦しそうに息をしている。

レッソ先生は青ざめた。「何かまちがいが――」

イヴリン先生は人さし指を前に出したまま、さっきより早口で呪文を唱《とな》えたけれど、ソフィの体は人間からネコ、ネコから人間と、激しく行ったり来たりしている。同時に人間の声でわめいたり、ネコの声で鳴いたりしている。

「イヴリン先生、どんどんまずいことになっているではありませんか――」レッソ先生が責める
――

イヴリン先生は何度もソフィに指をむけている。けれど、ソフィの体は人間にもどりそうになったかと思うと、また縮《ちぢ》んでしまう。変身のペースがあがって火花が飛びはじめた。魂《たましい》もいっしょに揺さぶられ、ソフィの姿が赤く燃えてぼやけだした。ハトが興味津々《きょうみしんしん》で飛んできたけれど、近づきすぎて火に飲みこまれた。

アガサは頭がふらふらしてきた。親友は人間とネコを行ったり来たりしつづけている……そしてとうとう、ソフィの内側の何かが勝った。赤い火の中に、黒い影が見えて来た……皮膚はしわだらけで、腐《くさ》っている……大きな黒いいぼに……髪《かみ》の毛が一本も生えていない頭……炎の中で生まれ変わった……

アガサは衝撃《しょうげき》のあまり目を閉じた――

イヴリン先生が両手を前にのばし、ソフィめがけて光の玉を放った。ソフィの体が飛んで壁にぶつかり、机のうしろに落ちた。

アガサがゆっくり目を開けると、教室内は不気味なほど静かだった。氷の教壇から細い煙が立ちのぼっている。アガサたちクラスメイト全員、ゆっくりそのむこうに目をやった。

「わ――わたし、気絶しちゃったみたい」ソフィは元どおりの服装で、長いまつ毛をぱちぱちさせた。「覚えてるのは、また人間にもどろうとしてたことだけ――でも、何かにじゃまされて――」一瞬まわりを見て、ハトがいないことに気づく。「でも、ハトにけがはさせなかったわ！　ということは、わたしは今夜の見張り係確定ね！」

レッソ先生は自分の舌を飲みこんでしまったかのような顔だ。「ということは――ということはあなたの、た、魂《たましい》は――」

「対抗呪文《たいこうじゅもん》の腕《うで》がさびついているのでは？」イヴリン先生がいった「ちがう？　レッソ先生」

レッソ先生は体をこわばらせた。いつもは冷たい目がどこか弱々しい。アガサは思った。レッソ先生は怖がってる、というか……悲しそうだ。「ええ、おそらく」レッソ先生はイヴリン先生にもごもごと返事をした。

レッソ先生がすばやくアガサの目を見て、またそらす。

「でも、わたしやっぱり……失敗ですか？」ソフィのいい方には期待がこもっている。

「いいえ、一位よ」イヴリン先生はそういって、さっさと教室を出ていった。

ソフィは何かいおうと口を開きかけたけれど、レッソ先生はいそいで残りの順位をつけて教室から出ていった。それと同時に蝶の群れが教室に飛びこんできて、授業の終わりを告げた。

アガサは動かなかった。まわりでは女子たちが興奮気味に、ソフィはイヴリン先生に助けてもらって運がよかった。レッソ先生は何もできなかった、と騒いでいる。「先生たちはイヴリン先生にしっとしているだけよ」ベアトリクスはあきれ顔でため息をついた。

クラスメイトが教室から出ていく中、アガサはびくびくしながらソフィを見ていた。ソフィは背中をむけて持ち物をまとめている。イヴリン先生が来てくれて本当に運がよかった。というのも、クラスメイトたちにはアガサに見えたものが見えていなかったからだ。前兆が全部そろって、魔女が生き返った。もしイヴリン先生がタイミングよく教室に入ってこなかったら……

〈テドロス〉アガサはしのび足でドアにむかいながら思った。〈とにかくテドロスに会うことができれば――〉

「アガサ、わたしはいっしょに見張り係ができないみたい」うしろからソフィがいった。「テドロスに会いにいったりしないわよね？」

アガサはぴたっと止まった。「え？　なんでそんなことというの？」

「だって、さっきからこっちをずっと見てるから。わたしが魔女みたいに」

アガサはふり返った。ソフィがゆっくり近づいてくる。冷たい目だ。アガサは胸元が汗ばんで、脚の力が抜けてきた。気絶する前の兆候だ。前にテドロスの腕《うで》の中で気絶したときもそうだった。けれど、今回はプリンスではなく、恐ろしい魔女の胸に倒れこみそう……

「歯が――ソフィの歯が――」アガサはあわててソフィにいった。また頭がはっきりしてきた。「も――元どおりになって――」

ソフィはえっという顔だ。「わたしの歯？　何をいって――」表情がかたくなる。「アガサ、インクでしょ。ペンのインクがついていたのよ――さっきかんでたから――」

「けど、髪《かみ》が――」アガサは首をふった。「ごっそり抜けて――」

「さっきの豆の茎に引っかかっちゃったのよ！」ソフィは声を張りあげた。「アガサはわたしがまた魔女になりかけてるって思っていたの？　アガサに襲《おそ》いかかるって？　これまでふたりでいろんなことをくぐり抜けてきたのに！」

アガサはしゃべりたいのに、声が出てこない。

「わたし、今夜、アガサのこと信用しているから」ソフィはいった。すごくつらそうな表情だ。「たとえアガサがわたしを信用していなくても」

ソフィが教室を出ていく。乱れたショールを手で引っぱっている。見送りながら、アガサは罪の意識でつぶされそうだ。

ところが、そこで思い出した。首のいぼ……たしかに見た……あのいぼは言い訳ができない……。ソフィはショールをはずしながら、だるそうに廊下を歩いていく。アガサは後を追いかけてショールをとった首を見ようと――

だれかの手がアガサを引きとめた。

「レッソ先生の腕がさびついてたわけじゃない」ヘスターはそういいながら教室のドアを閉めて、アガサと自分だけにした。「レッソ先生が授業の最初にいってたとおり。ソフィの魂《たましい》は許しがたい悪によってけがれてる。だから、変身したら元にもどれなかった！　だから、ソフィから野獣《やじゅう》が出てきた！　全部説明がつく！」

「けど――けど、それってどういうこと？」アガサはかすれ声しか出ない――

「今回の魔女化は永遠ってこと！」ヘスターはいった。「いったんソフィが魔女になってしまったら、二度と元にもどらない！　いったよね、ソフィは復讐《ふくしゅう》したがってるって！」

「けど、それはヘスターの考えでしょ！　ソフィはまだなんの危害も加えてない！　それに、いろんな前兆だってぜんぜん悪化してない――」

「いや、ちゃんと悪化してる。イヴリン先生は気づかなかっただけ」ヘスターはそういって、むこうのほうに目をやった。「今夜じゅうにテドロスとキスしてきな！」

アガサは首をふった。まだソフィのつらそうな表情が目に焼きついている。「できない。テドロスのところには行けない。親友を信用しなきゃ」大きく息を吐いて、椅子に座りこむ。「いぼじゃなかったのかも。あたしが怖がって敏感になりすぎただけかも。髪の毛とか、歯のこともそう。あたしたち全員、敏感になりすぎて――」

しかしそこで、アガサもヘスターが見ているほうを見た。

机のうしろだ。さっきのハトが壁にもたれて落ちている。

ただし、もうダミーではなかった。

むざんな死骸《しがい》から血がキャンディーの床をつたってこちらに流れてきた。

第10章 疑い

「ソフィは魔女になりかけてる！　なのに、自分ではわかってない！」アガサは息を切らしながら、ドットといっしょにめぐみの塔のわたり廊下に駆けこんだ。

「ううん、ソフィは知ってる」ドットはきっぱりといった。「知らないふりしてるだけ。でなきゃ、あんなださいショールしないよ！」

「レッソ先生に伝えなきゃ――先生ならどうしたらいいか――」

「だめだめ！　ダヴィー先生がどうなったか見たよね？　先生たちを危険な目にあわせるなんてだめ！」

「ソフィは家ではよい子だったんだから！」アガサはいった。「ソフィは幸せに――」

「ソフィの幸せな顔を見たい？　だったら、ソフィにたのんでハトと同じ目にあわされてみなって！」

ありがたいことに、アガサは残りの午後の授業ではソフィに会わずにすんだ。その日の課題は

全部終わって、生徒たちは青の森のグループ学習までいくつかの授業に分かれることになったのだ。ソフィはアナディル、ヘスターと同じ「女子の特技」に出て、アガサはドットといっしょに「ヒロイン史」の授業にいそいでいるところだ。

「もうソフィとふたりきりになっちゃやだめだよ！」ドットがいった。あと少しで善のホールに入っていく女子生徒たちに合流できる。「放課後はヘスターの部屋に隠《かく》れてて！」

アガサの頭に浮かぶのはハトの見開かれた目だけ……死骸《しがい》から血が床をつたって流れてくる……。アガサはサファイア色の円柱にぶつかりそうになって立ち止まった。はっと息を飲む。「今回のことは全部、あたしの願いのせい」

「ちがう。アガサが一年前にまちがったエンディングを選んだせい」

アガサはぴかぴかのガラスに映っているドットを見た。

「ヘスターにいわれたでしょ。今夜がアガサの心が本当に求めてることをする最後のチャンス。でないと、ソフィは永遠に魔女になっちゃうよ」

アガサはのどがしめつけられて、声が出なくなったかと思った。「も……もしあたしがテドロスとキスしたら？」

「ソフィは無事にお父さんのところに帰る。アガサの約束したとおりにね。そして、魔女はソフィの中に閉じこめられたまま」

アガサはしばらく何もいわなかった。ようやくまたドットを見る。「今夜の見張りの係からどうやって抜け出す？　もうひとりの見張り係がイヴリン先生に告げ口したら――」

「すると思う？」ドットがアガサと腕《うで》を組んできた。「たしかにあたしは人気者で、きらきらのかっこうしてるけど、優等生にはなってないかも」

「もうひとりの見張り係って……ドット？」

「アガサは気づかなかったかもしれないけど、あたし、どの課題もアガサよりひどい失敗をするようにしてたんだ！　けっこう大変だったんだからね！」

アガサはおずおずとドットを見た。「けど、かりに抜け出せたとしても……男子の城に入りこめなかったら？」

「入れるよ」

ドットが手をぎゅっと握って、無言の圧力をかける。

〈だって、あたしたちの命はそれにかかってるから〉

善のホールは去年と同じ潮のにおいがして、空気が湿っぽくかすんでいた。この大理石の舞踏室はエメラルド色の藻《も》と緑青《ろくしょう》だらけで、海底に沈んだ大聖堂を思わせる。あちこちがはがれた大理石の壁画は「大いなる戦い」の歴史で、悪の校長が双子である善の校長に勝利をおさめる場面で終わっている。アガサは長椅子の座席に座りながら、変だなと思った。イヴリン先生は壁画を、悪の校長の最期の場面にも、男子追放の場面にも描きかえなかった。先生は歴史を自分の理想どおりに修正したいんじゃないの？

さらに変なことに、歴史の授業の担当はイヴリン先生なのに、先生はまったく姿を見せず、ポルックスが全校生徒の約半分の前で言い訳をするはめになった。

「学部長先生は急用ができました。そこで、代わりにわたしが長年にわたる『男の残忍性《ざんにんせい》』の概論《がいろん》の授業をしましょう、とくに、伝統的男らしさにかける者たちへの迫害《はくがい》に重点を置いて説明しましょう、と提案してみたのですが」

ポルックスはくちびるをきゅっと結んだ。「学部長先生は、生徒のみなさんにそれぞれの家系について話してもらうほうがいいでしょう、とおっしゃいました」

アガサは男子の学校に入りこむルートを考えようと思っていたけれど、気づいたらみんなの話に聞き入っていた。善と悪の学校の生徒はアガサとソフィ以外は全員、おとぎ話に出てくる家族の生まれだ。ふたりだけがふつうの読み手で、ガヴァルドン村から連れ去られてきた。ヘスターの母親は「ヘンゼルとグレーテル」を殺そうとした魔女で、今はもう亡くなっている。アナディルの祖母は悪名《あくみょう》高い白魔女で、小さい男の子の骨で作った腕輪《うでわ》をはめていた。アガサは今回新たに、ベアトリクスの祖母は「ルンペルシュティルツキン」を出し抜いた少女、ミリセントは「眠《ねむ》れる森の美女」とプリンスのひ孫、キコは「ネヴァーランドのロストボーイズ」のひとりと人魚のあいだに生まれた子だと知った。

エヴァーの女子生徒はたいてい父親、母親の両方について話すけれど、ネヴァーの女子生徒は片方についてだけか、ぜんぜん話さないかのどちらかだ。たとえばアラクネの父親は「女王さらい」の悪者で、モナの母親は「オズの魔法使い」に出てくる緑の魔女だった。ドットの父親はノッティンガムの州長官だったけれど、宿敵「ロビン・フッド」をつかまえることができなかった。

「なんでネヴァーは片方の親の話しかしないの？」アガサは話しおえて席についたドットに聞いた。

「だって、悪者は愛の結晶じゃないもん」ドットの目はリーナを見ている。リーナは自分の高貴な生まれの両親が出会ったときのことを長々と話している。「うちらネヴァーはいろんなまちがったいきさつで生まれた。だから家族はみんなばらばら。レッソ先生が前にいってたよ。悪者の家族はタンポポと同じ――『風に乗って飛ばされるし、迷惑』。先生は自分の家族のこと、いってたんじゃないかな。ソフィの家族はきっとうちのだれよりも気の毒だね」

「けど、ソフィの両親は愛情深くて――」アガサはその先がいえなくなった。

〈ステファンがいちばん気の毒だった〉ソフィの父親と母親の結婚について、アガサの母親はそういっていた。ソフィの両親の結婚は最初から不幸だったの？　ソフィも「まちがったいきさつ」で生まれたの？　アガサはドットを見た。ドットはアガサが何を考えているか、かんづいたらしい。

「校長先生がソフィと結婚したかったのは、何か理由があったからだよ」ドットはアガサにいい聞かせるようにいった。

アガサは校長の最期の言葉を思い出した……赤くはれた目で、ソフィは自分と結婚すべきだといい切った……

〈ソフィ、きみはけっして善になれない。だからこそわたしのものなんだ〉

今、また魔女にもどりつつある親友のことを思い出して、アガサは心配になった。校長先生のいうとおりなの？　なんでイヴリン先生にはそれがわからないの？

「イヴリン先生のたわごとを信じる人なんかいる？」アガサはソフィの心配はやめて、イヴリン先生を非難しようとした。「男子のいない、女子だけの王国がつづくはずない。どうやって、その……増えていくの？」

「それがうちらの気に入ってるところ」ドットがにっと笑う。「奴隷《どれい》を使うの」

この授業にはもうひとつ注目すべき瞬間があった。それは歓迎会《かんげいかい》で踊《おど》りのリーダーだったヤラの登場だ。ヤラは授業の途中、細い手足としなやかな筋肉をひけらかすようにして、すました顔で入ってきた。午前の授業は全部さぼって午後の授業は好きなときにどうどうと参加する、そんなの毎日のこと、という登場のしかただ。

「ヤラ、きみの家族について話してもらえますか？」ポルックスは不ゆかいそうだ。

ヤラがアヒルみたいな声で鳴きながらくるっと回転して、そして席につく。

「あやしげな生まれに決まっています」ポルックスがつぶやく。

アガサはヤラの鳥みたいな顔、赤毛、赤いそばかすを観察しながら思った。あんな異国風の子は見たことがない……けど、どこかで会ったことがあるような気がする。

「学校で飼ってるペットみたいに、好きに出たり入ったりしてる」ドットが小声でいった。「口がきけないからだよ。イヴリン先生はヤラをかわいそうに思ってる」

アガサは食堂のランチは食べずに、霧雨《きりさめ》の中、ヘスターとアナディルと待ち合わせをした。場所はほまれの塔の屋上だ（ドットは、いろんな社会的義務を引き合いに出してことわった）。ほまれの塔の屋上には以前、植木を人や動物の形に刈りこんで「アーサー王伝説」を再現した庭園があったけれど、今はすべて王妃グィネヴィアをたたえる物語に変わっている――グィネヴィアはアーサー王の妻で、テドロスの母親だ。最後は夫と息子を見捨てて、どこかに行ってしまった。

「テドロスがうちらを攻撃《こうげき》したくなるのも当然」ヘスターがいった。自分で作った粥をすすりながら、各場面を再現したグィネヴィアのすらりとした姿をひとつひとつ見ている。

「イヴリン先生がグィネヴィアを英雄だと思うはずない」アガサはいった。「グィネヴィアは自分の息子を見捨てたんだから！」

「考えちがいもいいかげんにして。イヴリン先生は、グィネヴィアは男による抑圧から自分を解放したのよ、っていってるんだから」アナディルがからかうようにいった。目はペットのネズミたちがとがった石を武器にして遊んでいるのを見ている。石はテドロスが命をうばったガーゴイルの破片だ。「がりがりの騎士と駆け落ちしたことは都合よく忘れちゃってね」

アガサは聖人グィネヴィアの姿に刈りこまれた植木に目をやった。〈わたしたちの物語に起きたことをそのまま再現しろ、なんていわないわよね〉ガヴァルドン村でソフィはそうとぼけた。どんなおとぎ話も目的に合わせてねじ曲げることができる。善は悪に、悪は善になりうるし、両方を行ったり来たりすることもある。一年前に起きた善の学校対悪の学校の戦争でもそうだった。今だってソフィは自分では善だと断言しているけれど、ふたりの物語の何もかもがアガサに、ソフィは悪だといっている。

「むこうとこっちの学校のあいだにはシールドがない。シールドがあるのはゲートのあるフェンスのまわりだけ」ヘスターはアナディルと話をしている。「なんだけど、泳いで会いにいく、ってのは無理。堀《ほり》にはクロッグがいて――」

「クロッグ?」アガサはふたりを見た。

「あのとげだらけの白いクロコダイルのこと。女子にだけ襲《おそ》いかかるんだ」アナディルがいまいましそうにいう。

そういえば、果てしなき森の泥《どろ》の池で――雌のシカはクロッグ三頭に水の中に引きずりこまれたけど、雄のシカは問題なく泳いでいった。アガサはあらためて思った。わたろうとしなくてよかった。

「下水道もブロックされてるから使えない」ヘスターが話している。「青の森の西ゲートだって使えない――」

「アイダ橋への秘密の出入り口はまだここにある?」アガサは屋上を見わたした。

ヘスターが顔をしかめる。「いったでしょ、テドロスが『橋』っていったはずがない――」

うしろでドアが開いて、蝶が群れになってひらひら飛んできた。三人はとっさに明るい声で、屋上のピクニックってむちゃくちゃ楽しいね、としゃべりだした。雨で服はびしょびしょで、食べ物はぐしょぐしょにもかかわらず。

ガラスの城がしだいに影につつまれる中、アガサは「女子の特技」の授業にむかった。早く夜にならないかな。ところが、ほかの先生たちとちがって、シーバ・シークス先生は授業をしようともしなかった。前は恐れられていた「悪者の特技」の先生が、今は胸のふくらんだ赤いベルベットのドレス姿で、虹色の棒つきキャンディーの教室の前に立っている。両頬がおできだらけの浅黒い顔で、きらきらの蝶柄の文房具セットの上に置かれた手紙をつかんでいる。

「イヴリン先生がいうには、わたしの担当は――女子の学校の」シークス先生は言葉につかえた。

「お芝居《しばい》の指導だそうです」倒れそうになって壁にもたれかかる。「オーディションは十五日の夜、食堂で」

「お芝居って?」ベアトリクスが聞いた。

しかしシークス先生は震《ふる》えるばかりで返事ができない。真っ青な顔でまばたきをくり返しながら、カラフルな渦巻の棒つきキャンディーや、エヴァーと並んで席についているネヴァーたちや、オール女子のお芝居の指導をするよう命じたきらきらの通知を見るだけで……「悪魔の学校!」ひと言そういって、この日の授業は女子生徒たちに『女子的戦略』を各自で読ませるだけにした。

まわりがみんなページをめくって読む中、アガサはアイダ湾をおおっている霧《きり》に目をやった。霧が濃《こ》くて何も見えず、むこうのほうで稲妻が光っているのがわかるくらいだ。あと数時間後、もう一度だけ自分の物語を書きかえるチャンスがあるかもしれない。だけど、本当にやり抜くことができる？　ソフィが恐ろしい魔女に変わりつつある今、テドロスと永遠のエンディングのキスができる？

そこでふと、アラクネの椅子の下に羊皮紙の切れ端が落ちているのに気づいた。前の授業でだれかとだれかがメモのやりとりをしていたらしい。アガサは羊皮紙を靴で引き寄せ、拾って読んでみた。見覚えのあるふたりの字だ。

ソフィ：女子が男子の学校に行く方法はある？
ベアトリクス：ないに決まっているでしょ。どうして？
ソフィ：聞いておきたかっただけ

アガサは紙をくしゃくしゃに丸めた。ソフィにはもうばれている。

最後の授業が行われる青の森にいそぎながら、アガサは頭ががんがん鳴っていた。行くルートのない学校までたどり着く、と同時に、ソフィに見られないようにする方法なんて思いつかない。善の資料館の前を駆け抜けようとして、少し開いたドア越しにふたつの人影が見えた。赤毛がちらっとよぎる――

「あなたには二週間あげたはずよ」イヴリン先生の声がぴしゃりといった。

「でも、努力はしているんです！」低い声がこたえた。

「ここにいたいなら、どんな方法を使ってもいいから、あれを――」

イヴリン先生はそこで言葉を切って、くるっとふりむいた。入り口にはだれもいない。

アガサはこっそり廊下を後にしながら思った。〈変なの〉今イヴリン先生と話している相手はまちがいなく、みんなが口をきけないと思っている女子だ。


かつては善と悪、両校のにぎやかな昼食の場所だった「芝生《しばふ》」は、雑草が伸び放題で、しかもかさかさに枯れていた。アガサが善の「木立のトンネル」から出ると、がらんとした芝生にリスの腐《くさ》った死骸《しがい》と、その近くに色あせたピンクの蝶結びのリボンが落ちていた。昔ウーマ先生が髪《かみ》につけていたリボンだ。今や男子の学校への通路となった悪のトンネルの入り口は岩でふさがれている――ふさいだのが男子か女子かはわからない。それでも先生たちは心配して、女子生徒たちに城の中で食事をとらせているので、アガサは芝生を横切って青の森まで行くのが少し不安だった。広い青の森の上にはごつごつした男子の城がそびえている。

今から一年前、青の森はフェンスに囲まれた静かな楽園だった。葉、花、草はすべて青系の色で統一され、生徒たちにこの森は危険な果てしなき森の複製にすぎないことをつねに思い出させた。しかし今、渦を巻く冷たい微風を受けて、ゲートから中にいそぐアガサの耳には、その危険な森から戦争を支持するプリンスたちのかけ声が聞こえる。「女子に死を！　女子に死を！」

青の森では「おとぎ話で生きのびるコツ」を学ぶ。女子生徒たちはコバルト色の「シダの野」で、グループごとに分かれた。グループ9のキコとベアトリクスが講師の木のニンフにくっついて青の小川に、グループ4のアナディルとヘスターが講師のセイレン［半女半鳥の海の精］にくっついてトルコ石色の雑木林《ぞうきばやし》に入っていく。アガサは背の高いシダのむこうにあるはずのグループ3の旗をさがした。プリンスたちが女子生徒に気づいたらしく、果てしなき森から聞こえるかけ声が敵意むき出しの、不ゆかいなものになった。すかさずモナ、アラクネを初めとするグループ12の生徒たちが青いカボチャを拾って、ゲートのむこうのプリンスたちめがけて投げた。怒ったプリンスたちは矢で応戦したけれど、矢はすべてフェンスの上の魔法のシールドに吸いこまれて消えていく。

暗い雲の下、アガサには戦いが起きる寸前《すんぜん》なのがわかった。テドロスとキスをすれば魔女のソフィから女子生徒たちを守ることができるし、プリンスたちがシールドを突破してきた場合にも、彼女たちが犠牲《ぎせい》にならないですむ。

だけど、血に飢《う》えたプリンスたちの見張りをドットひとりにまかせられる？　それでも、アガサがソフィにないしょでテドロスと会うには、見張り係をさぼるしか方法がない――

「ねえねえ」

ソフィが元気よく走ってきた。厚ぼったい青のケープにくるまっている。「アガサの見張りを見ててあげるね！」

アガサはふらっと後ずさった。近くにはだれもいない。「え、な、何？」

「あんなみっともないショールはやめたの。だって、イヌ柄よ――今にもワンワン吠えてきそうだもの」ソフィはため息をついた。「ベアトリクスって親切ね。部屋に置いてあった自分のケープを貸してくれた。で、なんとなく窓の外を見て、アガサがどこを見張ることになるかわかったの！　そうそう、ベアトリクスのひいおじいちゃんが白雪姫のウェディングドレスを作ったって知ってた？　あの子、ちょっと頭がおかしいかもしれないけど、着ているものの生地は上等で――」アガサの表情に気づいて咳払《せきばら》いする。「とにかく、これでアガサが朝まで無事に見張りの仕事ができるように、見守っていられる」ソフィはアガサを肘《ひじ》でそっとついた。「魔女だったらそんなことしないでしょ？」

「けど――けど――」アガサはソフィのほぼ全身をおおっているケープを見つめて、そしてソフィがショールからケープに変えた本当の理由に気づいた。「だけど、ほら、美容のために睡眠《すいみん》時間は――」

「アガサも、わたしが見張りになったら見守ってくれるはず」ソフィはアガサの肩をつかんだ。「友だちって、そういうものでしょ？」

アガサはソフィにさわられてぞくぞくっとした。どこかでハトがうるさく鳴いた。

「あ――ごめん――だれかが呼んでる――」アガサはそれだけいうと、いそいでその場を立ち去った。

ありがたいことに、アガサはソフィと同じグループではなかった。アガサはシダの野に入ってすぐのところでキコ、ドットをはじめとするグループ3に合流したとたん、ドットの手をつかんだ。「いぼ――ケープ――あと少しで――」アガサは息切れして言葉につかえた。「ドットのいうとおり！ ソフィは知ってる！」

「ソフィには近づかないようにいったと思うけど！」ドットは少し怒っている。

「今夜、あたしたちのこと見守ってるって！ 自分の部屋から！」

「うそ！」

「なんとかソフィに見られないようにしなきゃ――」

「ふたりが見張り係になったのは偶然だと思ってたんだけど」すかさず声がした。

アガサがふり返ると、ソフィがショックを隠《かく》せない表情でこちらを見ていた。

アガサはあわてて言葉をさがしたけれど、ソフィは冷たい目つきになって、またシダのしげみに飛びこんで走り去った。

「アガサは死んだも同然だね」ドットが低い声でいう。

アガサはソフィの姿が消えるのを目で追いながら、胃がきゅっとなった。「けど、ソフィは――すごく傷ついてるみたいで――」

「アガサ、何回同じまちがいをおかすつもり？　ソフィは名女優だよ」

アガサはまた胃がしめつけられた。ドットのいうとおりだ。

「えへん！」

ふたりがふり返ると、目の前にしかめ面の年老いたノームがいた。髪《かみ》は白くて長く、肌は褐色《かっしょく》でしわだらけだ。へんてこな服に、ラベンダー色のとんがり帽子をかぶり、かかとの高い靴でよろよろしながら立っている。アガサは咳払《せきばら》いした。元アガサのグループの講師だった気むずかしい男のノーム、ユーバが野暮ったいおばさんに変装しているのだろうか。

「どうやら本校の読み手はこの授業を『むだ話で生きのびるコツ』にすることに決めたらしい」ノームのおばあさんは年寄りっぽい声でぼやいた。ユーバの声を少しだけ高くした感じだ。「わたしは講師のヘルガ。残念ながら、くわしい自己紹介はまた後ほど。新入りのためにグループ全員待たせておくことはできないからね。さてと、今日の授業は――」

アガサは眉をひそめて、キコを肘《ひじ》でつついた。「ね、ひょっとして……」

「わたしたちもそう思った」キコがささやく。「だけど、男性は全員追い出されたんだからユーバのはずがないわ！　それに、みんなを代表してわたしがこの目で確認したし」

「何を？」

「聞かないで。だけど、あのノームは女。それはたしか」キコがいう。

「さあ、ついておいで」ヘルガは白くて長い杖をふって生徒たちを青の森に入らせた。「おまえたちは去年、本物の植物と植物に変身した人間の見分け方を学んだね！　今日は男子の変身か女子の変身か見分けてもらおう！　これはここ最近、何より知っておくべき……」

アガサはヘルガの後を歩きながら思った。現在、男子あるいは女子が知っておくべきことはただひとつ。

ソフィのケープの下にいぼがいくつ隠れているかだ。


八時間後、十時の鐘が鳴り、アガサとドットはまた青の森の中にもどって、レッソ先生とダヴィー先生に鋼《はがね》の甲冑《かっちゅう》を着せてもらっていた。アガサは何度もレッソ先生、ダヴィー先生に小声で話しかけようとしたけれど、そのたびに「しーっ」と黙らされた。ふたりとも頭上の青い蝶の群れを気にしている。蝶の群れは北ゲートの上にともされたたいまつの明かりの中をドローンのように旋回《せんかい》している。話はしなくても、アガサにもドットにも両先生がいらついていることはわかった。どちらの先生もウマに馬具をつけるみたいに、アガサとドットの甲冑《かっちゅう》の胸や肩の部分をばんばんたたいて着せていく。

「男子はよくこんなのかぶってるよね」ドットはレッソ先生にヘルメットをかぶせてもらうと同時

にぼやいた。「重いし、頭がかゆい。それにくさい」

アガサはもうたえられなくなった。「先生、ソフィは知ってます。あたしがテドロスに会いに――」

レッソ先生が片足でドンと地面を踏んだ。アガサは口をつぐんだ。ドットはレッソ先生には家族がいるとかいっていたけど、そんなはずがない。レッソ先生に子どもがいたら、寝ているさいちゅうにその子に首をしめられて終わっているはずだ。

アガサはダヴィー先生にかびくさいヘルメットをかぶせてもらいながら、いっそう歯を食いしばった。いくら親切でも話を聞いてくれない妖精がなんの役に立つっていうの？　もどかしく思っているうちに、ふと放課後に起きたことを思い出した。青の森のグループ学習が終わって解散になると、アガサはヘスターの部屋で横になって休んだ。前に睡眠《すいみん》をとったときから約二日……一瞬でも安全だと感じたときから数週間たつ。いつのまにか眠《ねむ》りに落ちていた。ぼんやりとケープやいぼのことが思い出され……高温の赤い雨がふってきて……とげに刺されて……血の味がして……

アガサの体が動かなくなった。〈目を覚まして！〉

おなかに痛みが走って、背中が引っぱられて、体の中に何かが生まれた。真っ白い何かの種《たね》だ。と思ったらぼやけて、乳白色の顔になって、それがどんどん大きくなったかと思うと、その青い目がナイフのように鋭くアガサに――

「やめて！」アガサがもがきながら目を覚ますと、ヘスターに抱きしめられていた。

「しーっ……ただの夢だから……」ヘスターが落ち着かせてくれた。横にいるアナディルも心配そうだ。

「け、けど――宿敵の夢、だった――」アガサはつかえながらいった。「テドロスが――テドロスの顔が――」

「エヴァーが宿敵の夢を見るはずないって」ヘスターがため息をつきながら、牛肉とジャガイモの蒸し煮の載ったトレイをアガサの前に置く。

「けど、血の味が――それに本当にテドロスが――」

「本当の敵の夢を見るのは悪者だけ」アナディルがアガサのマグカップにジンジャーエールをそそぐ。とたんにアナディルのペットのネズミが一匹、飛びこんできた。「あんたみたいなプリンセスが見るのは最愛の人の夢、ちがう？　だからテドロスの顔が見えた」

「けど――もしかしたら罠《わな》かも――」アガサはしつこくいい張った。「もしかしたらテドロスはあたしのハッピーエンドの相手じゃなくて――」

「それ以外のエンディングがあるとしたら、うちら全員死んで終わり、ってやつ！」ヘスターが声を荒げて、タトゥーの悪魔がぴくっと動く。「ソフィはまた魔女になる寸前《すんぜん》！　アガサ、あんたがそういったんだ！　ソフィは今頃、体じゅういぼだらけかもしれないんだから！」

アガサは怖くなって、あらためて男子の学校に入りこむ手順について、ヘスターとアナディルの説明を聞きなおした。

「これでテドロスに会えるっていう保証はない」ヘスターは最後にいった。「だけど、これに望みをかけるしかない。だから、確認しておくよ。まず、しんぼう強く待つ。そして――」

「ほんとに橋は使っちゃだめなの？」アガサはまた聞いてみた。

ヘスターの悪魔がヘスターの首からアガサめがけて飛んでくる。アナディルがいそいではたき落とした。

今、ふたりの先生が自分とドットの甲冑《かっちゅう》の最後の金具をカチッととめるのを聞きながら、アガサはヘスターたち三人組の作戦の全工程を思い出そうとしていた。

ダヴィー先生は上空を旋回《せんかい》する蝶を目で追っている。「夜は長い」ぼんやりとアガサにいう。「気をつけて」

「魔法のシールドが破られたら、光の玉を空に飛ばしなさい」レッソ先生はドットの剣をストラップでとめながら、ドットにいった。「ひとりでプリンスたちにむかっていってはいけませんよ」

「ひとりということはないと思うけど」イヴリン先生の甘くささやくような声がした。うしろからゆっくりやって来る。「今晩はアガサとずっといっしょなのに」

「もちろん、そうです」レッソ先生はとたんに体をかたくした。イヴリン先生のほうは見ない。「ですが、ドットは早とちりのあわてんぼうで有名ですから」

「そうなんです」ドットが元はコッドピース［男性用の股間を守る装具］だったキャベツをかじりながら、うなずく。

イヴリン先生はほほ笑んだ。「では配置場所に行きましょう」

レッソ先生もダヴィー先生もアガサにむかって不安と期待の混じった表情でうなずいた。まるで生還できないかもしれない冒険の旅にアガサを送り出すかのようだ。

「男子はぜったいに甲冑を着たままおしっこするんだ。だからくさいんだよ」ヘルメットをかぶったドットがぼやいた。アガサとドットはレッソ先生とダヴィー先生をその場に残して、甲冑のフル装備でイヴリン先生の後をよたよた歩いて南ゲートにむかった。プリンスたちのどなり声はどんどん大きくなるけれど、アガサの心臓の鳴る音のほうがはるかに大きい。

「イヴリン先生？」

「何、アガサ？」

「ソフィがまた魔女になったらどうなりますか？」

「心配しなくていいわ」イヴリン先生はふりむかずにこたえた。「けど、先生に見えてないとしたら？」アガサは食いさがった。

「あたしたちには先生に見えないものが見えてるかもしれません」

「いい？」イヴリン先生がちらっとふりむく。「人は自分が見たいように見ることがあるのよ」

先生はほほ笑んで、プリンスたちのかけ声が聞こえる方向にまたさっさと歩いていく。

アガサはしげみの中で立ちつくした。最後のたのみの綱が断たれた。

今、魔女を止められるのはアガサだけだ。

「アガサ、見て！」

アガサがさっとふり返ると、うしろでドットも立ち止まっていた。ドットの視線を追ってゆっくりと、青の森のむこうで月明かりに輝く女子の学校の城を見あげる。窓は全部真っ暗。いや、ひとつだけちがう。

暗い窓のむこうからアガサを見るソフィのエメラルド色の目が、汚れた星みたいに光っている。

アガサは涙をこらえて、かすかにほほ笑んだ。

いつの日かソフィもなぜアガサがこうしたかわかってくれるだろう。

この青い森の中、家から遠いところで、アガサは心で親友にさよならを告げた。

そしてまた前をむき、歩きだした。

あたしのプリンスが待っている。

第11章
親友の裏切り

「あなたたち、本当におたがいが心配でしかたないのね」ベアトリクスは青いガラスの窓枠に腰かけているソフィを横目で見ながら、ベッドの上であくびをした。

「アガサが無事か見守っていたいの」ソフィは甲冑《かっちゅう》姿の見張り係二名を上から見ていた。背の低い子と背の高い子が甲冑の騎士になって、果てしなき森へのゲートに近い青いカボチャの畑に立っている。

「なんだか……ソフィのほうが……プリンス……みたい……」ベアトリクスの声が眠《ねむ》そうになって、そのうち呼吸が深くなった。外で鳴り響《ひび》くプリンスたちの怒号《どごう》などへっちゃらだ。

ソフィの目には忍び返しつきのゲートのむこうの怒号の主たちはほとんど見えない。ときどきどこかのプリンスのゆがんだ顔やぼろぼろの服の影がのぞくだけだ。この世界に確実なものなんてひとつもない。プリンスだって鬼みたいに恐ろしいものになることがあるし、プリンセスだって悪者に、親友だって敵になることがある。

ソフィは目に涙が浮かんできた。家にもどった後はとにかくよい子でいたかった。もちろん、完《かん》璧《ぺき》じゃない――それは父親がよく知っている――けれど、アガサに対してはずっと誠実だったし、アガサをお手本にして生きようとしていた。毎日、悪い考えを寄せつけないように、心の中でふくらんだ怒りや嵐を寄せつけないように、がんばっていた。そのごほうびがこれ？〈プリンスに親友をとられた。魔女のレッテルを貼られた。疫病《えきびょう》みたいにきらわれた〉そして今、アガサは一回のキスでソフィを永遠に見捨てようとしている。ソフィは目をこすり、鼻をすすった。今、悪はどっち？

しかし数時間たっても、ドットもアガサもカボチャ畑からぴくりとも動かずに、プリンスたちの乱暴なおどし文句や、飛んできては魔法のシールドに吸いこまれる武器にたえている。真夜中になり、時間が過ぎ、二時になり……四時になり……

アガサはテドロスのいる城に一歩もむかおうとしない。

ついに月が夜明けの空にしずんでも、アガサはまだじっと立っている。ソフィは恥ずかしくて赤くなった。この学校のせいでソフィもアガサも疑《うたが》い深くなってしまった。青の森でのことがあった後、アガサは迷いから覚めたにちがいない。ソフィは自分をなぐさめた。わたしもアガサも相手を疑って当然よ。でも、疑いより友情のほうが強かった。もうすぐふたりでおたがいとのハッピーエンドを心から願って、こんなところとはさよならする。もうすぐアガサが約束したように家に帰る。テドロスは永遠に消える。

頭で窓ガラスにもたれながら、ソフィは自分がすごく疲れていることに気づいた。この二日間アドレナリンが出っぱなしで元気だったけれど、今、思考がほどけて、ばらばらになって、夢の中に溶けていく……

ミトンをはめた手が、長年ほったらかしだった墓石についたコケをつまんで……墓石に刻まれた一匹の蝶……両どなりの墓石に刻まれた二羽のスワン……片方は白……片方は黒……双子の善の校長によって引き裂《さ》かれた影のように黒い……地面に散らばった亡骸《なきがら》の羽根のように黒い……あやしげな空のように黒い……

ソフィの目がぱっと開いた。果てしなき森へのゲートの上空は真っ暗だ――たいまつの明かりも、月明かりも消えている。プリンスたちは混乱して騒いでいる。すると突然、たいまつと月明かりがもどった。プリンスたちは数秒の月食《げっしょく》に驚《おどろ》いてあぜんとしている。しかし、ソフィは知っていた。月食なんかじゃない、消灯の呪文《じゅもん》だ。去年のおとぎトライアルのときも一度あった……

アガサの得意な魔法だ。

ソフィは窓枠から床に飛びおりた――けれど、見張り係のふたりとも配置場所に立ったままだ。ソフィはうなって、ベッドにばたんと横になった。心配しすぎ、考えすぎ。もう寝る時間。ベッドカバーをかぶったけれど、まだ寝てはいけない気がして、ゆっくりと、また窓を見る。

背の高い見張り係の甲冑《かっちゅう》の靴が片方、脱げている。靴は一メートルくらい離《はな》れたところに落ちているけれど、背の高いほうも低いほうも拾いにいこうとしない。

ソフィは目をこらして見た。靴が片方脱げたアガサは立っているのが大変そうだ。ドットが横でささえようとしている。ところが、ドットが手を貸せば貸すほどアガサはふらついて、よろけて、ついにふたりとも転びかけた。ドットの剣が鞘《さや》からすべり出て、ドットが悲鳴をあげる。手をのばしてつかもうとしたが、遅かった――剣の上にうつぶせに倒れたアガサの首が転がった。

ソフィは大声で悲鳴をあげそうになった。ヘルメットからアガサの頭が――出てきたのは、大きな青いカボチャだった。

ソフィはかたまった。青の森の中で、ドットがゆっくり顔をあげた。あちこちにカボチャのわたや種がついている。

ソフィは全身の血が熱くなった。

だまされた。

「ドットがまた明かりをつける前に、トルコ石色の雑木林《ぞうきばやし》に行きな」ヘスターはアガサに何度もくり返した。「ソフィには木が邪魔《じゃま》でアガサの姿が見えないはず。アガサは小さい生き物に変身して、全速力でテドロスのところに行く」

ところがプリンスたちの上にたいまつの明かりがもどったとき、アガサは女子の学校に駆けもどっていた。その理由のひとつは、アガサはソフィの父親の結婚式での経験から、まだうまく生き物に変身できる自信がなかったから。また、もうひとつの理由は、男子の城にはだれも、どんな魔法を使っても入れないようになっているはずだから。男子は昨年の騎士道の授業ではひたすら「城の守り」について学んでいた。

しかし、いちばんの理由は、自分の耳を信じていたからだ。三人組がどういおうと、アガサは心のどこかでテドロスを信頼していた。

アガサは素足でまた女子の学校にしのびこんだ。アイダ橋へのルートはただひとつ。風が吹くような音がして、ロビーからパトロールの蝶の列が飛んできた。アガサはすばやく女子生徒の肖像《しょうぞう》画《が》が飾られたオベリスクのうしろから抜け出すと、ほまれの塔の階段をそっとあがって、暗い寮の部屋、お菓子の教室、二階分吹き抜けの善の図書室が並ぶ廊下を抜け、くもりガラスのドアから屋上に出た。

グィネヴィアの物語園の植木は月の下で冷たい緑の光を放っていた。月明かりが各場面のグィネヴィアのほっそりした像を映し出す。ソフィの母親が亡くなったときアガサはまだおさなかったけれど、ソフィの母親もこんなふうにウエストが細くて、やせていたことは覚えている。カリスやホノーラ、肉とマッシュポテトばかり食べているガヴァルドン村の母親連中とは大ちがいだった。ソフィの母親と太っちょのホノーラが親友同士だったなんて、まわりはみんなきっと不思議に思っていただろうな、とアガサは思った。

あたしとソフィみたいに。

アガサは罪の意識を押さえつけた。〈アガサ、何回同じまちがいをおかせばわかるの?〉どんどん先に進みながら、アガサは池をさがした。去年は屋上にある池が両校をつなぐ橋への秘密の出入り口だった。〈池のある場面をさがして……〉

屋上のむこうで突然、明かりがひとつ灯《とも》った。ガラスのめぐみの塔のいちばん上のフロア、学部長室だ。イヴリン先生に、見張りを抜けたことに気づかれた?

アガサはパニックを起こしそうになるのをこらえて、すばやく植木を順番に見ていった――玉座から命令するグィネヴィア、円卓の騎士をしたがえたグィネヴィア、剣で巨人の首をはねるグィネヴィア……〈まるで自分ひとりでキャメロットの都を治めているみたい〉アガサはみょうにテドロスの父親の味方をしたくなった。学部長室を気にしながら、紫《むらさき》のイバラで作った高い生垣の手前まで来たけれど、池なんかどこにもない。物語園はここでおしまいだ。ところが、がっかりして引き返そうとしたとき、生垣のむこうからかすかに、水音が聞こえてきた。

星空の映る池で、グィネヴィアが洗礼着を着せた赤ん坊のテドロスに浸礼《しんれい》を行っていた。アガサは母親の腕《うで》におとなしく抱かれているプリンスを愛おしく思い……母親の顔に目がいった。植木を刈りこんで作ってあるので顔の作りは大ざっぱだけれど、アーサー王の元王妃がわが息子をどう思っているかは一目瞭然だ。グィネヴィアの目はテドロスをにらんで、口は憎々《にく》しげにゆがんでいる。

グィネヴィアはテドロスを池の水につけているのではない。沈めておぼれさせようとしている。アガサは青ざめた。今夜何が起ころうとしても、ここからアガサの物語に何が起ころうとしても、テドロスにこの物語園は見せられない。

ふり返ったアガサの目に、学部長室内の明かりが横に流れるのが見えた。ドアが大きく開く……アガサは心の中で祈りながらグィネヴィアの池に飛びこんだ。同時に白く熱い光が押し寄せてきて

―――

その直後、アガサはどこもぬれずに、アイダ橋への入り口である青いクリスタルのアーチの下に立っていた。ほっとしながら息を整える。しかし、男子の学校につづく長くせまい石の橋を見て、ほっとした気持ちは消えた。

今、なぜ三人組が「橋は使えない」といったかわかった。

ソフィは吹きすさぶ風の中、ピンクの羽根をなびかせながら、タカの姿で男子の学校にむかって

空を飛んでいた。ネコの件があったので、また生き物に変身するのは心配だったけれど、そんな不安も怒りに吹き飛ばされた。アガサがテドロスとキスする前に、テドロスのところに行かなくちゃ。

怒りの涙がソフィのタカの翼に落ちる。ソフィは母親を失った。プリンスも失った。たったひとりの友だちまで失うことはできない。どうして愛したものが次々に離《はな》れていってしまうの？

〈アガサを失うのはぜったいいいや〉心の中でつぶやく。アガサさえいればわたしはよい子でいられる。アガサさえいれば魔女は死んだままでいられる。

〈アガサを失うのはぜったいいいや〉

タカの声で悲痛な叫びをあげながら、ソフィは男子の学校の、ごつごつした赤い城にむかってまっしぐらに飛んで――

バキバキッ！

体に電流が走って、ソフィは墜落《ついらく》した。翼をはばたかせようとしても、全身がまひしている。〈変身撃墜《げきつい》シールドにやられちゃった〉苦しくて声も出ない。悪側の湖岸に落ちていくソフィのタカの羽根がいっせいに抜けて人間の皮膚が現れ、くちばしがくちびるに、鳥の体が人間の体に変わった。タカにはもどれない。ついに腐葉土《ふようど》のたまった穴の中に落ちて、おなかを打った。悪側のトンネルの出口から十五メートルくらい離れたところだ。腐葉土に顔をつっこんだまま、うめく。両脚がぬれて冷たい。一瞬、シールドに感謝した。おかげで問題なく元の姿にもどれた。レッソ先生の授業のときと同じはめにならずにすんだ。そこで、現実に気づいた。

はだかだ。男子の学校の目の前で。

わたしのばか！　男子の学校は変身した侵入者を防ぐ魔法をかけたに決まってるじゃない！　テ

ドロスが自分の塔になんの防衛対策もしていないはずない！　ソフィは怖くて動くことも頭を起こすこともできない。いつ男子たちがつかまえにくるんだろう？　こんな状態でどうすればアガサとテドロスを止められる？　どうやって服を見つけよう？

ソフィは気絶しそうなのと、吐きそうなのをひっしでこらえた。とにかく葉のついたつる植物かシダの葉をさがそう。前にほんの端切れの布で上下の服を作ったことだってあるんだから。ソフィはきりっと顔をあげて腐葉土に手をつき、動けなくなった。

さっきまで顔をつっこんでいたのは、しわしわになった黒いヘビの皮……ヘビの抜け殻だ。それも、ふつうのヘビの二倍の長さと太さがある。ソフィの視線がゆっくりと、一メートルくらい先に落ちている別のヘビの抜け殻《がら》に移る。さらにまたふたつ……

ソフィは頭を起こした。まわりじゅうヘビの抜け殻だらけだ。数えきれないほど落ちている。暗がりの中、抜け殻の主たちが腐葉土から頭をもたげるのが見えた。押しつぶしたような黒くて平たい頭、ぎらぎら光る黄緑の目。太くてウナギみたいな胴体をとげ状のうろこがおおっている。あわててうしろに逃げようとしたけれど、またそこからヘビの頭が出てくる。ヘビたちはくねくねとのびあがりながら、ソフィの前後、左右を囲んで、上にも下にも逃げられなくした。どのヘビも歯をむきだし、舌をちらつかせて侵入者をにらみおろし、相手が動くのを待っている。

とるべき行動はひとつ。

ソフィは光る人さし指をのばした——と同時にヘビたちが飛び出し、ソフィの体をおさえつけた。ソフィは腹ばいになって手足を広げ、あとは食べられるのを待つだけだ。鋭いうろこが手首や足首に刺さってくる。ソフィの悲鳴はヘビたちの耳をつんざくようなシューシューいう威嚇《いかく》音にかき消された。トンネルの向こうから警報が、つづいて男子たちの声が聞こえてきた。もうおしまいだ。

「なんでおれにしとめさせてくれないんだ?」イタチみたいな声がした。

「見張りの仕事にもどれ」低い声が冷たくいい返す。

「だけど、スピリックの威嚇《いかく》音に先に気づいたのはおれだろ!」イタチみたいな声は半泣きだ。

「ひょっとしたらあの子かも——」

「黙れ!」低い声がどなった。「さあみんな、武器をかまえろ!」

ソフィは地面に爪を立てた。〈お願い……死にたくない……〉でももう、トンネルの奥に光る剣の刃や覆面《ふくめん》をかぶった人影が見えている。あと数秒で出てくる。

突然、苦痛の中からある記憶がよみがえってきた。まるで歌のように……

〈今日の授業は魔法のケープの使い方だ〉ソフィはブサイク術の授業でマンリー先生が説明するのを聞きながら、ヘビ皮の手ざわりをたしかめていた……ソフィの悪の笑い声が高らかに塔に響《ひび》く。

ソフィがヘビ皮のケープを体にかけたのだ……まわりのエヴァー、ネヴァーは全員あわてていた……〈ソフィがいない!〉〈魔女はどこだ?〉

「だけど、おれがソフィをしとめたい!」イタチみたいな声がいって、いっせいにバカにした笑い声が起きる。

「カエル一匹殺せないくせに」低い声がいう。「自分がめろめろになった女子をやれるのか」

「おれはだれにもめろめろになったりしない!」

鋭いうろこがソフィの手のひらのあちこちに刺さって、人さし指の光が消えそうになる。ソフィは苦しくてうめきながら、呪文《じゅもん》を唱《とな》えようとした。

「しっ！　声が聞こえる！」

ソフィのまわりに落ちているヘビ皮が小刻みに震《ふる》えだし――

「準備は……いいか……」

数百匹分のヘビ皮がいっきに、それぞれのヘビ本体の頭より高くのびあがる――

「突撃《とつげき》！」

赤い覆面と黒い制服の大柄な男子四人がトンネルから飛び出してきた。全員剣をかまえている

――


「どういうことだ」たくましい体格で、低い声のリーダーはうなった。ヘビの紋章の上に金のバッジがついている。穴の中で、ヘビたちがあわてふためいてシューシューいい合っている――おさえつけていた獲物《えもの》が消えた。リーダーが魔法を放つと、ヘビたちは悲鳴をあげて逃げた。リーダーが覆面をむしりとった。黒いスパイクヘアに、頬骨《ほおぼね》の目立つ、幽霊みたいに青白い顔。こめかみには青筋が立ち、紫《むらさき》の目は凶暴そうだ。「役立たずなやつらだ」

ソフィは全身に刺さるうろこの痛みにたえた。体はもうヘビの抜け殻《がら》の山の下で透明《とうめい》になっている。

最後のひとり、覆面をかぶったやせっぽちの男子がトンネルから出てきた。「おれがめろめろだって？」イタチみたいな男子は大声でいいながら、覆面をとった。「おれがしとめてみせる！いいから待ってろ！」

ソフィは声が出そうになるのをこらえた。ホートは前に見たときからすっかり成長している。あごにうっすらひげを生やして、黒い髪《かみ》は無造作《むぞうさ》にのばし、大きな茶色の目はもう幼い少年の目で

はない。「父ちゃんに金の棺《ひつぎ》を買ってやるんだ。父ちゃんは二年間、埋葬《まいそう》を待ってる。ピーター・パンに殺されたんだ」獲物《えもの》の消えた穴をにらむように見る「アリック、いいか、見てろ！　おれがソフィをしとめる。おれにどんな悪者の才能があるか知らないだろ！」

「一度に三秒間オオカミ人間に変身、か？」アリックがいって、まわりの三人がにやにや笑う。

「ちがう！」トンネルにもどっていく四人を追いかけながらホートはわめいている。「今はもっと長い！　見てろよ！」

五人が去っていくのを見て、ソフィはほっとため息を――

アリックがきゅうにふり返った。剣をつき出している。ソフィは死体みたいにかたまった。アリックは紫《むらさき》の目を細く開け、にらむように一点を見ている。はだかのソフィがいる、まさにその場所だ。

「リーダー、何かあったか？」部下のひとりが聞いた。

アリックは静けさに耳をすました。

「行くぞ」アリックは最後にそういって、仲間を連れて男子の城に入っていった。やせっぽちのホートがその後を追う。

五人のだれもうしろの穴の中で何かが一瞬、ピンクに光ったのは見ていなかった。その瞬間、透《とう》明《めい》なヘビ皮が透明ケープに変わったのだ。

アイダ橋は爆破《ばくは》されていた。

アガサが塔の上から見たとき、アイダ橋の中間あたりは渦巻く霧《きり》におおわれて何も見えなかった。

しかし今、冷たく濃《こ》い霧の中、アガサは爆破された石橋の真ん中の部分を見つめていた。両側が赤サビ色の堀《ほり》にむかって垂れさがっている。ぎざぎざに裂《さ》けた両端の真下で、堀を見張る白いクロッグたちが鼻先をつき出してうごめいている。クロッグは橋の上に女子がいるのを感じとっている。

三人組のいったことを無視したあたしがばかだった。アガサは歯ぎしりして、またすぐ秘密の出入り口のある霧の中へもどろうとした。稲妻の走る空にちらっと目をやる。別のルートをさがすとしても、せいぜいあと一時間。下水道はだめ、堀もだめ、それから――

霧の中からきゅうに蝶が一匹飛び出してくると、アガサを見つけてうるさく鳴いた。まずい。アガサは人さし指を光らせて撃ち落とそうとしたけれど、ねらいがそれた。蝶がかん高く鳴きながら秘密の出入り口に飛びこみ、イヴリン先生のもとに帰っていく。

アガサは恐怖でかたまった。ここでつかまったら、テドロスとアガサの物語ははじまる前に終わってしまう。魔女のソフィはふたりとも亡き者にするだろう。

手を震《ふる》わせながらアガサはまたゆっくりと、爆破された橋のむこうの男子の城を見た。

〈あの橋をわたって〉テドロスはそう指示した。

〈無理よ〉アガサは頭をかきむしりたく――

〈あの橋をわたって〉

あれをわたる。

アガサは爆破された橋を見た。去年、アガサは奇跡《きせき》的に、それまでほかのだれもできなかったことをした。善の城と悪の城を行ったり来たりしたのだ。テドロスはアガサがもう一度同じことができると信じている。

〈あの橋をわたって〉

心臓をどきどきさせながら、アガサは爆破《ばくは》された橋のへりに駆け寄った。はだしのつま先をへりに引っかけて立ち、片手を大きくのばす。これが正解でありますよう――

指先には冷たく、かすかな風のほかに何もない。

アガサは歯を食いしばって指先をのばした。右足が橋から落ちそうになっても、指のあいだをまた風がすり抜けていくだけだ。胸元を汗がつたう。これ以上手をのばしたら堀《ほり》に落ちてしまう。眼下の赤い堀ではとげだらけのクロッグたちが歯を鳴らし、だれが最初に獲物《えもの》にありつくか水しぶきをあげて争っている。

アガサはもどかしくて涙が出てきた。イヴリン先生がいつ現れてもおかしくない。残る選択肢はひとつ……

命がけでテドロスを信じる。

アガサはゆっくり深呼吸した。右足に体重をかけながら、左足を橋のへりのむこう、何もない空間へさし出す。あとは信じるだけだ。右足のつま先がざらざらの橋をすべり、さらに土踏まず、そして、かかともつづいた。つかもうとする両手の先には……何もない。右足も橋からはなれた。悲鳴とともに体が前のめりになる。アガサは両手をめいっぱいのばして、さがした――

あった。

両手のひらがかたく、透明《とうめい》なバリアにぶつかった。アガサはうしろにはね返って、またアイダ橋の女子側にもどっていた。

透明なバリアにぼやけて映っていた影がしだいにはっきりしてきた。バリアの中から自分の顔がまっすぐこちらを見ている。

女子は女子と
男子は男子と
自分の城にお帰り
命がおしいなら

アガサは驚《おどろ》いて真っ青になった。なんでこの学校の何もかも、前の何倍も悪いことになってるの?

「去年もいったよね? 善は善と、悪は悪と」バリアの中のアガサがにっと笑う。「けど、あんたは自分はその原則を破ってもいいと思ってた。見てごらん、自分がどんな目にあってるか」

「通して」アガサはイヴリン先生が来ていないか、ちらっとうしろを見た。

「あたしたちはこっち側で幸せ」バリアの中のアガサがいう。「男子は何もかもめちゃくちゃにする」

「けど、魔女はそれ以上にめちゃくちゃにする」アガサはいい返した。「あたしは女子の学校も男子の学校も救うつもりで――」

「つまり、これはすべて善の問題だっていいたいの?」バリアの中のアガサがふっと笑う。「男子を求める女子の問題じゃないの?」

「いったでしょ、通して」

「好きなだけためしてみたら？　今回はだまされないから。あんたは明らかに女子」

「じゃあ、女子を女子にしているものは何？」

「男子にはないものすべて」

アガサは顔をしかめた。「じゃあ、男子を男子にしているものは？」

「女子にはないものすべて」

「じゃ、教えてよ。男子がどんなものなのか、女子がどんなものなのか」

「男子を求める子がいたら、その子はぜったいに女子」バリアの中のアガサは自信たっぷりだ。

「なんで？」

「だって、女子は男子を、男子は女子を求めるものだから。で、あんたは実際に男子を求めた。だから女子。早く自分の城にお帰り。でないと――」

「じゃあ女子にキスした子は？」

「女子にキスした子？」バリアの中のアガサがきゅうに不安そうな目つきになる。

「その子は物語の中の最高のプリンスみたいに、キスで女子を生き返らせたの」アガサはバリアの中の自分をにらむように見た。

　バリアの中のアガサもにらみ返す。「その子はまちがいなく男子ね」

　アガサはにやっとした。「正解」

　バリアの中のアガサが、あっ、と口を開けた。またた だまされた――そして、溶けて消えた。

　アガサは切れた橋の下で渦巻く赤い堀《ほり》をちらっと見てから、ぶるぶる震《ふる》えながら青白いはだしの足を宙にむかってのばした。すると、今度はつま先が透明《とうめい》な橋板についた。

アガサは下を見た。怒って歯をかみ鳴らすクロッグたちの上に魔法みたいに浮いている。信じられない思いでまた一歩、さらにまた一歩踏み出す。そうして透明な橋をわたり、爆破《ばくは》された橋の男子側に着いた。テドロスの指示どおりだ。

これでソフィはもうぜったいに追いかけてこられない。

アガサの胸から不安が一掃されて、希望がわいてきた。テドロスは魔女からアガサを救ってくれた。今度はアガサがテドロスを救う番だ。

まぢかにせまった再会にどきどきしながら、アガサはプリンスへの最大の信頼を胸に、男子の城へと走った。


そのはるかうしろ、女子の城の青いアーチの陰から、イヴリン先生の緑の目が霧《きり》をつらぬくように見ていた。しかし、自分の生徒のひとりが黒ずんだ城の中に消えても、動かない。

アガサを追いかけるソフィ。プリンスを追いかけるアガサ。

以前はかたい絆《きずな》で結ばれていた友人同士が今、引き裂《さ》かれた。

イヴリン先生はきびすを返して、またゆっくり自分の城にもどった。

〈女子のみんな、願い事には気をつけて〉

口元に笑みが浮かび、白いすきっ歯が暗闇で光る。

本当に、願い事には気をつけて。

第12章 招かれざる客

「待って!」ホートはアリックたちを追いかけてトンネルに飛びこんだ。トンネルの中はクロコダイルの口の中みたいにぎざぎざだ。「岸もさがしたほうがよくない?」

ホートはあわててみんなの後について走った。トンネルはどんどん細くなる。

「変身撃墜《げきつい》シールドはちゃんと作動した! スピリックたちは何かつかまえたんだよ――」

しかし、アリックたちはすでにロビーに消えていた。ホートはうしろの暗いトンネルに目をこらして、ひとりでさがしにいこうかと思ったけれど、シラミで髪《かみ》がかゆいし、おなかも鳴っている。「女子は今頃きっと、ごちそう食べてるんだろうな」肩を落とし、また男子の城のほうをむこうと
――

頭の中をピンクの電流が走った。ホートはそのまま倒れ、石の床で頭を打った。

かすかにまばたきしながら目を覚ますと、下着のパンツ一枚で、あおむけになって床に転がっ

ていた。服をなくすことはよくあるから、今回もそうなんだろう。ぱちっと目を開ける。「え、何……」

ホートの黒と赤の制服が魔法のじゅうたんみたいに浮いている。どんどんホートから離《はな》れて、男子の城の黒っぽいたいまつの明かりのほうにむかっていく。と思ったら、宙に吸いこまれるように消えた。

ソフィは男子の城の黒ずんだロビーに入りながら、苦しいくらいぴったりしたホートの制服が透《とう》明《めい》ケープに完全に隠《かく》れていることを確認した(一瞬、自分が太ったのかと思ってあわてて——すぐに思い出した。ホートは胸が薄っぺらくてウエストも細い)。このケープがあれば、だれにも見つからずにいられる。男子の城の悪臭で食べた物をもどさなければだけど。

〈悪の学校のほうがまだまし〉ソフィは思った。汗を吸った靴下を酢《す》漬《づ》けにしたようなにおいがしている。何日も体を洗っていないネヴァーの男子生徒のにおいに決まってる。だって、エヴァーの男子生徒は衛生に関してはエヴァーの女子よりうるさいくらいだから。去年の二時間つづきの剣術の授業の後だって、エヴァーの男子生徒は洗いたての髪に、ミントの香りをただよわせて昼食を食べにきた。全員そろって授業後の入浴タイムをすませてきました、って感じで。その男子がこんなネズミの巣みたいなところに住める?

前よりきたなくて、水もれしているところが数か所増えている以外、元悪の城のロビーはほぼ同じままだ。一段低いロビーの奥には三つの塔につづく、ゆがんだ黒いらせん階段が三本あって、それぞれに**「いじわる」**、**「わざわい」**、**「よこしま」**という文字が彫られている。悪霊みたいなガーゴイルが口にたいまつをくわえて、天井の垂木《たるき》からこちらをにらんでいる。しかし、ソフィはたいまつの明かりの下に足を踏み入れた瞬間、男子たちの痕跡《こんせき》に気づいた。

くずれそうな円柱に彫刻《ちょうこく》のトロールやインプがぶらさがっているのは同じだけれど、書かれている文字が「NEVER」から「BOYS」に変わっている。その一方で、髪《かみ》も歯もない魔女の鉄の像は首を切り落とされていた。またロビーの奥にある「おとぎ堂」のドアには異常な数のかんぬきや錠前《じょうまえ》がついていて、おとぎ堂のうしろにある「木立のトンネル」にはぜったいに入れないようになっている。ソフィはふと焼け焦《こ》げだらけの壁を見た。びっしり飾られた卒業生の誇らしげな肖像画《しょうぞうが》は男子のみ。エヴァーもネヴァーも混ざっている。一年前、ソフィの肖像画はこの壁に飾られた悪者の肖像画の中でいちばん目立っていた。今はそこにテドロスの肖像画が飾られている。つやのある金髪《きんぱつ》に、自信あふれる笑み。ソフィと似ている。ソフィは心臓がちくっと痛んだ。〈わたしたちはお似合いのカップルだったかもしれない〉

上のほうからかすかに人の騒ぐ声が聞こえてきた。何人ものブーツの足音も聞こえる。ソフィは肖像画から目をそらした。テドロスに何もかもうばわれた……夢も、純粋な心も、誇りも。アガサまでわたすわけにはいかない。

透明《とうめい》ケープをきつく巻きなおし、ソフィは声や足音が聞こえてくる、いじわるの塔の階段をのぼることにした――もちろん、うしろにあるテドロスの肖像画に魔法で火をつけてからだ。

アガサは、アイダ橋から腐《くさ》りかけた三十フロア分の階段をなんとかのぼりきって鐘楼《しょうろう》に着いたら、テドロスが待っていると思っていた。だって、アガサは自分をふくむ大勢の命を危険にさらすのを覚悟で、指示どおりアイダ橋をわたって会いにきたのだから。ところが、鐘楼の回廊《かいろう》に人気《ひとけ》はなく、すぐ上にそびえる校長の塔の影が落ちているだけだ。〈彼は何を待ってるの？〉アガサは遠い窓を見あげてにらみつけた。

ソフィが目覚めるまであと一時間もない。プリンスのずさんな計画につきあう時間はない。テドロスが会いにこないなら、だれに連れていってもらえばいいかはわかっている。

男子だらけの城の行き着く先はふたとおり考えられる。住人が攻撃的《こうげき》エネルギーを秩序《ちつじょ》、ルール、生産性に転化させる。あるいは逆進化して、雄のサルになる。ソフィがいじわるの塔の五階に足を踏み入れると、テドロスの学校は後者を選んでいた。

黒い膝丈《ひざたけ》ズボン姿の半分はだかみたいな男子たちが、奇声をあげながら天井の垂木《たるき》にぶらさがって、蒸し暑い廊下に集まってくる。廊下はどこもぎゅうぎゅうづめだ。みんな自分の部屋にいるよりもおたがいの汗にまみれて過ごすほうが楽しいのかもしれない。焦げ跡だらけの石の床はそこらじゅう腐《くさ》ったバナナ、パンくず、卵の黄身、骨付きハムの骨、鶏の羽根、ミルクの跡だらけだし、灰色のレンガの壁は落書きだらけ――〈女子なんか消えちまえ〉とか〈女子のバカ〉とか、子どもがけんかをふっかけているようなセリフや、エヴァーとネヴァーの女子生徒がオオカミに食べられる場面、塔から放り出される場面、板歩きの刑で海に落とされる場面が描かれている。ソフィは壁に張りついてじりじり進んだ。くさくて乱暴なネヴァーの男子ならやりそうなことばかりだ……ちがう。ネヴァーなんかじゃない。

でかくて毛深いチャディックが天井にぶらさがって、大声でわめきながら部屋のドアをつぎつぎ蹴《け》って開けているかと思えば、褐色《かっしょく》の肌のハンサムなニコラスは廊下のすみにネズミを追いつめて、「静止の魔法」をかけている。王様みたいに立派な鼻のタークインと筋肉むきむきのオリヴァーは、おたがいの引き締まったおなかに交替でパンチしあっているし、ベビーフェイスのヒロは仲間を集めてげっぷ大会を開催中。引っこみじあんのバスティアンはボンゴをたたいている。ところがチャディックがこぶしをあげて「我《われ》らは男子、偉大で自由」といいだすと、全員が手を止めて声を合わせた。

ソフィは目をしばたたいた。びっくりだ。かっこよくて、礼儀正しいエヴァーの男の子たちに何が起きたの？　未来のプリンスに何が起きたの？

「力と友愛で結ばれた」かけ声がつづく。「だれにも支配されない神――」

どこかでドアが大きく開いた。「早いとこ善と悪の学校にもどさないと、おまえたちをみな殺しにしちまいそうだ」レイヴァンはパジャマ姿でささやくようにいっておどした。黒い髪《かみ》はぼさぼさで、茶色の肌はいつにも増して油ぎっている。「食料も先生も消えちまったうえに、全員このフロアに押しこめられた。このくさい城でトイレがあふれ返ってないのはこのフロアだけだ。目下《もっか》の課題は、魔女を――ちっぽけな魔女をひとりたたきつぶすことだってのに、おまえらはホームパーティーで手一杯か！」

とがり耳のヴェクスが横から眠《ねむ》そうな顔を出す。「魔女退治は善の仕事だろ？」あくびする。

「女子がいるかぎり、善も悪もない！」チャディックが大声で返す。「何より、おれたちは男子だ！」

「男子だ！」エヴァーの男子たちがかけ声を合わせる。

「夜どおし起きてて、風呂なんか入りたくない。どんちゃん騒ぎして、片づけなんかしたくない。イヌみたいに縄張りを持ちたい」チャディックは声を張りあげた。「おれたちを止められるなら止めてみろ！」

〈くさくて当然〉ソフィは廊下のすみで透明《とうめい》になったままだ。窓の外にそびえる校長の塔を横目で見る。どうやってあそこまで行く？　どうしたら手遅れにならないうちにテドロスのところまで行ける？　胃がずしんと重くなった。アガサはもうテドロスといっしょにいるかも！

ソフィは握りしめていた手をゆっくり開いた。わたしはまだここにいるじゃない。つまり、アガサはまだテドロスとキスしていない。希望で心臓がどきどきしだした。たぶん、アガサはまだ男子の学校の中に入ってもいない。

ソフィは手で耳をふさいだ。エヴァーの男子たちの足踏みやサルみたいな叫び声で鼓膜《こまく》が破れそうだ。ネヴァーの男子たちがひとり、またひとりと部屋から眠そうな顔をのぞかせる。

「みんな、聞いたか！」チャディックが自分の胸をたたきながら大声でいう。「止められるなら止めて――」

紫《むらさき》の魔法がひゅっと飛んできて、チャディックの口をファスナーで閉じた。ふり返ったソフィの目の前を、アリックがどうどうと通り過ぎていく。紫の目を光らせ、整った顔立ちの部下を四人連れている。男子生徒は全員きゅうにびくびくして、各自の部屋の前で挙手の敬礼をした。アリックは廊下をゆっくり進みながら、男子生徒をひとりひとり調べている。敬礼をしていないのはチャディックだけだ。アリックは顔を近づけて、チャディックの灰色の目をのぞきこんだ。

「念のためにいっておくが、きみは果てしなき森でソフィを殺しそこねた。したがって、テドロス校長はきみをリーダーの座からおろし、後任を選んだ」アリックの胸で金色のバッジが光る。「運の悪いことに、おれもおれの部下も前任者とちがって、愚行に対して寛容ではない」

　地下牢から悲鳴が聞こえてきた。

「おれの部下はエヴァーに罰をあたえる機会があれば大喜びだ。元エヴァーのリーダーならなおさらだ」アリックはチャディックにほほ笑んだ。「おしおきルームもじきに正式に再開するはずだ」

　チャディックは顔をまっ赤にしてしかたなく、ぎこちない敬礼の姿勢をとった。「そのほうがいい」アリックはそういって、チャディックの口のファスナーを解除した。

「おまえも部下もどうやってレッソ先生の魔法のシールドを突破した？　プリンスはだれもできないのに」チャディックはつばを飛ばしながらいった。「どうしておまえを信用できる？」

「この戦争に大きな投資をしてるからだ。ほかのだれよりもな」アリックは冷たくいって、また歩きだした。

「おまえに魔法のシールドを破れたなら、なんでプリンスたちも入れてやらなかった？」ニコラスが叫んだ。「そしたらとっくにソフィを亡き者にできてたのに！」

「そうだ、そうだ」ヴェクスも大声でいった。「なんでテドロスはアガサとキスしてない？」

「なんでおれたちは善と悪にもどらないんだ？」レイヴァンも叫ぶ。

　ネヴァー全員が「悪！　悪！　悪！」とかけ声をかけはじめた。が、すぐにアリックにどなられて黙った。

「われわれの敵はソフィひとり……それはたしかか？」アリックが憎《にく》々しげにいう。「アガサはちがうのか？」

ネヴァーの男子生徒たちがあぜんとアリックを見る。「け、け、けど、アガサはテドロスとのエンディングを願った」レイヴァンが不安げにいった。「アガサは自分の物語をやり直したがってる――この学校を元どおりにして――」

「アガサの願いは罠《わな》じゃないといい切れるか？」アリックはいった。「その女子二名は自分たちふたりの物語にプリンスは必要ないといった。その女子二名のキスがプリンスを王国から追い出した。その女子二名は今、男子を全員奴隷《どれい》にしたいと望んでいる」

男子生徒たちがぴたっと静かになる。

新リーダーの目がゆっくり廊下のすみを見た。「そして、まさに今、われわれの城にいるかもしれない……」

ソフィは心臓が止まった。汗が脚をつたう。

「攻撃《こうげき》をたくらんでいるかもしれない……」

アリックの紫《むらさき》の目がソフィをとらえた……汗が一滴、透明《とうめい》ケープから落ちた。「この会話を聞いているかもしれない……」

アリックの目線がその一滴を見ているかのように、床におりて――

「つかまえた！　ソフィをつかまえた！」

男子たちが声のしたほうをふり返ると、ホートがパンツ一枚で廊下のむこうから青い制服の女子を引き連れてきた。女子は頭にホートの赤い覆面《ふくめん》をかぶらされているけれども、驚《おどろ》くほど無抵抗だ。むしろこの子がホートを引き連れてきたようにも見える。ホートはふーふー息を切らしながら――

「いっただろ！　ぜったいあそこにだれかいるって！　そいつがおれの服をとって、テドロスの肖像画《しょうぞうが》に火をつけて、暗がりに隠《かく》れてた。おれが見つけた。ほうびはおれのものだ。だって――」

ホートが女子にかぶせた覆面《ふくめん》をとる。アガサだ。

「ソフィじゃない」ホートが息を飲む。

ソフィは叫びだしそうになるのをこらえた。

アリックがゆっくりアガサに近づく。がたがたの歯をむき出している。「どうやって入りこんだ？」

アガサはリーダーのバッジをちらっと見て、そしてまっすぐに立った。「テドロスのところに連れていって、今すぐ」

「侵入者のいうことを聞くと思うか？」アリックが低い声でいう。人さし指が紫《むらさき》に光る。「魔女の友だちを信用すると思うか？」

「あたしがここに来たのは、その魔女からあなたたちを救うためよ」アガサはきっぱりといった。

アリックの表情が変わった。廊下が静まる。

「ソフィはまた魔女に変わりかけてる。今回変わってしまったら、永遠に魔女のまま」アガサは口の中が乾いて、声がかすれてきた。しばらくためらって、そしてまた前を見た。

「あたしがテドロスと会わないかぎり、あなたたち全員の命が危ない」

ソフィはアガサの背後で動けなくなった。アガサの今の言葉で頭が真っ白だ。

「どれくらい時間の余裕がある？」チャディックがアリックのうしろから前に出てきた。

「あたしがここにいることをソフィが知るまで」アガサはこたえた。首じゅうに赤いぽつぽつが広がる。

男子たちがざわつく中、ソフィは廊下のすみから一歩も動けなかった。目に涙がこみあげる。

アリックはにらむような目でアガサの表情をうかがった。人さし指の光が消えて、廊下を大またで歩きだす。「ついてこい」

アガサはアリックの影の中を歩いて、うしろからついていく。

ソフィもぴったり後を追った。アガサの脚が震《ふる》えている。ソフィには自分がアガサと同じことを考えているのがわかった。

アガサはまだテドロスとキスをしていない。だけど、アガサとソフィのハッピーエンドはもう永遠に消えた。

アガサはアリックに遅れないようについていった。自分の体を抱くようにして風をしのぎながら、校長の塔につづく、ごつごつした赤い石造りの橋を歩いていく。「テドロスはあたしが来ることを知ってた」そびえ立つ塔をあごでしめす。「なんで出迎《でむか》えてくれなかったの？」

アリックは返事をしない。残酷《ざんこく》そうな紫の目に、自信ありげな低い声は悪役そのものだ。〈アリックはどうやってレッソ先生のシールドを突破したの？〉アガサにはほかにも疑問がたくさんあった。校長の塔まではまだ距離《きょり》がある。今が質問のチャンスだ。

「男子の学校の先生たちはどうなったの？」

「両方の城が変わって、イヴリン・セイダー学部長が現れた後、男子の学校の教師たちは戦うつもりでアイダ橋にむかったが」アリックは一瞬言葉を切った。「わたりきることはできなかった」

「なんで？　先生たちはどこに行った――」

うしろで何かが落ちた音がして、ふたりともふり返った。手すりからレンガがひとつはずれて、ふたりの数歩うしろに落ちている。

「あたしがさっきさわったからかも」アガサは申し訳なさそうにいった。

アリックは落ちたレンガをじっくり調べて、また歩きだした。

「アイダ橋に何が起きたの？」アガサはしつこく聞いた。「それと、ステュンフは――」

「おれがプリンセスを大きらいな理由は山ほどある。そのひとつが、プリンセスは自分でこたえをさがそうとしないことだ」

アガサは黙って少しうしろをついていくことにした。男子の学校の城は夜明けの空を背に、怒ったように赤く光っている。一方、アイダ湾のむこうの女子の学校の城はサファイア色に輝いている。まるで天国と地獄を見ているようだ。アガサは手すり越しに男子の学校側の湖岸を見た。白いクロッグたちが食事中だ。岸のいたるところにばらばらになって落ちている死骸《しがい》の骨をあさっている。どんな生き物だろう。こんなに骨がたくさん落ちてるなんて……そのとき、少し離《はな》れたところに頭蓋骨があるのが見えた。ステュンフがどうなったかアリックに教えてもらう必要はなくなった。

うしろのほうから短い悲鳴が聞こえた気がした。

アガサはとっさにふりむいた。だれもいない。

「どうした？」アリックがアガサに声をかける。

アガサはほかにだれもいない橋に目をこらした。「ネズミかも」ぐずぐずしている場合じゃない。

校長の塔が近づいてきた。アガサはそのひとつしかない窓を見あげた。豆粒くらいにしか見えなくて、霧《きり》におおわれている。「どうやってあそこまでのぼる――」

アリックが口笛を鳴らした。すると、ブロンドの髪《かみ》を編《あ》んで作った太いロープの先が窓から投げられ、橋に落ちた。アリックが横目でアガサを見て、それからロープにつかまった。「プリンセスにのぼれるかどうか」

アガサはアリックをにらんでロープに飛びついた。はだしの足が乾燥した髪にこすれてちくちくする。はるか上にある窓にむかってロープをよじのぼっていく。下の堀《ほり》でクロッグたちが歯をかみ鳴らして、ロープが下に引っ張られているような気がするけれど、ひるまない。体を打つ風の中をどんどんのぼっていく。ぜったいに魔女を止めてみせる……ところが手を上にのばすたびにソフィへの思いは薄れていく。もっと深い何かがアガサを駆り立てる。バリアの中のアガサには本人が認めたくないものが見えていた。これはもう善のためじゃない。ひとりの男子のためだ。

霧の中に入っていくにつれて、アガサはかつての墓地の女の子ではなくなっていった。新たなエンディングにむけて、心の扉が大きく開く。指に水ぶくれができて、背中が汗でびっしょりになっても、のぼりつづけた。あともう少し、ゴールはすぐそこ……どんどんのぼっていく。「ラプンツェル」のプリンスみたいに……どんどん力がわいてくる……そしてついに、霧の上に尖塔の先が見えた。

アガサの上をのぼっていたアリックが、窓に引っかけられていたロープからひらりと飛んで、校長室の中に消えた。アガサはロープの揺れがとまるのを待ってからロープを最後までのぼりきり、顔をあげて中をのぞきこんだ――

上半身はだかの男の子がふたり、剣で激しく撃ちあっていた。片方は色白の肌で赤い覆面《ふくめん》を、片方は褐色《かっしょく》の肌で銀の仮面をつけている。ふたりとも体をかわしたり、うしろにさがったりしているうちに灰色の壁に並ぶ本棚にぶつかって、色とりどりのおとぎ話の本が石の床じゅうにちらばった。ふたりの剣がふたたびぶつかり合う。色白の男子の剣が褐色《かっしょく》の男子の胸元を、褐色の男子の剣が色白の男子のふくらはぎをかすめ、どちらもかすり傷を負った。

色白の男子が一気に攻撃《こうげき》的になった。褐色の男子を奥の壁の前にある石のテーブルへ追いつめていく。テーブルの上には分厚いおとぎ話の本が一冊、最後のページを広げて置いてある。天井の両側からさがっている鉄の鎖《くさり》が、本のすぐ上にある何かの動きを封じている……つながれているのは編《あ》み針みたいに長い、スチール製のものだ。先にいくにしたがって細くなって、とがったペン先がついている……魔法のペンだ。自由になろうともがいている。

アガサは目を見張った。

〈語り手だ〉

アガサが見ている前で、色白の男子は褐色の男子をどんどん後退させていく。覆面《ふくめん》の奥の目はさっきから鎖につながれたペンを見たままだ。褐色の男子が色白の男子の剣をかわしているうちに、落ちていた本につまずいてよろけた。色白の男子が褐色の男子の横をすり抜けて、まっすぐペンにむかって――

「アリック」褐色の男子がアリックに気づいてほほ笑んだ。色白の男子がぎょっとしてふり返る。

「こいつが、いっしょに語り手の見張りをしたい、っていうから」褐色の男子が色白の男子の覆面をとった。トリスタンだ。明るい赤の髪《かみ》、そばかすだらけの顔で、鼻が高い。「剣の腕《うで》前をためしてやろうと思って」

「校長、そいつがここにいること自体、まちがいだ」アリックは冷たくいってトリスタンをにらみつけた。トリスタンは不安げに自分の靴を見た。「出たり入ったり、好きなようにしている。罰を受けて当然のやつが――」

「好きにさせてやれ。ほかの男子とはだれともうまくいってないんだろう？」褐色の男子が校長の銀の仮面をとった。テドロスだ。頭をふってふさふさの金髪《きんぱつ》についた汗を払うと、名剣エクスカリバーを鞘《さや》におさめた。鏡のような柄《つか》に映った自分の顔をちらっと見る――一年前より体はひと回り大きく、さらにたくましくなった。金色の無精《ぶしょう》ひげの生えたあごも引きしまっている。また目をアリックにもどす。「今回は何があっても正しく終わらせたい。見張りをひとり増やしても問題ないだろう。それに、ソフィが亡き者になるまで、話し相手がほしいということもある。前の校長はここにこもりきりで、退屈しすぎて自分ののどをかき切ってもおかしくなかったと――」

テドロスの声がとぎれた。窓の前に人影が立っている。大きな茶色い目がふたつ、暗がりのむこうからネコのようにこちらを見ている。

アリックが咳払《せきばら》いした。「校長、侵入者の女子を発見し――」

テドロスの冷たい視線にアリックが黙る。テドロスは上半身はだかのまま、アリックの横をとおって窓に近づいた。一歩ごとに人影の姿が見えてくる……ショートカットの黒い髪……雪のように白い肌……ピンクの薄いくちびるで、おどおどしながらほほ笑んでいる……。

アガサは窓の前に立ったまま、息をこらしていた。首の赤いぽつぽつが熱くなってきた。テドロスはアガサが覚えているより厳《きび》しい表情だ。雰囲気が暗くなって、純粋な、少年の輝きは……消えた。けれど、目の奥にはまだ以前のテドロスがいる。アガサがひっしで忘れようとした男子。アガサの夢に出てきた男子。彼がいないと魂《たましい》が死んでしまう。

「トリスタンと席をはずしてくれ」テドロスがようやくそういった。アリックのほうは見ない。

アリックは眉をひそめた。「校長、それは——」

「命令だ」

アリックがトリスタンの首をつかんで、窓の外のロープにつかまって下におりるよううながす。

プリンスは校長室にプリンセスとふたりきりになった。

少なくとも、プリンスはそう思った。

ソフィは透明《とうめい》ケープのおかげでだれにも見られずに、ブロンドの髪《かみ》のロープをのぼりきった。息を切らしながら石のテーブルの下にもぐってしゃがみこむ。語り手はソフィとアガサの物語の本の少し上で、自由になりたがってもがいている。ソフィはここまでの途中でうっかり悲鳴をあげてしまった——落ちていたレンガで脚をけがしてしまったのだ——けれど、なんとか無事に、だれにも見つからずにテドロスのところまで来ることができた。ところが、テドロスがアガサに近づきだして、ソフィの安心は一気にパニックに変わった。見つめ合うプリンスとプリンセスの姿を前にして、自分の物語はすでに終わったと知ったのだ。

アガサは男子を選んだ。

そして、ソフィがそれを止めるためにできることは何もない。

「アガサがいる……ここに」テドロスはアガサの腕《うで》にそっとさわった。現実かどうかたしかめようとしている。

テドロスにふれられて、アガサの首元は真っ赤になった。何をどういえばいいかわからない——

お願いだから離《はな》れて――お願いだから――

「シャツ」かすれた声でいう。

「え？　ああ――」テドロスは顔を赤らめ、床から袖なしの黒いシャツを拾って着た。「まさか――思ってもいなかった――」テドロスが室内を見わたす。「ここまで……ひとりで？」

アガサは眉をひそめた。「もちろん――」

「例の魔女はいっしょじゃないのか？」テドロスは窓から首をつき出して、ロープの下に目をこらした。

「あたしはテドロスにいわれたとおりにここに来たの」アガサはテドロスが疑《うたが》っているのがわかった。「テドロスに会いたくて」

テドロスは不思議そうにアガサを見ている。「だけど、そんな……いったいどういうつもりで……」テドロスの目の表情が冷たくなった。心の扉が閉じたかのようだ。「アガサのせいだ。アガサのせいでぼくは地獄を見た」

アガサは深呼吸した。そういわれるだろうと思っていた。「テドロス……」

「アガサはあの女子にキスをした。ぼくではなく、あの女子に。そのせいでぼくがどうなったか知っているか？　そのせいで何もかも変わってしまった」

「ソフィはあたしの命を守ってくれたのよ」

「ぼくの人生はめちゃくちゃになった」テドロスは声を荒げた。「生まれたときからずっと、女子はみんなぼくの王位、財産、外見だけにひかれてぼくを好きになった。そのどれもぼくが自分で手に入れたものじゃない。そんなものにまどわされなかったのは、アガサが初めてだった……アガサはぼくがどんなにばかで、衝動的で、まぬけなことをしても、ぼくの中にある何かを好きでいてくれた」テドロスは自分の声がかすれていることに気づいて、一瞬黙った。また目をあげたけれど、表情は冷たい。「だけどぼくは毎晩、自分には何かが足りない、そう思いながら眠《ねむ》ることになった。自分のプリンセスは女子を選んだ、そう思いながら眠ることになった」

「そうするしかなかったの！」アガサはいった。

テドロスは顔をしかめて背中をむけた。「アガサはぼくの手をとることもできた。ここに残って、ソフィだけ家に帰すこともできた」語り手の下で開いたままの本の最後のページを見おろす――挿《さし》絵《え》のテドロスが背中を丸めてひとりで暗がりに入っていくところが描かれている。「そうするしかなかった？　アガサが選んだんじゃないか」

「男子にはぜったいに理解できない」アガサは背中をむけたままのテドロスを見た。「あたしは生まれてからずっと、変な子だった。村の大人たちはわが子はもちろん、ペットだってあたしに近寄らせなかった。あたしは成長するにしたがって墓地にこもるようになった。墓地にこもってれば、自分にないもののことを忘れることができたから。だれも話を聞いてくれなくても、話しかけてくれなくてもいい。孤独こそ本当の力、自分にそういい聞かせた。どうせみんな最後は死んで、腐《くさ》って、ウジ虫のえさになる。だったら最初からひとりでいるほうが……」少し口をつぐむ。「けど、ソフィが来てくれるようになった。うちのお母さんにいわせれば『イヌみたいに』、日が沈むまでの一時間、ソフィを待つようになった。うちのお母さんにいわせれば『イヌみたいに』、日が沈むまでの一時間、ソフィといっしょに過ごすのを楽しみにするようになった。空が暗くなると……ソフィは悲しそうにするの。あたしに帰ってほしくないみたいに。ソフィはあたしと会うのは『よい行い』の一環だってふりをしてたけど、あたしはソフィのおかげで生まれて初めて、愛されてる、って思うことができた」アガサはふっと笑った。自分が楽しそうに話しているのに気づいた。「だから、あたしたちの物語がどんな展開になっても、最後は何もかもうまくいくだろうと思ってた。あたしたちは森に囲まれた、つまらない小さな村で大切な友だちになる。いつもいっしょに過ごす。それがあたしに想像できる最高のハッピーエンドだった。だって、ソフィはあたしの友だちだったから。あたしが知ってるたったひとりの友だちだったから。ソフィのいない生活なんて想像できなかった」

テドロスは動かない。背中をむけたままだ。ゆっくりとふり返った。表情がやわらいでいる。

「じゃあどうしてぼくとのエンディングを願った？」

アガサは目をふせた。口から出かかった言葉を押しとどめる。声に出していうのは怖い。

「友だち以上のものがほしくなってしまったから」

沈黙がつづいた。ときおり小さく鼻をすする音が聞こえるだけだ。遠くから聞こえる気もするけれど、アガサは自分が鼻をすすっているにちがいないと思った。

腕《うで》にテドロスの腕の感触を感じた。アガサは顔をあげてテドロスの青く輝く目をのぞきこんだ。

「ぼくはここにいる」テドロスはささやくようにいった。「アガサの目の前に」

アガサは涙で目がひりひりしてきた。「ソフィはぜったいにあたしを許さないと思う」テドロスのぬくもりに震《ふる》えながら、かすれた声でいう。「ソフィはまた魔女になりかけてる。あたしもテドロスも亡き者にしようとしてる」

テドロスの目が光った。剣を抜いて窓に駆け寄る――「今すぐ、プリンスたちに――」

「やめて！」アガサはテドロスのシャツをつかんだ。

「だけど、今いったじゃないか――」

「あたしとテドロスは今回のことを終わらせることができる。あたしたちは……ふたりの物語を書きかえることができる」アガサは口の中がからからだ。顔がピンクになる。「ソ、ソフィは家に帰る。テドロスが望んだとおりに。だれも犠牲《ぎせい》にならなくていい」

テドロスの顔がゆっくりとおだやかになった。アガサのいいたいことがわかったのだ。

アガサはテドロスと目をあわせ、エクスカリバーを握りしめているテドロスの指を一本ずつはずした。金色の柄《つか》がアガサの手の中におさまる。テドロスの目に不安が浮かび、手のひらに汗がにじむ。アガサはしばらくテドロスの手にふれたままでいた。見つめあいながら、剣先をテドロスにむけてうしろにさがる。テドロスは鼻の穴をふくらませ、首に青筋を立ててアガサを見ている。まるで飛びかかる直前のトラのようだ。「あたしを信じて」アガサはやさしくいいながら、剣の柄を握りなおすと……

くるっとテーブルのほうをむき、語り手をつないでいる鎖《くさり》をすぱっと切った。テドロスが驚《おどろ》いて飛び出す――

語り手はほっとしたようにペン先を本につけ、新たに最後のページを描きはじめた。ペン先が色あざやかな挿絵《さしえ》を描いていく。塔の部屋の中でプリンスとプリンセスが手をとりあって、キスで〈おしまい〉としめくくろうとする場面だ。

テドロスは挿絵を見つめたままかたまっている。うしろで剣が床に落ちる音がした。ゆっくりふり返ると、頬《ほお》をバラ色にそめたアガサがいた。

「永遠にここで暮らすのか」テドロスはごくりとつばを飲んだ。「ぼくと……いっしょに?」

アガサは震《ふる》える手をのばしてテドロスにふれた。ペン先の描く挿絵そのままだ。

「あたしが心から願えば、あとは語り手が〈おしまい〉と書くだけ」アガサは静かにいった。「今、あたしの心のすべてがいってる。その相手はテドロスだって」

テドロスは目がかすんできた。「おとぎ話のエンディングを告げられるのはいつもプリンセスのはずだけど」アガサの顔をのぞきこむ。「今回はぼくのほうみたいだ」

深まる沈黙の中、アガサがテドロスの腰に手をまわした。うしろでは語り手がペン先を走らせる音がしている。テドロスの目に、スチール製のペンに映るふたりの影が重なるのが見えた……テドロスは自分を引き寄せるアガサの浅い息づかいを感じた。体から力が抜けていく。アガサはさらに……またテドロスを引き寄せて……テドロスのくちびるに自分のくちびるを——

テドロスははっと我《われ》に返った。スチール製のペンに黒い影が映った。

テドロスはぐるっとまわりを見た——

あるのはペンだけだ。

「ここにいる」テドロスはつぶやくようにいって、後ずさりした。「この部屋のどこかにいる」

「テドロス？」アガサは顔をしかめた。いったい何をいって——

テドロスは本棚のうしろをさがした。「どこだ！　ソフィはどこだ！」

「いないわ！」アガサはテドロスのほうに手をのばし——

テドロスはさっと体を引いた。「ありえない——あの魔女が生きているかぎり——」

アガサの目が燃えた。「けど、ソフィは永遠にここから消える！」

「ソフィは魔女だ」テドロスはどなりださないのがやっとだ。「生きているかぎり、なんとしてもぼくたちの仲を引き裂《さ》こうとする！」

「やめて！　ソフィに手を出さないで！　テドロス、こうするしかないの――」

「前回は、アガサのことを思ってソフィを生かしておいた。そのソフィにアガサをとられた」テドロスがいい返す。「同じまちがいをおかすのはいやだ。二度とアガサを失いたくないんだ！」

「話を聞いて」アガサはもう顔が真っ赤だ。「あたしはテドロスのためなら、これまでの何もかも喜んで捨てる！　二度と家に帰れなくていい！　二度とお母さんに会えなくていい！」アガサはテドロスの肩を両手でつかんだ。「ソフィはもうあたしたちの物語には関係ない。だからテドロスはあたしに今夜会いにくるようにいったんでしょう。テドロスは本当はソフィを傷つけたくないから、あたしがいればじゅうぶんだってわかってるから」アガサはさらに強くテドロスの肩をつかんで、テドロスの目を見つめた。「ソフィを家に帰らせてあげて。お願い。テドロスにはソフィになんの手出しもさせたくないから」

テドロスはまた不思議そうにアガサを見た。「忘れてたよ、アガサは変な子だってこと」

アガサはテドロスを思いきりハグした。ほっとして涙が出てきた。「変なプリンセス」テドロスの胸に顔をつけたままささやく。「そういうプリンセスがいてもいいでしょ」

「変なプリンセスが、変な話をする」

「たとえば？」アガサはほほ笑んで、テドロスに顔を近づけてキスをしようと……

「たとえば、ぼくがアガサに今夜会いにくるようにいった、とか」テドロスがいった。

アガサはぱっとテドロスから離《はな》れた。ほほ笑みは消えている。

室内に唯一聞こえていた透明《とうめい》な女子のすすり泣きが、ぴたっと止まった。

アリックは橋をいそいだ。〈女子は信用できない〉そのことは幼い頃に思い知らされた。トリスタンが色白の脚で走り、城の中に逃げこんだのが見えた。〈男子のくせになんてやつだ。男子とも呼べない――〉

アリックはふと立ち止まった。

ゆっくりと膝《ひざ》をつき、手すりからはずれたレンガに顔を近づける。だれかの血がついている。

アリックの人さし指が光った。アリックは城めがけて光の玉を放ち、城内にいる部下に急を知らせた。

アガサにけがはなかったはずだ。

ソフィはテーブルの下に隠《かく》れたまま、アガサがテドロスから後ずさるのを見ていた。テドロスの青い目がどんどんくもっていく。

「い、いったでしょ、あたしに。会いにくるようにって」アガサは言葉がうまく出てこない。「アイダ橋をわたって――」

「アイダ橋は爆破《ばくは》した。アガサにわたってこられるはずがない」テドロスはすぐにいい返した。「魔女の魔法でもないかぎり、アガサがここに来るなんてできなかったはずだ」

「けど、あたし――見たの、テドロスが見えたの！　教室で……竜巻の中で――」

「なんだって？」テドロスは鼻で笑った。

「だから――その――テドロスの――」アガサはその先がいえなくなって、代わりにイヴリン先生の声が響《ひび》いてきた。

〈人は自分が見たいように見ることがあるのよ〉

ダミー。アガサの心もほかの女子生徒と同じようにダミーを生み出した。

そして、アガサは自分の生んだダミーは実像だと信じた。

アガサはゆっくり目をあげて自分のプリンスを見た。テドロスは金色に光る人さし指の先をアガサにむけている。

「あれはテドロスじゃなかった」アガサはつぶやくようにいった。

「アガサ、どうやってここに来た？」テドロスは自分の体を盾にしてアガサから語り手を見えなくしている。光る人さし指の先は、体の震《ふる》えが止まらないアガサにむけたままだ。「どうやってアイダ橋をわたった？」

アガサは後ずさった。アガサの指も相手の攻撃《こうげき》にそなえて光っている。「テドロスを信じることによって」ささやくようにいう。頭の中がぐるぐるまわっている。〈矢〉〈おたずね者のポスター〉〈ゲートのむこうのプリンスの集団〉

「目的はあたしじゃなかった……」アガサはいった。「ソフィに復讐《ふくしゅう》することだった」

「わからないのか？　アガサは前回も自分の心をかんちがいしていた」テドロスはうったえるような口調《くちょう》だ。「ぼくがこうしているのは、アガサ、きみのためだ。ふたりのためだ」

「なんであたしを信用できないの？」アガサは声をつまらせた。「なんでソフィは生きてちゃだめなの？」

テドロスはおたがいの光る人さし指を見つめた。どちらも指先は相手をさしている。

「アガサがまた心変わりする日が来るかもしれないからだ」テドロスがささやくようにいった。そして、目をあげた。つらそうな目だ。

「いつか、ソフィを求める日が来るかもしれないからだ」

「お願い、テドロス」アガサはいった。「お願いだから、ソフィを帰らせてあげ――」

「どうなるかな。今ここでアガサを傷つけようとしたら」テドロスの目が大きくなった。何かにおびえている。「ソフィは姿を現すか？　アガサを助けにくるか？」

「ソフィはここにいない！　あたしはテドロスを選んだ！」

「今回はそれだけじゃ足りないんだ」

テドロスはまっすぐアガサを見た。夢の中とそっくり同じだ。

「今回はそれをたしかなものにしたい」

アガサは言葉を失った。

ソフィはこのタイミングを見逃さなかった。ふたりのあいだに大きなピンクの光を放った――アガサが飛び出し、テドロスがよける。おたがいに相手が攻撃してきたと思っている。そのとき、赤い覆面《ふくめん》をつけた十名が次々と、窓から部屋に飛びこんできた。全員弓でアガサをねらっている。アガサはまわりをかこまれ、がくぜんとして後ずさった。怒りで顔を真っ赤にしてテドロスをにらむ――

「最低」アガサは低くささやいた。「あたしはテドロスなんかぜったい選ばない。聞こえた？　ぜったい選ばない！」

アガサは人さし指の先で窓の外をさした。消灯の魔法で夜明けの薄明りが消え、塔が暗闇につつまれる。数秒後、また明かりがもどった――けれど、アガサは消えていた。

テドロスはあわてて窓の外を見た。しかし、ロープにも橋にも人影はない。テドロスのプリンセスはいなくなった。怒りで煮えたぎっていた血が冷めてきた。今ここで幸せを手にすることもできたのに。〈おしまい〉を手にすることもできた。それなのに、またしても魔女の妄想《もうそう》にとりつかれて台無しにしてしまった。今、目の前にあるのは語り手のペンだけ。ハッピーエンドを自分の手で台無しにしてしまった。

「アガサは本当のことをいっていた」ひとり言のようにつぶやく。「なのに――ばかなことを――」

「いや、ちがう」

テドロスはふり返った。アリックの目は語り手を見ている。語り手は色彩豊かな最後のページの挿絵《さしえ》を描きおえたところだ。テドロスとアガサがおたがいめがけて放った光がぶつかりあい、そのふたりを完全装備の部下たちがかこんでいる場面だ。ところがテドロスがそばに寄ってみると、挿絵の中にはもうひとりいた……テーブルの下にだれかがいる。透明《とうめい》ケープに身をつつみ、にんまり笑っている。

テドロスとアリックの目がゆっくりとテーブルの下を見た。ソフィはとっくに逃げていた。

「校長、アガサはずっとうそをついていた」アリックはいった。「ふたりとも、校長の命をうばうためにここに来たんだ」

テドロスは言葉を失った。目は挿絵を見つめ、口はショックで開いたままだ。語り手のペンに青ざめた自分の顔が映っている。語り手はテドロスの次の行動を待っている。テドロスは目をそらした。

「プリンスたちを」かすれた声でいう。「使うときが来たな」

アリックはにっと笑った。「もちろん」

テドロスの耳にアリックと部下たちが部屋から出ていこうとしている物音が聞こえる。

「アリック」

テドロスのうしろでアリックの足音が止まる。

「みんなに伝えてくれ。ほうびをかけた首はひとつじゃなくなった」

テドロスはアリックのほうをむいた。顔が真っ赤だ。

「ふたつだ」


日がのぼる頃、大きな目をしたハエが一匹、男子の城の、かたく閉ざされたおとぎ堂のドアの下から無理やり出て、木立のトンネルの入り口へと飛んでいった。しかし、トンネルの入り口は岩でふさがれている。ハエはあせってブンブンいいながら岩のすきまを縫《ぬ》って、なんとかまた芝生《しばふ》までもどった。

ハエのアガサは涙をこぼしながら、女子の城の壁に沿って上へ上へと飛んだ。めざすは青いほまれの塔の上階にある自分の部屋だ。そこで何を目にするか考えると怖い。開いたままの窓から部屋に飛びこむ。羽が窓枠にぶつかって、アガサは親友のベッドにいきおいよく落ちた……あたしは親友の秘密を男子たちにばらして、親友とひきかえにプリンスを手に入れようとして、親友を恐ろしい魔女だといい切って……

ところが、シーツの上を走っている途中で、アガサはぎょっとしてかたまった。自分がずっと見たかったものを見てしまったからだ。
ソフィは顔に笑みを浮かべて、すやすやと眠《ねむ》っていた。
ソフィの首はクリームのように白くすべすべで、いぼなんかひとつもなかった。

第2部

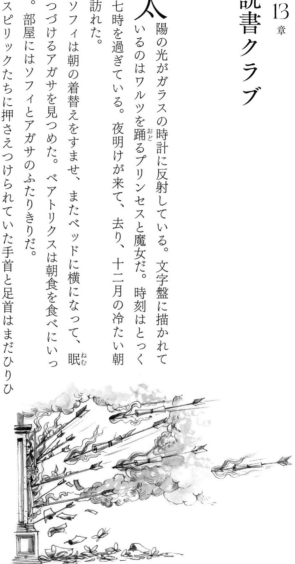

第13章 読書クラブ

太陽の光がガラスの時計に反射している。文字盤に描かれているのはワルツを踊《おど》るプリンセスと魔女だ。時刻はとっくに七時を過ぎている。夜明けが来て、去り、十二月の冷たい朝が訪れた。

ソフィは朝の着替えをすませ、またベッドに横になって、眠《ねむ》りつづけるアガサを見つめた。ベアトリクスは朝食を食べにいった。部屋にはソフィとアガサのふたりきりだ。

スピリックたちに押さえつけられていた手首と足首はまだひりひり痛むし、ふくらはぎも男子の学校から全速力で逃げてきたせいでぱんぱんに張っている。ソフィは透明《とうめい》人間のまま、まず芝生《しばふ》を見おろす元教職員用のバルコニーに出て、見張り係のエヴァーの男子生徒二名の前を通って控え壁《バットレス》をおり、女子側の木立のトンネル経由で自分の部屋に帰ってきた。この時点でハエのアガサはまだ岩でふさがれた男子側のトンネル内で悪戦苦闘していた。ソフィが透明ケープとホートの制服をベアトリクスのベッドの下に押しこんで、シーツの下にもぐりこ

んだとき、ハエがブーンと窓から入ってくるのが聞こえて……

そして今、ふたりはこうして人間の姿で、となり合って静かに寝ている。こういうことはこれまで何度もあった。

ところが、今は何もかも変わってしまった。

ソフィはアガサの顔をのぞきこんで、よく知っている墓地の女の子をさがした。けれど、そこにあるのはプリンセスらしい整った鼻……雪のように白い肌……プリンスに口づけようとした、かわいらしいくちびるだけ……

そのプリンスはアガサにキスしなかった。

ソフィは申し訳なくて気持ちが悪くなった。アガサの願いがかなうのを阻止《そし》してしまった。親友の恋のじゃまをしてしまった。

〈わたしのせいで〉

ソフィはくちびるをかんで涙をこらえた。これまでいっしょうけんめいよい子になろうとがんばってきた。でも、アガサを失いそうになった瞬間——目の前の現実にたえきれなくて——また悪者になってしまった。今、ハッピーエンドをめちゃくちゃにした。一年前に魔女だったときの自分と同じだ。

ところが、罪悪感に飲みこまれそうになった、そのときだ。突然小さな希望の光が見えた……

〈友だち以上のものがほしくなってしまった〉アガサはそういった。

でも、もしわたしがアガサをまた幸せにできたら？　もしアガサに、テドロスなんか必要ない、って見せてあげたら？　わたしたちふたりの友情はプリンスとのどんなハッピーエンドよりすてきだ、って見せてあげたら？

〈もし、アガサが前にわたしに教えてくれたことを、アガサにも教えてあげたら？〉

そしたら、アガサをテドロスから引き離《はな》しておくことは、価値があるかもしれない。ますます希望がわいてきた。わたしが昨夜したことはすべて、価値があるかもしれない。だって、アガサはわたしとのエンディングを心から願うかもしれないんだから。

〈アガサをとり返すことさえできれば〉

アガサが目を開けた。ソフィに見つめられていることに気づいて、明らかにびくっとした。

「昨日の夜はどうだった？」ソフィはコホンと咳払《せきばら》いして聞いた。

「えっ。き、昨日の夜？」アガサは目をそらして、床に落ちている自分の制服を拾いはじめた。「長かった――だって――ドットっておしゃべりで――」少し口をつぐむ。「ソフィ、見てなかったの？あたしたちのこと」

「寝ちゃったの」ソフィの目はアガサのすることをいちいち見ている。「でも、心配なことは何もなかったんでしょ？」

アガサの全身がこわばる。

「いやだ、この部屋、かまどのにおいがしてきた」ソフィは制服の上からベアトリクスに借りたロングマントをはおって、ボタンをとめながらぼやいた。「きっとキッチンからしてるのよ。よく知らないけど、エヴァーの女子生徒は今、ベーコンを食べて――」

「ソフィ？」

「何？」

「話があるの」

ソフィはゆっくり目をあげた。

ぞっとするような悲鳴が廊下に響《ひび》きわたって、ふたりともびくっとした。アガサがドアに駆け寄ってドアノブを引いたとたん、部屋に煙がもくもく入ってきた。煙のむこうを女子生徒や蝶の影が次から次へと横切っていく。うしろから追い立てているのは蛍光色《けいこうしょく》の髪《かみ》のニンフだ。宙に浮いて、バンシー［一家の中から死人が出そうなことを泣いて知らせる女の妖精］みたいに声を張りあげて避難《ひなん》を呼びかけている。

「何があったの？」ソフィはモナの腕《うで》をつかまえて聞いた。

「プリンスたちが来た！　魔法のシールドを突破された！」

ソフィとアガサはとっさに顔を見あわせた。どちらも言葉がない。

遠くからポルックスのハンドマイクの声が響いてきた――「女子生徒のみなさん、今すぐ善の資料館に！　ロビーではなく、わたり廊下を使ってください！　くり返します――ロビーを使ってはいけません！」

アガサとソフィもモナの後を追いかけて、ほまれの塔からゆうきの塔につながるわたり廊下にむかった。煙で息が苦しい。

「この煙、どこから来てるの？」ソフィはぜいぜいしながら手で煙を払っている。目の前の青いわたり廊下は女子生徒でぎゅうぎゅうで、その上を蝶の大群が飛んでいく。

「こっち！」アガサはソフィを引きずって、階段にUターンした。「ロビーから資料館に行こう――」

「でもポルックスは、ロビーは使っちゃいけないっていってたわ！」

「いつからポルックスのいうこと聞くようになったの？」

ふたりで煙の充満したほまれの階段をふらふらとおりていく。途中でアガサはガラスの壁のむこうのアイダ湾にちらっと目をやった。そのむこうの果てしなき森へのゲートの上にかけられた魔法のシールドに大きな穴ができている。その穴から武器を手にしたうすぎたないプリンスたちが次々と、男子の学校側の湖岸に出てくる。アガサは怖くなってその場でかたまってしまった。昨晩のことを思い出す。偶然のはずがない。ソフィがうしろからアガサにぶつかってきた。アガサは手さぐりでなんとか残りの階段をおりきって、ロビーに着いた。

煙はすべてここから塔の各所に流れこんでいた。ドーム形の天窓は矢の攻撃《こうげき》で割れて、GIRLと書かれた四枚の壁のそれぞれに火矢が数百本刺さっている。ニンフが四つの塔につづく階段のまわりを飛び、水の魔法で火矢の火を消そうとしているが、床には黒焦《こ》げになった蝶の死骸《しがい》が散らばっている。集中攻撃の犠牲《ぎせい》になったのだ。

「意味がわからない」ソフィがいった。ガラスの手すりをつかんでいる。「ロビーをこんなふうにする必要なんて――」

しかし火がおさまるにつれて、水をしたたらせている矢の一本一本に何かが巻かれていたのがわかってきた。それはすでにとり去られて、それぞれの矢尻の下に羊皮紙の切れ端が残っているだけだ。

「ソフィ、見て」

ソフィはアガサの視線を追って階段の裏に目をやった。暗がりに羊皮紙の巻物がひとつ落ちている。まわりは焦げているけれど、中は大丈夫そうだ。ニンフたちはまだ灰をはいて集めたり、壁に刺さった矢を抜いたりしている。アガサはすばやく手すりを跳び越え、それをつかんだ。血のように赤い封蝋《ふうろう》にヘビの印を押して封をしてある。ソフィもアガサの横におりてきて、アガサのうしろからのぞきこむ。ふたりとも階段の裏に隠《かく》れて、アガサが黒焦げの巻物を開いた。

ソフィは紙をきつくつかみすぎて指の関節が白くなっている。

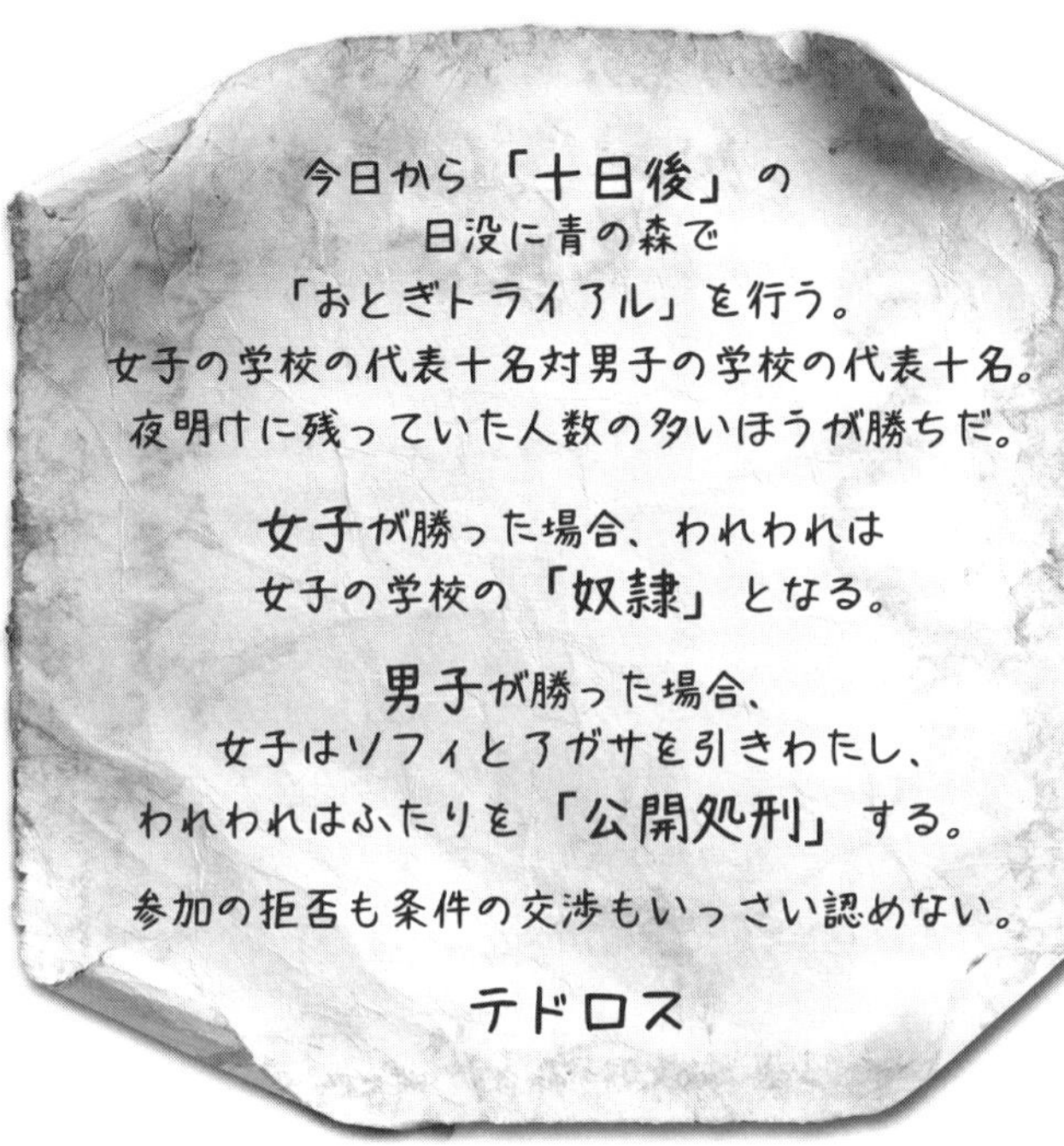

今日から「十日後」の
日没に青の森で
「おとぎトライアル」を行う。
女子の学校の代表十名対男子の学校の代表十名。
夜明けに残っていた人数の多いほうが勝ちだ。
女子が勝った場合、われわれは
女子の学校の「奴隷」となる。
男子が勝った場合、
女子はソフィとアガサを引きわたし、
われわれはふたりを「公開処刑」する。
参加の拒否も条件の交渉もいっさい認めない。
テドロス

「アガサ？」ささやくようにいって目をあげる。「さっきわたしに話があるっていってたけど」

けれどアガサはまだ羊皮紙を見つめている。

アガサの目に暗い影がもどってきた。頬から赤みが消える。願いは忘れ、墓地の少女が帰ってきた。アガサは顔をあげて悲しげに、ぼうぜんとソフィを見た。

「ソフィのいうことを聞けばよかった」声がかすれている。

ソフィは慎重に、ひと呼吸おいた。

「彼に会いにいったの？」

アガサは涙をごしごしこすった。

ソフィの顔を見ることができない。

「そうしたら、彼は攻撃《こうげき》してきたのね」ソフィはいった。

アガサはいっそう激しく泣いた。「ど、どうして、知って――」

「警告《けいこく》したでしょ」ソフィはささやいた。「男子が何をするか」

アガサはすすり泣きしながらソフィの胸にくずれこんだ。「ごめん……本当にごめん……」

ソフィは罪悪感を押しのけて、アガサを抱きしめた。

昨日の夜ふたりのキスを阻止《そし》したことは悪じゃない。そう、あれは善そのものだ。

親友がもどってきた。


テドロスは校長の塔の窓から、アリックの赤い覆面《ふくめん》をつけた部下たちが、紫《むらさき》の泡みたいな魔法のシールドに開いた穴のこちら側でプリンス集団を選別するのを見ていた。部下たちが入らせるのは体格のいいプリンスか使える武器を持っているプリンスだけだ。アリックもテドロスの横に立って、苦々しい顔で見ている。

「校長、申し訳ないが、今回の『おとぎトライアル』は臆病者のお遊びだ」鼻で笑う。「われわれのこの人数なら、女子の城に総攻撃をかけて――」

「昨晩のことがある。あのふたりは想像以上にずるがしこい。むこうの領地で戦うのは危険だ」テドロスはいった。「しかも、あのふたりは教職員を助っ人にして戦うかもしれない。おとぎトライアルなら互角にやり合える」

「互角にやり合う！」アリックがわざとらしくくり返す。「おれが魔法のシールドに穴を開けてプリンスたちを入れてやったのは、校長が『戦争』をするといったからだ」

「われわれの学校を破壊しようとしている女子二名から、学校を守るのが先決だ。安っぽい残酷《ざんこく》な戦いで大勢を犠牲《ぎせい》にするつもりはない」

「男子側の教職員が復帰してきたら、校長はそれまでにしたすべての責任を問われて罰を受けるぞ」アリックがえらそうに――

テドロスがアリックを思いきり窓枠に押しつけた。アリックはのけぞって窓から落ちそうだ。

「このがさつ者、自分の立場を忘れるな。おまえをこの学校に入れてやったのはぼくだ。よかったら出口も教えてやる」

アリックは目を見開いてテドロスを見ている。

テドロスはアリックを引っぱって起こすと、目をそらした。ふたりとも黙ったまま、シールドに開いた穴から凶暴そうなプリンスが次々と入ってくるのを見ている。

「アリックの魔法が強力なのはわかっている。あのシールドを破ったんだからな」しばらくしてテドロスがいった。「あのシールドはレッソ先生がかけたものだ」

アリックは返事をしない。

「アリック、ぼくはぼくらふたりといっしょに戦う最強のメンバーがほしいだけだ」テドロスは相手のほうを見た。「勝った者には、約束どおり、ぼくの財産をあたえる」

アリックはにやっと笑った。「おおせのとおりに」

壁で何かの影が動いた。アリックがふり返ると、鎖《くさり》につながれた語り手のすぐ横にトリスタンがのそっと立っていた。トリスタンはイヌみたいに歯をむき出したアリックを見て、小さくなった。

「ほっておいてやれ」テドロスはため息をついた。「見張りを手伝ってもらおうと思っている。昨晩のこともあるし」

テドロスがふとアイダ湾のむこうを見た。女子の学校がサファイアの町のように輝いている。四つの塔からまだわずかに立ちのぼっていた煙が消えていく。「おとぎトライアルの告知」は届いた。

「ソフィは最初からずっとあそこにいて、アガサはうそをついていたと思うか？」テドロスは聞いた。

「そうは思いたくない、というういい方だな」

「アガサがぼくを見たときも……ぼくにふれたときも……芝居《しばい》をしているようには見えなかった」

「アガサは校長を攻撃《こうげき》した。そして、アガサの友だちの魔女は校長にとどめを刺すために潜《ひそ》んでいた」アリックは荒々しい口調《くちょう》だ。「どうしてアガサが語り手のペンを自由にしたと思う？　校長が死ねばあのふたりの物語が閉じられて、その教訓が広く、遠く知れわたることになる。プリンスのいない世界。女子が支配者で――男子が奴隷《どれい》の世界。それで『おしまい』だ」アリックはテドロスをにらみつけた。「おれが助けに駆けつけるのが、あと一歩遅かったら……」

テドロスはうつむいた。「わかっている」

「認めるのはむずかしいだろう。息子が父親のあやまちを再現しているんだからな。どちらも愛する者を……第三者にうばわれた」

テドロスはゆっくり頭をあげた。

「父親ならどうしたと思う？」アリックは紫《むらさき》の目でテドロスをさぐるように見た。

テドロスは顔をそむけた。また激しい怒りがこみあげてきて、眼下に目をむける。凶暴そうなプリンスたちが勇ましく城に入ってくる。

「アガサが攻撃してきた」テドロスは小さくつぶやいた。これは否定しようがない事実だ。

「あいつが攻撃してきた?」ヘスターはアガサにいった。ヘスターの横にはアナディル、ドットもいる。今、女子生徒は全員、資料館の床に座ってイヴリン先生たちが来るのを待っているところだ。

「テドロスの命をうばう目的であたしがソフィを連れてきたと思いこんでたから」アガサはくやしそうにいった。「変な魔法で――ピンクの光の玉だった。けど、突然すぎてよくわからなかった。どうにかあたらずにすんだとこに、テドロスの部下が飛びこんできた」

「部下?」ドットは意外そうな顔だ。「テドロスの?」

「ピンクの光の玉?」アナディルがいった。ペットのネズミ三匹もきょとんとしている。「見まちがいに決まってる。男子がピンクの光を出せるとしたら、相当邪悪な魔法だよ」

「テドロスならやりかねない」アガサは身震《みぶる》いした。

男子側から「トライアル」の告知が来た話はまたたくまに広まって、女子たちはだれが代表に選ばれるか、熱く語りあっている。ソフィが灰だらけになった顔を洗いに(「死の脅迫状が来たって来なくたって、にきびだけはいや」とかいって)バスルームに行ったすきに、アガサは昨日の夕暮れ以降に起きたことをすべて三人組に話した。

「悪はソフィじゃなく、テドロスのほう」アガサは頭の中でテドロスの刺すような目つき、しつこい復讐心《ふくしゅうしん》を思い出していた。「あの夢はあたしへの警告《けいこく》だった」

「つまり、ソフィは魔女に変身しかけてないってこと?」ヘスターは完全に驚《おどろ》いている。

アガサは、そのとおり、とうなずいた。

「いぼは？」アナディルが聞く。

アガサは、ごめん、というようにうつむいた。

「だけど、見たっていったじゃん！」ヘスターは声を荒げた。「じゃあ、あの野獣《やじゅう》は？　あのネコは――」

「もう一回いっておくけど、どれもわたしのせいじゃなかったのよ！」ソフィが四人をにらみながら、あいだにどんと腰をおろした。「それと、いぼの話を聞いたのも初めて。自分たちの首がまな板の上に載っているってときに……いぼの話？」

三人組はぽかんとソフィを見つめた――アガサだけはソフィと目を合わせることができない。

「アガサ、昨日の夜はもうちょっとでおたがいを失うところだったわね」ソフィは表情をやわらげた。「でも、わたしを信じて。わたしたちが友だちでいるかぎり、わたしは幸せ。わたしたちが友だちでいるかぎり、魔女は現れない」

「チャンスさえあれば、語り手をうばってきたかった」アガサは自分の靴をいじりながら、ひとり言みたいにいった。「今ならぜったい心から願える。そうしたらソフィとあたしは永遠にここからいなくなる」

ソフィは驚《おどろ》いて顔が赤くなった。

「だけど、やっぱりなんかおかしい」ヘスターがぴしゃりといった。「うちらはあのハトが死んだのを――」

「あなたたちがなんの死骸《しがい》を見たか知らないけど」ソフィはいい返した。「明らかにだれかが、わたしは悪だってあなたたちに思わせようとした。アガサとわたしを敵対させたいと思っている人がいる」

「けど、だれ？」アガサは少しほっとした。親友を裏切ろうとしたことを他人のせいにできるかもしれないからだ。「イヴリン先生は、男子側と戦うためにはあたしとソフィが友だちでいる必要があるって――」

「レッソ先生かダヴィー先生のしわざかも。ソフィの魔女の前兆をでっちあげたのは」ドットは展示説明用のプレートをアボカドに変えた。「あのふたりはいつもアガサはテドロスとくっつくべきだと思ってたから」

「アネモネ先生か、シークス先生かも」アナディルはネズミ三匹のしっぽを結びつけようとしている。「どっちの先生もうちら以上に、また善と悪の学校にもどればいいと思ってる」

「でなければ、わたしに消えてほしい人がいるのかも」ソフィはぎろっとヘスターを見た。「生徒会長になりたい人がいるのかも」

ヘスターは返事の代わりに大きなおならをした。いい返すのもいまいましい、といいたげだ。

「ねえ、だれのしわざかなんてどうでもいい。あたしたちは全員、今は味方なんだから。敵はテドロス」アガサはソフィの手をとった。「そして、テドロスの挑戦を受けるつもりはない」

ソフィは心の中が温かくなった。ものすごくひさしぶりに、アガサが本当の友だちだと思えた。

「アガサのいうとおりよ。みんなでおとぎトライアルなんてやめさせなきゃ」

「みんなで？」ヘスターはガラスの展示ケースにもたれた。「男子とおとぎトライアルで戦うなんて楽しみでしかたないけど」

「ちょっと血が見たくなってきたしね」アナディルがいった。しっぽを結ばれたネズミ三匹も、そうだ、というように鳴いている。

「あたしもひとりくらい、奴隷《どれい》がほしいな」ドットもうれしそうだ。

「やめて、遊びじゃないのよ！　こっちが負けたら、アガサとわたしは処刑されるのよ！」ソフィはどなった。「イヴリン先生はことわるに決まって――」

資料館のドアの下から数匹の蝶がすっと入ってきた。と思ったら、ドアが開き、イヴリン先生が入ってきた。いつもどおり服装も髪型《かみがた》も整っているけれど、そのうしろにいる先生たちは全員だらしないかっこうで、表情はけわしい。中でもダヴィー先生とレッソ先生はとくにけわしい顔だ。

「みんなもすでに聞いたと思うけど、男子側からおとぎトライアルの告知が来ました」イヴリン先生は生徒にむかって話をはじめた。たいまつの明かりに魔法がかかり、イヴリン先生にスポットライトがあたる。「ここにいる先生方とは意見がちがって、わたしはこの挑戦をことわる理由はないと考えているの」

ソフィもアガサも息が止まりそうになった。

アガサはすぐにレッソ先生、ダヴィー先生を見た。ふたりとも同じ不安げな表情でアガサを見ている。どちらも、つねにつきまとう蝶のせいで細かいところまではわからないけれど、昨夜の作戦が失敗に終わったことは知っているらしい。

「授業の課題はおとぎトライアルまで続行。そして、上位八人までの生徒を代表に選びます」イヴリン先生は目を輝かせてソフィとアガサを見た。「本校の生徒会長二名の代表権はもちろん、すでに保証されています。命がかかっているのは、この二名なのだから」

ふたりともさらに青ざめた。「でも男子に勝つ方法なんてない！　足も速いし、力も強いし、ひきょうなんだから！」ソフィはアガサに小声でいった。「今すぐ家に帰らないと、命がないわ！」

「家に帰る方法もないよ！」アガサも小声でいい返す。「語り手はまだテドロスのもとにあるんだから！」

ソフィは大きなため息をついて、アガサにぐったりともたれた。

ところがまたゆっくりと背中をのばした。目を大きく開けている。

アガサはソフィの表情に気づいて、ぎくっとした。「ソフィ、まさかとんでもないこと考えてるんじゃ――」

「アガサが自分でいったじゃない！　今ならふたりで同じ願い事ができる！」ソフィがささやく。

「〈おしまい〉って書ける――今回は永遠に！　わたしたちに必要なのはあのペンだけ！」

「ソフィ、頭がどうかしちゃってる！　男子の軍勢があたしたちふたりの命をほしがってる！　かりに何かのまちがいで彼らを突破できたとしても、テドロスがあたしたちをあの塔に近づかせるはずがない！　何も方法が――」

「何かあるはずよ」ソフィはアガサにきっぱりといった。「でないと、ふたりとも公開処刑だもの」

アガサは胃がむかむかしてきた。見ると、まわりの女子生徒はみんなおたがいにひそひそいい合っている。現実に気づかされたのだ。男子とトライアルで競うなんて命にかかわる。

「代表に選ばれないように課題の手を抜こうと思っている人がいたら、考えなおすように」数匹の蝶が飛んできて、またイヴリン先生のドレスの柄にもどった。「結局、三年次の進路は課題の総合順位によって決まるのよ。最下位の生徒は動物か植物に変身することになる」女子生徒たちのおしゃべりがぴたっとやんだ。イヴリン先生はすでにお見とおしだ。「最後にもうひとつ。レッソ先生のシールドが不運にも破られたことにより、夜間のフェンス付近の見張りはニンフたちが担当します」

レッソ先生は自分の鋼《はがね》のとんがり靴の先を見つめている。色白の頬がピンクにそまっている。

「授業も行事もすべて通常どおりよ」イヴリン先生はつづけた。「本校のお芝居《しばい》も、トライアルの前夜に上演する」イヴリン先生はシークス先生にほほ笑んだけれど、シークス先生は笑みを返さない。「クラブと課外活動もいつもどおり行って――」

「読書クラブは今夜です！」ドットがメンバーに手をふりながら、はしゃいだ声でいった。「場所は食堂で――」

アナディルに靴でお尻を蹴《け》られて、ドットが悲鳴をあげる。

「城の現状を考えて、授業は明日再開します」イヴリン先生はそうしめくくった。うしろでたいまつのスポットライトが暗くなっていく。「みんな、トライアルまでの十日間にそなえて、ゆっくり体を休めておいてね。男子側がそうかんたんに勝たせてくれるはずないから」

女子生徒たちはぶつぶついいながら先生たちについて資料館から出た。ダヴィー先生とレッソ先生は先には行かずにアガサを待っている。明らかにアガサと話をしたがっている。しかし、イヴリン先生にせかされて、ほかの先生たちといっしょにいなくなった。

アガサはがっくり肩を落とした。レッソ先生も、親切な妖精のダヴィー先生も行ってしまった。ふたりに相談して助けてほしかったのに。前のほうで魔女三人組がしゃべっているのが聞こえる。

「あたし、ヤラなら男子をこてんぱんにできると思う」ドットがいった。「あの子の筋肉、すごくない？」

「ヤラ？」ヘスターは蝶を一匹手で追い払いながら、ふんと笑った。「この何日か、だれもあの子を見てない。たぶんさ、クロッグのえさになったんだよ」

「本当にあの子は半分ステュンフだと思ってる？」

「ぜったい半分は人間じゃないね」アナディルがうなずく。ペットのネズミ三匹もアナディルにくっついてくもりガラスの外に出る。

アガサが肩を落として歩いていると、ソフィが追いついてきて並んだ。

「ねえ、あと十日以内に語り手のペンをとり返せばいいのよ」ソフィはアガサの浮かない顔を見て、はげますようにいった。「願い事ひとつ。それでわたしたちふたりは永遠に男子から身を守れる」

アガサはさらに顔をしかめた。ソフィにはその理由がわかっていた。

昨夜のことを考えると、あのペンをとり返せる確率は、女子側がトライアルに勝つ確率と同じくらい低い。


「これで二度と女子にとられることはない」テドロスは暴れる語り手を足でおさえつけている。トリスタンが一度はずしたレンガをその上に置いて、語り手のペンを校長の塔の床下に閉じこめた。

語り手がまだレンガの下で暴れるのが聞こえる。

「テーブルを動かすのを手伝ってくれ」テドロスにいわれ、トリスタンはさっさと重い石のテーブルの片側を持って、浮いているレンガの上に置いた。語り手の暴れる音がほとんどしなくなった。テドロスがテーブルの位置を調整するあいだ、トリスタンはこっそりとブーツのつま先でレンガを引っかいて傷をつけた。目印だ。

「どうだ」テドロスはテーブルの上でページを開いたままのソフィとアガサの物語をにらみつけた。

「書けるものなら〈おしまい〉と書いてみろ」

「奴隷《どれい》？」外からレイヴァンの声が響《ひび》いてきた。**「負けたら、おれたち全員奴隷になるって？」**

テドロスは窓から顔を出して外を見た。エヴァーの男子生徒やネヴァーの男子生徒、さらには大勢の新入りプリンスたちが塔と塔をつなぐ橋につめかけている。アリックの部下たちがこん棒を手に対抗している。

「おい、おれたちの命をくだらないトライアルの賞品にするな！」チャディックがどなり、校長の塔にむかって石を投げたが届くはずがない。

「戦争するっていう話はどうなった！」新入りプリンスがテドロスを指さして、叫ぶ。

「戦争だ！　戦争だ！　戦争だ！」男子生徒やプリンスになぐられ、アリックの部下たちが塔の中にもどっていく。

テドロスはくちびるをかんだ。「善悪をなくすと、男子はほうびと血をほしがるだけだ」

「見てくれ、みんな下でテドロスを待っている」トリスタンがいった。「テドロスはこの学校をまともな学校にもどさなきゃならない。女子側がそうしたように」トリスタンはさっき目印をつけたレンガを横目でこっそり見た。「それと、少し仮眠《かみん》をとったほうがいいかもしれない。あるいは、ちょっと風呂でも――」

「そんなにくさいか？」テドロスは自分のにおいをかいだ。

トリスタンの頬《ほお》が髪《かみ》と同じくらい赤くなる。「い、いや――」

下から長い悲鳴が聞こえてきた。見ると、部下のひとりがホートから逃げていた。ホートはイタチみたいに鳴きながら、火をつけたネズミの糞を右手にも左手にもつかんで部下を追いかけている。テドロスはがっかりして大きくため息をついた。

と思ったら、ぱっと目が輝いた。「トリスタンのいうとおりだ！　みんなが待っている！」

トリスタンはひと安心して、テドロスの背中を押して窓のほうに行かせようとした――ところが、テドロスは窓とは逆方向に金色の光を投げた。アリックを呼び出すつもりだ。

「いや、見張りならおれひとりでじゅうぶんだ！」トリスタンはいった。

「見張りはアリックにまかせる」テドロスは床に巻いて置いてあった重いブロンドのロープを抱えあげると、窓の外に放った。「ぼくとトリスタンには別の仕事がある」

「し、し、仕事？」トリスタンはあわてた。

「行くぞ」テドロスはトリスタンの背中を押して窓のほうにせかした。「先生たちに目覚めてもらう」

女子の学校の「食堂」はめぐみの塔の一階にあった。闘牛場のような円形の室内は明るく照らされ、いろいろな形のガラスのテーブルが所せましと並んでいる。ドットがここを読書クラブの会場に指定したのは、キッチンから魔法で飲み物やサンドイッチが運べると同時に、イヴリン先生の盗《とう》聴蝶《ちょうちょう》にじゃまされずにすむからだ。皿の音が鳴ったり、いろいろなにおいがしたり、何人もいっぺんにしゃべったりしていたら、蝶には仕事にならない。

八時半ちょうど、ドットは階段をいそいでおりていた。今回はかなりの人数の参加が期待できそうだ。一週間前の課題書『白馬の王子の裏の顔』のおかげでまた新しいメンバーが増えた。ヘスターは夕食後にアガサ、ソフィとミーティングを開くといっていたけれど、ドットはそれどころではない。歯を磨いて、メイクをなおして、ディスカッションの質問も用意してきた。咳払《せきばら》いをして、食堂のドアノブをつかんで――ドアの張り紙に気づいた。

ドットはドアを大きく開けてどなりこんだ。「これ、どういうこと――」

ひっそりした室内の壁際の一か所に、アナディル、ヘスター、アガサ、ソフィが集まって額を寄せ、相談をしていた。

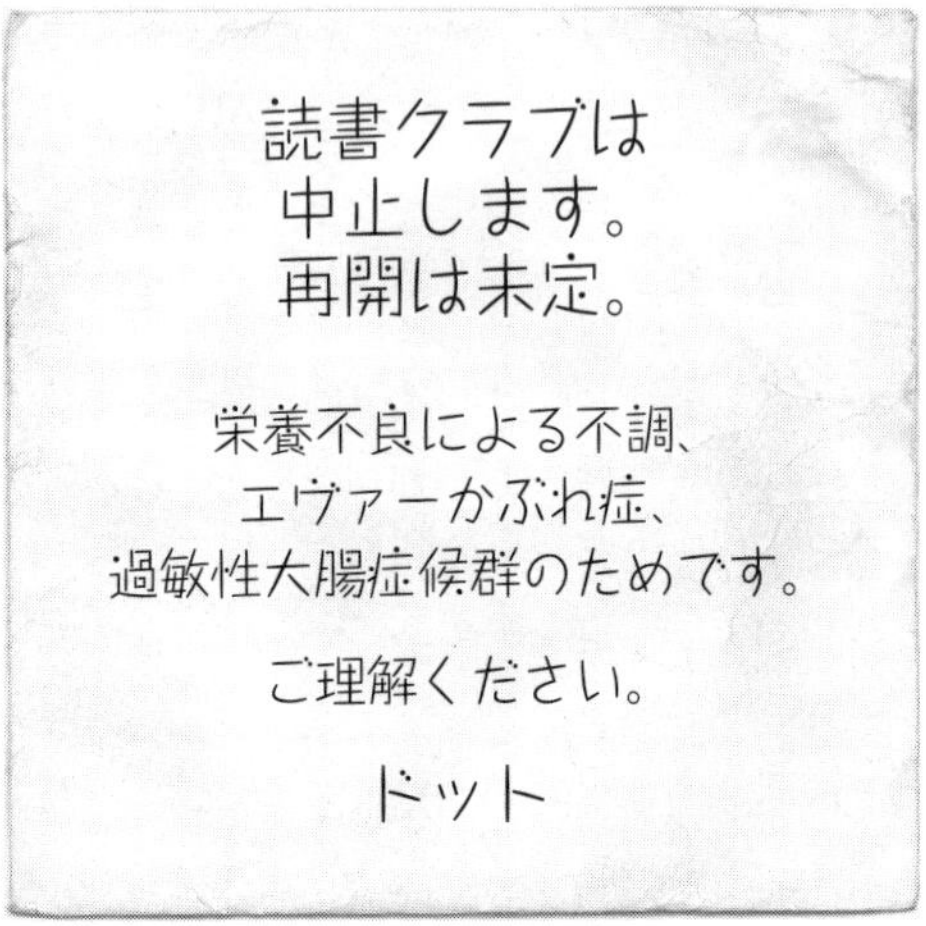
読書クラブは
中止します。
再開は未定。

栄養不良による不調、
エヴァーかぶれ症、
過敏性大腸症候群のためです。

ご理解ください。

ドット

「協力してくれるの、くれないの？」ソフィがヘスターをにらみながら聞いた。

「わかった」ヘスターがむすっと返す。「だけど、協力するのはアガサが処刑されるのを見たくないからだ。あんたの公開処刑が見られるなら、いくらだって払うよ」

ソフィが言葉につまる。

「けど、ソフィのいうとおり。あたしたちが生きて逃げたければ、これしかない」アガサはそういいながら、まだ迷っているように聞こえる。公開処刑になるのと、男子の学校の城にまた行くのと、どちらが最悪だろう。「テドロスはたぶん、もう語り手をどこかに隠《かく》したはず。何かいい魔法はないかな。語り手を見つけ出すまで、男子の城にずっと潜《ひそ》んでなきゃいけない」

「透明《とうめい》になる？」アナディルがいった。

「ふたりとも？　あっというまに見つかっちゃうわ」ソフィはいった。アリックはまちがいなくソフィに気づいていた。

「またアイダ橋の透明バリアを抜けていったら？」ヘスターがアガサにいう。

「昨晩のことを考えれば、きっともう見張りを立ててる」アガサがいって――

そこで全員、入り口にドットが立っているのに気づいた。ドットは顔を真っ赤にしてにらんでいる。「過敏性大腸《かびんせいだいちょう》症候群《しょうこうぐん》ですって？」

「かな、と思ったんだ。ドットはトイレに隠れるのが好きだから」アナディルがいった。

「読書クラブを中止なんてだめ！」ドットは目に涙をためていった。「読書クラブのおかげで友だちができたのに！」

「うちらにはプライバシーが必要。だからこれからはこのミーティングがあんたの読書クラブ。いいじゃない。うちらはあんたの本当の友だちなんだから。つべこべいわずに、こっちに来て座りな」ヘスターは有無をいわせない口調《くちょう》だ。ドットはまだ鼻をすすりながら、いうとおりにした。

「ダヴィー先生かレッソ先生に相談する方法が何かあるはずよ」ソフィがまたいい出した。「シークス先生だっていいわ――」

「それは危険すぎる」アガサはいった。どの先生にも今のところイヴリン先生の盗聴蝶《とうちょうちょう》がまとわりついている。「イヴリン先生だってあたしたちが何かたくらんでることに気づいてる。あたしたちをここから出られないようにするに決まってる。イヴリン先生がいったこと、聞いたでしょ。先生は女子側が今回のトライアルに勝てると思ってる！」

「動物か植物に変身できないの？」ドットがうめくようにいう――

「できない」ソフィとアガサが同時にこたえる。

アガサは思わずソフィを見た。

「というか、男子の学校のことはよくわからない。一度も行ったことがないから。でも、考えればわかる、でしょ？」ソフィはしどろもどろになりながらいった。冷や汗が出てきた。「男子側の侵入者への対策は万全よ」

アガサはさぐるような目でソフィを見ている。ソフィは自分の顔がクランベリーみたいに赤くなるのがわかった……

アガサはまた三人組のほうをむいた。「そうね、ソフィのいうとおり。相手が予測していない手を使わなくちゃ」

ソフィは息を吐いた。うしろめたく思いながらほほ笑む。自分が昨晩どこにいたか、いつかアガサに話そう。ふたりとも無事に家に帰って、今までよりもっと強く、もっと幸せになったときに。

「いい作戦を思いつくまで、毎晩ここでミーティングしよう」ヘスターがいって、そして、ドットが首をふっていることに気づいた。「まだふざけた読書クラブのことですねてるなら――」

「ちがうの」ドットは顔にしわを寄せた。「変だと思わない？　テドロスがアガサを攻撃《こうげき》するなんて」

ソフィはむっとした。「テドロスは一年前にもアガサの命をうばおうと――」

「一年前はソフィもその場にいて、いろんなものをめちゃくちゃにしようとしたからでしょ」ドットがいい返す。「テドロスはアガサが大好きなんだよ！　ぜったいにアガサを魔法で攻撃するはずがないよ」ドットは落ちていたフォークをチンゲン菜に変えながら、じっと何か考えこんでいる。

「何かひとつ見逃してる気がする」

ドットは顔をあげて、アガサに見つめられていることに気づいた。

「見逃してるのは、男子の学校にしのびこむ作戦だけ」ソフィはドットを黙らせて、またその話にもどした。「何かいい魔法はないか、図書館の本をさがして――」

アガサは話に集中しようとしたけれど、目はドットのほうにいってばかり……

「アガサ？」ソフィはしかめ面だ。「いっしょに来る？」

アガサはあわててソフィのほうを見た。「もちろん――もちろんだよ――」

そこで突然、ソフィの手首が気になった。マントの下からのぞく手首に……小さな切り傷がたくさんついて、薄くかさぶたができている。またいやな予感がして、アガサは目をこらしてよく見ようとした。そこに廊下からバサバサッという音がして、全員ふり返った――と同時に、ドアが大きく開いてポルックスがよたよた入ってきた。首から下は死んだダチョウだ。ポルックスの顔は、読書クラブなのに本はどこにあるんですか、といいたげに五人をにらんでいた。

第14章

マーリンの秘法

クリスマスが近づいた。蝶たちはその晩、青の森にあるいちばん背の高いマツの木にきらきらのモールと金色の星形のオーナメントで飾りつけをした。危険なトライアルなどに伝統行事のじゃまはさせない、といわんばかりだ。

夜が明ける頃、男子生徒たちが窓からその木におしっこをかけて、火をつけていた。

レッソ先生が順位をつけているすきに、ソフィはアナディル、ヘスターと、男子の城へのルートを書いたメモのやりとりをしている。アガサは通路の反対の席から、氷の椅子ごと体をうしろにかたむけて、ソフィの手首にかすかに残っている傷跡に目をこらした。

まだ正午になったばかりだが、おとぎトライアルの出場をかけた課題に、みんな熱心にとり組んでいた。各クラスの課題には、先生たち

が思いきりみにくい姿に作ったプリンスのダミーを倒すことがふくまれていた。プリンスのダミーはどれもゾンビみたいな顔で、おぞましい叫びをあげて女子たちに襲《おそ》いかかってきた。実際、どの先生も積極的に協力することにしたらしい。アネモネ先生さえ、かなり残忍《ざんにん》なやり方でダミーを倒すことを容認した。今回のおとぎトライアルには生徒の生死がかかっている。先生たちは最高の代表チームを作ることに全力をそそいでいた。

ソフィとアガサはどの課題にも熱中しているふりをすることにした。そうすればイヴリン先生はふたりが逃げる計画を練っているなんて思わないはずだ。実際、ソフィは猛烈《もうれつ》な勢いであっというまにダミーを倒したり、クラスメイトを応援したりと、数日前のぎょっとするような魔女の前兆がうそのように、自分の役割をうまく演じていた。アガサにはソフィが元の気さくな女の子にもどったように見えた。ソフィは授業と授業のあいだに親しげに腕《うで》を組んできたり、うっとりと「もうすぐガヴァルドンに帰れるのね」といったり、アガサがテドロスに会いにいったことなんかなかったみたいにふるまったりしていた。

「村がもう襲われなくなれば、長老会はわたしとアガサのことはそっとしておいてくれると思うの……わたしはこれからは自分の家じゃなく、アガサの家で過ごすようにする……」ソフィはレッソ先生の授業に移動しながらあれこれ考えていた。「やっとわたしのミュージカルだって発表できるかもしれない！」

「あたしは巻きこまないでよね」アガサはぼそぼそっといったけれど、ソフィがにやっと笑ったのを見て爆笑《ばくしょう》してしまった。

アガサはそんなソフィをあやしいと思いたかった。どうしてそんなにかんたんにアガサのことを許せるのか聞きたかった——けれど、ソフィは心からほっとしていて、親友をとりもどして喜んでいるようにしか見えなかった。

今回のことはすべてアガサの願いが引き起こしてしまったのだから、この学校から逃げ出したい気持ちは、アガサのほうがはるかに大きい。アガサは何度も頭の中を引っかきまわしてテドロスの塔に潜入《せんにゅう》する方法をさがしたけれど、収穫《しゅうかく》はなかった。アガサのいらいらは予選の課題にも影響《えいきょう》した。アガサは剣で刺したり、燃えあがらせたりして、プリンスのダミーがちりになってくずれていくのを冷たい目で見ていた。昔の魔女そっくりの自分にもどって、ダミーをようしゃなくたたきのめした。三つ目の課題に挑む頃には、アガサが当初テドロスを大きらいだった理由が全部いっきによみがえってきた——テドロスはいつもいばっていて、考えなしで、すぐに子どもみたいに怒って——

それなのに……なんでドットの疑問がまだ気になるの？

見逃してることなんてない。アガサは自分にいい聞かせた。テドロスがあたしを攻撃《こうげき》した。テドロスが、ふたりの物語をめちゃくちゃにした。

テドロスとのエンディングを願ったのはまちがいだった。

それなのに……気づくとアガサは椅子をさらにうしろにかたむけていた。まだソフィの手がよく見えない。どんどん体重をうしろにかけていくうちに、椅子が脚一本で立っているかっこうになった。ソフィの手首の前にヘスターの氷の机がかぶさって、拡大鏡で見ているみたいによく見える。アガサの目が大きくなった。ソフィのクリーム色の肌に細かい傷がたくさんついている。どれも針で刺したみたいな跡だ。

〈スピリックのうろこの傷だ〉

ソフィはどこでスピリックに出くわしたの？

〈果てしなき森に決まってる〉あたしもあの森でスピリックにやられた。けど、あの傷はつい最近ついたみたいに見える……。

ソフィがアガサを見た。アガサが椅子ごと倒れそうになる。「わたしといっしょに図書館に行く？」ソフィはにこっと笑いながらアガサを助けた。「四時間目の授業まで十分あるから、潜入《せんにゅう》の魔法をさがしましょ！」

アガサもにこっとほほ笑むと、スピリックのことは頭から追い払って自分のカバンをつかんだ。

〈これ以上疑《うたが》っちゃだめ。あやしんじゃだめ〉アガサはソフィのうしろから階段をのぼりながら思った。

いぼだって、あたしのかんちがいだったんだから。

悪のホールの壁にはろうをたらした黒いろうそくが並び、ヘビの目みたいな黄緑の火がついていた。

部屋の真ん中にはベッドみたいな白い棺《ひつぎ》が十二並んでいて、それぞれに善あるいは悪の男の先生が横たわっていた。エヴァーの男子に剣術を教えていた、日焼けした肌で口ひげを生やしたエスパダ先生。ネヴァーの男子にブサイク術を教えていた、はげ頭であばただらけのマンリー先生。騎士道を教えていた、しわだらけでよぼよぼのルーカス先生もいる。子分教習を担当していたカストルは双頭のイヌだけど、かたわれのポルックスの頭はここにはない。悪側の赤い肌のドワーフ、ビーズルのとなりには青の森のグループ学習の講師たち——小鬼、ケンタウロス、小妖精など——が眠《ねむ》っている。善側の順位表を貼り出す係だった、メガネをかけたキツツキのアルベマールまでいる……全員の呼吸はぴったりそろっていて、眠る顔はおだやかだ。

並んだ棺《ひつぎ》の前の床にトリスタンが座っていた。まわりには何冊もの本がページを開いたままになっている。悪の図書館から持ってきた魔法の本だ。「昨日から徹夜してさがしてるけど」トリスタンはあくびをしながら赤毛の頭をかいた。「イヴリン先生の魔法が強すぎて」

「だけど、その魔法を打ち破らないかぎり、ぼくらは全員奴隷《どれい》だ」テドロスは『睡眠《すいみん》はいらない』のページをぱらぱらめくりながら、ひとり言みたいにいった。「あのふたりが協力しあったらどうなるか、みんなわかっていない。男子側が今回のトライアルに賛成して今すぐ出場者の選考をはじめなかったら、全員ひき肉にされておしまいだ」また別の本をつかむ。「だけど、もし勝つつもりなら、男子側の先生たちにもどってきてもらう必要がある」

「おれ、語り手を確認してこようか?」すかさずトリスタンがいった。「念のために——」

「それより、先生たちがかかっている『眠りの魔法』をなんとかしないと。解く方法があるはずだ」

「オオカミ人間でもいないかぎり無理だ」トリスタンはいら立たしそうに『眠れる美女を目覚めさせる魔法』をわきに投げた。

テドロスもすぐに最後の一冊を閉じた。トリスタンの目の下に、そばかすがわからないくらい濃《こ》いくまができている。「わかった」テドロスはあきらめて立ちあがった。「じゃあ、またもどって——」

突然、トリスタンがついさっき放り投げた本に目がとまった。開いたページにクモの巣が張っている。テドロスはその本を足で自分のほうに引き寄せた。

第十四章
眠りの魔法を解く魔法

著者注：本書および多くの本に書かれている眠りを解く魔法は、眠れる女子に対してのみ有効。というのも、眠りの魔法をかけられるのは女子であることがほとんどだからだ。男子の眠りを解くことができるのは、当然ながら、オオカミ人間の叫びのみ。（生きたオオカミ人間がいない場合は、死んだオオカミ人間の肺をゼリー状にして、眠れる男子の耳に注入すること）

プリンセスを目覚めさせる魔法の薬の作り方
材料
ネコの爪二個
生のミントたくさん

「知ってると思うけど」トリスタンはもどかしそうにいった。「セイダー先生が去年いってただろ。オオカミ人間はブラッドブルックにしかいないって――」
「たしかに」テドロスが顔をあげた。目が輝いている。「ホートはそこの出身じゃなかったか？」

ソフィは捨てられて山になった本の上に『潜入《せんにゅう》とスパイのための手引書』を放り投げて、善の図書館を見あげた。二階分吹き抜けの、金色のコロシアムのような図書館の真ん中には巨大な日時計がある。「ここにある本、全部調べてたら何か月もかかっちゃう！」
「全部同じ魔法ばっかり」アガサは顔をしかめた。アガサはテーブルの前の椅子に座って、『侵入のための魔法　第二巻』のページをめくっている。「透明化《とうめい》、変装、上級レベルの変身――どれもむこうは予想してる。テドロスの塔にしのびこめるときまで、ずっと男子の学校に潜入《せんにゅう》してなくちゃいけない。何日かかるかわからない」

「何日も？　あのうすぎたない男子の中に？　くさくてちっ息《そく》しちゃうわ」ソフィはうめいて、受付にいる岩みたいなカメを横目で見た。カメは巨大な貸出記録の上で眠《ねむ》っている。「あのカメ、起きてることあるのかしら？」

ソフィがふり返ると、アガサはひらひら舞いこんできた数匹の蝶をにらむように見ていた。「心配しないで」ソフィはささやいた。「わたしとアガサは最高のペア、でしょ？　アガサは去年のトライアルに見事にしのびこんだじゃない」

「今回はちがう。第三者の協力が必要なの」アガサはすぐにいい返した。「イヴリン先生に盗み聞きされているかぎり、それは無理」

ふたりの四時間目の時間割は別々で、ソフィはヘスター、アナディルと同じ「女子の特技」で、アガサはドットと同じ「ヒロイン史」だった。

「まだ見つからないの？」ドットは善のホールの石灰化したベンチ席のとなりに座ったとたん、アガサの表情に気づいた。「うちのお父さんならいい手を知ってるかも。だけど今、ロビン・フッドの恋人のマリアンから逃げてるところなんだ。マリアンはロビン・フッドが浮気してるって知って、シャーウッドの森にいる男を全員つかまえて家来にしようとしてる」ドットはため息をついた。「あたしがマリアンに、男ってそんなもんよ、って教えてあげればよかった」

うしろのベンチ席からキコが顔を出した。「アガサもやっといちばん楽しい授業に出られたわね！　一週目からすごかったんだから。わたしたち、『シンデレラ』の物語の中に入りこんだの。知ってた？　シンデレラがプリンスと結婚したのは、王国をシンデレラにゆずる、ってサインさせるためだけだったの。で、サインをもらったらプリンスを牢屋《ろうや》に放りこんで、王国は自分が治めて、ふたりの結婚生活は幸せってふりをしていた。つまりね、男子は昔からずっとおとぎ話の真実を隠《かく》しつづけて、女子はひ弱で、頭が悪いって思わせようとしていたわけ。あとは、『ゴルディロックス』の物語の中にも入りこんで、彼女が三匹のクマを手なずけて、三匹とも毛皮にしちゃうのも見たし、『白雪姫』の物語の中にも入りこんだわ。そしたら、ちょうど白雪姫が女性差別主義のドワーフに毒リンゴを食べさせたところで――」

「何いってるの？」アガサはきょとんとした。「まず、キコが今いったことはどれもぜんぜん『真実』に聞こえない。それより何より、どうやって物語の中に入りこむの？」

キコはいたずらっ子みたいにほほ笑んだ。「もうじきわかるわ」

イヴリン先生が石の床にハイヒールの音を響《ひび》かせて、両開きのドアから入ってきた。「男子側は女子チームへの攻撃《こうげき》のほかに、青の森のいたるところに恐ろしい罠《わな》を用意しているはずよ――わたしたちも同様にするつもり」衣ずれの音をさせながら通路を歩き、木製の演台の前まで来る。「だけど、いい？　致命的な罠は男子の心なの。自分の威厳《いげん》があやうくなったとき、男子は想像を超えた、邪悪で命知らずの策略にうったえるはず。みんなそれを覚悟しておかなくてはね」

イヴリン先生は演台の下から分厚い教科書――オーガスト・セイダー著『果てしなき森の歴史改訂版《かいていばん》』――を引っぱり出すと、真ん中を開いた。イヴリン先生は口を閉じているのに、その声がホールじゅうに響きわたる。本から出ているらしい。

『第二十六章　アーサー王の盛衰《せいすい》』」

開いたページの上にもやがかかって、ぼんやりと立体的な画像が見えてきた……音のない、動くジオラマだ。アーサー王が金の王冠《おうかん》をかぶり、ナイトガウンを着て、キャメロット城の廊下をこっそり歩いている。

アガサはベンチ席のうしろのほうに座っているので、よく見えない。「小さすぎて――」

「待ってて」キコがうしろでいった。

イヴリン先生が教科書を高く持ちあげて、すきっ歯を見せて笑いながら画像にふっと息をかけた。その瞬間、画像が散らばり、無数のきらめく破片になって女子生徒たちの上にふってきた。まるでガラスの砂嵐だ。アガサは目をおおった。体が宙に浮いてどこかに運ばれていく、と思ったら、両足が地面についた。ゆっくり指のすきまからのぞいてみると……

善のホールは消えた。ベンチ席もほかの女子生徒もいない。アガサは黒っぽい木で造られた大広間に立っていた。まわりのどこも濃《こ》いもやがかかっている。この部屋自体が実在しない、幻《まぼろし》なのかもしれない。目をこらすと、あごひげを生やした、体格のいい男の人が見えてきた。白髪《しらが》に金の王冠を載せている。オオカミの毛皮のナイトガウン姿で、足音をしのばせてやってくる……

アガサははっとした。キコのいうとおりだった。アガサは今、物語の一場面に入りこんでいる。

アガサは灰色のもやに手をのばしてブロンズのペイズリー柄の壁にさわってみた。指が幽霊の指みたいに壁をすり抜ける。アーサー王がアガサの横を通り過ぎていった。幻《まぼろし》みたいにゆらめいたり、わずかに輪郭《りんかく》がゆがんだりしている。はだしのままこっそりと、バラ色のじゅうたんの敷かれた大広間の奥へといそいでいる。アーサー王だとわかったのは、息子にも遺伝したがっしりしたあごと、青い水晶のような目、そして何よりもナイトガウンの腰に差している金の柄《つか》の剣のおかげだ。二日前の夜にアーサー王の息子からとりあげたのと同じ剣だ。

「アーサーは王になる前に善と悪の学校でグィネヴィアと出会いました」イヴリン先生の声が語る。「初めて会ったその日から、アーサーは自分がグィネヴィアにきらわれていると知っていました。にもかかわらず、強引にグィネヴィアと結婚しました。なぜなら男子は野蛮《やばん》で、無慈悲《むじひ》な生き物だからです――そして、アーサーはだれにもましてそうだったのです」

アガサはアーサー王の幻《まぼろし》にじっと目をこらした。これは真実？　それとも、イヴリン先生がねじ曲げた物語？

アーサー王は大広間の奥にあるドアに近づいていく。足音を立てないよう、そうっと……

「ところが、グィネヴィアはひとつ条件を出しました。毎晩、別々の部屋で寝ましょう、と」イヴリン先生はつづけた。「アーサーはこの条件を拒否することができませんでした。というのも、グィネヴィアは完璧《かんぺき》な妻としてふるまい、ふたりのあいだにはアーサーがほしがっていた例のおろかな息子が生まれたからです。それでも、アーサーはまだ安眠《あんみん》できませんでした。アーサーは毎晩妻であるグィネヴィアの部屋の中をのぞこうとしましたが、ドアにはつねに鍵《かぎ》がかけられていました。ところがついに、ある晩……」

そのとき、アガサはアーサー王が手に持っているものを見た。今夜、王妃グィネヴィアのドアはカチリと開いた。アガサもアーサー王の後から中に入り、うしろから部屋をのぞくと……

グィネヴィアが窓からこっそり出ていくところだった。カーテンをつたってするりとおり、夜の闇に消えていく……

「翌朝、グィネヴィアは朝食の席でいつもどおり、にこやかに受け答えをしていました」イヴリン先生の声がいう。「アーサーは自分が見たことについて何もいいませんでした」

アガサのまわりの場面が消えた、と同時に、ほこりっぽい洞穴《ほらあな》になった。中はすごくちらかっている。あちこちでガラスのフラスコの中身がぼこぼこ泡を立てているし、棚はうす汚れた大小さまざまなガラスびんだらけだし、そこらじゅうに半分書きかけのノートが置いてある。アーサー王は今度は老人といい合いをしていた。老人はやせていて、胸までかかる真っ白いあごひげを生やしている。

「アーサーは透明《とうめい》化、追跡、変身など――善の学校で習ったすべてをためしましたが、それでもグィネヴィアが毎晩どこに行くのかつき止めることができません。アーサーの長年の相談役であるマーリンは、今回は協力できないといいました。心の問題は魔法では解決できないのだと……」

マーリンが怒って洞穴から出ていく。アーサーは追いかけようとして、そこで立ち止まった。開きっぱなしのノートの一冊に顔を近づけてのぞきこみ、そのノートを手にとる……

「こうしてアーサーは、マーリンがこの洞穴で秘密の薬を調合していたことを知ったのです……」

アーサーの目がかっと見開く……

「ひじょうに恐ろしく、危険な薬です。アーサーは自分にはこれしか方法がないと思いました……」

アーサーは震《ふる》える手でそのページを破りとった。

また場面が変わった。今度は森だ。フードをかぶった人影が黒いウマに乗ってアガサの目の前を駆け抜けていく。人影もウマも夜の闇にまぎれてしまう。

「その晩、アーサーは番兵にグィネヴィアの部屋の窓をすべて開かないようにさせました。アーサーはマントとフードに身をつつみ、となりの部屋の窓から外に出ました。そこには黒いウマが待たせてありました……」

ウマは真っ暗な空き地で止まった。空き地の奥の木のうしろから細身の男の人影がそっと姿を現し、ゆっくりとウマにむかって歩いてくる。しかし、ウマに乗ったアーサー王はマントとフードで完全に身をつつんだまま、おりようとせず、待っている。細身の男の人影が近づいて……どんどん近づいて……おたがいに相手の顔は見えない……ついに細身の男が月明かりに照らし出された。肌は茶色みがかって、鉤鼻《かぎばな》で、騎士の服を着ている。

「現れたのはランスロットでした。ランスロットはアーサーが『きょうだい』と呼ぶほど大切にしている友人であり、グィネヴィアが毎晩会っていた相手だったのです」

ランスロットがさらに近づいてきても、乗り手はまだフードをかぶったままだ。ランスロットは少したためらった。何かおかしい……しかし、そこで乗り手のマントの裾《すそ》からのぞいている足が目に入った。白くてきゃしゃな足に、室内履《ば》きをはいている。アガサも乗り手の白い足を見て、えっ、と思った。ランスロットはやさしくほほ笑んで、さらに近づいた。ランスロットが手をのばして……そっと乗り手のフードをうしろにやると……アーサー王の青い水晶のような目が……

アガサの息が止まった。

アーサー王の目は男の目ではなかった。

アーサー王はすかさず剣を抜き、ランスロットの腹につき立てた。そして、ウマを全速力で走らせて城に帰っていく。

場面が溶けて消え、アガサはまた善のホールにいた。まわりのクラスメイトも驚《おどろ》いて何もいえなくなっている。

「アーサー王はマーリンの魔法で性別を変えたの？」ベアトリクスがぼうぜんとした表情で聞いてきた。「男性が——変身した——女性に？」

「といっても、アーサーがグィネヴィアにだまされていたことを自分の目でたしかめるまでの、ほんの短いあいだ」イヴリン先生がいった。「だけど、魔法が解け、アーサーがキャメロットにもどるまでに、グィネヴィアは姿を消していた。アーサーはランスロットにとどめを刺すようにいって家来を送り出したけど、ランスロットもすでに姿を消していた。ランスロットもグィネヴィアもその後、二度と姿を現さなかった」

アガサは息ができなかった。まださっき見た何もかもが本当のこととは思えなかった。その反面、この物語が真実であってほしいと——この物語に自分とソフィの命を救ってほしいと——切実に思った。

「あの魔法！」アガサはよろよろ立ちながら、気づいたらそういっていた。「マーリンのその魔法はどこにあるの？」

「失われたわ。マーリンのすべての魔法と同様に」イヴリン先生は教科書を閉じた。「でもね、重要なのは魔法ではなくて」イヴリン先生はやさしくほほ笑んでアガサを見た。「その魔法を見つけるほどの知恵と根気をそなえた男がいたということ」

がっくり座りこんだアガサのまわりで、女子生徒たちは興奮気味におしゃべりをしている。さっきの時間旅行で見た場面のひとつひとつについて、ああだこうだと考察しているのだ。

「いったとおりだったでしょ。いちばん楽しい授業だ、って」キコがうしろから耳元でささやく。

しかしアガサはさらにベンチ席にもたれこんだ。この授業でさらに行き止まりが増えただけだ。アガサとソフィの唯一の望みは、アガサがアイダ湾のむこうで見た、あの知恵と根気に欠けるサルみたいな男子たちが自《みずか》ら行き止まりにぶつかることだけだ。


「おれもおとぎトライアルの代表チームに入れてくれ」パンツ一枚のホートの声が悪のホールに響《ひび》きわたった。「それが条件だ」

「ホート、悪いけど、代表チームには最強のメンバーが必要なんだ」テドロスはいった。この交渉に先立って、トリスタンには席をはずさせてある。「だからプリンスたちを呼び入れた。すでに代表に決まっているのはぼくとアリックだけ――」

「オオカミ人間の叫びが必要なんだろ？　おれの悪者の特技が必要なんだろ？　なら、代表チームに入れてくれ」ホートはきっぱりといって、自分の下着を見おろした。「それと、新しい制服も」

「まあ、聞けよ。一回叫ぶだけでいいんだ――」

「いやだ。そっちこそ、聞け！　おれは父ちゃんから、悪者は人を愛することができない、っていわれてた。だけど、おれはチャレンジしてみた」ホートの小さくて丸い目はフロアを見たままだ。「エヴァーみたいにソフィを追いかけた。おれなんてただの……こんなやつなのに」ホートはひげの生えたあごをさすった。「物笑いになっただけだ……おれも、父ちゃんも。今のおれにはほうびを勝ちとって、父ちゃんを葬ってやることくらいしかできない。わかるだろ」ホートは顔をあげてテドロスを見た。「父ちゃんに誇りを持たせてやりたいんだ、たとえもう死んでるとしても」

けわしかったテドロスの表情がやわらいだ。ホートの胸に赤みがさして、下くちびるが震《ふる》えているのがわかる。ホートはテドロスのような幸運はひとつもあたえられずに生まれた。にもかかわらず、ふたりには共通していることが多い。

「おれみたいに戦えるやつはいない」ホートはリスみたいに震えながらうったえた。「ひとりもいない」

テドロスは腕《うで》を組んで、ちゃんと説明して納得させようとした。「ホート、女子側はぼくを『亡き者に』したいと思っている。去年とはちがう。今回は正真正銘《しょうしんしょうめい》の『トライアル』なんだ。ぼくたち全員の命がかかっている。ぼくはこの学校のトップとして、男子生徒全員を守る責任がある。みんなすでに、負ければ奴隷《どれい》になるかもしれないという事実にがまんできなく――」

ホートは迷子の子犬みたいにべそをかいている。テドロスは内心揺らぎだした。

「だけど、だけど、おれがもし――もし――もし――」

テドロスはしぶしぶ同意して、大きく息を吐いた。「ぼくはアリックにぶっ飛ばされるかもしれないいな」

ホートはとがった黄色い歯を見せてにっと笑った。そして、くるっとふり返り、眠《ねむ》りつづけている教職員にむかってひと声、大きな声で叫んだ。体の底から叫んだせいでホートは全身が引きつっている。テドロスも両耳をふさいで壁際にうずくまった。テドロスが顔をあげると、ホートはもう人間の姿ではなくなっていた。全身が黒っぽい毛でおおわれた筋肉むきむきのオオカミ人間になって、二本足で立っている。何度も吠えつづけ、そのうちに息が切れた。

「いったたろ。長いこと変身していられるって」ホートはオオカミの低い声で得意げにいった。上の階の男子たちが突然吠え声にたたき起こされ、おびえてわめいているのが聞こえている。

目覚めたのは男子たちだけではなかった。

棺《ひつぎ》の中で教職員がそれぞれ、ゆっくり目覚めはじめた。最初に体を起こしたのはマンリー先生だ。二重あごであばただらけの顔を、たいまつの明かりがちらちら照らす。

テドロスは笑みを浮かべて手をさし出した。「先生、お帰りなさい。また男子の学校に――」

「きみがこんなやっかいな状況を招いたんだぞ。うすぎたない新入りでぎゅうぎゅうづめの城。ばかげた条件つきのトライアル。女子側が同意したからには、われわれはもう逃げられん」マンリー先生はせせら笑いをして、ドアにむかってどたどた歩きだした。「女子の奴隷になるくらい、なんだ。想像してみるがいい、語り手がイヴリン・セイダーの手におさまったら物語がどうなるか。どのおとぎ話も男子が死んで終わりだ。男子の学校は悪の学校以上に不面目な連敗記録を作るだろう」

「だが、われわれが勝てば、希望の第一歩になる」エスパダ先生が先のとがったブーツで床に立ち、テドロスとホートをにらみながらいった。「今回のトライアルで男子側が勝つ、そして、呪《のろ》われた読み手どもは亡き者となる。あのふたりの物語はたちまち未完成の物語となり……両校は善と悪の学校にもどる。ずっと昔からの姿にもどる」

「とりあえず、この学校を立て直すまで十日間あります」キツツキのアルベマールがいった。青の森の講師陣といっしょに先生たちの後をついていく。「わたしがそのスケジュールを立てましょう」「わたしは授業の準備をしましょう」騎士道のルーカス先生がいう。

「おれはみじめな負け犬どもの目を覚まさせてやる」カストルがイヌの体をぶるぶるっとふりながら吠える。

ビーズルもにやっと笑いながらげっぷをして、カストルの後を追った。

「だけど――だけど、ぼくはどうなるんです？」テドロスは彼らの背中にむかって――

「きみもみんなと同じように代表権を争うんだな」マンリー先生が吐き捨てるように返す。

「代表権を争う？」テドロスは思わず聞き返した。

「おれは！」ホートもいそいで聞いた。また縮《ちぢ》んで人間にもどっていく。「テドロスにいわれたんだ――」

「彼はもうこの学校のトップではない」マンリー先生の声が響《ひび》く。先生は廊下から階段をおりて姿を消した。

ホートはテドロスをにらんだ。目が、期待させておいてふざけるな、といっている。テドロスは真っ赤になった。声がうまく出てこない。「だけど、どうして――先生たちは知っていたんだ――」

カストルがドアの手前でくるりとふり返った。猛犬《もうけん》の顔で、目が血走っている。

「眠《ねむ》ってたって、話は聞こえるんだ」

ソフィとアガサと魔女三人組は五日間毎晩、読書クラブと称して食堂で作戦会議を開いた。とにかく語り手をとり返し、ふたりが同時に「家に帰りたい」と願えばいいのだ。しかし、どの案も重大な危険をまぬかれそうにない。日を追うごとにアガサは新しい魔法はどれもうまくいかない気がしてきたし、ソフィはアガサにとげとげしくなってきた。そしてふたりとも、トライアルは避《さ》けられないと覚悟した。残された時間は少ない。六日目の夜には作戦をひとつにしぼろう。

午後八時半、アガサとドットは魔法をいくつか比較しながら、食堂へといそいだ。すると、ソフィ、ヘスター、アナディルの三人が食堂のドアの前に立っていた。

「問題が起きた」ヘスターがそういってわきにどくと、「読書クラブ」の張り紙の上に、別の張り紙がしてあった。

「場所を変えられないの？」ドットが聞いた。

◁今晩、オーディションを行います▷

『女子のはなばなしい活躍の歴史劇』

補足：オーディションにだれも来なければ、お芝居は中止。

＊オーディションに来なければ、
劇に出る必要はありません。
舞台監督　シークス教授

☆オーディションには全員参加すること
（学部長より）
舞台監督監視役・制作顧問　ポルックス

「蝶が来ないのはここだけだもの」ソフィは心配そうだ。「もう一週間たっちゃった。今夜こそ作戦を決めないと」

全員黙りこむ。

「あたしたち全員、ここで『女子のはなばなしい活躍の歴史劇』のオーディションを受けることになるかも」アガサはぼやいた。ソフィが目を輝かせているのに気づき、眉をひそめる。「ソフィはオーディションに合格しちゃだめだよ」

十分後、ソフィは食堂内に臨時に作られた舞台の幕の前を跳びはねながら、おかしなセリフをおかしな調子でしゃべっていた。「プリンス・ハンパーディンクよ、お聞き！　あたいの美しさ、あたいの魅力にだまされるんじゃないよ！

あたいはふつうの女だ。心にも、気持ちにも、なんの飾り気もない――けどね、やるといったらやるよ」

ソフィは舞台の上からシークス先生、テーブルの上に置かれたポルックスの頭を見おろした。ふたりともソフィを見て目をぱちくりさせている。

「まああですね」ポルックスがささやいた。

だれかがソフィを幕のうしろに引っぱりこんだ。

「ひかえめすぎた?」ソフィは短い列になって順番を待っている女子生徒たちを見ていった。

「ひかえめなのは、あんたが生き残る見こみだけ」ヘスターはどなりたいのをこらえている。「うちらはまだ作戦が決まってなくて、今ここで決めなくちゃいけない。みんな、自分がいちばんいいと思う案をいってみて」

「あたしが考えたのは『クモの糸の魔法』を使って、天井にへばりつく作戦」アナディルが窓にもたれかかりながらいった。「そしたら何日間も換気口に隠《かく》れていられる」

「お風呂はどこで?」ソフィがいった。「食事はどこで?」

「あんた、何か食べるつもり?」アナディルは口をぽかんと開けている。

「あたしの悪魔を送りこんで、語り手のペンを盗んでこさせる」ヘスターがゆっくりいった。「あの子ならシールドを突破できる」

「でも、もしつかまったら? ヘスターの悪魔が死んだら、ヘスターも死んじゃう」ソフィはいった。「でもそう考えると、すてきな作戦ね」

「あたしがソフィとアガサを野菜に変身させる、っていうのはどう?」ドットがいった。「男子は野菜を食べないから」

全員ドットを見つめた。

「アガサ?」ソフィがいった。「アガサもきっと何かいい案があるでしょ?」

アガサはさっきから身じろぎもせずに待っていた。魔女たちが成功確実な作戦を考えてくれるのを。しかし今、前からうすうす気づいていたことに向き合わざるをえなくなった。

「どの作戦を選んでも、危険は避《さ》けられない」アガサは目に涙を浮かべてソフィを見た。「今回のことはあたしのせい――あたしたちはふたりとも結局トライアルに出ることになる。それもあたしのせい――」

「でも――でも――ふたりとも死ぬわけにいかない」ソフィは声がかすれている。「だって、やっとまた友だちにもどれたんだから」

アガサは首をふった。「きっと男子に見つかっちゃう。どんな魔法を使ったって――きっと……」

アガサの言葉がそこで切れた。窓の外に何か見えた。

「アガサ?」ソフィが聞いた。

アガサは窓に両手をあてた。三人組もまわりに集まってきた。

「なんだ、ヘルガじゃないの」ソフィはむっとした。古めかしいラベンダー色のワンピースを着たノームが青の森の中をいそいでいる。青の小川のそばにある、自分のすみかの洞穴《ほらあな》に行く途中だ。「でも、変ね。前よりやせたみたい……ノームがダイエットなんて聞いたことがないわ。それに、髪型もちがってる! なんだか……まるで……」

今や五人全員、窓ガラスに鼻を押しつけ、目をまん丸くして見ていた。

「まさか」ヘスターはそういうのがやっとだ。

　というのも、ヘルガの服にヘルガの帽子でヘルガの洞穴《ほらあな》にもぐりこもうとしたノームの、人目を気にしてまわりの様子をうかがった顔は、ヘルガの顔ではなかったからだ。

「ヘルガは授業中は女性だった――前からずっと女性だった」ドットがいった。「ありえない！」

　ううん、ありえなくない。アガサはそう思って、イヴリン先生そっくりの不敵な笑みを浮かべた。

かつて、性別を変える魔法を利用した人がいた。失われたはずの秘法が今、よみがえった。

　この魔法のおかげで、ユーバは敵の城にずっと隠《かく》れていられた。

　この魔法があれば、アガサとソフィも同じことができるかもしれない。

第15章

五原則

「わからない」ソフィはアガサにささやいた。「どうしてこんなことが男子の学校にしのびこむことと関係あるの?」

アガサはソフィを無視して、ノームのヘルガをぎろっとにらんだ。ヘルガはひだ飾りのついたロッキングチェアにしばりつけられ、長い白髪《しらが》はケールフレークまみれだ。

「ユーバ、今すぐ白状して。でなきゃ、イヴリン先生につき出すからね」

「かんちがいもはなはだしい」ヘルガがこわばった、うわずった声でいい返す。

「男子は全員、追い出されて――」

「ユーバ、うちらは見たんだ」ヘスターはドットと並んで腕《うで》組みをして立っている。「あんたの顔をね」

「ユーバ? このあたしが? そんなことあるはずがない」ヘルガは顔をしかめた。ひっしに白い

杖をとろうとしているが、手が届かない。「さあ、とっととお帰り。でないと学部長を呼ぶよ」

「お願い！　助けてほしいの」アガサがたのむ――

「でも、男子のことでヘルガがなんの助けになるっていうの？　あと、どうしてみんなさっきからユーバって呼んでいるの？」ソフィがだらしない服装のノームを指さして、しつこく聞いた。「わたしにはヒントが足りない気が――」

「足りないのは脳みそだよ」ヘスターがつぶやく。

盗聴蝶《とうちょうちょう》は通常夜は眠《ねむ》っている。そこでアガサたちは真夜中を過ぎるのを待ってから、順番にこっそり青の森にしのびこんだ（アナディルはポルックスにつかまって、来ることができなかった）。昼間に見たヘルガの洞穴《ほらあな》の入り口はアガサたちがもぐりこむには小さすぎたけれど、ドットがまわりの地面をケールに変えたとたん、四人ともすとんと落下。洞穴《ほらあな》にいたヘルガは飛びあがった。ほかの三人がヘルガを椅子にしばりつけているあいだ、アガサは小作りの家具や本棚を見わたして、男のノームがここで暮らしている形跡はないかさがした。しかしレース飾りのついた花びん敷《し》き、山ほどある植木鉢、ラベンダー色の壁紙など、女子が好みそうな品ばかりだ。

ソフィは植木鉢のひとつのにおいをかいで眉をひそめた。「でも、変ね……」のんきにいう。「アジサイが好きって女子には会ったことがないわ」

アガサは咳払《せきばら》いしてヘルガを見た。ほら、ごらん。証拠はこれでじゅうぶん、といいたげな顔だ。

「ユーバ、あたしたち、マーリンの魔法のことはもう知ってるの。教科書の画像で見たから。ユーバがそれを使ったことも知ってる」

「イヴリン学部長は兄の『果てしなき森の歴史』を全部書き直したんだ。自分の教育方針に合うようにね」ヘルガは真っ赤になっていい返した。「それに、わたしがマーリンの魔法の何を知っているっていうんだい？」

「自分がマーリンに教えた魔法は知ってるよね」だれかの声がいった。

全員ふり返ると本棚の前でドットが、キャメロットのマーリン著『わが魔法人生』というタイトルの本を見ていた。ヘルガに目をむけたまま、最初のページを開く。

わが偉大なる師のひとり
ヘルガ＆ユーバへ

「ふたり、って書くべきじゃない？」ドットがいった。

洞穴の中がしんとなる。

アガサはヘルガの前で両膝《りょうひざ》をついた。「『おとぎ話で生きのびるコツ』。あなたはその授業を担当してる」ヘルガのしわだらけの手をとる。「あたしとソフィがおとぎ話で生きのびるにはあなたが必要なの」

ヘルガの灰色の目は地面を見つめ、なかなかアガサを見ることができない。そうしているうちにゆっくりと、長い白髪《しらが》が頭皮に吸いこまれて短いぼさぼさの髪型に変わりだした。顔のしわも魔法がかかったみたいに深く、肌はなめし革みたいに硬く茶色くなって、白いあごひげが生えてきた。両頬がくぼみ、鼻は丸く、眉毛は濃《こ》くなって、胴体が樽《たる》みたいにふくらんでいく……そしてついに、ノームのユーバが自分の元生徒たちを見あげていた。ラベンダー色のワンピースとかかとの高い靴は変わっていない。

「着替えてもかまわんか？」ユーバが静かに聞いた。

ソフィは女のノームから男のノームに変身した元講師をぼうぜんと見ていた。目を見開いたまま、アガサのほうをむく。

「この方法で男子の学校に潜入《せんにゅう》するの？　変身して……ノームになって？」

アガサはゴンッと壁に頭をぶつけた。


アガサ、ソフィ、ヘスター、ドットの四人は、ほこりっぽいウールのソファの上でカブのお茶の入ったマグカップを手に、ユーバを目で追っていた。ユーバはベルトつきの緑の上着にオレンジのとんがり帽子をかぶって、さっきから部屋の中を行ったり来たりしている。

「教えるということは皮肉なものでな、自分にはもはやできないことを教えることもしばしばだ。わしはこの百十五年間生徒たちに果てしなき森で生きのびる方法を教えてきた。だが、ゲートの外ではもはや一日だって生きのびられないだろう」ユーバはもう声色《こわいろ》を変えようとはしていない。

「追放になったとき、わしは均衡《きんこう》が回復するまでここに安全にとどまる必要があった。そのためにはヘルガに姿を変えるしかなかった。そうすればだれもわしだと気づかない、疑《うたが》いもしないだろうと思ったからな」くっついて座っているソフィとアガサをにらむ。「だが、おまえたちふたりが善と悪の原則にしでかしたことを考えれば、驚《おどろ》くこともない。今度は男子と女子の原則をめちゃくちゃにするためにもどってきたのか」

ソフィはアガサに寄りかかった。「わたしわからないんだけど、ノームに変身すると何がどうめちゃくちゃに――」

アガサに肘《ひじ》でつつかれて、ソフィは黙った。

ユーバはカップのお茶をすすって、そしてロッキングチェアにもたれた。「ノームが果てしなき森のほかの生き物と異なる理由はふたつある。授業で習ったはずだ。ヘスター、ひとつ目は何だ」

「ノームは戦いではつねに中立をたもつ」ヘスターは自信ありげにこたえた。

「正解だ。ノームは二千年以上前から一度たりとも戦いに加わったことがない。われわれノームはノーム同士、あるいはノーム以外の者とも、例外なく平和をたもっている」

ソフィはあくびをして、またマグカップにお茶をそそぎはじめた。

「われわれノームがほかの生き物と異なるふたつ目の理由は、ほとんど知られていない。ゆえに本には書かれていない」ユーバがいった。「ノームは生まれつき、性別を変えることができるのだ」

ソフィはマグカップに注ぐべきお茶をヘスターの膝《ひざ》に注いでしまった。

「もちろん、一時的にだ」ユーバはヘスターが大声でもんくをいっているのを無視してつづけた。「ノームは成人するまで男子は女子に、女子は男子に変身することができる。ただし、成人後は生涯、生まれたときの性別のままだ」

ソフィは今度はポットごとヘスターの上に落としてしまった。

「だからうちのお父さんはあたしたちにいってたんだ。シャーウッドの森にいる若いノームには絶対近づくな、って」ドットはヘスターがクッションでソフィをぶっている横で、すっかり感心している。「たぶん、男子になったり女子になったりが伝染する、って思ってたんだ」

「そう考えていたのは州長官だけではない」ユーバはため息をついた。「にもかかわらず、ノームのこのふたつの特性は善と悪の学校史上もっとも優秀な生徒であったマーリンにとって、じつに興味深いことだった。マーリンは自由な時間に、この洞穴《ほらあな》にもしばしばやって来て、ノームの生態について熱心に調べたり、研究したりした。おかげで学校の成績はさがった。それで最終的にはアーサー王の父親の相談役で終わった。おとぎ話の主役にはなれなかった」

「けど、なんでマーリンはノームが中立をたもつとか、性別を変えられるとかいうことに興味を持ったの？」アガサは聞いた。

「そのふたつが関係していると信じていたからだ」ユーバはいった。「成人するまでは性別を自由に変えられる、そのおかげでノームはほかの生き物より感受性がするどく、いろいろなことに気づきやすい。マーリンはそう信じていた。人間もほんの一瞬だとしても性別を自由に行き来する方法があれば、ノームと同じ平和主義になれるかもしれない。戦争などすべてなくなって、善だの悪だのという考え方がすべて消滅《しょうめつ》して……人類は完璧《かんぺき》になるかもしれない」ユーバはいったん言葉を切った。「マーリンはそんな情熱を持った生徒で、わしもつい彼を信じてしまった」

ソフィもヘスターももうすっかりユーバの話に聞き入っている。

「じゃあ、ユーバはマーリンを手伝ったの？」アガサは聞いた。「人間の男子を女子に、女子を男子に変身させる魔法を見つけるのを手伝ったの？」

「どんな種《しゅ》にも働く一時的な魔法」ユーバはいった。「そういう危険な魔法はマーリンひとりでためすのはあぶない。わしの監督《かんとく》のもとでやったほうがいい」ユーバは後悔《こうかい》の表情でつばを飲んだ。「マーリンは善と悪の学校を卒業後、だいぶたってからまたもどってきて、わしといっしょにその魔法の研究をつづけた。だからわしはその調合法をずっと手元に置いておった。マーリンがまた次に来るまで、時間に余裕があるときはしばしばその魔法を調整したり、ためしたりしていたのだ。その魔法が完成するまで二十年かかった――あげくに、アーサーに利用されてしまった。ランスロットに痛い思いをさせるために悪用されたのだ。恋の邪魔《じゃま》、まやかし、復讐《ふくしゅう》の手段として……。マーリンの魔法は平和をもたらすどころか、いつでも王国を倒し、人々を滅《ほろ》ぼすことができるという呪《のろ》わしいうわさが広まってしまった」ユーバの目に涙が光った。

「マーリンはアーサー王の軍隊がつかまえにくる前に逃げた。だが、アーサー王の軍隊はマーリンが残していった生涯にわたる研究の成果を灰にしてしまった。アーサーは妻も、信頼していた相談役もいなくなって、酒におぼれ、悲しみにうちひしがれた。わしもふくめ、その後だれひとりマーリンの姿を見た者はいない」

ユーバはティーカップをカタカタいわせながら置いた。「その後オーガスト・セイダーは自分の歴史の教科書からその逸話《いつわ》を削除《さくじょ》した。アーサーの息子が恥ずかしい思いをしないようにな。だが、新学部長にはそんな気づかいはない」

「わたしたちだってそんな気づかいはしないわ」ソフィはソファから立った。「だって、わたしたちがここで話している今も、わたしたちの公開処刑をたくらんで――」

「その男子の城にもぐりこむには、マーリンの魔法しかない」アガサはきっぱりといった。

「そう、ユーバが伝授してくれたら」ソフィはユーバにむかって力強くいった。「わたしは親友といっしょに家に帰れ――」

ソフィは途中でいうのをやめて、目をしばたたいた。

「アガサ、どういうこと？　聞いて悪いんだけど、マーリンの魔法が具体的にどう助けてくれるっていうの？　もちろん、今夜ここに来たのは完全な骨折り損だったとか、アガサの作戦はなってない、なんていうつもりはないわよ。でも、男子を女子に、女子を男子に変身させちゃう、ばかみたいな魔法で何ができるっていう……」

ソフィの目が突然、飛び出しそうになる。

「やっとわかったみたいだね」ドットがつぶやく。

ソフィはくるりとアガサを見た。「でも——まさかわたしたちもなんて——そんなこといわないわよね——」

「で、もし語り手を見つけることができたら……」ユーバはアガサにいった。「平和が訪れるのか？」

アガサはユーバに悲しげにほほ笑んだ。「ユーバ、ひとつの願いからこの戦いがはじまったの。今度はひとつの願いでそれを終わらせることができる」

「男子に？」ソフィはかん高い声でいった。おなかをぎゅっとおさえている。**「アガサ、わたしになれっていうの……男子に？」**

「あたしたちがテドロスに見つからずにふたりのハッピーエンドを願うには、それしか方法がない」アガサはようやくソフィを見た。

「でも……だ、だ、男子に？　ふ、ふたりで……男子に？」

ユーバがふたりのうしろで咳払《せきばら》いをした。「残念だがひとりだけだ」

「え？」アガサはユーバのほうをむいて——

「シークス先生の教室に調合を記した紙を置いてきてしまった。材料を集めているさいちゅうに盗《とう》聴蝶《ちょうちょう》に見つかってな」ユーバはそういいながらアジサイの植木鉢をのぞきこむと、土に手をつっこみ、中から小さなガラスのびんをとり出した。涙形のびんいっぱいに蛍光色《けいこうしょく》のスミレ色の煙が入っている。「後でもどってみたが、その紙は消えていた。わしはもう歳で、記憶があやふやで、どうがんばっても作り方を思い出せない。この薬はこれが最後だ」顔をあげてソフィとアガサを見る。「ひとりだけ三日間、男子の城にいられる」

アガサは青ざめた。「けど、ユーバの授業はどうなるの――これからどうやってこの学校で――」

「わしの命などどうなってもよい。それが平和につながるなら」

ソフィもアガサもしばらく何もいえず、ユーバの手の中の煙みたいな薬を見つめた。

「あたしがやる」アガサが薬に手をのばそうとした。

「だめよ！　男子に殺されちゃう！」ソフィはうしろからアガサをつかまえた。「わたしたち、もう離《はな》れちゃだめなの――また前みたいなことがあったら――」

「だれかが語り手のペンをとり返してこなきゃいけない――」アガサはソフィをふり払った。

「じゃあ、ヘスターにして！」ソフィは首にタトゥーの入った魔女を前に押し出した。

「あたしが？」ヘスターはソフィを押し返した。「今度はあたしを巻きこむつもり？」

「ねえ、これはあたしが考えた作戦なんだから、あたしがやる」アガサはきっぱりと――

「じゃあ、ドットよ！」ソフィはドットのお尻を押して前に行かせた。「ドットはいつも何かの役に立ちたいっていっているから――」

「男子なんかなりたくない！」ドットは金切り声をあげた。ソファのまわりを逃げまわるドットをソフィが追いかける。

「じゃあ、くじ引き！」ソフィは息切れしながらユーバのノートを一冊つかむと、びりびりっとページを破って――

ユーバがソフィの手を止めた。「大勢の命がかかっていて、両校が対立しているというのに……くじ引きだと？　だめだ、だめだ」薬のびんを上着に押しこむ。「むろん、やるならこのわしだろう――だが、男子だらけの中にノームがまぎれこめば、疑《うたが》われるに決まっておる。ノームは平和主義のはずだからな。で、わしがやれないとしたら、実行役の選抜法はただひとつ。この学校恒例の、正規の課題だ。実行役がヘスターかドットでまずい理由は何ひとつない。ことによるとアナディルでもいい。おまえさんたちは今晩ここで何があったか、全部アナディルにばらすに決まっておるからな」

四人とも目を丸くしてユーバを見た。

「明日、だれが男子に変身するか選ぶ」ユーバは四人に発言のすきをあたえない。「青の森のグループ学習はまさに、過酷《かこく》な状況で生きのびることができる者と、失敗する運命にある者をより分けるためにある」

四人はケールフレークの穴からはい出て、トンネルにむかった。ソフィはほっとして元気が出てきた。「ねえ？　ヘスターがペンをとってきてくれるのよね！　ヘスターはなんでも一位だから――」

「もう二度とエヴァーと仲よくなんかしない」ヘスターは完全に怒っている。アガサをつき飛ばし、ひとりで先に森に入っていく。

小さくなっていくヘスターのうしろ姿を見ながら、アガサは罪悪感で体がこわばっていた。「やるならあたしでしょ」アガサはソフィにいった。「なんでユーバは『課題』で実行役を選ぶことにしたの？　意味がわからない――」

ふたりのあいだにドットが割りこんできた。指についたケールフレークをなめている。「ふたりは五原則をまだ聞いてなかったっけ」

「ねえ、わざと失敗しようよ」アナディルがぶっきらぼうにいった。

「で、進路分けは『イモリ』で終わる？　遠慮《えんりょ》しとく」ヘスターはアナディルにいい返した。ふたりは黒を着て、ソフィ、アガサ、青の制服姿の女子生徒たちの後をのろのろ歩いている。全員、グループ学習が行われる青の森のゲートにぞろぞろ入っていく。「あたしがわからないのは、アナディルでもあたしでも、どうやって語り手をこっちに持ってくるかってこと。校長の塔はペンが行くところどこでもついてくる。もしうちらがペンを盗んだら、校長の塔が追いかけてくるに決まって――」

「もしあたしが勝ったら？」ドットが心配顔で追いついてきた。「あたし、今朝《けさ》の『毒リンゴを作る』課題でみんなに勝ったんだよ！」

「食べ物関連だったからでしょ」アナディルがつぶやく。

ソフィはのんきに鼻歌をうたいながら、アガサが昨夜からまだむずかしい顔をしているのに気づいた。「アガサ、これが最高の解決策なのよ」ソフィはアガサにささやいた。もちろん、頭の上を二、三匹の蝶が通過したのを確認してからだ。「すぐにヘスターが語り手のペンをとり返してくれるわ。そしたら、イヴリン先生に勘づかれる前に〈おしまい〉って書きましょ！」

今回のことに三人組を引きこんでしまったのは申し訳ないけれど、アガサはソフィのいうとおりだと思った。もしこの中で手早く任務を片づけられる者がいるとしたらヘスターだ。

「けど、ユーバの薬はあれで最後だよ」アガサは心配になった。「ユーバはここでどうやって生きていくんだろう」

「大丈夫なんじゃないの」ソフィはどうでもよさそうにいった。

アガサはソフィの視線を追って、青の小川の橋の前で腰をおろしている大勢の女子生徒を見た。この橋は前は石造りだったけれど、今は木の板と太いロープ二本で作った、あぶなげな吊《つ》り橋に変わっている。女子生徒たちは吊り橋の上に立っている年寄りのノームを無言で見つめている。ノームはラベンダー色のワンピースにかかとの高い靴をはき、顔じゅう赤くて大きな水疱《すいほう》だらけ。頭にすっぽりと、ぶさいくなバブーシュカをかぶっている。

「いつ治るかわからない感染力の高い病気にかかってしまってね、だから、くれぐれも近寄るんじゃないよ」ユーバは息苦しそうに、例のヘルガの声でいった。「さて、おまえさんたちはじきに男子にかこまれて生きのびることが必要な状況になりそうだ。ということで、このへんで五原則を全部おさらいしておこうかね」ユーバはアガサとソフィと三人組に意味ありげな視線を送りながら、杖の先で宙に煙の文字を書いた。

一、　女子はやさしく、男子は冷たい。

二、　女子は考え、男子は行動する。

三、　女子は感情を表し、男子は感情をおさえる。

四、女子は望み、男子は追いかける。
五、女子は用心深く、男子は無視する。

アガサは顔をしかめた。「これって男女差別よ。単純化しすぎ――」

「女子はプリンスに無視されて、おさえつけられて、追われる、っていったほうがいいわ」ソフィもうなずく。

アガサは黙った。

「ここにいる全員、昨年の歴史の授業で学んだとおり、インガートロールは女のトロールで、たいていはネザーウッドやラニャンミルズの橋の下に潜《ひそ》んでいるけれど」ユーバはつづけた。「今日はこの橋の下に呼んでおいた」

女子生徒たちは全員、橋の下をのぞきこんだ。ユーバ以外の女の講師たちが檻《おり》を開けると、目隠しをされたトロールがひとり出てきた。体はやせ細り、たるんだ肌はうろこを落としたサケみたいなピンク色だ。子どもみたいにしゃがんで、舌をべろべろ出したり、わき毛をかいたり、ハエをつかまえて飲みこんだりしている。

「インガートロールは若い男が好きすぎてね、その子と恋人を引き裂《さ》くためならなんだってする」ユーバはそこで少し顔をしかめた。ヤラが後からずかずか入ってきて、最前列に座ったからだ。

「恋人同士が橋の上をわたりだしたら、インガートロールは女子をつき落として、男子のほうはそのまま橋をわたらせる。さて、今日の課題は、ひとりひとり、つき落とされないようにこの橋をわたること――エヴァーであれネヴァーであれ、本校の女子生徒でこの難題をやり遂げた者はこれまでひとりもいない」ユーバは自信ありげにヘスターを見た。「だが、真に優秀な生徒なら成功するだろう」

女子生徒全員が橋の前で列を作りはじめた。アガサはふと疑問に思った。授業の時間が終わるまでに百二十人全員に順番がまわってくるだろうか——答えはすぐにわかった。ヤラが橋に一歩足を載せた、と思ったら、ガチョウみたいな悲鳴とともに森に投げこまれた。二歩目を踏み出す間もなかった。女子生徒が次から次へ、吊《つ》り橋の一枚目の板さえ越えることができずに、右へ、左へとインガートロールにはじき飛ばされていく。インガートロールはくちびるをぴちゃぴちゃ鳴らし、お尻をふりながら跳びまわっている。

「五原則を使うのじゃよ！」ユーバはバブーシュカのひもを握りしめてどなっている。

しかし五原則も役に立たない。ドットは青紫《あおむらさき》のマツ林に、アナディルは青の小川に、ヘスターはシダの野に投げこまれ、つづくアガサは最短記録でトルコ石色の雑木林《ぞうきばやし》に投げこまれた。

「少なくともヘスターは二枚目の板まで行ったね」アガサはヘスターの背中についたとげをつまみとりながら、ため息をついた。「これでヘスターに決まりかな」

「ぎゃーーーー！」

ふたりとも声のしたほうを見た。ソフィが悲鳴をあげながら、ロデオでもやっているかのようにひっしに吊り橋にしがみついている。インガートロールはそんなソフィをはじき飛ばそうとしている。ソフィは進んではじき飛ばされたいところなのに、ひとつ小さな問題があった。

「靴がーーーー！」ソフィは橋の板に刺さってしまったガラスの靴のかかとを引き抜こうとひっしだ。

「抜けないよーーーー！」

「これでもまだ、ソフィは変わった、っていう？」ヘスターが眉をひそめる。

「前のソフィだったらテドロスがあたしとキスするのを止めたと思う」アガサはソフィがいくぶん女子らしくないセリフを吐くたびに、びくっとしながらいった。

「で、あんたはソフィを信じるの？　ほかのだれかがソフィに魔女の前兆を生じさせたって？　ソフィは今は善だって？」

「ソフィを疑《うたが》ったのはこれまでのあたしの最悪のまちがい。そのせいであたしたち全員の命が危険にさらされた」アガサはいった。インガートロールが吊り橋をひっくり返したけれど、ソフィは橋にしがみついてわめきつづけている。「ヘスター、あたしは今自分が見ているものを信じる。そしてそれは、あたしを無事に家に帰らせるためならなんでもしてくれる友だち」

ヘスターは少し考えこんだ。「いい、あたしは自分があの魔法で男子に変身して、あんたたちふたりを帰らせてやってもいいと思ってる。ただし、今回はあんたが本気でそう願っていればの話」

アガサは驚《おどろ》いてヘスターをふり返った。一瞬、うしろでわめいている親友のことは忘れた。

「プリンスでなくソフィといっしょにいるほうが、あんたにとって幸せ？」ヘスターがいった。

アガサはどきっとして目をそらした。「その昔、あたしは友だちがひとりいればそれで幸せだと思ってた。けど、それじゃ足りないと思うようになった。これがおとぎ話の悪いとこ。遠くから見たら完璧《かんぺき》な物語に見える。けど、近づいて見たら、現実と同じくらいごちゃごちゃしてる」

ヘスターはにらみつけるようにアガサを見た。「あんたはソフィとプリンス、どっちといるほうが幸せなの？」

「テドロスがあたしを愛したことはない。もし愛してたら、あたしを信用したはず」

「ソフィとテドロス、どっちを選ぶの」

「ここはあたしのいるところじゃない。プリンスといっしょに暮らすなんて――」

「アガサ――」

「ヘスター、もうほかにどうしようもないの！」アガサはかすれた声で叫んだ。「テドロスって選択肢はないの！」

ヘスターは言葉が出ない。

アガサは落ち着きをとりもどし、ほほ笑んでみせた。「それに、これまでソフィくらいあたしを好きになってくれた子がいた？」

「アガサーーー、助けてーーーー！」ソフィの泣きそうな声でふたりがふり返ると、ソフィは錯乱したバレリーナみたいにロープにまたがっていた。

「ソフィって、けっこうしぶといんだ」アガサはため息をついた。

ついにインガートロールが吊《つ》り橋を揺らすのをやめて、かかとが刺さったままの靴からソフィの足を抜こうと――して、ソフィに平手打ちを食らった。

「失礼なことしないで！」ソフィはぎょっとした顔のインガートロールをしかりつけた。「シンデレラのプリンスだって、脱がせていいかちゃんと聞いたのよ！」ソフィは靴を引っこ抜いて、その靴でインガートロールを引っぱたいた。「今のは、あなたが百パーセント幸せなカップルたちの仲をこわしつづけてきた仕返し」ソフィはアガサにほほ笑んだ。インガートロールは怒って真っ赤にふくれている。今にもソフィの首をしめそうだ。ソフィはインガートロールを上から見た。「あのね。わたしも昔はあなたとそっくりだったの」

インガートロールは勢いをそがれてうろたえた。

「でも、今は親友をとりもどした」ソフィはささやいた。「その子がいればわたしは善でいられる」

インガートロールの頭をなでる。「いつかあなたにも友だちができるといいわね」

ソフィは、口をぽかんと開けたままのインガートロールを残し、ゆっくりと橋をわたって地面におりると、岩に腰かけてまた靴をはいた。「今わかったわ。どうしてアガサがあんなブサイクな靴をはいているか――」

ソフィは自分がどこにいるか気づき、ぱっと立ちあがった。

ユーバが吊り橋の反対側で目を見開いている。

「うそ、ちがうの――」ソフィは大声でいいながらユーバに手をふった。

「女子の五原則を見事に破って、もっともだまされにくい怪物に女子ではないと思いこませた！」

ユーバがかん高い声でいった。

ソフィの真上にボンッと、金色の煙の「1」が現れた。まるで王冠《おうかん》のようだ。「た――たんなる偶然よ！」ソフィが「1」を手で追い払おうとしているそばで、ほかの女子生徒にも次々に順位がついていく――

しかし、ユーバはすでにふらふらと自分の洞穴《ほらあな》にむかって歩きだしていた。「見た目は女子、ふるまいは女子……それがまあ！」ぶつぶついってふり返り、にやっとソフィを見る。ユーバの杖の先から細い煙が出て、宙に文字を書いた……

今夜九時

ソフィは真っ青になった。ゆっくり目をむけると、アガサも三人組もまわりの子の何倍もがくぜんとした表情だ。

男子としてやっていけるはずのない女子が今夜、男子に変身することになった。

第16章
別名の男子

「これってソフィが前からずっとしたかったことでしょ？　ソフィにふさわしい大役だよ！」アガサは一方的にいいながらソフィといっしょに木立のトンネルをくぐり抜けた。「ソフィよりうまく演じられる子がいると思う？」

ソフィはマントの前をぎゅっと合わせながら、アガサより先に雪のふり積もった芝生《しばふ》に駆けこんだ。芝生は青の森のゲートのたいまつ二本にぼんやり照らされている。ソフィは三人組に今夜は城に残っているようにいった。ユーバと親友がいるだけでじゅうぶん恥ずかしい。

ユーバはよくよく考えて夜の九時を選んだ。この時間なら女子生徒のほとんどはバスルームにいるか、クラブ活動をしているか、次の課題に向けて勉強しているかだし、盗聴蝶《とうちょうちょう》はロビーの天井の垂木《たるき》か階段の手すりで眠《ねむ》りにつき、かなり大きな音がしないかぎり目を覚まさない。ベアトリクスはエルフ語のレッスンだし、イヴリン先生は自分の研究室にいるので、作戦を実行するの

にじゅうぶんな時間の余裕があるはずだ。わたしがいないことをどう説明するつもり？　ソフィが聞くたびにアガサは――いいから、いいから――というだけだ。アガサもどう説明したらいいか知らないに決まっている。

「男子になってみたら案外楽しいかも」アガサはまだ勝手にしゃべっている。厚底の靴が雪をざくざく踏む音が聞こえる。「これはお芝居《しばい》だ、男子の役をやってるんだって思えば――」

「ただし、観客はわたしの命をうばうつもりなのよね」ソフィはぶつぶついった。

ソフィのうしろで雪を踏む靴音がゆっくりになった。

「ソフィを彼とふたりきりにして平気かな？」アガサはマントの下で震《ふる》えながら小声でいった。

ソフィはその場に立ちつくしたまま、ゆうきの塔の鐘が時刻を知らせるのを最後まで聞いていた。雪がソフィの首筋にも積もっていく。「わたしの中の善はどれもアガサのおかげよ。わたしもそろそろアガサのために、よい行いをする番じゃない？」

ソフィはふりむいてアガサを見た。たいまつの明かりが照らし出すアガサはうっすらと雪をかぶり、ふたりが友だちになった最初の頃のようにぎこちなくほほ笑んでいる。あの頃のアガサは、ソフィがあたしといっしょに過ごしたいなんて、といって驚《おどろ》いていた。

「これでソフィにひとつ借りができたね」アガサはうるんだ目を輝かせていった。「ソフィのミュージカルでうたってあげようか」

ソフィはにこっと笑って返した。

そこでふたりは、少し先の穴からユーバの白い杖がひょこっと出ているのに気づいた。早く来い、というように大きく揺れている。

「いい、まず塔の見張り当番になって——そうすれば語り手のペンがあるところまで行ける——」

アガサはまたひとりでしゃべりはじめた。ソフィの手をつかみ、引っぱって青の森に入っていく。

「それから、変な魔法には気をつけて——テドロスがあたしを攻撃《こうげき》したときに使ったみたいな——」

しかし、ソフィにはもうアガサの声が聞こえていなかった。聞こえるのは自分の心臓の音だけ。

そのときが来た。


「ソフィが変身してからの作戦について、何か質問はあるか？」ユーバがアガサの耳元で小声でいった。ユーバの顔からは水疱が消えている。授業で教えるときだけ魔法でつけていたのだ。ユーバは、ソフィがキッチンでポンプを押してコップに水を入れているのを目で確認すると、さらに声を低くした。「ソフィが男子の城に忍びこむには、これがぜったいの方法だ」

「け、けど、ぜったいに成功するっていえる？」アガサは小声で返した。ユーバの提案を聞いて怖くなった。「もし堀《ほり》にいるクロッグにソフィが女子だってばれたら……」

アガサは口をつぐんだ。ソフィはもうポンプを押すのをやめている。話が聞こえてしまう。

「ソフィ、早くこっちに来て」アガサはあわてて声をかけた。震える手で洞穴《ほらあな》のすみにある竹すだれのカーテンを広げる。「いい、この魔法は三日間しかもたない——」

「つまり、変身していられるのはトライアルがはじまるまでだ」ユーバがいった。「それまでに語り手のペン、そしておとぎ話の本をとってこなくてはならぬ」杖の先で火をつつく。洞穴の中がいっきに明るくなった。「いいか、校長の塔はソフィが語り手をうばったとたん、ソフィを追ってくる。そして、男子側は自分たちがだまされていたことに気づく。アガサは待っていて、ソフィがもどると同時にふたりで願い事をする。すると語り手のペンがふたりの物語に〈おしまい〉と書き、ふたりとも男子たちが攻撃してくる前にここから消える」

アガサはごくりとつばを飲んだ。「ソフィは逃げ出したらすぐ女子にもどれるの？」

「変身を解くときと同じ――なんの後遺症《こういしょう》も残らない」

「ソフィ、聞いた？」アガサはソフィのマントをカーテンのフックにかけた。「後遺症はないんだって――」

ところがソフィはまだキッチンで背中を丸め、ガラスの花びんに映る自分の顔を悲しげに見つめている。

アガサはうしろからソフィに近づいた。「ソフィには、消灯時間までに男子側に行ってもらわなくちゃ」

ソフィは最後にもう一度じっくり自分の顔を見て、引きつった笑みを浮かべたと思ったら、むっとした表情になった。ひとり言をいいながら、アガサの横をすり抜けてカーテンのほうに歩いていく。「昔のお芝居《しばい》ではいつも男子が女子を演じていた、そうでしょ？……古きよき時代のお芝居の一幕……最高の作品……拍手喝采《かっさい》！」

アガサは手をふってユーバに合図した。早くソフィに薬をあげて。

まもなく、ソフィは薬の入ったびんを握りしめて、カーテンのうしろに立っていた。「こんなの、ただのお芝居の一幕よ」小声でささやいているうちに、自分でもすっかりそう思えてきた。

「何口かに分けて飲むようにな」カーテンのむこうからユーバの声がした。「そのほうがじょじょに変身できる」

ソフィは一度大きく息をして、涙形のびんのガラス栓《せん》を引き抜いた。そのとたん、白檀《びゃくだん》と、ジャコウと、汗のにおいが混じった風が顔に吹きつけた。目が痛い。ソフィは咳《せ》きこみ、ぜいぜいしながらすぐに栓《せん》をした。顔からできるだけ離《はな》してびんを持ち、紫《むらさき》の毒ガスみたいな薬を見つめる。これはお芝居なんかじゃない。

洞穴《ほらあな》の中に気まずい沈黙が流れる。

「できないならあたしがやる」アガサの声はおだやかだ。「あたしにまかせるっていって」

ソフィはアガサが昨年ここで経験したありとあらゆる苦しみを思い出してみた――ハトの姿で火の中を飛び、ゴキブリの姿で何週間も切り抜け、下水道で死にそうになり、なさけようしゃない校長に立ちむかった……

〈友だち以上のものがほしくなってしまった〉アガサは自分のプリンスにそういった。

ソフィはアガサがあの塔でうっとりと、プリンスの腕《うで》に抱きしめられているところを想像して……あわててその図を払いのけた。この薬を飲めば、アガサに見せられる。アガサにはわたしがどんなに必要か。

この薬を飲めば、アガサは二度とわたしを疑《うたが》わない。

ソフィは即座《そくざ》に栓《せん》を引き抜いて、ひと口で飲みほした。苦くて酸《す》っぱい味がのどを駆け抜ける。驚《おどろ》いてのどをつかんだソフィの耳に、びんが床に落ちて割れる音が聞こえた。アガサが悲鳴をあげ、ユーバがアガサをおさえつけようとしている。ふたりがわめく声もだんだんとぎれとぎれになって、そのうちソフィには自分のあえぐ声しか聞こえなくなった。顔の皮膚が引きつれる。骨の上で肉が粘土《ねんど》みたいに動いて顔を作りかえていく。髪も頭皮に吸いこまれてショートヘアになっていく。

薬のいやな感覚が一気に胸に広がった、と同時に、全身がセメントのつまった風船みたいに大きくなった。女子の制服の肩がきつくなって縫《ぬ》い目がびりびり裂《さ》けていく。腕《うで》に静脈が浮き出てきた。足も大きくなって甲が盛りあがり、足の指に毛が生えてくる。ふくらはぎがメロンみたいにかたくなって、ソフィは思わずバランスをくずして両膝《りょうひざ》をついた。そこに、恐ろしい熱さがやって来た。全身に火がついて、毛穴という毛穴から煙が出て、女子のやわらかさが焼かれていく。これでもう終わったと思うたびに痛みがさらに広がって、体のあらゆる部分がこわされ、作りなおされていく。ついにソフィは床の上で体を丸めて祈りだした。全部夢でありますように。夢から覚めたら空っぽの墓の中にいますように。ママがわたしを抱きしめて、涙をふいて、これは全部まちがいよ、ってささやいてくれますように。

「ソフィ？」

返事がない。

アガサはユーバの手をふり切った。「ソフィ、大丈夫？」

まだ返事がない。アガサは不安でたまらず、ユーバを見て、カーテンに駆け寄ろうと——

カーテンのむこうで動きがあり、アガサはぴたっと止まった。

ゆっくりと人が出てきた。女子の紺《こん》色のマントを着て、フードもかぶっている。

マントがずいぶん小さく見える。

アガサの視線がじょじょにさがっていく。たくましい膝、筋肉のついたふくらはぎ、毛の生えた足首……大きい足でふらつきながら立っている。

アガサは息を止めたまま少しずつ、その人物に近づいた。ユーバもうしろからアガサのシャツの裾《すそ》を握ってのぞきこんでいる。アガサはつま先立ちでゆっくりと手をのばして、マントのフードをうしろにどかした。わっ！　アガサはのけぞってユーバといっしょに転んだ。アガサがまた顔をあげると、ソフィはすでにテーブルにあったガラスの花びんを手に、壁にもたれかかって泣いていた。花びんに映った自分の顔がショックだったのだ。

ソフィはたくましく、あごの四角い「男子版ソフィ」に変身していた。髪は無造作《むぞうさ》なブロンドのショートヘアで、頬骨《ほおぼね》は高く、眉は横にまっすぐで、深くくぼんだ目はエメラルド色だ。手足は長いけど筋肉がついて引きしまっている。うしろに倒れた大きな耳、先のとがった上品な鼻、割れたあごのおかげで、エルフのプリンスのようにも見える。小さすぎるマントを握りしめている両手はごつくて関節が太い。肩幅が広く、ウエストの細い逆三角形の体形だ。ブロンドの無精《ぶしょう》ひげを生やした頬は真っ赤に染まっている。

ソフィは空気もれした風船みたいにぜいぜいいっている。「わ――わたし、男子になって――」

といっても、声はまるで男子の声ではない。

「この魔法にはひとつ欠点がある。声は変わらないのだ」ユーバはため息をついた。「腹の底にぐっと力を入れて、低い声で話すように。さすれば、なんとかなる」くちびるをかんで、ソフィをながめまわす。「だが、顔はたくましく……体もがっしり……なかなかいい出来だ。男子生徒もだれひとりあやしく思わんだろう」

ところがソフィの目はガラスの花びんに映る自分を見たまま、ユーバの言葉が信じられずにいた。というのも、顔やマントの下の体をさわるかぎり、外側は岩ガキみたいにかたく頑丈《がんじょう》で、男子っぽい。でも、内側は……女子。親友と離《はな》れたくない、ひ弱で、こわがりの女子だ。男子生徒にそばで見られたら、ばれてしまう。そばで見られたら、夜明けまでに命がなくなっているだろう。

ソフィはアガサに目線をむけた。アガサはガラスの花びんに映ったソフィの、彫りが深くて骨格のしっかりした顔に言葉を失っている。

「男子になってさらに美形になった。本当に」アガサはようやく感想をいった。

ソフィが花びんから花を引っこ抜いて投げてきた。アガサがよけると、ソフィはくるっと背中をむけた。体が震《ふる》えている。

「どうやって男子になったらいいかわからない」ソフィの声は高いままだ。涙が無精《ぶしょう》ひげをつたう。

「どう歩けばいいの、どうふるまえばいいの――」

「ソフィが課題に勝ったのは偶然じゃない」アガサはうしろからソフィにいった。「ソフィはこの大役を果たせる」

「アガサがいなかったら無理」ソフィはか細い声でいった。

アガサはソフィの背中に手を置いた。いつもとちがって筋肉が盛りあがっている。「今はソフィに男子になってもらう必要があるの」アガサはおだやかな声でいった。「男子になって、あたしたちを家に帰らせて」

ソフィはなれない体でうなずき、震えを止めようとした。アガサの信頼がゆっくりソフィにしみこんで、心が落ち着いてきた。これまでふたりは、離れ離れにならないようにしながら、たくさんのことを乗り越えてきた……けれど、今ふたりを〈おしまい〉に導けるのは自分だけだ。アガサのいうとおり。わたしはもう男子だ。男子らしくふるまわなくちゃ。

ソフィは深呼吸すると、覚悟を決めて明かりの下に出た。

「服が必要だ」ソフィはきりっとした低い声でいった。

アガサはエルフ似の男子のこわばった顔をしばらく見つめ、ここで初めて思った。完全に別人の顔だ。

アガサは昔みたいに、ゆがんだ笑みを浮かべた。「それと、名前でしょ」


ホートはまだパンツ一枚で、くさいベッドの上で枕を抱きしめ、何度も寝返りを打っていた。同室の、体のばかでかいプリンスは部屋の反対でゴリラみたいにいびきをかいている。

先週はみじめだった。おとぎトライアルの日が近づいてきて、先生たちは、男子側が勝って善と悪の学校を復活させるぞ、という決意で授業を再開した。ホートはそのどれにももう興味がなかった。明日はトライアルの予選の一日目だけれど、代表に選ばれる可能性はこれっぽっちもない。新しい制服はまだもらえないし、新入りのプリンスたちはホートを「チビ」と呼ぶし、とりわけ体の大きいプリンスたちはバケツに入ったホートの昼食を横取りしてばかり。今はドットもいないので、話す相手がだれもいない。

おれはなんでこんな最低のところにいるんだ？　校長先生はいったいおれに何があると思ったんだ？　おれはだめな悪者で、それ以上にだめな息子だっていうのに。

ホートは目をこすりながら、「善と悪の庭」に横たわったままの父親の遺体《いたい》のことを考えた。善と悪の庭では埋葬《まいそう》を待つ遺体で一キロ半以上の長い列ができている。ホートは棺《ひつぎ》さえ買えない。だから父親はいつ上空を旋回《せんかい》するハゲワシのえじきになるかわからない。墓番がホートの父親を埋めにくるまであと数年かかる。

ホートは歯ぎしりした。もしトライアルに出場できたら、ほうびを手に入れて、果てしなき森でいちばんりっぱな棺《ひつぎ》をプレゼントできる。もしトライアルに出場できたら、ホートの心を踏みにじったあの女子に復讐《ふくしゅう》できる。そしたらだれもホートを軟弱だなんて二度と思わないはずだ……

ゴーッと大きないびきが聞こえた。ホートははっと我《われ》に返って枕の下に頭をつっこんだ。このまちっ息して死んでしまいたい。ほうびなんてない。復讐《ふくしゅう》なんてない。だって、むこうのベッドで寝ているあの毛深くて、胸板の厚いプリンスならともかく、やせっぽちで役立たずの自分が選ばれるわけないんだから。

〈この学校にひとりでいいから友だちをください〉ホートは祈った。友だちがひとりでもいれば、自分はだめなやつじゃない、そう思うことができる。ホートは鼻をすすりながら両膝《りょうひざ》を抱え、窓《まど》際《ぎわ》に寄って頭から毛布をかぶろうとして――

ぱっと飛び起きた。窓の外を見て、口が開いたままになる。

男子の学校側の湖岸に人が倒れている。服はびしょぬれで、あちこちが切れて、そこから血が出ている。雲のうしろからわずかにもれた月明かりが、その男子の色白の腕《うで》にあたった。一瞬、手の指がぴくっと動いたように見えた。

うわっ。ホートは毛布をはねのけてベッドから飛び出した。

新しい友だちを作りたいなら、その子の命を救うことからはじめるのがいちばんいいに決まっている。

「おい、名前は?」聞いたことのあるイヌみたいな声がいった。

ソフィが小さくまばたきしながら目を開けると、腹筋のついたおなかが床に押しつけられ、太い手首に手錠をかけられていた。体のあちこちに新しくついた筋肉が痛いし、目がかすんでまわりがよく見えない。どうやってここに来たかほとんど覚えていない――切れ切れに思い出せるだけだ。ユーバのところにあったぼろぼろのテーブルクロスで、この大きすぎる新たな体をすっぽりおおうチュニックを作って、(「まるでゾウみたいな肩」ともんくをいいながら)それを着て、転びそうになりながらアガサとユーバのうしろをどたどた歩いて女子側の岸まで行って(「どうして全身がこんなに硬いの!」)、なんとか芝居《しばい》ふうに別れの言葉をいった(「さようなら、わたしの気品! さようなら、わたしの女の子らしさ!」)と思ったら、ユーバに静止の魔法で気絶させられた。

その少し前、ユーバとアガサが洞穴《ほらあな》で今回の作戦のおさらいをしているあいだ、ソフィは聞こえないふりをしていた――ユーバとアガサでソフィの体を女子側の湖に浮かべて、クロッグがうじゃうじゃ潜《ひそ》んでいる赤い堀《ほり》にむかって押し出す。するとソフィの体は流れに乗って男子側の岸に着く、という作戦だ。ユーバはアガサに、クロッグは男子には軽くかみつくくらいだから心配ない、と断言した。とはいえ、計画発案者はふたりともソフィが軽くかまれるときには眠《ねむ》っていたほうが賢明だと思ったし、ソフィにもそれに反対する理由はなかった。ソフィは今、チュニックのあちこちがクロッグの歯形だらけ、血だらけなのを見て、男子としての最初の数時間はほとんどずっと気を失っていてよかったと思った。

「名前だ、いえないのか?」

ソフィはゆっくり目をあげてカストルを見た。カストルは集まった男性教職員の前に立っている。

教職員は全員黒と赤のローブ姿で、目の前の新入り男子をにらみおろしている。

ソフィはどきどきしながら膝立《ひざだ》ちになった。驚《おどろ》いたのは男子側の教職員がもどってきたことだけではなかった。

校内はすっかり片づけられ、サル山ではなくなっていた。天井の垂木《たるき》からぶらさがっていた男子も、落書きだらけのドアも、腐敗臭も消えた。悪の城のロビーは血のような赤に塗《ぬ》りなおされて、壁には赤いヘビの紋章が飾られている。ロビーのらせん階段は三本とも黒いペンキで塗りなおされている一方、手すりは赤いペンキが塗られて、ヘビがらせん階段をのぼろうとしているようにも見える。階段の上のほうから二百人以上の男子が――おなじみのエヴァー、ネヴァーの男子生徒と、ハンサムな新入りプリンスたちが並んで――新たな新入りを見おろしている。全員シャワーで髪も体も洗って、清潔な赤と黒のレザーの制服を着ている。

ソフィは口の中がからからだ。たしかに、昔からずっとハンサムで強そうな男子が大勢いる城に行く日を夢見ていた。

でも、こういう状況で実現するとは思ったこともない。

「名前をいえ」カストルが前足でソフィののどをつかんでおどした。

アガサには、ソフィのお父さんが息子につけようと思っていた名前を選ぶなんてありえない、といわれた。生まれてこなかった息子に対するソフィの父親の愛情は、実の娘に対する愛情より大きかったのだから。

でも、ソフィにはそれ以外の名前は考えられなかった。

「フィリップ」ソフィはカストルにつかまれたまま、かすれた声でいった。

その名前を口に出したとたん、ソフィの中で何かが目覚めた。ソフィはかたい表情でカストルを見た。

「フィリップ、マウントホノーラ出身だ」ソフィは低い声で、しっかりとくり返した。「残虐《ざんぎゃく》な魔女に王国をうばわれた。ほうびを勝ちとりにきた」

エルフみたいなプリンスを見おろしていた男子たちがざわつきだした。

「そこはエヴァーの王国か？」マンリー先生がエスパダ先生にささやくのが聞こえた。

「メイドゥンヴェイルの飛び領地でしょうな」エスパダ先生が口ひげをぴくぴくさせながらこたえる。

「マウントホノーラ出身のフィリップ、どうやってここに来た？」カストルがどなるようにいってソフィをつかんでいた手を放す。

「シールドの小さな割れ目から来た」ソフィはいった。

「それは不可能だ」階段の上のほうから声がした。

声の主はアリックだ。赤い覆面《ふくめん》をつけた部下数人といっしょに、いじわるの塔の階段のいちばん高いところからこちらを見おろしている。アリックも部下も輪にした鞭《むち》をベルトにつけ、シャツの上に赤いミリタリージャケットを着ている。まわりの男子は前の何倍もアリックたちを怖がっているように見える。教職員は、アリックたちを昨年までのオオカミの後任にしたらしい。

「おれ以外にレッソ先生のシールドを破れるやつはいない」アリックはせせら笑いをしながら、不審者をにらみおろした。「おれがプリンスたちを入れた後、シールドの穴はしっかりとふさがれている」

ソフィはアリックの紫《むらさき》の目を見た。「もっとうまくふさぐべきだったな」

階段の上にいた観衆に緊張《きんちょう》が走った。アリックと部下たちは刺すような目つきで新たな新入りを見ている。自分たちより背が低く、体も細いくせに、どうどうと全校の前でけんかを売ってきた。

しかし、カストルはゆかいそうに、にやにやしながらこの不審者を見ている。「フィリップ、男子の学校によく来た」

ソフィはほっと息をもらした。アリックのにらむ視線がさらに冷たくなった。

「三日後の夜、ふざけたトライアルが行われる。対戦相手は女子だ。男子側が負けたら、全員むこうの奴隷《どれい》になる」カストルは階段に並ぶ男子たちを見あげて高らかにいった。「勝て。勝って、善と悪をめちゃくちゃにした読み手ふたりを殺せ。勝て。勝って、両校を伝統どおりの学校にもどせ」

男子たちがいっせいに歓声をあげた。ソフィはごくりとつばを飲んで、自分自身の処刑が楽しみでしかたない、という顔を作ろうとした。

「これから三日間、トライアルの予選をして女子と戦う代表を決める」カストルは話をつづけた。「三日間の予選後、上位九人が代表になる。代表の十人目は一位のリーダーが選ぶ。それぞれ自分のまわりにいる新入りのプリンスと仲良くするなり、エヴァーとネヴァーとで同盟を結ぶなりしておくことだ」

男子生徒も諸国のプリンスも、おたがいをさぐるように見て、相手の実力をはかろうとしている。

「もうひとついいことを教えてやろう」カストルがいった。「その三日間、それぞれの日の最後に一位だった生徒は、夜になったら校長の塔の見張り番をするという、このうえない名誉にあずかる」

階段の上の男子たちがぶつぶついいだした。そんなのぜんぜん名誉じゃない、といいたげだ。しかしソフィはうれしい知らせに舞い上がってそれどころではない。カストルは今ここで図らずもソフィとアガサの命を救った。ソフィが今日いくつかの課題で勝てば、今夜にも語り手を盗める！夜明けまでにアガサといっしょに家に帰れる！

「カストル、フィリップのベッドの空きがありません」メガネをかけたキツツキ、アルベマールが自分の手帳を見ながらいった。「寮の部屋は満室です」

カストルは新入りのフィリップをじろりと見た。「あの役立たずといっしょに入れておけ。ふたりのうち、その日の最後に順位の低かったほうはおしおきだ」

ソフィの顔から笑みが消えた。階段に並ぶ男子たちがどっと笑った。アルベマールはくちばしで羊皮紙に何か書きこんでいる。アリックも満足げな顔でソフィを見ている。

〈あの役立たず？〉ソフィは体をこわばらせた。〈だれのこと？〉

カストルがソフィの手錠をはずした。「授業の前に少し休んでおけ。だれか、新入りフィリップを部屋に案内したいやつはいるか？」

足音が階段をぱたぱたおりてくる。ソフィが階段に目をこらすと、ホートだった。体よりふたまわりも大きい新品の制服姿で、まわりの男子にぶつかりながら、ばか丸出しでおりてきた。「おれだよ！　おれだよ、フィリップ！」ホートはアルベマールのくちばしからフィリップ用の時間割をうばうと、新入りフィリップの手を引っぱって立たせて――

「おれ、ホート。おまえを助けてやっただろ。だから、おれたちは親友だ。おまえはエヴァーだけどな」ホートはソフィに時間割を押しつけて一方的にしゃべっている。「授業とか校則とか、おれが教えてやるよ。昼はおれといっしょに食べて、それで――」

しかし、ソフィは聞いていない。ソフィの目に見えているのは羊皮紙の時間割に書かれた最初の数行だけ。アルベマールがくちばしで記入したばかりの、几帳面で、読みちがえるはずのない字が並んでいる。

フィリップ　マウ・ントホ・ノーラ出身

男子の学校　二年生
ルームメイト：テドロス

役立たずはだれか、答えがわかった。

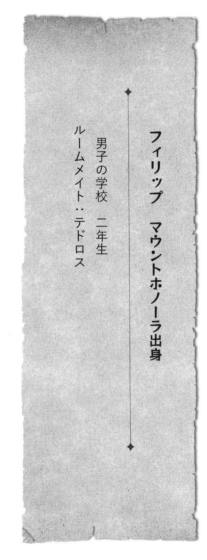

第17章　ふたつの学校、ふたつの任務

「アガサ？」

アガサはかすかにまばたきをした。まぶたに積もっていた雪が解けていく。「アガサ、起きて」

目を開けると、テドロスがいた。無精《ぶしょう》ひげは剃《そ》って、エヴァーの男子生徒の青の制服を着て、アガサのベッドの前で膝《ひざ》をついている。テドロスの髪にも雪が積もっている。アガサの髪をやさしくかきあげる。「アガサ、いっしょに来てくれ」小声でささやく。「手遅れになる前に」

アガサは顔を寄せてきたテドロスの目をのぞきこんだ。前と何も変わらない、やさしくて純真な目だ……テドロスのくちびるがアガサのくちびるに近づいてくる……テドロスの温かい息づかい、そして甘い口づけ――

アガサははっと目を覚ました。体じゅうがほてって汗をかき、枕を抱きしめている。

一瞬、リーパーは？　と思った。いつもなら横で丸まって寝ているはずだ。そこでいっきに全部

思い出した。すぐに体を起こして窓の外を見る。雪の朝だ。窓から吹きこむ雪まじりの風が、だれもいない天蓋《てんがい》つきのベッド二台の上を駆け抜け、アガサのベッドにも吹きつけている。しわひとつないソフィのベッドのシーツは雪まみれだ。アガサはそれを見て息苦しくなった。親友は今、敵の城にいる。自分たちふたりが家に帰るために、男子に変身して命がけで潜入《せんにゅう》した。それなのに自分は夢の中で……彼と……

アガサは息を整えながら、はうようにベッドから出て、さっきの夢をふり払おうとした。くだらない。昔のことを思い出して引きずってるだけ。もうじきとり消される願いの幻《まぼろし》を見ただけ。今だいじなのはソフィだ。

アガサはいそいでうしろの時計を見た。七時半過ぎ。ソフィが生きのびたかどうかわかるまであと十五時間……五万四千秒。アガサとソフィは前もってとり決めをした。日没時に窓にランタンをかけておたがいの無事を知らせあおうねと。無事なら緑の火、そうでなかったら赤の火。十五時間後まで、アガサの頭に浮かぶのは夢見るプリンセスから現実主義のプリンスに変身した親友の姿だけ、意識を失ったままホートに引きずられて男子の城に入っていく姿だけだ。

アガサは急いで制服を身につけながら部屋の中を歩きまわった。まださっきの夢で少し動揺している。昨夜ベアトリクスを部屋から追い出すのはかんたんだった——消灯のときに二、三回咳《せき》をして、顔にビーツの汁を塗《ぬ》りたくって、ユーバの病気がうつったかもといったら、ベアトリクスは自分のトランクを全部引きずってリーナの部屋に移動した。しかし、そのうちにだれかがアガサとソフィをチェックしにくるかもしれない。

アガサは厚底の靴に足をつっこみながらドアにむかった。ダヴィー先生をさがして全部打ち明けなきゃ。ダヴィー先生はもともとは有名な、親切な妖精だ。今までいろんな人の問題を解決してきた！　けど、盗み聞きされないためにはどこで会えばいい？　イヴリン先生のスパイはつねにダヴィー先生につきまとっているし、大丈夫そうなところはどこも――バスルームも、食堂も、セイダー先生の研究室も――危ないとわかった。蝶に見つかっても話さえ聞かれない場所があれば……答えさえ見つかれば、ドアから飛び出していくのに……

だめだ。アガサはベアトリクスのベッドにへたりこんだ。歯がゆくて、ベッドの柱を思いきり靴で蹴《け》る――

何かぬれたものを蹴飛ばした気がした。

見ると、ベッドの下に小さな水たまりができていた。ベッドの下に何かあって、そのうしろにたまっていた雪が解けたのだ。床に腹ばいになってベッドの下に手をのばしてみると、指の先がごわごわしたゴムっぽいものにさわった。ゆっくり引っぱり出してみると、丸めた服が出てきた。押しこんであったのは黒と赤のレザーの制服と、薄手のヘビ皮のケープだ。

アガサは制服を広げてみた。血と泥《どろ》で汚れている。なんでベアトリクスは男子の制服を隠《かく》そうとしたの？　青の森のどこかで拾ったの？　なんでないしょにしてたの？　光沢のある黒いうろこのついたケープにさわろうとして、アガサの指が止まった。一年前に教わった。ヘビ皮のケープの用途はつねにひとつ。身にまとう者を透明《とうめい》にする。けど、ベアトリクスが自分の城で透明になる必要がある？

ケープからラベンダーの強い香りがして、アガサはくしゃみをした。ベアトリクスはプリンセスの髪型はやめたけど、たしか、ソフィから香水は借りていた。

アガサは制服とケープをまたベッドの下に押しこんだ。ベアトリクスのおかしな行動は今のアガサの問題とはなんの関係もない。今のアガサとソフィに必要なのは協力してくれる先生……

うしろでカサッという音がした。アガサがふり返ると、ドアの下に封筒が差しこまれていた。封筒を拾ってダヴィー先生のカボチャの印が押された封蝋《ふうろう》を開けると、中から小さな羊皮紙のカードが出てきた。

下水道に、今すぐ。

下水道なら盗み聞きされないですむ。

といっても、自分とソフィが何をしたかダヴィー先生に打ち明ける必要はない。

アガサの信頼する親切な妖精はもう知っている。

「ユーバからすべて聞きました」ダヴィー先生がいった。ダヴィー先生はレッソ先生といっしょに、霧《きり》のかかった暗い下水道の中でアガサを待っていた。湖からいきおいよく流れてくる水の音でダヴィー先生の声は聞きづらい。「こんなにばかばかしい作戦を思いつくなんて正気を失っているとしか思えません。わたしもレッソ先生も驚《おどろ》くやら、ぞっとするやらで、開いた口がふさがりませんでした――」

アガサは真っ赤になって下をむいたままだ。

「――と同時に、ひじょうに感心しました」

アガサはきょとんと目の前の先生たちを見つめた。ふたりともほほ笑んでいる。「え？」

「あの香水くさいだめ生徒を痛い目に合わせるのであれば、わたしの成績簿では金星《きんぼし》です」レッソ先生はもったいぶったいい方だ。

ダヴィー先生はレッソ先生を無視した。「アガサ、あなたはプリンスと永遠にここで暮らすために友人を犠牲《ぎせい》にすることもできた。テドロスとキスをして、自分の命を守ることもできた。けれど、あなたは、ソフィに数々の前兆が生じていることを知ったうえで、彼からソフィの命を守ることを選んだ。あなたがソフィといっしょに〈おしまい〉と書きさえすれば、テドロスはあなたが彼に危害を加えるつもりはないことを知るでしょう。そのとき初めて、テドロスは最初からあなたを信用すべきだったとわかるでしょう」

さっき見た夢の断片がよみがえってきそうになる。だめ。アガサは思い出さないようにした。

「テドロスがあなたから学んだ屈辱《くつじょく》的な教訓は広く、広く知れわたるでしょう」ダヴィー先生はつづけた。「レッソ先生もわたしも、この教訓には男子と女子を仲直りさせるのにじゅうぶんな影響力《えいきょうりょく》があると信じています。これこそあなたたちの物語の正しいエンディングなのですから。そして、そのために必要なのは、ソフィが語り手のペンをとり返し、あなたたちふたりが〈おしまい〉と書くことだけです」

アガサはすぐにほっとしてうなずいた——が、ひとつ問題があることを思い出した。「けど、ソフィがいないことがばれたら大変です！」

「ユーバもいちおう講師ですからね、それに関しては対応ずみです」ダヴィー先生はうしろの暗いトンネルをちらっと気にしながらいった。「あなたたちふたりがトライアル代表チームに入ることは最初から決まっています。したがってユーバはヘルガとして、イヴリン学部長に伝言で許可を求めました。トライアルまでの残り三日間、青の森でソフィとアガサを個人的に訓練したい、学部長も少しでも勝算を高めたいでしょうと」

アガサの目が大きくなる。「それで？」

「意外ではありましたが、イヴリン学部長は賛成しました。ふたりともトライアルの前夜までに戦うそなえができるなら、といって。学部長は今朝《けさ》もあなたたちふたりはヘルガといっしょだと思っています」

「これですべて解決です！」アガサは胸をなでおろした。

「いいえ、まだです」レッソ先生がぴしゃりといった。いきおいよく流れる下水道の水が跳ねて、レッソ先生のドレスに飛んだ。「ソフィの魔女の前兆はどこにいったのか、という疑問がまだ残っています」

「ソフィはいってました。だれかに魔法をかけられた、って――」アガサはソフィの弁護《べんご》をした。

「なるほど」レッソ先生はいった。「ですが、魔女の前兆を魔法で生じさせることはできません。そんなことができるのは、われわれの魔法よりはるかに強力な魔法だけです。つまり、可能性はふたつ。その一、ソフィは、あなたがテドロスとのエンディングを願ったことは許す、とうそをついた。そして、あなたは現在、恐ろしい魔女を自分のプリンスのもとに送りこんでしまった」

「ちがいます」アガサは力強くいった。「ソフィは今は善です。あたしは知ってます」

「アガサ、ソフィが善だという保証は？」ダヴィー先生がレッソ先生と視線を交わす。「これはひじょうに重要なことですよ」

「ソフィはあたしを家に帰らせるために、あんなことまでしたんですよ」アガサはすぐにいい返した。「百パーセント保証します」

「では、その二。ソフィの前兆がだれかの強力な魔法によるものだ、ということになります」ダヴィー先生がいった。「その人物はソフィの前兆が現れる場に、たまたま、かならずいた。レッソ先生もわたしもその人物については、あなたたちふたりがここに来てからずっと警告《けいこく》を発していました」

アガサはダヴィー先生の厳《きび》しい口調《くちょう》に答えを見つけた。「イヴリン・セイダー先生ですか?」アガサはあわてた。「まさか！　イヴリン先生はあたしとソフィが友だちでいられるように――」

「イヴリン学部長は危険人物です」レッソ先生にしてはめずらしく緊張《きんちょう》した表情だ。前回、教室でも同じような表情を見せていた。「イヴリン学部長が魔女の前兆を生じさせたとしたら、アガサとソフィを友だちでいさせたいと思っているはずがありません」

アガサはあぜんとレッソ先生を見た。「けど、イヴリン先生があたしにソフィを魔女だと思わせようとしているなんて、まさか――」

「あなたはイヴリン・セイダーについて、彼女がどんな力を持っているか、何も知らない」レッソ先生がいい返す。レッソ先生の目に突然、涙がわいてきた。

「え？　どうしてそんなことを――」

「ダヴィー先生とわたしはこの目で見たのです。イヴリン・セイダーが十年前にこの学校から追放されるのを！」レッソ先生は吐き捨てるようにいった。顔が真っ赤だ。「その学校が、今では彼女の味方なのです」

アガサはがくぜんとレッソ先生を見つめた。

「だれかいるのですか？」うしろのほうから声が聞こえてきて、三人ともふり返った。人影が、霧《きり》につつまれたトンネルのむこうからゆっくり近づいてくる。

ダヴィー先生は体をこわばらせ、アガサの両肩をつかんだ。「この学校が一度追放した者を呼びもどすことはけっしてありません！　ですが、アガサとソフィの物語はなぜか、イヴリン・セイダーを呼びもどしてしまった。彼女は今やあなたたちふたりの物語の一部。一年前の校長と同じです。もし彼女が魔女の前兆を生じさせたのだとしたら、きっと自分の求めるエンディングがあるはずです」

アガサは首をふった。「けど、ソフィが語り手をとり返しに行ってるってことは――」

「イヴリン学部長が予測していなかったとでも？」レッソ先生は鼻で笑った。「アガサ、イヴリン・セイダーはいつも一歩先にいるのです！　これから三日間、イヴリン学部長はあなたが青の森にいると思っている。ソフィが無事にもどってくるまでの時間、あなたはイヴリン学部長の言動をさぐることができます。イヴリン学部長がソフィの魔女の前兆を生じさせた理由をさぐりなさい！　ダヴィー先生とわたしが失敗した任務を成功させなさい！　時間をかしこく使うのです、わかりますか？　あなたとソフィがこの学校から生きて脱出するにはそれしかありません！　さあ、行きなさい！」

アガサはどうこたえたらいいかわからない。「あの――あたし、よくわからなくて――」

ダヴィー先生とレッソ先生はすでに帰りかけている。「あなたと会うのはこれきりです」ダヴィー先生がきっぱりという。

「だれかいるのですか？」声が響《ひび》く。

アガサがふり返ると、霧の中からだれかが出てきた。アガサはまたすぐ先生たちのほうを見た

――「あたし、どうやって――」

しかし、ダヴィー先生もレッソ先生ももういない。

数秒後、ポルックスは人気《ひとけ》のない下水道内の通路をざっと見て、またふうふういいながら階段をのぼっていった。ポルックスはいきおいよく流れる水路のチェックはおこたった。その水路ではおびえた女の子がひとり、首まで水につかって壁にぴったりくっついて思っていた。今すぐ親友と話ができたらいいのに。

「プリンスの親友ができるなんて思ってもなかった」ホートは悪側の下水道の中をいそぎながら、ひとりでしゃべっている。

「どこに行くんだ？　ぼくの部屋に案内するっていってたけど」ソフィは緊張《きんちょう》してうわずりそうになる声をおさえながらいった。じめじめした下水道をいきおいよく流れる赤い泥水《どろみず》の上に声が響く。ソフィは袖なしの黒と赤のレザーの制服姿で、ホートのうしろをもたもた追いかけている。幅の広い肩が通路の壁にぶつかってばかりだ。まだこの重すぎる体重にはぜんぜんなれない。ぬらぬらした赤い泥水の表面に映る自分の顔をちらっと見てみた。ブロンドのショートヘアに、のみで削ったようなあご、静脈の浮き出た上腕《じょうわん》。ソフィはあわてて目をそらした。

「いっしょの部屋にしてもらおうと思ったんだけど、もうおれの部屋にはジニーヴェイル出身のプリンスが入ってて」ホートはソフィのほうをちらっと見た。「先生たちが復帰したからいろいろ厳《きび》

しくなったんだ。おれにいわせると、アリックとアリックの部下たちにくらべたら、元見張りのオオカミなんてかわいいもんだよ。だけど心配ないから。おれの親友には指一本さわらせないぜ」

ソフィは顔をしかめた。男子に変身してもこのイタチ少年から逃げられないの？　先のほうに下水道の中間地点が見える。泥水《どろみず》とすんだ湖の境界はいくつもの大きな岩でふさがれている。「でも、まだわからない。どうして、こんなところまで――」

「どこにある！」渦巻く赤い泥水の上に、マンリー先生のどなる声が響《ひび》いた。

「あそこに隠《かく》したって、先生に教えたじゃないですか」テドロスの声がいい返す――

「あそこにはなかった。本当のことをいうまで食事はなしだ」

「あの女子ふたりのしわざです！　この城のどこかに隠れているんだ！」

「女子がこの城にいて、われわれが気づかないと思うか？」マンリー先生はばかにしたいい方だ。

「あのペンはまだ校長の塔の『どこか』にある。さもなくば、校長の塔もペンを追いかけて移動したはずだ。さあ、どこに隠したかいえ。さもなくば、父親の剣をどろどろに溶かして、トイレの便器に作り変えてやっても――」

「いったとおりです！　テーブルの下に隠したんです！」

ソフィの心臓が止まった。〈語り手は……行方不明？〉じゃあアガサとわたしは〈おしまい〉って書けないじゃない。

突然、ソフィはパニックにおちいった。今日の予選で一位になることがますます重要になってきた。語り手のペンが校長の塔のどこかに隠されているとしたら、見つけるのに時間がかかりそうだ。

ソフィは吐き気をおさえ、ホートの後から下水道の壁に沿って進んだ。その先にあったのは真っ暗な牢屋《ろうや》のさびた鉄格子だ。奥のすみにはげ頭で丸っこい体のマンリー先生の黒い影が立っていて、その足下にもうひとつ人影がある。

「先生、お願いです。ぼくをおとぎトライアルに出させてください」テドロスの声はひっしだ。「あのふたりに勝てるのはぼくだけなんです！」

「語り手のペンが見つからなければ、きみはトライアルを待つまでもなく飢え死にだ」マンリー先生は牢屋の扉のほうをむいた。

そして、新入りの男子生徒が鉄格子のむこうから目をまん丸くして自分を見ていることに気づいた。「フィリップか。男子はうそつきがきらいだ。テドロスは男子諸君にアガサとキスをすると約束した。男子と女子の学校を善と悪の学校にもどすと約束した。ところが、どうなった？　今や男子全員が奴隷《どれい》になるかもしれない。テドロスが男子全員に憎《にく》まれても、なんの不思議もない」マンリー先生はせせら笑いながら、扉を引き開けた。自分が出るのと入れ替わりに新入りのフィリップを牢屋に押しこむ。「フィリップ、今日は全校の男子がきみの味方だ。この思いあがった若造に思い知らせてやれ」

ソフィはくるっとふり返った。「ま、待って——」

ホートがガシャンと扉を閉めた。「フィリップ、また授業のときにな！」

「ホート！　ぼくはこんな部屋いやだ！」ソフィは鉄格子を握りしめて叫んだ。

しかし、イタチ少年はすでにマンリー先生の後を追いかけ、興奮ぎみにしゃべっている。「先生、フィリップは今日テドロスをこてんぱんにすると思います。見ててください——」

ソフィはゆっくりとふり返り、ろうそくが一本だけ灯《とも》る腐《くさ》った牢屋の中を見た。スチール製の檻《おり》の壁には身の毛がよだつような各種の拷問《ごうもん》道具がぶらさがっている。その下にある鉄枠のベッド二台にはマットレスも枕もない。ソフィはここで一年前に野獣《やじゅう》に何が起きたかを思い出して息ができなくなった。この牢屋《ろうや》のせいで自分は悪になった。この牢屋のせいで自分を見失った。ソフィはパニックになって――

顔をそむけると、牢屋の奥から血走ったふたつの目がこちらを見ていた。

ソフィはふらっと後ずさった。

「本当なのか?」暗がりからテドロスの声がした。

「何が?」ソフィは声のトーンを低くして、おそるおそるいった。

「ふたりのうち、予選の課題の成績の低かったほうがその晩、おしおきって話だ」

「あのイヌはそういっていた」

暗がりからゆっくりとテドロスが立ちあがった。少なくとも体重が十キロ近く減って、制服には泥《どろ》がこびりつき、青い目は怒りに燃えている。

「じゃあぼくらは友だちになれない、だろ?」

ソフィはまた後ずさった。テドロスが歯をむきだしてじわじわ近づいてくる。

「ぼくは今回のおとぎトライアルの代表メンバーになってみせる。聞いているか?」つばを飛ばしながらせせら笑いする。「あのふたりはこの世界でぼくに残っていたすべてをうばった。仲間も、名声も、名誉も――」新入りフィリップののどをつかんで鉄格子に押しつける。「おまえにもほかのだれにも、ぼくがあのふたりと戦うチャンスをうばわせるものか」

く、苦しい。ソフィは両手をあげて降参《こうさん》のポーズをした。ここから逃げなくちゃ! この体から逃げなくちゃ！　わたしが男子としてやっていけるはずが――

突然、感じたことのない怒りが血管を駆け抜けた。恐怖心が焼き払われ、頭の中がみょうにはっきりしてきた。自分を押さえつけている男子にぴたりと焦点《しょうてん》が合う。この男子がわたしのプリンセスになる夢をうばった……わたしのたったひとりの友だちをうばうところだった……そして今、自分と親友の命をうばおうとしている。体験したことのない力が、怒りのホルモンとともに全身の筋肉にほとばしる。そして気づくと、大声をあげてテドロスを押し返していた。

「えらそうな口をきくな。自分のプリンセスを女子にとられたくせに」ソフィは自分でも驚《おどろ》いていた。なんてすごみのある声だろう。

テドロスはソフィののどから手を放した。ソフィと同じくらい驚いている。新たな牢屋仲間が襟《えり》をつかんできても見ているだけだ。「どうしてアガサがソフィを選んだか、ぼくにはわかる」新入りフィリップは激しい口調《くちょう》でいった。「ソフィはアガサに友情、忠誠《ちゅうせい》、犠牲《ぎせい》、愛をささげている。すべて善の力だ。おまえにはアガサにささげるものがあるか？　おまえは軟弱で、おろかで、未熟な『つまらない』やつだ。おまえにあるのはその整った顔だけだ」新入りフィリップはテドロスをぐっと引き寄せた。鼻と鼻がつきそうだ。「今、その顔の下に何があるかわかった」

テドロスはビーツみたいに真っ赤だ。「ぼさぼさ頭で体がでかいだけのエルフに、何がわかるっていう――」

「教えてやろう。今、おまえの中には」エメラルド色の目で刺すようにテドロスを見る。「なんにもない」

テドロスの顔から敵意が消えて、一瞬おさない子のように見えた。

「お、おまえは、だ、だれなんだ？」テドロスはつかえながらいった。

「フィリップだ、よろしく」ソフィは冷たくいって、テドロスから手を離《はな》した。

テドロスは顔をそむけて息を整えた。鉄枠のベッドにテドロスの動揺した顔が映っている。ソフィはそれを見て、にやっとしそうになるのをこらえた。

ふと、男子になるのも悪くないと思った。

牢屋《ろうや》の外で鍵束《かぎたば》の鳴る音がした。ふたりともふり返る。覆面《ふくめん》をつけたアリックの部下が牢屋の扉を引いて開け、おどすようにいった。

「授業の時間だ」


今日、一位をめぐって戦う男子の数は二百名。ソフィと語り手のあいだに立ちはだかる男子の数は二百だ。ソフィはそれぞれの悪の教室へといそぐ男子の集団に遅れないよう、体を揺すってどたどた追いかけた。勝ち目はほとんどない。

ソフィは脇の下の汗をぬぐった。この新しい体は汗ばかりかいて困る。男子の体がつねにたえられないくらい熱いと知っていたら、扇子《せんす》か冷たい水を用意してきたのに。おなかがぐうぐう鳴っている。昼食のことを考えて気持ちをまぎらそう。この男子たちの体格からして、ごちそうが用意されているにきまっている。七面鳥の腿《もも》のあぶり焼きに、脂《あぶら》たっぷりのベーコン、厚切りハムに、レアに焼いたステーキ……すでに口の中に肉の味がして、つばがわいて――

ソフィは青ざめて、よだれをぬぐった。いつから肉料理のことを考えるようになったの！　いつから食べ物のことなんか考えるようになったの！　ソフィは思わずよろけ、レイヴァンにぶつかってしまった。「ろくに歩けないのか」レイヴァンは顔をしかめてソフィを押しのけた。

ソフィはうつむいたままだ。ブロンドのショートヘアが目にかかっている。体のどこもかしこも棒みたい……糸を強く引っぱられたまま動けないあやつり人形になった感じだ。ちらっと目をあげて前のほうにいるアリックを見た。胸を張って、雄馬みたいにふんぞり返って歩いている。ソフィもそれをまねすることにした。

今度はうしろをちらっと見てみた。テドロスが集団から一歩遅れて、ひとりで歩いている。まわりにはだれもいない。マンリー先生はいっていた。テドロスは男子全員からうらまれている。それはトライアルの条件で男子全員の自由を危険にさらしたからだ……けれど、ソフィはそれ以外にも理由があるのではないかと思った。男子は砂の城であれプリンスであれ、自分たちが作りあげたものをこわすのが大好きだ。この二年間、テドロスは男子全員があこがれる裕福で、人気者で、むちゃくちゃハンサムなエヴァーのリーダーだった。語り手が行方不明になった罰としてマンリー先生がテドロスを牢屋に放りこんだ今、男子たちはその転落ぶりに大はしゃぎしている。今のテドロスは弱ってハイエナのえじきになる寸前《すんぜん》のライオン同然だ。テドロスはバルコニーからかすかに吹きこむ冷たい風にも少し震《ふる》えているし、食べ物をもらえなくてやせた体には元気がない。ソフィにはそんなテドロスに同情する気持ちはこれっぽっちもない。

「フィリップ、フィリップ！　時間割、忘れてる！」ホートが割りこんできて、くしゃくしゃの羊皮紙をソフィに押しつけた。「今日はずっとおれと同じ授業だ――」

ソフィは息を吹いて目にかかった髪を払い、手元の時間割を見た。

フィリップ　マウントホノーラ出身

男子の学校　二年生
ルームメイト：テドロス

授業　　　担当
一時間目　トライアルの予選：男子の武器　ルミ・エスパダ教授
二時間目　トライアルの予選：適者生存　カストル
三時間目　トライアルの予選：対女子防衛策　ビリアス・マンリー教授
四時間目　昼食
五時間目　トライアルの予選：兄弟愛＆チームワーク　アレクサンダー・ルーカス教授
六時間目　トライアルの予選：青の森での体育（合同グループ2）　モーシン（巨人）

「おれたちは何週間も、練習試合や講義や教科書なんかで課題にそなえてきた。だから、フィリップはちょっと運がないと無理かも」ホートは冗談っぽくウインクした。「だってさ、フィリップは歩くの下手じゃん。生まれたときからでっかいハイヒールでもはいてるみたいにさ」

ソフィは汗がだらだら出てきた。まだ男子らしく歩くことだってできないのに、今度は課題で全校の男子に勝たなくちゃいけないの？

十分後、エスパダ先生は受け持ちの男子生徒四十名といっしょに悪のホールに立っていた。先生の前には黒い布のかかった長いテーブルがある。

「われわれからはすでに女子の学校のイヴリン学部長に対し、おとぎトライアルのルールは伝統にしたがう、と連絡してある」エスパダ先生のなでつけた髪も、カールした口ひげも黒々としている。エスパダ先生の見くだすような薄笑いに、ソフィはガヴァルドン村の最年少の長老を思い出した――その長老がソフィの血でソフィの胸元に〈わたしを連れていって〉と書いた。

「日没とともに女子十名、男子十名が青の森に入る。両チームとも、相手チームの攻撃《こうげき》をかわすだけでなく、教職員の罠《わな》にもかからないようにしなくてはならない。日の出のときに森の中により多くの代表メンバーが残っていたほうが勝ちだ。男子が勝った場合、ソフィとアガサはわれわれに引きわたされて公開処刑となり、両校は善と悪の学校にもどる。女子が勝った場合、われわれ男子側はこの城を明けわたし、女子の奴隷《どれい》となる」

男子たちがおたがいにぶつぶついいだした。ソフィの大きな背中は汗でびっしょりだ。

「代表メンバーは慣例どおり、降参《こうさん》の合図用のハンカチをあたえられる」エスパダ先生はつづけた。「命の危険を感じたらそれを地面に落とす。そうすれば青の森から無事に救出される。おとぎトライアルにのぞむ代表メンバーは各自の身を守るため、武器をひとつだけ持つことを許されている。今日の課題ではもっともよく選ばれる武器をためしてもらおう……」

エスパダ先生が黒い布をめくった。テーブルの上に並んでいるのはサイズも長さもいろいろの剣や短剣だ。どれもふだんの練習用の剣の何倍もよく切れそうだ。

「長年のあいだ、おとぎトライアルで使用する剣は刃を鈍くしてあった。が、今年のトライアルの条件を考えれば、そのような配慮は無用と判断した」エスパダ先生は黒い目を輝かせた。「使い手が機敏で、そして体力があればあるほど、剣は効果を発揮する。剣先を女子の胸元につきつければ相手はただちに降参《こうさん》のハンカチを落とすだろう」

エスパダ先生はハンカチを二枚出した。一枚は赤で、一枚は白。「さあ、きみたちのだれが自分のハンカチを落とすか楽しみだ」

ソフィは緊張《きんちょう》した。剣なんて今まで持ったことがない。

エスパダ先生は男子生徒をふたりひと組で順番に前に呼んだ。各組それぞれが自分の剣を選び、片方が降参するまで戦う。エヴァーの男子生徒と各国のプリンスが剣術の訓練をしっかり受けているのに対し、ネヴァーの男子生徒が訓練してきたのはひきょうな戦い方ばかりなので、なんでもありの対戦になった。チャディックはホートののどに剣先をつきつけただけで勝ち、レイヴァンはアヴォンリーのプリンスの股間《こかん》に膝蹴《ひざげ》りして勝ち、アリックはヴェクスをひとにらみしただけで勝ち

……

「次、テドロス対フィリップ」エスパダ先生がいった。

ソフィはゆっくりとテドロスのほうを見た。テドロスは燃えるような目でソフィをにらんでいる。

テドロスは牢屋《ろうや》でソフィにいわれたことを忘れていない。

「フィーリップ！　フィーリップ！」男子たちは声をそろえて応援をはじめた。エスパダ先生がふたりそれぞれにハンカチをわたす。「どの剣を使うか選びなさい」

ソフィは汗で目がかすんでいた。震《ふる》える大きな手でテーブルの上から細くて長い剣をとる——ホートがソフィを肘《ひじ》でつついた。「ばか、それは研《と》ぎ棒じゃん！」

ソフィはそのとなりにあった短剣をつかんで、またすぐテドロスに向きなおった。が、テドロスはソフィがまちがえたのを見ていた。歯をぎりぎりいわせ、鼻の穴をふくらませて、父親から受け継いだ剣をかまえる。

「準備はいいか……では……はじめ！」エスパダ先生が合図した——

「やーーー！」テドロスがフィリップめがけ、雄牛みたいに飛び出す。

ソフィは剣どころか、男子の体の使い方さえわからない。ひっくり返って壁にぶつかり、あわててハンカチをさがす。太くて長い指でポケットの中をもたもたさぐりながら、むちゅうで前を見る。テドロスが剣をかまえてせまってきた。あった！　ソフィはハンカチをつかんで地面に落とそうと——

テドロスがつまずいて、ソフィの目の前でばたんと転んだ。

ソフィは一瞬きょとんと足下のテドロスを見て、視線をあげるとホートがいた。ホートは誇らしげににやにや笑っている。ブーツでテドロスの足を引っかけたのだ。

テドロスは自分の剣をつかもうとした。すると、チャディックが出てきて剣を蹴《け》り飛ばした。テドロスはよろよろ立ちあがった。すると、レイヴァンに電撃の魔法をかけられ、その場に倒れた。

テドロスが苦しがってわめいていると、ホートは手をふったり指でさしたりしてソフィに何か教えようとした。テドロスのハンカチ、だ。ソフィは静かに膝をつき、テドロスのポケットからハンカチを引っぱり出して床に落とした。

「フィリップの勝ち！」エスパダ先生が宣言した。ソフィがプリンスらしくおじぎすると、男子たちはどっと歓声をあげた。

「待て――あんなひきょうなやり方――」テドロスは思わず叫んだ――

「かしこい男子は味方を作るのが得意だ」エスパダ先生は薄笑いで返した。

テドロスの頭の上にボンッと「20」が現れた。トイレのにおいつきの黒い煙の「20」だ。ソフィの頭の上には金の煙で「1」が浮かんでいる。ソフィはほほ笑んだ。

日が沈む頃、予選一日目の授業はすべて終了した。ソフィはふんぞり返っておしおきルームに帰った。今日の一位はソフィだ。どの課題も実力で勝ったわけではなかったけれど、男子全員があの手この手を使って次から次へとフィリップがテドロスを負かすのに協力してくれた――「適者生存」の授業ではテドロスのミーア虫を腐《くさ》らせ、「対女子防衛策」の授業ではテドロスのウィッシュフィッシュ二匹をおどして追い払い、「チームワーク」の授業ではテドロスのパートナーになることを全員が拒否し、青の森の体育では直前にテドロスのズボンにクモを一匹しのびこませた。

フィリップが一位になるのを全員が――新入りプリンスたちまで――応援しているなんて変といえば変よね、とソフィは思った。だれも自分は一位になりたくないみたい。しかし贈り物にけちをつける気はない。教職員も全員、エスパダ先生と同様、見て見ぬふりで、まずは語り手を盗んだテドロスに思い知らせてやることに夢中になっている。それどころかマンリー先生はフィリップの活躍をねぎらって、みんなの前でフィリップに牢屋《ろうや》の鍵《かぎ》をわたした。これでフィリップは牢屋を好きなように出たり入ったりできる――「役立たず」には許されない特権だ。

ソフィは牢屋の鍵を開けて中に入った。顔色もよくなったし、シャワーも浴びたし、おなかは豆のシチューとつめ物をしたガチョウの丸焼きでいっぱいだし、早く校長の塔の見張りの当番に行きたくてたまらない。〈アガサに今のわたしを見せてあげたい〉ソフィは思わず笑みを浮かべた。というのも、今までずっと苦手だった「豆」を食べただけでなく、任務でも大成功をおさめている。これでひと晩かけて語り手をさがせる。テドロスはじきにおしおきを受けるだろう。そして明日、ソフィは親友といっしょに家に帰る。命がけのおとぎトライアルにはもちろん参加しない……

ソフィは鼻歌をうたいながら足で乱暴に牢屋の扉を閉めた。フィリップでいることも考えてみればそんなに悪くない。歩き方もわかってきたし、声も自然に出るようになってきた。重すぎる体重もなんだかたのもしくて、便利に思えてきた。それに……新しい顔にもなれた。ソフィは壁にかかっている拷問《ごうもん》道具のひとつ、ぎらぎらした槍に映るフィリップの四角いあご、気品のある鼻、やわらかく厚ぼったいくちびるをのぞき見ながら思った。アガサのいうとおりだ。さらに美形になったかも……

「ずるをしたな」

ソフィはふり返った。テドロスがじめじめしてきたない牢屋のすみにぽつんと座っていた。

「ぼくはおしおきされても、食事をあたえられなくても、みんなにきらわれても、なんとも思わない」テドロスはソフィをにらみつけている。「だが、おまえがずるをしたのは許せない」

ソフィは牢屋から出ようと、扉を引いた。「ごめん、ちょっと忙しくておしゃべりしている暇はないんだ――」

「アガサとまるで同じだ」

ソフィはどきっとして止まった。

「ぼくはアガサのことが大好きだった」ソフィのうしろでひとり言みたいにつぶやく。「アガサの願いをかなえようとした。プリンスらしく、物語をやり直そうとした。魔女を亡き者として、プリンセスにキスする。それがおとぎ話の結末だ。それが、アガサの願ったことだった」声がたよりない。「だけど、永遠にアガサといっしょにいられるなら、ソフィを生かしておいてもいいと思った。あの場でアガサにキスをして、〈おしまい〉にしてしまおうと思った。そして、だまされた。アガサはずるをしていた。最初からずっとソフィをテーブルの下に潜《ひそ》ませていた……うそをついていた」

ソフィはふり返ってテドロスを見た。テドロスは両膝のあいだに頭をつっこんで、うずくまっている。

「どうしたらそこまで悪になれるんだ？」テドロスはかすれた声でいった。

そんなテドロスを見て、ソフィの表情がゆっくりやわらいでいく。

テドロスの上に影がさした。

テドロスが目をあげると、アリックがいた。開いた扉のむこうで意地悪く笑っている。

「特別なはからいだ」アリックは指の関節を鳴らしながらいった。「おれがじきじきにおしおきしてやる」

テドロスは顔をそむけた。まさに負け犬を絵に描いたようだ。

アリックは目でフィリップに合図した。「出ていけ」

ソフィは心臓が凍りそうだ。ソフィが鉄格子の扉から後ずさって外に出ると、アリックはソフィの目の前で扉をガチャンと閉めた。アリックがじわじわテドロスに近づいていく。ソフィはいそいで牢屋《ろうや》を後にした。テドロスのことはおしおき役にまかせておけばいい。ソフィはひっしで自分にいい聞かせた。テドロスはおしおきされて当然。当然なんだから。

アイダ湾の対岸では、アガサが暗い部屋の窓から男子の学校を見ていた。アガサの青のボディスには血が点々とついて、腕も脚も切り傷とあざだらけだ。

〈ソフィ、いそいで〉アガサは祈った。

なぜなら、アガサが今日イヴリン先生について知ったことが真実だとすれば、もう時間はない。

第18章

セイダー家の秘密の過去

その八時間前、魔女三人組はアガサのベッドの上に座っていた。「ダヴィー先生とレッソ先生から聞いたことを全部教えて」ドットがいった。

「くわしく」ヘスターがいう。

「できるだけ手短に」アナディルはそういいながら、ドアの下のすきまを見張っているペットの黒ネズミ三匹にうなずいた。三匹とも歯をかみ鳴らし、かぎづめをかまえて見張っている。「あの子たちは来ただけの蝶をやっつけるけど、そのうち一匹くらいは入ってくる」

アガサはまた三人を見た。頭がくらくらする。ダヴィー先生、レッソ先生との秘密の会合後、アガサは女子生徒全員が一時間目の授業に出るまで待ち、だれもいなくなったところで三人の部屋にそれぞれ同じメモを届け、自室のクローゼットに隠《かく》れた。そして、部屋に飛びこんでくるパトロールの蝶や授業の休み時間に部屋を出入りするベアトリクスに見つからないようにしながら、三人組がメモを読んでやって来るのを待った。そして今、アガサは下水道でダヴィー先生、レッ

ソ先生から聞いたことを三人組に話した。先生ふたりの言葉をひとつ思い出すごとに心臓の打つ音が速くなって――

「ダヴィー先生もレッソ先生も、前からイヴリン先生を知ってるの?」聞き終わって最初に口を開いたのはドットだ。ほおばっていたアーティチョークもいっしょに口から飛び出す。

ヘスターは両手のこぶしを握りしめた。「女子と男子の学校になって最初の一か月間、ダヴィー先生とレッソ先生の様子が変なのは気づいてた。レッソ先生はイヴリン先生が近くにいるといつも、けがした子犬みたいになる」

アガサもそれ以上にぴったりの表現を思いつかない。イヴリン・セイダーの前に出ると、学校でいちばん怖い先生さえ……人間っぽくなってしまう。

「そういえば、アガサは前に教えてくれたよね。ダヴィー先生が何かいい返して、イヴリン先生から罰を受けたことがあったって」ヘスターがいった。「それ、昔のうらみをはらそうとしてたのかも」

「レッソ先生がいうには、イヴリン先生は十年前に追放されたらしいんだけど」アガサはつづけた。

「ふつうは一度追放されたら二度ともどってこられない、って」

「だって、生徒でも先生でも善と悪の学校に入るのを許可できるのは校長先生だけだからね」ヘスターがいった。「校長先生がイヴリン先生を追放したなら、取り消しはきかない――校長先生自身が呼びもどせば別だけど、それはないはず。校長先生は死んだんだから」

「男子のだれかが魔法のシールドに穴を開けてプリンスたちを入らせたなら、イヴリン先生も同じことができるんじゃない?」アガサは負けずにいった。

「できたとしても、イヴリン先生が城の中に足を踏み入れたとたん、城から放り出されたはず」アナディルがいった。「それにさ、男子のだれかがシールドに穴を開けた、ってこと自体、まだ信じられない。レッソ先生の魔法をよく知ってるだれかが、その男子を手助けしたに決まってる」

「けど、イヴリン先生はこの城に入れてもらえないはずなのに、どうやってここにいるの？」アガサはまだ頭の中がごちゃごちゃだ。

「『どうやって』じゃなくて――『なんで』でしょ。ダヴィー先生とレッソ先生から聞いたことを思い出してみな。イヴリン先生はあんたたちふたりの物語の一部だ、っていったんでしょ」ヘスターはいった。「じゃあ、イヴリン先生についてこれまでにわかってることは？　その一、オーガスト・セイダーの妹。その二、盗聴《とうちょう》ができる。その三、アガサとソフィのキスによってこの学校に復帰した。この三つのどこかに、イヴリン先生がなんであんたたちの物語の中にいるか、その答えが隠《かく》れてる」

アガサはふとドットを見た。ドットはアーティチョークの葉をかじりながら、ひとりで考えこんでいる。「ドット？」

「去年お父さんに手紙を書いたことがあったんだ。『悪者史』っていう授業のセイダー先生がすごくつまらない、って。そしたらお父さんから返事が来た。『あの女の先生』はとっくにいなくなったと思ってた、って」ドットはいった。「うちのお父さんが学校にいたのは何年も前だから、きっとかんちがいしてるんだと思った。だけど、今考えると……」ドットは三人を見た。「イヴリン先生は昔この学校で先生をしてたんだと思わない？」

ヘスターはすでに自分のかばんをさぐって教科書を出していた。「改訂前の『果てしなき森の歴史』の第二十八章に『すぐれた予見者たち』っていうのがあって——オーガスト・セイダーとその一族のことについて書いてあったんだ。それを読んだとき、ちょっと変だと思った。教師が自分の一族について書くなんて……」

「宿題じゃない章まで読むなんて、ヘスターだけだよ」アナディルはあきれている。

「あたしはうちの母親みたいにオーブンで焼かれたり、あんたのおばあちゃんみたいに樽《たる》に入れられて釘をぶすぶす刺されたりして終わりたくないからね！」ヘスターはアナディルにいい返しながらページをめくり、さがしていたページを見つけた。

「やっぱり。『第二十八章　すぐれた女予見者たち』」ヘスターはうなり、教科書をばたんと閉じた。表紙に書かれているタイトルは『果てしなき森の歴史　改訂版《かいていばん》』だ。「ユーバのいったとおり。イヴリン先生は教科書を書きかえた」目をあげてアガサを見る。「自分の過去を人に知られたくないなら、書きかえるにかぎる。ちがう？」

「ひとつわからないことがあるんだ」アナディルがいった。「ダヴィー先生とレッソ先生は、ソフィの前兆を生じさせたのはイヴリン先生だっていってるんだよね？」

「イヴリン先生かソフィのどちらかだ、っていってた。けど、ソフィじゃないのはたしか」そうこたえたものの、アガサもわからないことだらけだ。「けど、なんでイヴリン先生はあたしに親友は魔女だって思わせたいんだろ？」

「イヴリン先生が最初からずっとアガサをテドロスのところに行かせたかったのなら、話は別だけど」ヘスターが考えこんで、くちびるをきりきりとかむ。

三匹のネズミさえおとなしくなる。

ヘスターはアガサを見た。「いい、うちらはこれから三日間、予選に集中させられる。だけど、先生たちのいうとおりだ。アガサはイヴリン先生をスパイして、あの先生が何をたくらんでるかさぐってきな。読書クラブを再開するよ。また毎晩集まって、アガサが見つけたことを報告してもらう」

「けど、どうやって？」アガサはあせった。「どうやって、だれにも見つからずにイヴリン先生をスパイ……」突然、声がとぎれた。アガサの目がベアトリクスのベッドを見る。

「何？」ヘスターがいった。

動物の高い鳴き声と、パリパリッという音がドアのほうから聞こえた。四人ともさっとふり返る。ドアの下からしのびこもうとした何匹もの蝶を、三匹のネズミがむしゃむしゃ食べている。「行かなきゃ」アナディルはヘスターとドットをせかした。「イヴリン先生にあやしまれる！」

「悪いね、何も手伝ってやれなくて」ヘスターはアガサにむかってぶっきらぼうにいうと、ドットの背中を押してドアのほうに——

「これを使いたいから、ちょっと手伝って」アガサは三人のうしろからいった。

三人組がふり返ると、アガサはきらきら光るヘビ皮のケープを持ちあげて見せた。

「見て。ベアトリクスは秘密にしてることがあるみたい」アガサは、ね、という表情をした。

ヘスターの口に大きな笑みが浮かんだ。

盗聴蝶《とうちょうちょう》は生徒四人が部屋を出る気配を聞きとったけれど、廊下でこの一行を目撃した生徒たちはその後、ポルックスにこう報告した。たしかに三人だけだったと。

日中、イヴリン先生はほとんどの時間を善のホールで、改訂版《かいていばん》の教科書を使って歴史の授業をしている。アガサはその間に遠回りして善の図書館に行き、イヴリン・セイダーの過去についてもっと調べてみることにした。

アガサはまだラベンダーの香水の香りがする透明《とうめい》ケープをまとって、足音を立てないように、お菓子の教室が並ぶヘンゼルの家の廊下をいそいだ――シークス先生の教室では男子の剣を魔法で削って使えなくする「剣削り」の練習中で、アネモネ先生の教室では「魔法の節約」の練習中。授業にのんきに遅れて入ってきたヤラがアネモネ先生にしかられている。ダヴィー先生の教室では「男子の扱い方」の練習中だ。女子生徒はそれぞれ、思いやりと良識ある言葉で血に飢《う》えたダミーをいい負かそうとしている。ダヴィー先生がちらっとアガサのいるほうを見た気がした。

アガサは廊下の奥の階段を駆けあがって、善の図書館の入り口の前に立った。図書館は二階分が吹き抜けになっている。真紅と金の本棚より背の高い日時計が、午後になったばかりの日差しに輝いている。アガサは受付の前を駆け抜けようとして――かたまった。

この二年間で初めて受付のカメが起きていた。カメは巨大な貸出記録を広げたまま、下をむいて水っぽいトマトとキュウリのサラダをゆっくりと口に運んでいる。羽根ペンの羽根がスプーン代わりなので、すくってもほとんどが膝《ひざ》にこぼれてしまう。高齢と、関節炎と、いそがないカメの習性のせいで、ひと口食べるのにふつうのスリーコースディナーくらいの時間がかかる。アガサにそんな時間の余裕はない。カメのかむ音に合わせて、つま先立ちで受付の前をとおり、歴史の本が並んでいる一階の奥へといそいだ。

ここに何かあるはずだ。アガサは本棚を見わたしながら思った。頭上には盗聴蝶《とうちょうちょう》が数匹旋回《せんかい》している。イヴリン先生が修正、あるいは消去しきれなかった、この学校の歴史にまつわる何かがある。けれど本の背表紙を見ていくうちに、アガサはがっかりした。

『プリンスの失敗の歴史』
『ラプンツェル：巨人を退治したのは本当はラプンツェルだった？』
『プリンスによるごまかしだらけの救出劇の年代記』
『虚弱《きょじゃく》な男子：不要な種《しゅ》の衰退《すいたい》』
『白雪姫の離婚《りこん》の隠《かく》された歴史』

アガサは床にへたりこんだ。イヴリン先生はアガサが思った以上にたくみに自分の過去を隠している。

アガサが肩を落として顔をあげると、受付のカメがアガサのいるあたりをじいっと見ていた。大丈夫。カメに透明《とうめい》ケープをまとった姿が見えているはずがない——ところが、カメの光る黒い目はまっすぐアガサを見ている。重いまぶたは開いたり閉じたりしているけれど、体はぴくりとも動かない。アガサを見たまま、カメはずんぐりした二本の前脚をゆっくりとうしろにのばして、まだら模様の甲羅《こうら》を扉のように開いた。中から一冊の厚い本を静かにとり出し、それを受付の机にすっと置く。そしてまた甲羅を閉じると、まだたっぷり残っているサラダに目をもどして食事をつづけた。

アガサはカメが置いた本をきょとんと見た。本は二階の窓からさす光につつまれている。

廊下からくすくす笑う声が聞こえ、足音が近づいてきた。アガサはすぐに立って受付に駆け寄ると、本を拾って透明ケープの下に隠した。同時に、アラクネとモナが入り口から入ってきた。ふたりともおしゃべりに夢中で、どちらも髪が一瞬あおられたのに気づかない。

ヘビ皮の透明ケープをまとったアガサは階段を駆けあがり、ほまれの塔の屋上に出ると、くもりガラスのドアを閉めた。凍りそうに冷たい風にたえながら、暇そうなハトだらけのグィネヴィアの物語園を縫《ぬ》って、いちばん奥の池の場面まで行く。そこはバルコニーからすぐのところにあって、紫《むらさき》のイバラの生垣で隠されている。アガサは池のすぐ横に座って、透明ケープの下から本を引っぱり出した。

『果てしなき森の歴史』　オーガスト・A・セイダー著

アガサは大きく息を吐いて、なつかしい歴史の教科書を胸に抱きしめた。必要な本は図書館員にさがしてもらうにかぎる。アガサは心の中でカメにお礼をいった。カメはこの教科書のどこを読ませたいの？　アガサは本の表紙をそっとなでた。表紙は銀のシルクの布張りで、光り輝く語り手のペンの浮彫がある。ペンを両側からささえているのは黒と白のスワンだ。

アガサは親指でページを開いた。この厚い本に文字はない。けれど、アガサにはおなじみの、裏から針の先でつついたような虹色の点が規則正しく並んでいる。オーガスト・セイダー先生は目が見えないから歴史を記すことはできない。しかし、セイダー先生には歴史が「見えた」。そして、自分の生徒にも歴史を見させる方法をあみ出した。アガサが指先で点をなぞると、ページの上に魔法の三次元の画像がゆっくり浮かびあがってきた。セイダー先生の語りがついている――イヴリン先生は改訂版《かいていばん》で画像を修正した。だから女子生徒には何が真実で何がそうでないのか、わからなくなった。

アガサはページをめくっては点をなぞって画像を浮かびあがらせ、ついにさがしていたページを見つけた。

〈第二十八章　すぐれた予見者たち〉セイダー先生の温かく、低い声が響《ひび》きわたる。

ページの上に小さく、音のない画像が少しずつ浮びあがってきた――三人の老人だ。床まで届きそうなあごひげを生やした老人三人が、校長の塔の中で、手を組み合わせて立っている。アガサはかがみこんで画像を見つめた。セイダー先生の声が説明をつづける。

〈第一章ですでに学んだとおり、果てしなき森の三予見者と同様、それ以外の予見者も通常は同じ三つの特徴をそなえている。予見者の寿命はふつうの人間の二倍。未来についてたずねられ、それにこたえた場合には罰として、そのとたんに十年歳をとる。予見者の体は霊を受け入れることができるが、それには命の危険がともなう……〉

アガサがページをなぞるのに合わせて場面が変わっていく。ふとページの真ん中で指が止まった。ここに並んでいる点はほかの点より新しくて、虹色の輝きも強いように見える。

なんで？　アガサはひとつ目をなぞってみた。

たちまちハンサムな男の人の顔の立体画像が現れた――銀髪にハシバミ色の目。すぐにだれかわかった。善の学校の元歴史教師、オーガスト・セイダー先生だ。アガサは胸がつまった。先生のほうも青く光る半透明《はんとうめい》の姿で目をしばたたいてこちらを見ている。アガサはつばを飲み、気をとり直してまた点をなぞると……

〈セイダー家はもっとも長くつづく、もっとも成功した予見者の一族だ。セイダー家ではつい最近、末っ子のオーガストが死亡した。オーガストは『ソフィとアガサの物語』の途中で命を落とした〉

〈善と悪の双子の校長同士が戦った『大いなる戦い』の後、オーガスト・セイダーは長きにわたってこう信じていた。善の校長は死ぬ前に悪の校長に対抗する魔法を生み出し――善と悪の均衡《きんこう》は今も保たれているという証《あかし》を作り――生徒の制服の紋章にしのばせた。悪の校長がオーガストの保護していた生徒一名の命をうばったことにより、この均衡は破られた。と当時に、魔法が解き放たれ、善の校長の幽霊がよみがえった。オーガストは予見者として、自《みずか》らの体に善の校長の幽霊を乗り移らせた。善の校長はオーガストの体を借りて悪の校長を倒し、果てしなき森の均衡を回復した〉

アガサはページの上で手を止め、悲しい気持ちになった。だからこの点は新しいんだ。〈セイダー先生は死ぬ前に自分の死を書き加えた〉アガサはページの上で静止しているセイダー先生の半透明の画像を見つめた。セイダー先生はアガサが善の学校に入学したあの日のように、やさしくほほ笑みかけている。たぶんセイダー先生はアガサが入学する前から、アガサのために自分が命を落とすことを予見していた。それでも先生はほほ笑みかけ、アガサを助けてくれた。

アガサは自分のあごが震《ふる》えているのがわかった。今まで一度も父親がいなくて悲しいと思ったことはなかった。父親がいたら、と想像することさえなかった……だけど今、ほんの一瞬、父親とはどういうものかがわかった。

画像の上に涙がこぼれ落ちて、今は亡き恩師の顔が霧《きり》のように溶けた。

アガサは涙をぬぐうと、気をとり直して残りの点を指先でなぞった。

〈また、オーガスト・セイダーは魔法の力を持たない、おとぎ話には登場しない家系の読み手を、果てしなき森に招き入れることに関わっていたと考えられている。悪の校長は語り手のペンを操作するために善の校長の命をうばった。しかしその報いとして、この魔法のペンは新たな物語のすべてにおいて善に勝たせることができない、と永遠に思い知らせることにした——悪は真実の愛を手に入れることができない、果てしなき森にいるすべての予見者を訪ねてまわった。悪の校長は愛以上に強力な武器を見つけるために、果てしなき森にいるは善と悪の学校の教師の職と引き換えに、校長のさがし求めている武器は「森のむこう」からやって来るであろうと予見した。この予見は後に「読み手の予言」として知られることになる。「読み手の予言」は完全なる男系一族セイダー家における、もっとも有名な予言である〉

思わずアガサの背筋がのびる。〈完全なる男系〉？　うそでしょ。アガサは今の説明を読みなおした。〈男系家族のセイダー先生になんで妹がいるの？〉

アガサはその答えが知りたくて、先へ先へとページをめくった。どのページにも新しくつけられた点はない。セイダー家の複雑な家系図やセイダー先生の兄、弟、甥《おい》の画像が次々に浮かびあがって、そして……空白のページが出てきた。第二十八章はこれでおしまい、ここでおしまいだ。

セイダー先生は妹についてこの本でとりあげるにはおよばない、と考えたらしい。それが知りたかったのに。アガサは本を池に投げこもうとして——はっとした。空白のページの下のほうに一行、虹色の小さな点が打ってある。脚注だ。

本のページに鼻がつきそうになるくらい顔を近づけて、ひとつ目の点を指でなぞる。すると、黄色っぽい二次元の画像が浮かびあがってきた。切手くらいの大きさの肖像画《しょうぞうが》だ。額縁の中から美しい女の人が、すきっ歯を見せてほほ笑んでいる。髪は波打つ長い栗色で、ふっくらしたくちびるに、深緑の目だ。

アガサはどきどきしながら、また指先で点をなぞった。

〈セイダー家にはこの本でとりあげておくべき人物がもうひとりいる。校長の質問に答えをあたえる条件として、オーガスト・セイダーは自分が善の学校で歴史を教えること――そしてもうひとつ、半分血のつながった妹であるイヴリンが悪の学校で歴史を教えることを要求した。しかし、コンスタンティン・セイダーの私生児であるイヴリン・セイダーはセイダー家の一員とは認められておらず、また、予見者としての力もそなえていない〉

〈イヴリン・セイダーは二か月教壇に立った後、校長によって学校から永久に追放された。その理由は生徒への違反行為であった〉

〈オーガスト・セイダーは亡くなるまで、悪の学校でイヴリンの代行として授業を行った〉

イヴリン・セイダーの半透明《はんとうめい》の肖像画はまだ浮かんでいる。アガサの指がこのページの最後に点にふれたまま震《ふる》えているからだ。耳の奥ではセイダー先生の声が鳴り響《ひび》いている。

〈生徒への違反行為〉

悪の校長が悪の側から追放せざるをえなかったほど重大で、許しがたい罪。

アガサの心臓が止まった。

〈イヴリン先生はいったい何をしたの？〉

突然、イヴリン・セイダーの肖像画が真っ赤に燃え、その顔がくるっとアガサのほうをむいて――

〈この本は禁書です！〉肖像画が叫ぶ。**〈この本を読むことは禁じられて――〉**

それと同時に、見ていたページが奇声とともに本から飛び出し、かみそりのようにアガサの胸元に切りつけてきた。アガサはぎょっとして、人さし指を光らせようとしたけれど、ページは叫びながら次から次に飛び出し、四方八方から攻めてくる。アガサはイバラの生垣にむかって後ずさり、飛んでくるページを手で払いながら、人さし指を光らせることに集中しようとした。けれど、何十枚ものページが腕、おなか、脚に切りつけてくる。そのうち全身が火のついたように熱くなってきた。アガサはあえぎながら助けを求めて叫ぼうとしたけれど、視界《しかい》にあるのは本から飛び出してきた何百枚ものページだけ。どれもアガサの顔めがけて飛んできて、ナイフみたいに命をうばおうとしている。アガサの大きな悲鳴とともに、ようやく人さし指がまぶしい金色に光った。アガサは人さし指の先を飛んでくるページにつきつけた――

大量の白いページがすべて宙で白いデイジーの花に変わり、池にひらひら落ちていく。

アガサは息を切らしながら池の水面に浮かぶデイジーを見つめた。どの花にもアガサの血がついている。

階下の善の図書館から何かが割れる大きな音がして、物語園にいたハトが飛び立った。アガサはしっかり目を開き、透明《とうめい》ケープをまとうと、ふらつく足でくもりガラスのドアから中に入った。転がるように階段をおりて、足をもつれさせて図書館に入る……

ところが、受付のカメの姿は消えていた。食べかけのサラダといっしょに貸出記録の上にとり残された羽根ペンから汁がぽたぽた落ちている。図書館の真ん中にある閲覧《えつらん》用のテーブルの前にはモナとアラクネが真っ青な顔で座っている。テーブルに羊皮紙や本を広げたまま、二階フロアの窓を見て口をぽかんと開けている。

アガサはゆっくりとふたりの視線を追った。窓ガラスに大きな穴が開いている……カメの形だ。うしろでかすかに何かを引っかくような音がして、アガサはふり返った。魔法の羽根ペンが貸出記録に何か書いている。一文字ごとに重たそうに、休みながら書いて、最後は机の上に倒れて動かなくなった。

アガサは心臓をどきどきさせながら、そっと受付に近づいて、カメの最後の言葉を読んだ。

おとぎトライアルに注意

〈ソフィ、いそいで〉アガサは祈った。

日が沈む中、アガサは出窓に座りこんで男子の学校に目をやった。青いボディスのあちこちに血がついていて、腕も脚も切り傷とあざだらけだ。となりには羊皮紙で作った筒形のランタンが置かれ、緑の火が灯《とも》っている。

ソフィもすぐランタンの明かりで返事をよこすはず。ソフィも無事なら緑、そうでないなら赤。

アガサは時計を見つめた。七時十五分……七時三十分……ところが、男子の学校からはまだなんの明かりも見えない。

アガサはまだ心臓がどきどきしていた。カメの警告《けいこく》が頭にタトゥーみたいに刻まれている。

おとぎトライアルまであと二日。

あと二日。

ソフィといっしょに今すぐこの学校から逃げなくてはいけない。

アガサの目がまたすぐ時計を見た……七時四十五分……七時五十分……

男子の城にランタンの明かりは見えない。

……七時五十五分……

ソフィはたったひとりでアガサのプリンスとあそこで……

アガサの悪のプリンス……

アガサはその悪のプリンスと今朝《けさ》、夢でキスをした。夢ではぜんぜん悪に見えなかった……

〈黙って〉アガサは自分をしかって、まだ時計を見つめた。

……もう八時……

廊下が騒がしい。女子生徒たちが食堂からもどってきた……

アガサはいっきに汗が出てきた。ソフィが今どこにいるにしろ、何か問題が起きた！　アガサは不安で胸をつまらせながら、出窓からおりてドアにいそごうとした——親友を救出にいかなきゃ！


アガサの足が止まった。ゆっくりと窓をふり返る。目を大きく見開く。

アイダ湾の対岸の空で、薄い雲に隠《かく》れて緑の明かりがちかちかしている。アガサは窓に近づいて目をこらした。雲が少し割れてきた。緑の明かりの出どころは男子の城のバルコニーでも、尖塔でもなかった。

校長の塔だ。

アガサの息が止まった。アガサはランタンの前で手をふって、明かりを点滅《てんめつ》させた。

はるかむこうでソフィも同じようにした。

アガサの目が飛び出そうなくらい大きくなる。いっきにほっとした。ソフィはもう校長の塔にいる！　すぐに語り手を解放してくれる！

アガサは息もつかずに透明《とうめい》ケープをまとって、部屋から飛び出した。前兆のことも、夢のキスのことも、イヴリン・セイダーのことも置き去りだ。階段を駆けおりながら、語り手のペンがじりじり近づいてくるのを感じる。ペン先が〈おしまい〉と書くまであと少しだ。湖岸でソフィがもどってくるのを待とう。願い事もふたりが唱《とな》えてくれるのを待っている。校長の塔はソフィを追いかけ、そのうしろから男子たちも戦いをはじめようと大挙してくるだろう。その目の前でふたりは手をつなぎ、まぶしい光の粒になって、姿を消す……おとぎトライアルは中止になって、ハッピーエンドはとりもどされて、親友のふたりは家に帰って、前よりもっと強い絆《きずな》で……

しかし、夜が来て、冷たい突風が吹いてきても、ソフィは帰ってこなかった。

第19章
あと二日

朝食に並んでいた男子は、フィリップが列に並ぼうとすると大きくあいだを空けた。フィリップはほこりと灰にまみれ、目は血走ってまわりにあざができ、夏の納屋みたいにくさい。

　悪の食堂の魔法の鍋が、ソフィのさびたバケツにスクランブルエッグと山盛りのベーコンを放りこんでいく。その間、ソフィは目をしばたたいて涙をこらえていた。男子は泣いてはいけない。本当ならもう家に帰っているはず——元どおりの体になって、アガサが横にいて、〈おしまい〉と書かれてエンディングを迎《むか》えているはず。なのに、まだここにいる。ゾウみたいに大きな肩に毛の生えた脚で、怒りのホルモンを充満させて、鍋から脂っこいベーコンを配られて、しかも、この体を乗っとった男子はそのベーコンを食べたくてたまらない。

　昨晩、ソフィが語り手さがしの当番をしに校長の塔にのぼっていくと、マンリー先生が待っていた。「すでに千回もさがしたのだが」マンリー先生はばかにした口調《くちょう》だった。「カストルは若者の目なら見つけられると思っているらしい」

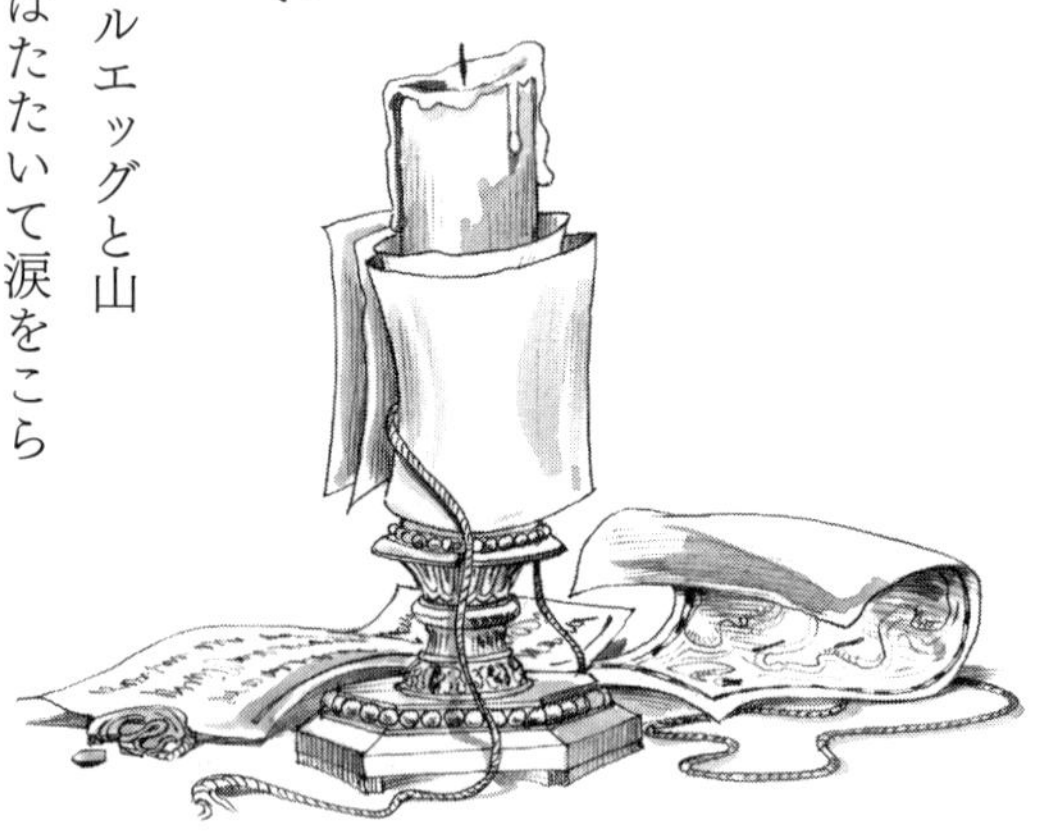

マンリー先生がいなくなると、ソフィはどろぼうが入ったみたいな部屋の散らかりように顔をしかめた。はずされたレンガや、本棚にあったはずのおとぎ話の本が、ほこりとすすまみれで山積みにされている――でも、望みは捨てない。千回さがして見つからなくても、自分なら見つけ出すかもしれない。ソフィはひと晩じゅう校長の部屋を捜索《そうさく》した。レンガをはずして中をのぞき、本棚の裏に巨体をもぐりこませ、おとぎ話の本を一冊ずつふっていく。そうしているあいだもつねに、自分とアガサの物語の本に石のテーブルの上からにらまれている気がしていた。そして明け方にカストルが現れたとき、ソフィも結局は同じように、収穫《しゅうかく》のないままカストルとむき合っていた。

「役立たずのプリンスか。驚《おどろ》くまでもない」カストルはいやみをいって、前足で近くに落ちていた銀色のレンガを蹴《け》飛ばした。「ペンはこの部屋のどこかにあるはずだ。でなきゃこの塔はとっくにここからなくなってる」窓の外、対岸のガラスの城を見る。「ポルックスならこういう難解《なんかい》な『かくれんぼう』もなんのそのだっただろうな。さがし物には頭がふたつあるほうが便利だ」カストルの大きな黒い目が涙でかすんで……

……

「もう少しさがさせてくれ」ソフィはあわててそういいながら、『みにくいアヒルの子』をふってかせた。

「フィリップ、今日はここまでだ」カストルは低い声でそういうと、ソフィを押して窓のほうに行かせた。

ソフィはうなずいて、しかたなくブロンドの髪で編《あ》んだロープにつかまった。任務は失敗だ。

「テドロスに伝えろ。せいぜいわれわれが見つけることを祈れと」カストルがうしろからいった。

「語り手が女子学部長の手に落ちたら、男子側は全員終わりだ」

ソフィは朝日にきらめくロープを静かにすべりおりた。

そして今、ソフィは小さな鉄の丸テーブルの前にぐったり座っている。ひと晩じゅうしゃがんだり、レンガをひっくり返したりしていたせいで体が痛い。ベーコンとスクランブルエッグを手づかみでがつがつ食べる。もうフォークもマナーもどうでもいい。テドロスはマンリー先生にうそをいったの？　わたしとアガサにとられないように語り手のペンを隠《かく》したの？　それとも、テドロスがいっていることは本当で――ほかのだれかが語り手のペンを見つけて隠したの？　だとしたら、だれが？　どこに？

「語り手が見つからなくても気にすることはない」チャディックがとなりに来てドスンと座った。チャディックのスクランブルエッグにはチリソースがたっぷりかかっている。「すでに先生たちが一週間さがした。今は男子生徒にむだな労働をさせてるだけだ」

「なんでだと思う？　新入りプリンスたちまでおまえのずるを助けたのは」ニコラスはおもしろがっているようないい方だ。カリカリに焼けたベーコンをほおばりながら席につく。「語り手さがしの当番なんて、だれもしたくないのさ」

「だけど、フィリップが一位をとったときの、アリックのしかめ面は見物《みもの》だったな」レイヴァンがにやにや笑いながら割りこんできた。ヴェクス、ブローンもいっしょだ。「運のいいことに、アリックはおまえと同じチームだぜ。あいつはすでにおとぎトライアルに出た女子をみな殺しにしようとたくらんでる。降参《こうさん》させるだけじゃ足りないらしい」

ソフィは体をこわばらせた。アリックは上座のテーブルに部下たちと並んで座っている。全員三人前の朝食を食べている。今から二日後にソフィとアガサはあの野蛮《やばん》な集団とトライアルで戦うことになる。今晩じゅうに語り手のペンを発見しなくては。

「テドロスも昨日は予想外だっただろうな。男子チームと戦うことになるなんて」ヴェクスがとがった耳をぴくぴくさせながら、ソフィにいった。「おれたち全員、おまえがやつをこてんぱんにするのを手伝ってるんだからな」

「今日も助けてもらえる？」ソフィはへらへら笑いながら、おそるおそる聞いてみた——

チャディックは鼻を鳴らした。「まず第一に、助けてもらえるだって？　そんな言葉を口にするのは甘ったれだけだ。第二に、そろそろ自分のことくらい自分でやれ。トライアルに出る資格のないやつがトライアルの代表になっちゃ困る……こっちは奴隷《どれい》になるかどうかが、かかってるんだ」

ソフィは赤くなった。だれの協力もなくてどうしてまた語り手さがしの当番になれる？　ソフィはスクランブルエッグを口に押しこんで、これ以上ばかなことをいわないように……

「やあ、フィリップ！」

目をあげるとホートがいた。となりに座ろうとしている。

「おまえの座るところはない」チャディックが出てきて、ホートの前をふさぐ。

ぶかぶかの制服を着て、つき出したくちびるを震《ふる》わせているホートは、自分の誕生日パーティーに入れてもらえない子どものようだ。イタチみたいにめそめそ泣いて、そこから離《はな》れようとした。

ソフィは目を見開いた。「ホート！　ここに来いよ！」

ホートがふり返った。にこにこしながらソフィのとなりに座る。まわりの男子がもんくをいっているのは気づかないふりだ。「おれのベーコンも食べるか？」ホートは自分のバケツをフィリップのほうに押し出した。「おれはベーコン、さわるのもだめなんだ。前に父ちゃんからブタをペットにもらったことがあってさ。将来自分の手で殺すんだぞって――悪の家ではよくあることなんだ。親が自分の子どもにペットを食べさせる――」

「ホート、ぼくは今日テドロスにこてんぱんにされるかもしれない」ソフィは小声でホートにいった。ホートを味方にしようとしていることは気づかれませんように。「どうすればいい？」

「フィリップ、親友ってこういうときのためのもんだろ」ホートも小声で冗談っぽく返す。「あと、そんな脚の組み方したら、女子みたいだぞって教えるのも親友の役目――」

「助けてくれるのか？」ソフィは目を輝かせて、安心のため息をついた。

「おれが困ったときも助けてくれるなら」ホートが突然、大まじめな顔になる。

ソフィは引きつった笑みを浮かべて、ホートのベーコンにかぶりつきながら心の中で祈った。真の親友と一刻も早くここから消えることができますように。イタチ少年がお返しに何を要求してくるか、知りたくもない。


〈きっと昨夜はどこか、部屋のすみをさがすのを忘れたのよ〉ソフィはリンゴをかじりながら下水道の通路をいそいだ。語り手のペンは細くて先もとがっているから、銀色のレンガのせまいすきまとか、布張りの本の背表紙の内側とかに押しこんであるかもしれない。でも、どうしてどこからもペンが暴れたり、もがいたりしている音が聞こえなかったの？

ずきずきするこめかみを押さえつつ、ソフィは渦巻く赤い泥水《どろみず》を過ぎたところで角を曲がった。今夜はもっとよくさがしてみよう。おしおきルームの扉を引いて開ける。授業の前に二、三分でもいいからとにかく眠《ねむ》りたい――

テドロスがベッドからこちらを見た。ソフィは思わず立ち止まった。

テドロスの目は赤くはれて下に大きなくまができている。小麦色だった肌は幽霊みたいに青白く、静脈が浮き出て、体はがたがた震《ふる》えている。何日も食べていないせいで筋肉も落ち、皮膚が骨に張りついている。テドロスの体のどこにもあざはない。傷やむちの跡もない。それなのに、テドロスの目の何もかもが、男子の限界を超えたおしおきを受けたと語っている。

「アリックに何をされた？」ソフィはそっと聞いてみた。

テドロスは背中を丸めて両手で顔をおおった。

ソフィはテドロスに近づいて、食べかけのリンゴをさし出した。「よかったら――」

テドロスはソフィの手からリンゴをたたき落とした。リンゴが汚れた床のすみにすべっていく。

「どこかに行ってくれ」テドロスがつぶやくようにいう。

「何か食べないと――」

「どこかに行ってくれ！」ソフィを正面から見て叫ぶ。頬が血のように赤い。

牢屋《ろうや》から全速力で逃げるソフィの後から、テドロスの声がいつまでもこだまして追いかけてきた。

「だめだ。ずるはできない」ソフィはホートにいった。ふたりは「武器の訓練」の授業で悪のホールにむかっているところだ。「そんなことをしたらまたテドロスがおしおきされる」

「じゃあ、自分がアリックにおしおきされたい？」ホートがいい返す。

ソフィはうしろのほうにいるテドロスを見て返事ができなくなった。テドロスは両腕を体にまわして、歩くのもやっとだ。罪悪感がのどにこみあげてきて――

〈わたし、どうしちゃったの！〉ソフィはまた前をむいて自分をしかった。どうしてテドロスなんか気にするの？　どうして自分を殺したがっている男子の心配をするの？

「わかった。作戦どおりにしよう」ソフィはしかたなくホートにいった。

「それでこそおれの親友」ホートはなれなれしくほほ笑んだ。「トライアルでは最高のペアになれるかも、だろ？」

ソフィは顔をしかめた。「ホートがトライアルの代表チームに選ばれるはずが――」

しかし、イタチ少年は口笛を吹きながら、さっさとソフィの先を歩いていった。

最初の三つの課題は、ホートのずるの才能とソフィの演技力のおかげで、ソフィは先生にも男子にも気づかれずに毎回一位をとった。ホートは弓術の授業では魔法を使ってソフィの矢をプリンスのダミーの胸に命中させ、「怪物当て」クイズではジェスチャーで答えを教え、適者生存の「有毒か無毒か」クイズではソフィに出題された葉を味見してソフィを守った。昼食の時間になる頃、気づけば男子全員がマウントホノーラ出身のフィリップを新たな尊敬のまなざしで見ていた。フィリップがおとぎトライアルの代表チームに選ばれることは確実、といった感じだ。アリックのフィリップをにらむ視線も前ほどきつくなくなった。まるで、そもそもシールドを破って諸国のプリンスたちを男子側に入れたのは、フィリップみたいなチームメイトができることを期待していたからだ、といわんばかりだ。

しかし、テドロスはフィリップがまだずるをしているのを知っていた。男子や先生にはひと言も話さなくても、テドロスは新たな課題が終わるたびに、ソフィをますます怖い顔でにらむようになった。こんな悪人は見たことがない、という目だ。三つ目の課題になると、テドロスは対抗しようとするのさえやめた。そして最後の青の森のグループ学習では「魔法のスパーリング」をすることになった。講師の毛むくじゃらの巨人モーシンがテドロスとソフィをリングにあがらせ、ルールのない一対一の素手のなぐり合いをさせようとすると……テドロスはすぐさま両膝《りょうひざ》をつき、やる気のない目でソフィをにらみながら戦う前に負けを認めた。

男子たちは大きな歓声をあげた。二日目もこの新入り男子の勝ちで決まりだ。しかし、ソフィはテドロスの冷たい目にすべて見抜かれている気がして、とうてい勝った気になれなかった。

〈なんでソフィはまだもどってこないの？〉アガサは透明《とうめい》ケープをまとってめぐみの塔につづく紫《むらさき》のわたり廊下をいそぎながら思っていた。昨晩、ソフィのランタンは校長の部屋の窓から無事を知らせていた――それなのに、まだ語り手のペンといっしょに帰ってこない。ということは、つまり……

〈まだ語り手のペンを見つけていない〉

アガサの呼吸が浅くなった。一秒ごとにアガサとソフィはおとぎトライアルに近づいている。もしソフィがあのペンを見つけられなかったら……アガサは図書館のカメの警告《けいこく》を思い出して胃がきゅっとなった。

イヴリン先生が何をたくらんでいるか、つき止めなきゃ。

アガサは午前中はずっと透明ケープをまとったまま、イヴリン先生が善のホールから出てくるのを待った。歴史の授業と授業の合間に後をつけようと考えたのだ。授業がはじまるたびにドアから中をのぞき、イヴリン先生が女子生徒たちを「青ひげ」の物語に入りこませるのを見ていた――妻八人全員を殺した残忍な夫の物語に、女子生徒たちは気持ち悪そうにしている。

「この物語を見せたのは、みんなを怖がらせるためではなく」イヴリン先生は授業の最後にかならずこういった。「おとぎトライアルでは男子たちがいかに邪悪な行動をとるか、覚えていてほしいから。男子はあなたがハンカチを落とすのを待ってくれる、あるいはあなたの降参《こうさん》を受け入れるなどと期待してはだめ」イヴリン先生はうっすらほほ笑んだ。「また、みんなも男子に対してそのような情をかけてはだめです」

イヴリン先生は授業が終わると、すました顔で善のホールから出ていった。アガサは後をつけようとしたけれど、透明《とうめい》な体でこみ合った廊下を通り抜けるには、機敏に素早く動くことが必要だ。どちらも苦手なアガサは、イヴリン先生を四回見失った後、自信をなくしてがっくり壁にもたれた。

「ポルックス、本当に大丈夫です。昼食くらい自分でとってこられます」うしろからダヴィー先生がむっとした口調《くちょう》でいうのが聞こえた――

アガサが目をあげると、ポルックスのイヌの頭がいた。首から下は年寄りでよぼよぼのフクロウだ。翼をばたばたさせて緑のドレス姿のダヴィー先生を追いかけている。

「このところおかしなことばかりです」ポルックスは息を切らしている。「下水道からあやしい声が聞こえ、蝶がネズミのえじきになり、廊下で女子生徒が幽霊とぶつかってばかり……イヴリン学部長からお達しがありました。おとぎトライアルまであなたとレッソ先生をよく見張っておくようにと」

「イヴリン学部長がわたしの『研究室』をとりあげていなかったら、わたしを見張るのはもっとかんたんだったでしょうね」ダヴィー先生はぴしっといい返して、早足で階段をおりていく。ポルックスが何かぼやきながら追いかける。

アガサははっと目を見開いた。

授業終了まで三十分ある。アガサはめぐみの塔のガラスのらせん階段を駆けあがった。行く先は六階のダヴィー先生の元研究室だ。六階にはドアがひとつしかない。白い大理石のドアについている象嵌《ぞうがん》細工は、図柄がエメラルド色のカブトムシから青い蝶に変わっていた。アガサはらせん階段の下を見て、だれもあがってこないのを確認した。

銀色のドアノブに手をかけてみたけれど、しっかり鍵《かぎ》がかかっている。人さし指を光らせて鍵穴に「電撃《でんげき》の魔法」をかける。たぶんだめだろうと思いながら「溶解《ようかい》の魔法」をかける。さらに、ぜったいだめだろうと思いながら「凍結《とうけつ》の魔法」を……

カチッという音がした。

運のよさにびっくりしながら、アガサはドアノブをつかんだ。ところが、ドアは中から開きはじめた。アガサが大あわてで階段の手すりの陰に隠《かく》れる、と同時にドアが大きく開いた。

女子が顔を出した。そばかすだらけの顔で、鼻が高い。左右をすばやくたしかめ、閉まりかけたドアから廊下に出ると、階段の手すりを器用にすべって下の階におりていく。

アガサは床にしゃがんだまま、その子の赤い髪がなびいて消えていくのをぽかんと見ていた。

〈ヤラはイヴリン先生の研究室で何をしてたの？〉

突然、うしろでドアのきしる音がして、アガサははっとふり返った。ドアが閉まろうとしている。

また鍵が――

かかる前に、アガサはドアのすきまに足をつっこんだ。

マンリー先生は夕食前に二度おしおきルームに来てテドロスに、語り手のありかを白状すれば食べ物をやる、といった。テドロスは、本当に知らないんです、許してください、といったけれど、何度そういってもかいはなく、マンリー先生はまたしてもテドロスのおなかを空っぽにしておくことにした。

以前、下水道には日没になると光が入ってきた。沈む夕日がアイダ湾に反射して、下水道の善側から悪側まで朱色の光が差しこんだのだ。しかし今、テドロスは永遠の闇の中で鉄枠のベッドに座り、いきおいよく流れてきては善と悪を遮断する岩にぶつかる、赤さび色の水の音に耳をかたむけていた。これでもう六日間何も食べていない。脈拍は弱々しく、遅い。まるで止まる寸前《すんぜん》のピストンのようだ。空っぽの胃が痛くて立つことさえできない。下水道内は蒸し暑いというのに、歯がかちかち鳴りだした。

今夜何も食べなければ死んでしまいそうだ。

牢屋《ろうや》の鍵《かぎ》がはずれ、扉が開く音がしたけれど、テドロスは下を見たままだ。ところが、肉のにおいに顔をあげた。

フィリップがラムチョップの蒸し煮とマッシュポテトの入ったバケツをすっとテドロスの目の前に置き、少しうしろにさがる。

「マンリー先生には、カストルに持っていくっていっておいた」作ったような低い声でフィリップがいう。「カストルには、マンリー先生に持っていくっていっておいた」

テドロスはエルフ似のプリンスの顔をのぞきこむように見た。体はたくましいのに、ひ弱そうで、男子であることを持て余している感じだ。やたらとほほ笑むし、やたらとほかの男子とくっついて立つし、髪を気にしてばかりだし、食べるときはひと口が異常に少ないし、いつもにきびを気にしているみたいに顔をさわっている……。けれど、いちばん不思議なのは目だ……エメラルド色の大きな目は氷のように冷たいときもあれば、おだやかでやさしいときもある。まるで善と悪を行ったり来たりしているかのようだ。テドロスはかつて、これとそっくりの目に心をうばわれたことがあった。

そして、手ひどい仕打ちを受けた。

テドロスはバケツの持ち手をつかみ、中身を石の壁にぶちまけた。汁が飛んでフィリップにかかる。テドロスはバケツを乱暴に床に置くと、息を切らしながらまたベッドに座った。

フィリップは何もいわず、前かがみで自分のベッドのはしに座った。

牢屋仲間のふたりが無言のまま、背中を丸めて隣同士のベッドに座っていると……また扉がきしむ音がして、黒い影がふたりにおおいかぶさった。

「やめろ――」フィリップはそれがアリックだとわかってあせった。アリックはベルトに輪にした鞭《むち》をさして立っている。「テドロスを殺すつもりか！」

「早く語り手さがしの当番に行ったほうがいいんじゃないか？」アリックがせせら笑う。

「テドロスを見ろ！」フィリップはあきらめない。声を張りあげる。「これ以上のおしおきにたえられるはずが――」

しかし、アリックの紫《むらさき》の目はテドロスのベッドの横にある空っぽのバケツにそそがれていた。

「食べ物を盗んだのか。なるほど」指先で鞭をもてあそびながらテドロスを横目で見る。「じゃあ今夜は特に痛いやつからはじめるか」

「やめろ！」フィリップは叫んだ。「それはぼくがやったんだ！　テドロスもアリックにそういえ！」

テドロスはにらみつけてフィリップを黙らせると、ぷいっと横をむいた。

フィリップは息を飲んだ。自分が必要とされていないことを知ったのだ。フィリップの影はそれからしばらく壁の上をただよっていたけれど、最後はうつむいて牢屋《ろうや》から出ていった。

「両手を壁につけろ」アリックがテドロスに命令する。

テドロスは壁をむくと、両手を高くあげてぼろぼろの壁につけた。

テドロスの耳にアリックがベルトから鞭《むち》をはずす小さな音が聞こえた。心臓がばくばく鳴って、一度打たれただけで死ぬかもしれないと教えている。テドロスは死にたくなかった――こんなふうに死にたくない。自分の父親よりみじめな死に方はいやだ。テドロスは目に涙を浮かべ、手足を震《ふる》わせながら、壁に映るアリックの影が鞭の輪をとくのを見つめた。

アリックの影が鞭の持ち手をつかんだ手をあげ、思いきりふりおろす。一発目が空を切ってテドロスの背中に――

壁に映るアリックの影がよろめき、鞭がテドロスとは別のだれかにあたってにぶい音を立てる。

テドロスはとっさにふりむいた。

フィリップがアリックののどをつかんで壁に押しつけていた。鞭の先はフィリップの腕にからみついて、そこから血が出ている。

「先生たちに伝えろ。もしまたテドロスに危害をくわえるつもりなら、ぼくが相手になる」フィリップがアリックをおどす。

テドロスはまばたきをくり返した。自分がまだ生きているのかどうかもわからない。

フィリップにのどをつかまれ、アリックの顔はこわばっている——と思ったら、口をゆがませて笑い、フィリップの手をふりきった。「そう、おとぎトライアルには仲間への忠誠《ちゅうせい》を最優先する男子が欠かせない」いそいで牢屋から出ていく。「おれから先生たちに話しておこう。おまえにもっとふさわしい部屋をあたえるようにな」

「ぼくはここでかまわない!」フィリップはうしろから大声でいった。

テドロスの目は今にも飛び出しそうだ。ゆっくりフィリップを見る。フィリップは怒りで顔を真っ赤にして、怖い顔でテドロスを見ている。

「早く食べろ。でないとぼくがおまえの息の根を止める」フィリップの口調《くちょう》は鞭のように厳《きび》しい。

テドロスは今回はさからわなかった。


アガサは六階の研究室の片すみにある大きな置時計を見あげた。

次の休憩時間まであと十分。

イヴリン先生の研究室を見わたす。ふしぎなくらい何もない。以前のダヴィー先生の机には折れた羽根ペン、順位を記した成績簿、羊皮紙の巻物、それをおさえるカボチャ形の文鎮《ぶんちん》など、いろいろなものが置かれていたけれど、イヴリン先生のマホガニーの机の上は何もなく、きれいで、はしのほうに細くて長い羊皮紙色のろうそくが一本立っているだけだ。

〈なんでヤラはここにいたの?〉アガサは首をかしげた。先日、善の資料館でヤラがイヴリン先生と話をしていたのはまちがいない。ヤラがこの学校にいさせてもらっている理由……アガサは大きく頭をふった。イヴリン先生のことだけに集中しなきゃ。口をきけるかどうかわからない変わり者の女子なんてどうでもいい。

アガサは何もない机の前にある頑丈《がんじょう》な木の椅子に、背中を丸めて座った。刻一刻と時間が過ぎる。なんの気なしにろうそくの芯《しん》を見つめる。

イヴリン先生は善と悪の学校が男子と女子の学校になったその日に現れた。つまり、アガサとソフィの物語が校長の命をうばって……その結果、校長が追放した悪の学校の教師が復帰した。

けど、なんで？

アガサはダヴィー先生、レッソ先生の言葉を思い出した。ソフィの魔女の前兆はイヴリン先生が生じさせたか、あるいはソフィ自身が生じさせたか、そのどちらかだという。ほかの可能性はない。また、イヴリン先生は以前、生徒への違反行為で責められたことがあるらしい。イヴリン先生は魔女の前兆が生じたどの場にもいた……野獣《やじゅう》のときも、いぼのときも、変身に失敗したときも……なんであたしはこんなこと考えてるの？……もちろん、イヴリン先生に決まってる……やったのはイヴリン先生だ……

けど……もしイヴリン先生じゃなかったら？

アガサは目を閉じて、夢を思い出した……夢の中のテドロスは、金色の髪が白銀に映えて、とてもおだやかで、とても幸せそうだった……。テドロスの顔が見えてきた。ぎこちない笑顔に、前を開けたレースアップのシャツ。一年前にこの学校でアガサに舞踏会《ぶとうかい》のパートナーの申しこみをしたときと同じ姿だ……あれ以来ふたりの物語の何もかもがまちがった方向に行ってしまったような気がする……今回の何もかもが大きな手ちがいのような気がする……。アガサはテドロスに抱きしめられ、ふたたびテドロスのキスの味を知った。ふたりの胸がふれ合って、アガサの心臓はどきどきしている。これまでにないくらい速く鳴っている——

アガサの目がぱちっと開く。ここはだれもいない、冷たい研究室の中だ。

今のはただの夢じゃない。

アガサはまだテドロスとのエンディングを願っている。

前より強く願っている。

アガサは顔が真っ赤になった。まだ友だちよりプリンスを求めているの？　その友だちはあんなに誠実なのに？　命がけで自分とあたしを守ろうとしているのに？　ふたりの敵はまさにアガサが求めつづけている男子だっていうのに？　アガサは机に手をついて立ちあがった。ばかじゃない？　自分の中にこんなに弱虫でばかなプリンセスがいるなんて、そのプリンセスを黙らせておくことができないなんて……

そこでまたゆっくり座った。

なんだか、ろうそくの表面にしわが寄っているように見える。アガサは手をのばしてさわってみた。ろうそくだと思ったけれど——表面は紙だ。手にとって顔に近づけて見た。ろうそくのまわりに羊皮紙を巻きつけて、白い糸でくくってある。アガサは気持ちを落ち着かせようとした。いつイヴリン先生がもどってくるかわからない。注意深く糸をほどいてろうそくから羊皮紙をはずし、机の上に広げる。

全部で三枚ある。

一枚目は青の森の地図。青の森のグループ学習用に毎年生徒たちに配られるのと同じ地図だ。各エリアのすべてに名称がふってある。シダの野、トルコ石色の雑木林《ぞうきばやし》、青の小川……

そこで、赤インクで丸くかこってあるエリアがひとつあるのに気づいた。印がついているのはここだけだ。みょうに目立つ。アガサは丸でかこまれた名称を読んでみた。

青緑色《シアン》の洞穴《ほらあな》

先生たちはこの洞穴の名称を口にしたことも、そこに生徒を連れていったこともない。おそらく、この洞穴の入り口がある切り立った崖《がけ》をのぼる道はないし、空っぽの洞穴を探検する理由もないからだろう。なんでイヴリン先生はこの洞穴に印をつけたの？

アガサは二枚目を見た。赤いヘビの封《ふう》ろうで封をした巻物の手紙で、すでに一度開けられている。

日付は今日だ。

イヴリン殿

食い違いが生じないよう、おとぎトライアルのルールを確認をさせていただく。

１．明日の正午、私と貴殿は青の森のゲート前で待ち合わせをする。両校の現学部長として、私たちは対戦の場所に罠をしかける時間を三十分ずつ割り当てられる。シアン色の洞穴は貴殿の要望どおり、立ち入り禁止とする。

２．今回のトライアルの性質をふまえ、恒例のトライアル前の下見は両校とも行わない。

３．出場者は両校それぞれ十名ずつ。各自、好きな武器をひとつだけ携帯することができる。出場者以外は青の森に立ち入ることができない。また、青の森には魔法のベールをかけて観戦はできないようにする。出場者はどんな魔法や呪文を使ってもよい。

４．日の出のとき、青の森にまだ男子、女子双方の代表メンバーが残っていた場合、どちらかだけになるまでトライアルを続行する。

５．結果がどうであれ、テドロスが最初に提示した条件にしたがうこと。女子が勝った場合、男子は女子の学校の奴隷となる。男子が勝った場合、読み手二名は男子側に引きわたされて公開処刑となり、両校は善と悪の学校にもどる。

以上のルールに違反がひとつでもあった場合、今回のトライアルは無効となり、即刻、戦いの開始となる。
以上、ご確認のほどを。

男子の学校学部長
ビリアス・マンリー

アガサは顔をしかめた。頭の中が疑問だらけだ。なんでイヴリン先生はトライアル前の下見を中止にしたの？　シアン色の洞穴《ほらあな》は立ち入り禁止なのに、なんでイヴリン先生は丸でかこったの？

アガサは三枚目をめくった。頭の中ではまだ自分に腹を立てていた。テドロスを求めることはもちろん、彼のことを考えることだって――

心臓が止まった。

三枚目は細かい字でびっしり書かれた薬の材料のリストだ。その後にはさらに細かく、いろいろな薬の調合のしかたが記されている。はしからはしまで文字が書かれた羊皮紙はかなり古く、すり切れている。

数週間前にユーバが教室でなくしたといっていた紙だ。

イヴリン先生の研究室で今、その紙を見つめながら、アガサの頭の中でひとつの疑問が赤々と燃えだした。ほかのすべての疑問が焼き払われていく。

その疑問は、イヴリン・セイダーがどうやってノームの手元にあったマーリンの秘薬の作り方を見つけたかではない。

それを何に使ったか、だ。

第20章

一歩先に

テドロスは両膝《りょうひざ》をついたまま、また床からラムチョップを一本つかむと、ライオンのように肉を食いちぎり、骨は投げ捨てた。骨がどんどん山になっていく。さらに六本食べたところで、手で胃をおさえた。顔色が悪い。食べた物が逆流しそうなのをこらえている。

牢屋《ろうや》の扉がきしみながら開いた。テドロスが目をあげるとフィリップが立っていた。全身汗だくで、腕には乾いた血がこびりついている。手に湯気の立つマグカップを二個持っている。

「きっと食べすぎているだろうと思って」フィリップは表面に泡の浮いた飲み物の入ったマグカップをひとつ、テドロスの前に置いた。「温かい重湯《おもゆ》。飲むと胃が落ち着く。ペパーミントか生のショウガがあるとよかったんだけど――どっちも消化を助けてくれる――」

テドロスに見つめられているのに気づき、ソフィはいかにも男子っぽく咳払《せきばら》いをした。「飲みな」

テドロスはマグカップの中身に軽く舌をつけた。顔をしかめ、そのままマグカップを下に置く。

「語り手さがしの当番に遅れるんじゃないか？」

「マンリー先生にはいっておいた。その前にテドロスを尋問《じんもん》するって」ソフィはテドロスの正面に座りながら、強めの口調《くちょう》でいった。

〈そのためにテドロスの命を助けたんでしょ〉ソフィは自分をしかって、大きすぎる肩で壁にもたれた。テドロスは語り手のありかを教えてくれるかもしれない。〈だからよ〉テドロスのことなんか心配でもなんでもない。ソフィはテドロスをにらみつけた。体の筋肉を緊張《きんちょう》させて、ふたたびその目標に集中する。

「テドロス、語り手はどこにある」

「だから、トリスタンとふたりで隠《かく》して、それっきりだ」テドロスはきっぱりといった。「ソフィとアガサにとられないように床のレンガの下に隠した。どうしてそこから消えたのかさっぱりわからない」フィリップに見つめられていることに気づき、うなだれる。「いいか、フィリップにうそはつかない。ぼくのためにあそこまでしてくれたんだから」

「じゃあだれが持っていったんだ？」ソフィは吐き気がしてきた。「トリスタンも先生たちに尋問されたのか？」

「いや、やつなら真っ先に先生に語り手を引きわたすだろう」テドロスはブーツを蹴《け》って脱いだ。「それに、あの臆病者は何日も前から姿をくらましている。たぶん、授業がはじまる前にいなくなったんだろう。ほかの男子とはうまくいってなかったから」

「だが、カストルはいっていた。語り手のペンを見つけられなかったら、男子は全員終わりだと——」

「語り手のペンは持ち主の魂《たましい》を反映するからだ」テドロスはさらにうつむいて、つぶやくようにいった。「語り手がイヴリン学部長の手に落ちれば、大勢の男子が物語のエンディングで命を落とすことになる。まず最初はぼくの物語だ」

〈ぼくの物語〉その言葉はソフィにとって、果てしなき森で大勢が死ぬことよりショックだった。ソフィはこれはつねに「ソフィの」物語で、悪者のテドロスがじゃまをする物語だと思っていたのだ。ところが、テドロスはこれを自分の物語だと思っている……そして、自分もハッピーエンドを迎《むか》える資格があると思っている。

「アガサはテドロスとのハッピーエンドを願った」ソフィは静かにいった。「それがどうやってテドロスに聞こえたんだ？」

テドロスは口を結んで一瞬考えた。「ぼくが九歳のときに母親がキャメロット城からいなくなった。真夜中、ぼくが別の棟で眠《ねむ》っているときに出ていった。そのときのことはよく覚えている。きゅうに全身にぐっしょり汗をかいて目が覚めて、あわてて窓に駆け寄った。理由はわからないが、胸が引き裂《さ》かれるような気がした。最後に見たのは、ぼくの愛馬を走らせて果てしなき森に消えていく母親の姿だ」レンガのすきまを指先でなぞる。「アガサの願いが聞こえたときも、同じように目が覚めた。アガサはぼくに自分の願いを聞かせたかった」テドロスの目がうるむ。「そしてぼくは、その願いは本心だと思った」

ソフィはきたない爪をいじった。「本心だったかもな」ほとんどひとり言のようにいう。「ただ何か……じゃまが入ってしまったのかもしれない」

テドロスは目をこすって背筋をのばした。「フィリップ、おまえはいいやつだな。ぼくなんか助けてくれなくてよかったのに」

ソフィは首をふった。「死なせるわけにいかないからな」ささやくようにいう。テドロスのほうは見ることができない。「ぜったいに」

「ソフィも一年前に同じことをいった。おとぎトライアルでぼくを守ると約束して――それなのに、置き去りにして死なせようとした」テドロスは汚れた黒のソックスに開いた穴をいじった。「それが女子と男子のちがいだ」

ソフィはようやく顔をあげて大きくまばたきした。

テドロスがうなずく。「フィリップ、本当なんだ。ソフィはおとぎ話の本に書かれているとおり、悪そのものだ」

ソフィはつばを飲んだ。「話してくれないか？……その子のこと」

「あんな美人は見たことがなかった――髪《かみ》はフィリップと同じブロンドで……そういえば、目もフィリップみたいな緑だった」テドロスはフィリップを見つめている。フィリップはきまり悪そうに目をそらした。テドロスはあわてて視線をさげた。「だが、その外見の下には何もなかった。ふたりの距離《きょり》を縮《ちぢ》めようとするたびに、ぼくは次から次にだまされた。彼女はプリンスと名のつく相手がほしいだけで、中身なんてどうでもいい感じだった。アガサはソフィのどこが好きで助けようとしたのか、まるでわからなかった」

「テドロスよりソフィのほうが、アガサのことをよく知っているんじゃないか？」

「ぼくは知っている。アガサは前はプリンスとのハッピーエンドを迎《むか》えるにふわさしい、善の魂《たましい》を持っていた」テドロスは負けていない。「今は最愛の人の仮面をかぶっただれかのために、最愛の人をあきらめた。ソフィがアガサにそうさせたんだ。ソフィがアガサを破滅《はめつ》させた」

「それは、テドロスがアガサに選ばせたからだろ」ソフィはエルフに似た顔を赤らめていい返した。

「テドロスの運命はテドロスが自分で招いた。アガサでも、ソフィでもない」

テドロスは顔をしかめて何もいわない。

「どうして女子は両方手に入れられないいんだろう」ソフィの口調《くちょう》はおだやかだ。ベッドの鉄枠に映るフィリップの顔を見る。「どうして女子はプリンスの愛と親友の愛を同時に手に入れられないいんだ」

「人は成長するからだ」テドロスは大きなため息をついた。「だれでも子どものときは親友がすべてだと思う。だけど、いったん心から愛する人ができると……変わる。友情は同じままでいられなくなる。いくら両立させようとしても、真心はひとりにしかささげられない」テドロスはフィリップに悲しげにほほ笑んだ。「アガサの最大のまちがいは、ぼくを愛することにした瞬間、自分とソフィの絆《きずな》は切れたのだと気づいていないことだ」

ソフィの新しい体を完璧《かんぺき》につつんでいる筋肉の壁がゆるみだした。ソフィは今まで自分がシャットアウトしていた真実を、テドロスにいわれてしまったような気がした。あの夜、アガサはテドロスとキスをして、ハッピーエンドを迎えるはずだった。あの夜、ソフィはたったひとりの友だちを男子にとられて、ひとりで家に帰るはずだった。

ところが、ソフィは物語を書きかえた。親友を引きとめた。

〈その結果は?〉

「もう遅い」テドロスは組んだ腕《うで》に額をのせて、つぶやくようにいった。「ぼくは二度とだれも愛さない」

「もしかしたらソフィはテドロスが必要としている以上にアガサを必要としているのかもしれない」フィリップが目に涙をためて力強くいった。「もしかしたらソフィにはアガサ以上に愛せる人はもう現れないのかもしれない。もしかしたらソフィは結局はよい行いをしたのかもしれない！」

テドロスが顔をあげた。目がきつい。

「テドロス、わからないのか？　テドロスはそのうちまたほかの人を見つけるかもしれない」フィリップの声は震《ふる》えている。「ソフィはそうじゃない」

「フィリップも読み手と同じで何もわかっていない」テドロスは暗い声だ。「最愛の人はひとり。ひとりだけだ」

ふたりはおたがいをじっと見つめたかと思うと、目をそらした。今にも消えそうなたいまつの明かりの下、ふたりの影は無言で座っている。

フィリップがいきなり立ちあがって、扉のほうに歩きだした。「行くぞ」

「え？」テドロスはあわてた。「こっちは牢屋《ろうや》から出ちゃいけないことになって――」

「テドロスとぼくのちがい」フィリップはにらむようにテドロスを見おろした。「テドロスはルールにしたがうプリンスらしいが、ぼくはちがう」

テドロスはせかすようにして待っている新たな友人を見つめ返した。

「ぼくにえらそうな口をきく男子がいるとは」テドロスはつぶやきながらゆっくり立った。

フィリップは扉を開けておさえている。「知らなかっただろう」

食堂のリハーサル用の舞台の上で、ポルックスは役を割りあてられたネヴァーの女子生徒五人をどなりつけていた。五人は道化師の白塗《しろぬ》りのメーキャップに、サイズの合っていないチャイナドレスを着て、きょとんとした表情で一か所にかたまっている。「さっきからいっているように、みなさんはおとぎトライアルの生きた『比喩《ひゆ》』なのです……長年にわたって女性が服従させられ、物としてあつかわれてきたことの具現化であり……われわれの命が犠牲《ぎせい》になるかもしれない危険きわまりないトライアルの記念碑《きねんひ》なのです――」

「このお芝居《しばい》のほうがトライアルよりあぶなそうだよね」ドットはヤラにむかってつぶやいた。ヤラはドットを無視して、楽しそうに次の場面のブルカ〔イスラム教の女性が着用するベール〕やスワンのかぶり物の準備をしている。ドットは食堂の反対側にいるヘスター、アナディルに目をやった。ふたりは何か小声で話しながら、お芝居のセットに色を塗っている。ふたりのあいだにはひとり分のスペースが空いている。アガサがいるにちがいない。「読書クラブがこうなるって知ってたら、コーラスクラブにしておいたのにな」ドットはため息をつきながらスワンの羽根を一枚とってルッコラに変えてから、自分もヘスターたちの会話にくわわろうと、ゆっくり近づいた。

「イヴリン先生がマーリンの魔法で何をできるって？」アナディルの声が聞こえる。

「まさか、自分で使ったとか？」アガサはそういってケープのフードをかぶりなおした。見えているのは大きな茶色の目だけになる。

「まずひとつ。イヴリン先生が男に変身したら、うちらだって気づくはずだよ」ヘスターがいう。「それともうひとつ。透明《とうめい》になってもならなくても、あんたの目は大きいし、今にも泣きだしそうだし、見てると笑っちゃう」

「それより、あたしたちが全員お芝居《しばい》のスタッフとして駆り出されるなんて知らなかった」アガサは反撃した。アナディルのペットのネズミは交替で絵具に飛びこんではセットの上をごろごろ転がっている。

「ほかにおすすめのミーティング場所があれば教えてほしかったね」

「あたしは自分の命を守るのに手一杯で――」

「うちらはそうじゃないと思ってる？」アナディルはすぐにいい返した。「うちらだってトライアル代表チームに入るためにひっしでがんばってる。だって、今回の作戦が全部失敗したら――」

「イヴリン先生は女子のだれかを、男子の城に送りこんだんじゃないかな？」ドットがルッコラをむしゃむしゃ食べながらのんきにいった。

ドット以外の三人がドットを見る。

「そうだとしたら、なんでソフィがまだ語り手を見つけられないか、その説明がつくかも」ドットはいった。「イヴリン先生は女子のだれかを男子に変身させて、語り手のペンを隠《かく》させた。そしたらアガサとソフィは願いがかなえられないもん。イヴリン先生はとにかく――予定どおりにおとぎトライアルを行いたいんだよ」

アナディルは目をしばたたいた。「ひょっとして、あたしも野菜ばっかり食べたほうがいいかも」

「で、その女子はだれなわけ？」ヘスターは横目でにらんだ。自分には思いつかなかったのでいらついている。

「ベアトリクスだ」アガサはフードをうしろに払って顔を出した。「これはベアトリクスのケープ、でしょ？　それに、ベアトリクスはベッドの下に男子の制服も隠してた！　イヴリン先生の大ファンだし！　ベアトリクスに決まってる！」

「よし、ベアトリクスを問いつめてみよう」アナディルはいそいでアガサの顔を自分の体で隠した。「だけど、アガサ、夜はあと二回しかない。ソフィには明日までに語り手を見つけてもらわなきゃ。今日の夜、ソフィのランタンはどこで光った？」

「今夜は外がぜんぜん見えないの。完全に霧《きり》におおわれてる」アガサは悲しげにいった。「あたしのランタンは窓に置いてあるけど、ソフィのは霧が晴れるまで見えない」

「アガサ、ソフィにはぜったいあのペンをとり返してきてもらう」ヘスターは念を押した。「でないと、うちら全員あのトライアルに出ることになる」

アガサはもう怖くてたまらなかったけれど、ヘスターの顔に恐怖が浮かぶのを見て、さらに胃がしめつけられた。

「イヴリン先生は、トライアルの地図も持ってて――」アガサはつかえながらいった。「印がつけてあった。シアン色の洞穴《ほらあな》に――」

「シアン色の洞穴？」ヘスターは鼻で笑った。アナディルと顔を見あわせる。「それさ、南ゲートの近くにあるイミテーションの洞穴だよ。奥行きは十五メートルもない。その中に何があるっていうの？」

「それが、イヴリン先生はトライアル前の下見を中止したの。だから見にいくことさえできない」

アガサはため息まじりに、またフードをかぶって顔を見えなくした。

「ただし、アガサはイヴリン先生に許可をもらってるんだからべつ」

アガサは目をあげてヘスターを見た。ヘスターは見えないはずのアガサを何かたくらむような目で見ている。

「イヴリン先生は、アガサはノームといっしょに青の森にいると思ってる」

時計が真夜中を告げる頃、アガサは透明《とうめい》ケープで身をつつみ、南ゲートにむかって霧《きり》深い青の森を歩いていた。こんな霧は見たことがない。白く濃《こ》く渦巻いて、紺《こん》色の草の先すら見えない。霧に目をこらして男子の学校のほうを見ても、レンガの壁はちらりとも見えない。

偶然よ。アガサは思った――ソフィとの唯一の連絡手段が濃い霧にじゃまされてるなんて偶然に決まってる。

レッソ先生の警告《けいこく》が頭の中に聞こえてきた……〈イヴリン・セイダーはいつも一歩先にいるのです〉

アガサはその言葉をふり払い、青の森の奥へこっそり歩いていった。木々や霧の中をさまよう生き物たちにぶつからないよう、ゆっくり進んでいく。不気味な静けさの中、何も考えないようにしているのに、テドロスのことばかり考えてしまう。テドロスを消そうとすればするほど、目の前の怪物みたいに大きくなる。アガサはいらいらしながら、霧につつまれた道のことだけを考えることにした。墓地の丘にある家に帰ったらすぐ、家にあるおとぎ話の本はひとつ残らず焼いてしまおう。そうすればガヴァルドンは本当にプリンスのいない世界になる。

道が少しのぼりになった。カボチャの畑を越えて、南ゲートが近くなってきたらしい。明日の夜はトライアル前夜。ポルックス演出のおそまつなお芝居《しばい》が上演されて、トライアルの代表チームが発表される。その頃にはイヴリン先生もマンリー先生も青の森のあちこちに罠《わな》をしかけ終わっているだろう。両校の取り決めでシアン色の洞穴《ほらあな》は立ち入り禁止になっている。じゃあ……イヴリン先生はシアン色の洞穴に何を隠《かく》してるの？

白ウサギが一匹、アガサの靴のすぐ横を走っていった。おびえきった赤ちゃんウサギを口にくわえていたけれど、本のページから消えたみたいに白い霧に吸いこまれて見えなくなった。一歩ずつ用心しながら進むうち、ようやく目の前に青緑の岩壁が少し見えてきた。

シアン色の洞穴は南東の角にあたる崖《がけ》の高いところにあって、枝を張り出した巨大な青いマツの木々にほぼ隠れていた。大きさの違う青緑の丸い穴が三つ並んでいる。アガサは頭上の洞穴を見あげた。どうやってあそこまでのぼったらいいかさえわからない。生き物に変身して透明ケープをなくすのは困る。だとすれば、青いマツの木をのぼっていって、そこから崖に飛び移るしかない。運のいいことにマツの大枝は太くてごつい。アガサはさっそくマツの木をのぼりはじめた。霧の中でもチクチクする針葉《しんよう》が手を導いてくれるおかげで素速くのぼっていける。ついにいちばん高い大枝までのぼると、一度深呼吸して、透明ケープを着たままごつごつした岩に飛び移った。着地したとき、ほんの一瞬声が出た。

アガサは目の前に並ぶ三つの入り口を見た。『ゴルディロックスと三匹のクマ』〔イギリスの童話〕に出てくるみたいな、大きさのちがう丸い穴が三つ――一番目は大きすぎ、二番目は小さすぎ、三番目はちょうどいい大きさだ。透明ケープの襟《えり》の下に赤いぽつぽつが出てきた。アガサは直感で知った。この洞穴の中にあるのが何であれ、それが答えをくれる。イヴリン・セイダーがなぜアガサの物語に入りこんだのか……イヴリン・セイダーがアガサの物語をどう終わらせるつもりなのか。

アガサは脚が震《ふる》えるのを感じながら一番目の大きな洞穴に入っていった。人さし指がたいまつみたいに金色に光っている。アクアマリンのように透《す》きとおった洞穴《ほらあな》の壁に、人さし指の光と緊張《きんちょう》した顔がぼんやり映っている。アガサは一歩ずつ先に進みながら、鏡の部屋みたいな洞穴の中をくまなく調べた。見つかったのは、やせこけたミーア虫とゴキブリが二、三匹だけで、そのうち行き止まりになった。

残念。アガサは引き返して二番目の洞穴に入ってみることにした。しかし二番目の入り口はディナー皿ほどの大きさしかなくて、頭をつっこむのがやっとだ。さらに悪いことに、この洞穴は一番目よりはるかに奥行きがなかった。人さし指で照らしても、むきだしの壁と、そこに生えているカビが少し見えるだけだ。だめだ。アガサはつっこんだ頭を引っこめた。

〈いったいここで何をしてるの?〉アガサは自分にあきれながら三番目の洞穴に入った。中サイズのだれもいない洞穴を照らしながら後悔《こうかい》する。女子の城でソフィを待っていればよかった。ソフィがいつあのペンといっしょにもどってくるかわからない……。一年前はアガサのほうがしっかりしていて、問題解決係で、ふたりが家に帰るためならなんでもする役だった。今はソフィがその役割だ。だから、だれが男子に変身するか決める課題でアガサではなくソフィが勝った。今回はソフィがプリンスだ。ソフィはアガサを失望させたりしない……。

アガサは人さし指の光を消して、早足で三番目の洞穴の入り口に引き返そうとして——ぴたっと止まった。うしろからあやしげな雑音が聞こえてきた。大勢が怒ってざわついている感じだ。

アガサはゆっくりふり返った。雑音がどんどん近づいてくる。アガサは金色に光る人さし指を立てた。アガサの不安に反応してちかちかしている……。

暗闇から蝶が嵐のように襲《おそ》いかかってきた。蝶の大群はミツバチみたいにアガサの透明《とうめい》な体にたかって透明ケープを引き裂《さ》きだした。ねらいを定めて手ぎわよく仕事を進め、ヘビ皮をはぎとり、アガサを崖《がけ》のすみに押し返していく。月明かりの下、はばたく無数の羽のすきまのあちこちからアガサの肌や服が見えてきた。蝶たちはついにケープをすべてはぎとると、また嵐のように去っていった。アガサは強風にあおられて足をふみはずし、悲鳴とともに崖から転げ落ちた。霧《きり》の中で手足をふりまわし、最後はからみ合ったマツのしげみにお尻から落ちた。痛む体をさすりながら顔をあげると、蝶の大群が霧に消えていくところだった。ずたずたになったケープの切れ端がいくつも、灰のように青の森に落ちてきた。

アガサは息ができなかった。無事だったことにほっとしたのもつかのま、何が起きたかわかってパニックになった。

イヴリン先生はアガサが見つけるのを承知《しょうち》で、あの地図をあそこに置いておいた。つまり、イヴリン先生はこの二日間、アガサがユーバといっしょにいないことを知っていた……

また、ソフィといっしょにいないことも。

脳の中で警報が鳴る。アガサは走りだしていた。

霧につつまれた道を一目散《いちもくさん》に走る。体の痛みなど忘れ、ユーバの洞穴の場所を思い出そうとする。枝やとげが服に刺さる中、体をかがめて駆けた。シダの野とターコイズ色の雑木林《ぞうきばやし》のあいだにあるくぼ地をながめて——ようやく少し先の地面にある穴から黒い煙が細く出ているのを見つけた。アガサはそこまで行くと、腹ばいになって、その小さな穴に頭をつっこんだ——

しかし遅かった。

ユーバの家は焼かれていた。何もかも黒焦《こ》げで、灰の上にアジサイの花びらが数枚落ちているだけ……ユーバの姿はどこにもない。

アガサはむかむかする胃をおさえて立ちあがった。青の森をつつんでいた霧《きり》が魔法みたいに引いていく。これで仕事は終わったというかのようだ。霧は最後には細い一本の筋になって、女子の学校のほうに向かっていったかと思うと、いちばん上階にある研究室に吸いこまれて消えた。

見あげると、窓のむこうにイヴリン先生がいて、そのまわりを仕事からもどって旋回《せんかい》する蝶にかこまれていた。暗がりの中ですきっ歯を見せて、『不思議の国のアリス』のチェシャネコみたいにほほ笑んでいる。

ソフィが今どこにいるかちゃんと知っている、という笑み……

だって、わたしはいつも一歩先にいるのよ。

アガサはゆっくりふり返った。男子の学校をとり巻いていた霧もどんどん薄くなって、城が夜の闇にくっきりと浮かびあがった。

どの窓にも緑の明かりはない。

親友からの連絡はなかった。


「語り手さがしの当番に行かなくていいのか?」テドロスは暗い廊下の途中で聞いた。フィリップのブロンドのショートヘアを追いかけて、教職員の寮の前を過ぎたところだ。「もう真夜中を過ぎて――」

「その前に見せたいものがある」フィリップは二本の細い石柱のあいだをすり抜けていく。

「どこに行くんだ?」テドロスはうめいた。まださっきの大食いで胃がもたれている。「今はとにかく風呂に入って、眠《ねむ》りたくて――」そこで黙る。

ふたりは青の森を見おろす教職員用のバルコニーに立っていた。眼下に青の森が広がっている。あやしげな、冷たいもやがあちこちにただよっている。まるでたった今、濃《こ》い霧が通過したかのようだ。

青の森の上空が晴れるにつれて、葉や草が北極のような青い魔法の光を放っているのが見えてきた。風がシダや花を竪琴《たてごと》のようにかなで、さざ波のような音をさせている。北ゲートの近くにあるのは水色のシダの野だ。銀色の胞子が点々と光るシダの野は、細い西の小道の両側に広がっている。東の小道の両側に生えているシダレヤナギの木々は突風が吹くたびにサファイア色の葉を落とし、南にあるシアン色の洞穴《ほらあな》は青いカボチャの畑の上のほうで黒々と三つの口を開けている。

テドロスは幼い頃に両親といっしょに旅をして、美しいものをいろいろ――マーマリング・マウンテンズの楽園のような洞穴、アヴォンリーのセイレンの湖、シャザバ砂漠のウィッシュフィッシュのオアシスなどを見てきた。しかし今、フェンスでかこまれた小さな青い森、この世界の危険に気づかないでいる森をバルコニーから見て、これが二日後どうなるか考えた。二日後の夜、テドロスはこの森を地獄に変える張本人《ちょうほんにん》になるかもしれないのだ。

そこで突然、ゲート付近で何かが動いているのが目に入った……人影が青の森からこっそり出てくる……

テドロスは目をこらした……

「テドロスもこっちに来たらどうだ？」うしろからフィリップの声がした。

見ると、フィリップは大理石でできた平らで幅の広い手すりに、青の森のほうをむいて座っていた。両足をぶらぶらさせている。

「それとも、まだ風呂のほうがいい?」フィリップがいたずらっぽくいう。

テドロスも手すりによじのぼり、フィリップにくっつくように座った。ふだんならここまでだれかの近くには寄らないのだけれど、高いところは苦手なのだ。

「腕の具合はどうだ?」テドロスはフィリップの腕の傷を調べた。まだ血がにじんでいる。「ばい菌が入るといけない――」

フィリップは腕を引っこめて、青の森のほうを見つめた。「テドロスはあそこで女の子ふたりに死の宣告をするかもしれない、それがわかっていてどうして眠《ねむ》れる? ふたりとも、テドロスを大好きだったことがあるんだろ?」

テドロスは一瞬黙りこんだ。「フィリップ、おとぎ話の登場人物はいつも三人だ。恋人同士のふたりと、悪者ひとり。そして、最後にだれかが死ぬ。アガサが校長の塔にソフィを潜《ひそ》ませて、ぼくを攻撃《こうげき》してきた瞬間、ぼくは悪者になった」テドロスはフィリップをにらむように見た。「その役を演じることになんの問題もない。それで自分の命を救えるなら」

フィリップはぽかんと口を開けてテドロスを見ている。頬がどんどん赤くなって……突然、大声で笑いだした。笑いすぎて涙まで出てきた。

「どうした、頭がおかしくなったか?」テドロスは眉をひそめた。

「みんな愛を求めていただけなのに、今はおたがいを亡き者にしたがっている」フィリップは笑いながら涙をぬぐった。「もうだれも何が真実かわかっていない」

「たしかにそうだけど、フィリップは何をわかっているっていうんだ?」

フィリップは両手で顔をおおって、さらに大きな声で泣き笑いしている。

「女子よりひどい笑いじょうごだな」テドロスがつぶやく。

フィリップは声をからして笑っていたけれど、テドロスの無表情な顔に気づくと、笑うのをやめて呼吸を整え、そして黙った。

青の森のどこかで、コオロギが下手な声で鳴いている。テドロスは下を見た。コウノトリ一羽が青の小川の中を歩き、リス二匹が橋の手すりの上で追いかけっこをしている。明日、マンリー先生と女子の学校の学部長が青の森のいたるところに罠《わな》をしかけることになっている。生き物たちはトライアルが終わって危険が去るまで、どこかに隠《かく》れることになるだろう。

「フィリップの城はどんな感じなんだ？」

フィリップは目をしばたたいた。「城？」

「フィリップはプリンスなんだろ？　まさか、掘っ立て小屋で暮らしているなんていうなよ」

「あ、うん――その、小さい……城なんだ。見た目は……三角屋根の家みたいな」

「こぢんまりして住みやすそうだな。大きな城に住んでいたって楽しくなんかなかった。ほぼ一日じゅうだれかをさがしまわっていた。フィリップは家族といっしょに暮らしているのか？」

「父親だけだ」フィリップはむすっといった。

「いるだけいい」テドロスはため息をついた。「ぼくがここを卒業して家に帰っても何もない。待っているのは空っぽの城と、どろぼうみたいな召使いと、衰退《すいたい》していく一方の王国だけだ」

「お母さんにいつかまた会えると思うか？」

テドロスは首をふった。「会いたいとも思わない。父親は母親に対して死刑を宣告した。ぼくは十六歳の誕生日に王になる。母親を見つけたら、死刑にするしかない」

えっ。フィリップはぎょっとしてテドロスを見た。テドロスはあわてて空に目をこらした。「フィリップ、語り手さがしの当番に行ってこいよ。もうすぐ明るくなる」

「どうして自分の母親に危害を加えることができるんだ?」フィリップは驚《おどろ》くばかりだ。「ぼくは母親にまた会えるならなんでもする。なんだってする。それがぼくの本当のハッピーエンドだ」

フィリップはため息をつき、そして背中を丸めた。「だが、ぼくはアガサとはちがう。ぼくの願いはだれにも届かない」

「話してくれないか……お母さんのこと」

「名前はヴァネッサ。『蝶』って意味。毎年春になるとさ、たくさんの蝶が大きな青い塊《かたまり》になって家の前を飛んでいくんだ。それを見ていた母親の顔は今でもよく覚えている……母親は、いつかぼくも蝶みたいに飛んでいくのかもしれない――母親より大きな人生を、ぼくの夢が全部かなう場所を見つけるのかもしれない、って思っていた。『ハッピーエンドをだれにもじゃまさせちゃだめよ』、『愛されることをだれにもじゃまさせちゃだめよ』っていっていた」声がかすれる。「『イモムシに蝶は見分けられない』とも」

テドロスがフィリップの肩に手を置いた。フィリップはテドロスにもたれて、思わず涙をこぼした。

「そして、生涯で愛した唯一の男の人を、唯一の友だちにうばわれた。ぼくは母親みたいな終わり方はいやだ。ひとりでさびしく死にたくない」

ふたりのあいだの沈黙が濃《こ》くなる。

「蝶になりたいなんていった男子は初めてだ」テドロスの声はやさしい。

フィリップは顔をあげた。ふたりはおたがいを見つめた。手すりに座るふたりの脚がかすかにふれ合う。

テドロスはつばを飲んで、手すりからバルコニーに飛びおりた。「牢屋《ろうや》にもどる。フィリップはあのペンをさがしにいけ」

「テドロス、待って――」

しかし、テドロスはもう走りだしていた。よろけながら柱のあいだをくぐり、闇に消えていく。

ソフィの手がゆっくりと、さっきまでテドロスが座っていた場所にのびる。

自分にいい聞かせる。早く銀の塔に行って、残された時間内にあのペンを見つけて、アガサを家に帰らせなきゃ――今すぐ立って――

しかし、ソフィは動かなかった。青の森の上でひとり、朝の光が夜の闇をたたき割るまでそこにいた。

第21章

赤いランタンの明かり

魔女はもともと友だちを作るのが苦手なはずなのに、魔女三人組は今ではアガサを友だちだと思っていた。それなら、アガサがトライアル前日の歴史の授業で善のホールに入ってきたとき、ヘスター、アナディル、ドットの三人は笑顔でむかえるか、手をふるか、少なくともアガサを三人といっしょに座らせてくれるかしそうなものだ。ところが、制服姿のアガサが寝不足の赤い目でとなりにもぐりこもうとすると、三人組はこの新たな友が今ここにいるなんて世界でいちばんありえないことだ、といわんばかりの反応をした。

「あんた、ここで何してんの？」ヘスターは強い口調《くちょう》でささやいた。「それと、なんで透明《とうめい》じゃないの――」

「もうばれてる」アガサもささやき返す。

三人ともぱっとアガサを見た。「ばれてる？」ドットがくり返す。

「どこまで？」ヘスターがささやく。

四人のうしろで両開きのドアが大きく開き、イヴリン先生が改訂版《かいていばん》の教科書を手に、さっそうと入ってきた。舞台にあがり、アガサにむかって小悪魔のようにほほ笑む。

「生徒会長さん、特別訓練ご苦労さま。きっと充実した時間を過ごしたことでしょう」イヴリン先生はさらりといった。「ソフィは具合が悪いんですって？」

アガサはわざとらしいセリフにたえて、イヴリン先生をにらんだ。「あたしたちがここで話をしている今もまだ、何かさがしていますす」

ホール内の女子生徒全員がいっせいにイヴリン先生を見た。このふたりのやりとりにとまどっている。

「そう。今はとにかく時間が貴重ね。あなたたちふたりの生死が明日決まるんだから」イヴリン先生は何も知らないみたいないい方だ。「ひょっとして、それはソフィには見つけられないのかしら？」

「見つけます」その強い口調《くちょう》に、女子生徒全員がいっせいにアガサを見る。「先生はソフィのことを何も知らない」

「あなたはもちろん、よく知っているわよね」イヴリン先生は目を輝かせた。「いぼのこともふくめて」

アガサは真っ青になった。まわりで女子生徒たちが首をかしげながら何かいい合っている。

「全部」ヘスターはあぜんとしている。「イヴリン先生には全部……ばれてる」

「今夜の夕食の時間はトライアルの前夜祭よ。お芝居《しばい》を上演して、トライアルの代表チームを発表して、ごちそうを食べて、男子側と戦う代表チームの幸運を祈願するの」イヴリン先生は兄がかつて使っていた木の演台から高らかにいった。「ただ、今朝《けさ》はまだ歴史の授業がひとつ残っているわ。この授業は今回のトライアルの予習として――」

「イヴリン先生が知ってるわけないよ。ソフィが男子に変身してるなんて」ドットがアガサ、ヘスター、アナディルにささやいた。アナディルの肩に蝶が二匹とまっているのを見つけ、二匹とも芽キャベツに変える。「だって、イヴリン先生が知ってるはずないでしょ？　うちらがマーリンの魔法を使ったなんて」

「イヴリン先生が授業で、マーリンの魔法のことを教えてくれたんだよ」アガサはあのときのイヴリン先生の謎めいたほほ笑みを思い出した。「さがしてごらんなさい、ってそそのかしたんだ」

「それも最初から計画の一部だったのかも」アナディルがうなずく。「まずソフィとアガサを引き離《はな》して、それから語り手を隠《かく》した。ふたりともトライアルに出るしかなくなるように」

「ふたりをどこかに閉じこめるだけでよかったのに」ヘスターは大きく首をふった。「なんでこんな手のこんだことをして、ソフィを男子の城にしのびこませようとしたわけ？」いぶかしげな、にらむような目つきになる。「考えられるとしたら……」

「ベアトリクスと話した？」アガサはアナディルに聞いてみた。目はイヴリン先生のドレスからまた蝶が数匹、こちらに飛んでくるのを見ている。「語り手のペンがどこにあるか、白状させなきゃ！」

「隠したのはベアトリクスじゃないと思うよ」ドットが横からいった。「あたし、エヴァーの女子何人かといっしょに予選の予習をしてるふりして、ベアトリクスにヘビ皮の特徴を聞いてみたんだ。ベアトリクスはヘビ皮で透明《とうめい》になれるってこと、これっぽっちも知らなかった。ほかのエヴァーの女子もだれも知らなかった。アガサの部屋にあったケープを使ったのはぜったいにネヴァーだよ！」

ヘスターが目をあげた。突然ドットの発言に興味をしめしたかのようだ。けれど、アガサは手をふってドットのいったことを否定した。「ベアトリクスはうそをついてる」きっぱりという。「ベアトリクスに決まってる！」

「とにかく、あのスキンヘッドからは何も聞き出せない。で、今夜はアガサとソフィが逃げる最後のチャンス」アナディルがまとめた。

「じゃ、アガサは百パーセント確信してるんだね、ソフィの前兆を生じさせたのはイヴリン先生だって」ヘスターはアガサをにらむように見た。

「自分の脚に毛が生えて、のどぼとけができたときのソフィの顔を見たら、ヘスターだってソフィが善かどうか疑《うたが》うのをやめると思う」アガサはいい返した。

ヘスターは何かぶつぶついいながら、手で首のタトゥーをかいた。

「ねえ、いい合いしてもなんにもならない」アガサはため息をついた。「ソフィは校長の塔の中にいた、そうでしょ？　二日前の夜、校長の塔で明かりのついたランタンをふってた。あたしたちがこうやって話してる今、語り手を見つける寸前《すんぜん》かもしれない」

「じゃあなんで昨日の夜は校長の塔からランタンで知らせてこなかった？」ヘスターがつっこんできた。「なんでどこからも知らせてこなかった？」

アガサはヘスターを無視して、イヴリン先生が教科書を開くのを見ていた。アガサが昨晩ほとんど一睡もできなかったのは、まさに同じ疑問を抱えていたからだった。

「フィリップがトライアルの代表チームのリーダーになるまで、あと一歩だよ！」ホートはうれしそうにいいながら、フィリップを最初の授業にいそがせた。「だから覚えといて。おれはおまえを助けて、おまえはおれを助ける。取引成立？」

ソフィは返事をしない。脚は重いし、息は切れているし、おでこにはまちがいなくにきびがひとつある。日の出とともにソフィは足を引きずって牢屋《ろうや》にもどった。そして、汗をかきながらなんとか一時間だけ寝たところで、テドロスに起こされた。テドロスは風呂から出たばかりで、袖なしのTシャツを着て、バターを塗《ぬ》った分厚いトーストを持っていた。

「朝食を食べにいったらアリックに首をはねられるかと思ったけど、だれも何もいってこなかった。たぶんみんな、昨夜の乱暴者フィリップが怖いんだろう」テドロスはフィリップににっと笑った。「ほら、蝶男子、食べろよ」

ソフィはまだ眠《ねむ》い目を薄く開けて、バターをたっぷり塗ったトーストを見た。ソフィの食欲旺盛の胃は例によってぐうぐう鳴って、口に入るものならなんでも食べたいといっている。けれど、体は男子でも食べていいものには制限がある。ソフィは首を横にふって、ブロンドのショートヘアにまたシーツをかぶった。

「後でもんくをいうなよ」テドロスはトーストにかじりついた。「風呂に入りたいならもう起きたほうがいいぞ。授業まであと十分しかない」

ソフィはけがをしたゴリラみたいにうめいた。

「初対面のときはフィリップに対してちょっと態度が悪かったかもしれないけど、今は牢屋仲間になれてうれしいと思っている」テドロスが少し離《はな》れたところでいうのが聞こえた。「だから、これ以上課題でじゃましないでくれたらうれしい。ぼくは今日勝ちたい。そうしたら今夜あの塔に入れる。ぼくが自分で語り手を見つけたら、マンリー先生は代表チームに選んでくれるかもしれない」

ソフィはシーツの下で気持ちが悪くなってきた。「そうしたらソフィを亡き者にできるからね」

「そうしたらフィリップをソフィから守れるからだ」

ソフィは体を起こした。目を見開いている。

「それにほかの男子も全員守れる」テドロスはそういいながら手早く制服のシャツに着替えた。

テドロスのはだかの背中がほんのしばらく、ソフィにむけられたままになる。肌はまた健康そうに輝いて、昨日より少し肉づきがいい。突然、ソフィはテドロスの肩の筋肉を意識してしまった……しみひとつなくて、日焼けして……さわやかなミントの香りが……

「フィリップ！」

ホートの鼻にかかった声でソフィの眠気が吹き飛んだ。

「取引成立？」ホートがまた聞いてきた。ふたりで悪のホールにむかって角を曲がったところだ。

ソフィは頬が真っ赤になった。アガサはソフィの帰りを待っている、女子全員の命がソフィにかかっている。なのに、わたしは自分の命をねらっている男子のことをうっとり思い出しているなんて。

「成立だ」ソフィは制服のきつい膝丈《ひざたけ》ズボンを手で引っぱりながら、力強く返事をした。「ぼくは今夜また語り手さがしの当番になりたいから、よろしく」

「そう来なくっちゃ。フィリップは昨日の夜、テドロスがおしおきを受けないようにした。男子たちはそううわさしてまわっているけど、おれはそんなのあるはずないって知ってる。テドロスは男子全員を今回のトライアルの賞品にした。フィリップも例外じゃない。おれたちにできることっていったら、あのハンサムプリンスに思い知らせてやることくらい――」

「だめだ。これはぼくの順位の問題で、ほかの男子は関係ない。テドロスのことはほうっておけ」

ホートは廊下の途中でぴたっと止まった。「フィリップは昨日の夜、本当にテドロスを助けたんだ！」

ソフィはホートを見た。あごのきりっとした、いかにもプリンスらしいフィリップの顔に冷たい表情が浮かんでいる。「はっきりいって、よけいなお世話だ」

ホートはナイフで刺されたみたいに、口を開けてソフィを見ている。と思ったら、つばを飲んで、引きつった顔でほほ笑んだ。「そ、そんな――いや、だけど、おれたちまだ親友だろ」

ソフィは作り笑いを浮かべた。「もちろんさ」ホートのほうは見ずに歩きだす。

「よかった」スキップで追いついてきたホートがはしゃいだ声でいう。「フィリップの本当の友だちはだれなのか、わかってるだろ？」

ソフィはてきとうにうなずきながら、とにかくアガサのことだけを考えようとした。けれど、思い浮かぶのはプリンスのことばかりだった。


「トライアル前の最後の授業だから、わたし自身の歴史を少しのぞかせてあげようかと思っているの」イヴリン先生の声が善のホールに響《ひび》きわたる。

アガサとヘスターは小声で話し合うのをやめて、舞台のほうを見た。びっくりだ。イヴリン先生の過去が明かされていちばん困るのは本人だと思っていた。

「語り手がわたしの物語を書こうとしたことは一度もなかったけれど、この手落ちはまちがいなく、じきに修正されます。というのも、わたしがここに復帰し、みんなを導くことになったのは、わたしがある野蛮《やばん》な男子より生きのびたからなの」イヴリン先生は聴衆の女子生徒を前に、いかにもじまんそうに話をつづけた。「今、初めて、歴史が真実を映し出します」

イヴリン先生は演台の上に広げた教科書を指でなぞった。すると、先生の甘ったるい声がホールに響きわたった。

〈第二十八章　すぐれた女予見者たち〉

ページの上に三次元の画像が見えてきた。昔の善と悪の学校が幽霊みたいに霧《きり》の中に浮かんでいる。

「ほら、だからもっと先まで読んでおけばよかった」ヘスターがアガサにぼやく。

イヴリン先生は舞台の上からほほ笑んだ。「ようこそ、わたしの物語に」

そして、幻《まぼろし》の画像にふっと息を吹きかけた。すると、画像がきらめきながら粉々に割れて、火花みたいな音を立てながら女子生徒たちの頭上を流れていった。アガサがまぶしくて目をつぶったとたん、今回もまた体が宙に浮いて、足から静かに床に着地した。目を開けると、また善のホールにいた。三人組もほかの女子生徒も全員消えている。今回、大聖堂のようなホールの中には濃《こ》いかすみがかかっていて、まるで半透明《はんとうめい》の膜《まく》越しに見ているかのようだ。壁は実際の善のホールほど塩や白い石灰がこびりついていない。そして、横長の木の座席にはピンクのエプロンドレス姿の女子生徒、青いエヴァーの制服姿の男子生徒が大勢座っている。

アガサはゆっくりと目をあげて、木の演台のむこうのイヴリン先生を見た。今より十歳くらい若い。明るい表情でやさしそうだ。また、ドレスの上でぱたぱたと羽を動かしている蝶の色は、青ではなく赤だ。

〈その昔、わたしは善の学校で教えていました。一方、兄のオーガストは悪の学校で教えていました〉現在のイヴリン先生の声が説明する。

アガサは眉をひそめた。うそだ。セイダー先生は教科書で正反対のことをいっていた――イヴリン先生は悪の学校で教えていた。それは、セイダー先生が校長に妹をやとってくれ、とたのんだからだ。

〈ですが、兄はずっと前からわたしの力をうらやんでいました〉イヴリン先生の声はどうどうとしている。〈そして、わたしと入れ替わろうとたくらみました〉

アガサはさらに眉をひそめた。〈これもうそだ〉けれど、ハンサムな未来のプリンスたちが熱心に耳をかたむけ、美しい女の子たちがほほ笑みながら授業に聞き入っているのを見ているうちに、この画像が完全に……真実に思えてきた。

〈それからすぐ、兄は攻撃《こうげき》をしかけてきたのです……〉

ホールの窓が粉々に割れたかと思うと、くすんだ緑の煙がいっきに入ってきて、生徒たちは座席から吹き飛ばされた。全員おびえてドアから逃げようとすると、煙は投げ輪のようにイヴリン先生をとらえ、窓から放り出した。ドレスの赤い蝶たちもあわてて後から飛んでいく……。

〈そしてわたしは誓《ちか》ったのです。兄が死んだらふたたびここにもどってくると〉イヴリン・セイダーは高らかにいった。〈わたしは、女子がいつの日か男子のいつわりと残忍な行為から解放される日が来ると信じ……〉

アガサは口をきゅっと結んで見ていた。善の生徒たちが悲鳴をあげ、先を争ってホールから逃げていく。場面はどんどん不快なものになっていく。そういえばアガサが一年前にこの学校に来たとき、ダヴィー先生もレッソ先生もオーガスト・セイダー先生をたわごとだらけの危険人物だといっていた……セイダー先生は自分の過去の歴史を隠《かく》すために、自分で図書館にあった本を書きかえたの？　最初からずっとうそをついていたのはセイダー先生？

魔法が呼び出したホールに緑の煙が充満し、エヴァーの生徒の幻《まぼろし》がアガサの前を逃げていく。アガサは目を閉じた。頭ががんがんする。何が本当で何がうそなのか、もうわからない――

そのとき、針の先のようなものが、アガサの鼻の先にちくっと刺さった。

目を開けると、一枚の白いスワンの羽根が目の前をふわふわ飛んでいくところだった。羽根は煙や逃げようとするエヴァーたちの合間《あいま》を縫《ぬ》って、善のホールの奥にある壁画のほうへ飛んでいく。

アガサは白いスワンの羽根を追いかけた。モザイクの壁画には銀色の仮面をつけた校長と、校長ののばした手の上に浮かぶ語り手が描かれている。スワンの羽根はふわふわ壁画に近づくと、壁画に描かれた語り手にぴたっと貼りついた。まるで使われるのを待っている羽根ペンそのものだ。アガサはとっさに手をのばした。指先が白い羽根に軽くふれ……羽根のすぐ下にあったタイルが一枚、すっと壁に吸いこまれて消えた。と思ったら、その下のタイルも床まですべて消えて、壁に大きな縦長の穴ができた。人がひとり通り抜けられるくらいの大きさだ。アガサがどきどきしながらその穴にもぐりこむと……

……中は薄暗い部屋で、今の穴よりひと回り小さい大理石のドアが待っていた。アガサがそのドアを開けると、さらに薄暗い通路と、ひと回り小さいドアがあった。そのドアを開けると、さらに薄暗い通路とひと回り小さいドアがあって、そのドアを開けると、さらに薄暗い通路とひと回り小さいドアがあって、そのドアを開けると……しまいにはアガサは手と膝《ひざ》をついて小窓をくぐり抜け、漆黒《しっこく》の闇に出た。

アガサは鳥肌の立った両腕を抱え、無限の冷たい闇の中でふらふら立ちあがった。こみあげてくる恐怖に意識を集中させる。人さし指がどんどん熱くなって、またたいて光りだした。

「ここはどこ?」息を切らしながら声を出す。

「イヴリンがだれにも見られたくないと思っている彼女の記憶の一部だ」アガサの知っている声がこたえた。

アガサはゆっくりと、スポットライトのように人さし指で前を照らした。

オーガスト・セイダー先生が、アガサを見てほほ笑んでいた。

語り手をさがす最後のチャンスがかかっている。ソフィは今日の計五つの課題のほとんどに勝たなくてはならない。

最初のふたつに勝つと、素直にほっとした。ひとつ目の「武器」の授業の「丸太切り」対戦ではホートの魔法で相手の斧をぼろぼろにしてもらい、次の「適者生存」の授業の全員参加のかくれんぼでは、ソフィの隠《かく》れている場所にだれも近づかせないようにしてもらった。しかし、ホートの協力があっても、テドロスに勝つのは大変だった。テドロスは完全に体力をとりもどして、どちらの授業でも二位に食いこんできた。

ソフィが次の課題に気持ちを集中させて、マンリー先生の黒焦《こ》げの教室に入っていくと、テドロスがソフィの広い肩に腕をまわしてきた。

「フィリップ、またずるか」

「このぼくが語り手を見つけたら、テドロスの考えたばかばかしいトライアルは中止になるだろうからな」ソフィはいい返した。

「昨日の夜、語り手さがしの当番はうまくいったんじゃないのか」テドロスは鼻で笑った。

「ぼくのおかげでまだ生きているくせに」ソフィも負けていない――

「テドロス、フィリップ、仲良くおしゃべりしている場合ではないぞ」マンリー先生がうしろから教室に入ってきて、大きな声でふたりをしかった。

男子全員がテドロスとフィリップを見る。ふたりともきまり悪そうに小さくなって、おたがいから離《はな》れた。

ソフィは動揺してしまい、次の課題ふたつではテドロスより下の順位になった。テドロスが本当に自分と仲良くしたいと思っているのかどうか気になってしょうがない――〈わたしのばか。わたしは男子よ！〉

〈もちろん、そんなはずはないでしょ〉ソフィは自分をしかった。

「テドロスはフィリップから一位をうばいとるつもりだよ」ホートはむっつりした顔でソフィにいった。ふたりは今日の最後の授業にむかっている。「最後の課題に勝った生徒が今日の一位だ。フィリップは代表チームのリーダーになれないかも！　テドロスを妨害して――」

「だめだって」ソフィのきっぱりした言葉に、ホートが驚《おどろ》いて飛びのいた。

翌日の夜のトライアルまで青の森は立ち入り禁止なので、「青の森での体育」は悪のホールで行われることになった。男子生徒八十名が悪のホールに集合すると、キッツキのアルベマールが腐《くさ》りかけたシャンデリアの上にとまっていた。

「城のまわりを周回するレースを行います」アルベマールは眼鏡越しに八十名を見おろした。

するとレンガの床に魔法で黄色い蛍光色《けいこうしょく》のコースが引かれた。コースはソフィの足のあいだ、廊下を走り、階段をおりていく。

「この黄色いコースにしたがって走り、いちばん最初にこのホールにもどってきた生徒が一位です」アルベマールは羽の下から小さなノートを出して、じっとのぞきこんだ。「これまでの記録によると、フィリップは代表チームのリーダーの座をめぐってアリック、チャディックよりわずかにリードしています。トライアル代表チームの十人目のメンバーを選ぶ権利に関しても同様です。ですが、まだだれが勝つかわかりません」

ソフィはアリック、チャディック、さらにはけわしい表情の男子たちを見た。全員スタートラインでかまえている。

「位置について……」アルベマールが高い声でいう。「よーい……」

ホートの手がソフィの二の腕《うで》をつかみ、しめった息がソフィの耳にかかる。「フィリップ、走れ、命がけで走れ――」

「スタート!」

七十九人の男子が雄牛のようにドアめがけて走りだす――

ところが、ソフィはスタートラインに立ったままだ。ぼろぼろになった爪の先をいじって待っていると、耳をつんざくすさまじい音がした。ソフィはドア口に折り重なってうめいている男子の山を、手と膝《ひざ》をついて平然と乗り越えた。この男子たちがここまで生きてこられたのが不思議なくらいだ。階段を順番におりるという常識さえそなえていないのだから。最初の数人が立ちなおる頃、ソフィはすでにゴールを切っていた。汗はほとんどかいていない。

「フィリップは本当に語り手さがしの当番が好きらしいな」カストルが、うめきながら最後にゴールした男子のうしろからのしのし入ってきて、にやっと笑った。

ソフィはほっとため息をついて、前髪《まえがみ》を息で払った。今夜なんとしてもあのペンを見つけ出す。必要なら床のレンガを全部めくって――

「にもかかわらず、フィリップは昨夜の当番に来なかった」カストルは狂犬病《きょうけんびょう》のイヌみたいな顔でふんと笑った。「われわれの世界を生かしつづけるペンの発見より重要なことがあるのか？　そう思っているならぜひ、すぐ、それにとりかかれ」

ソフィは背筋をのばした。「いや――ぼくはただ――」

「おい、ヴェクス、おまえはドアにいちばん近いところにいる。代わりに語り手さがしの当番をやれ」カストルがいいつける。

「だめだ、だめだ！」ソフィは叫んだ。それは困る。「ぼくがやる！」

「ほら、フィリップがやるって」ヴェクスは喜んでいる。明らかに徹夜の当番などいやなのだ――

「フィリップはトライアルの代表チームのリーダーだ」カストルはアルベマールのノートをのぞきこみ、むっつりといった。「だから、今晩は体を休めておいてもらう。奴隷《どれい》になりたいやつなんていないからな」カストルはおどすように男子側の新たな、エルフ似のリーダーをにらみつけた。「今晩ベッドを抜け出そうとしてみろ。鎖《くさり》でベッドにしばりつけてやる」

ソフィは出かかった悲鳴をこらえた。心臓が破裂《はれつ》しそうだ。語り手が！　語り手をとり返すチャンスがなくなった！

ソフィはくるりとカストルに背をむけた。呼吸のしすぎで苦しい。〈わたしたち、どうやったら家に帰れるの？〉

アドレナリンがフィリップの全身を駆けめぐる。アガサを呼ばなくちゃ。窓から赤いランタンの明かりで知らせたら、アガサは今すぐ助けにくるかもしれない。ソフィは胸に汗をだらだらかきながら、乱れた呼吸を整えようとした。〈パニックを起こしちゃだめ！〉アガサなら何か方法を見つける。アガサはいつもソフィを助けてくれる。ふたりでこの城から逃げて、もどっても安全になるまで森に隠《かく》れていればいい――安全になったら語り手を見つけ出して、家に帰る――

「フィリップ、もうひとつ」カストルがいった。「正式なトライアル代表チームのリーダーとして、おまえはソフィのチームと戦う仲間をひとり、選ぶ権利がある……」

ソフィにはもうカストルの声が聞こえない……聞こえるのは、早くアガサに来てほしいと願う自分の心臓の音だけ……

「自分は優秀だ、フィリップの仲間として代表に選ばれて当然だと思っている者は、全員前に出てこい」カストルがいった。

エヴァーの男子、ネヴァーの男子、諸国のプリンスはおたがいにひそひそいい合っている。けれど、前に出てきた男子はひとりだけだ。

ソフィは思わずのけぞった。目の前で、ホートがばかみたいににやにやしている。

〈やっぱりね〉これがイタチ少年の求めていた取引だ。

ソフィは心臓を落ち着かせようと大きく息を吸った。イタチ少年を代表にすればいい。わたしは関係ない。あんなトライアルにはぜったい出場しない。赤いランタンを灯《とも》せば、アガサがすぐにここに来て、ふたりで家に帰れる。ソフィはホートにうなずこうとした。早くこのホールから出て、ランタンの明かりをつけて――

そこに、またべつの男子が前に出てきた。

「ぼくも立候補する」テドロスがいった。

「オーガスト・セイダー先生ですか?」アガサはかすれた声でいった。漆黒《しっこく》の闇の中にいるセイダー先生に近づくにつれて、指が明るく光りだす。

アガサの元歴史の教師は以前と同じ緑のスーツに銀色の髪、ハシバミ色の目でアガサを見つめ返している。まるで今も生きているかのようだ。「アガサ、時間は数分しかないのだが、きみに見せたいものがいろいろある」

「けど、どうして――なんでここに――」アガサはそういうのがやっとだ――

「イヴリンは自分で書きかえた記憶の中にきみを入らせたが、それはまちがいだった」セイダー先生は暗闇に浮かんでいるように見える。「きみはそれが真実ではないと疑《うたが》った。と同時に、その裏にある事実への扉が開いた」

「じゃあ、図書館にあった本で見たことが正しかったんですね」

「完全な真実を記した歴史などないのだよ。きみはこの学校で過ごしたおかげで、どの本から知ったこともかんたんに信用すべきでないと学んだはずだ。わたしの書いた本もふくめて」

「けど、なんで十年前、校長先生に自分の妹をこの学校の教師にするようにすすめたんですか？　なんで、校長先生はイヴリン先生を追放した――」

「アガサ、質問の時間はない」セイダー先生はきっぱりといった。「これからきみに見てもらうのはイヴリン本人の記憶だ。その記憶は書きかえられることも、薄められることもなく、奥深く埋まっている。だれかがそれをのぞこうとしたら、イヴリンはすぐに気づくだろう。しかし、危険は承知《しょうち》の上だ。なぜなら、イヴリンがきみの物語の中にいる理由を理解するにはこれしか方法がないからだ。きみが立ちむかう敵についての真実を理解するにも、これしか方法がない」

アガサは言葉がなかった。涙で目が痛い。何も見たくない。できるならこのまま、セイダー先生といっしょにこの暗闇にとどまっていたい。ここなら安全で――

「アガサ、わたしはもう行かなくてはならない」セイダー先生がやさしくいった。「だが、大丈夫。わたしはきみを、きみの物語の一歩一歩を見守っている。きみがエンディングを迎《むか》えるまで、まだ道のりは長い」

「いやです、お願いです――」アガサは言葉をつまらせた。「行かないで！」

セイダー先生が無音でまぶしく光った。アガサは手で顔をおおった……そのとたん、白くまばゆい空間に転げ落ちて、地面に足が着いた。

目を開けると、本がつまった本棚の前にいた。空気はイヴリン先生のうその物語の中よりすんでいるし、色調も豊かで生き生きとしている。真実にかかっていたかすみがついに払われたのだろうか。アガサは本棚の色とりどりの背表紙をのぞきこんだ――『ヘンゼルとグレーテル』、『エンドウ豆の上に寝たお姫さま』、『ネズの木』――そして、すぐにここがどこかわかった。

ふり返ると、校長が背中を丸めて語り手のペンを見ていた。魔法のペンは白い石のテーブルに置かれたおとぎ話の本の最後のページに、挿絵《さしえ》を描いているところだ。ペンがエンディングを書き進めるにつれて、校長の眉間のしわがどんどん深くなっていく。校長はやわらかい青のローブを身にまとい、銀色の仮面をつけている。見えているのは輝く青い目、厚ぼったいくちびる、豊かで幽霊のように白い髪だけだ。校長の姿があまりにも現実的で、まだ生きているように見えて、アガサは首筋がぞくぞくっとした。けれど、校長にアガサが見えるはずがない。

語り手のペンが描きおえると、校長はさらに眉をひそめた。完成した挿絵は、巨人がプリンスにとどめを刺された場面だ。プリンスは片側に美しいプリンセスを抱えている――

「〈おしまい〉か」校長は不満げにいうと、魔法でその本を壁に投げつけた。

ポンッ！　魔法の煙とともに語り手のペンの先から現れたのは、新しいおとぎ話の本だ。語り手が木製の緑の表紙を開け、何も書かれていない一ページ目を開く。校長は語り手が新たな物語を書きはじめるのを見守っている。

〈その昔、親指姫という名の女の子がいました……〉

たくさんの蝶の影がページに映った。校長がふり返ると、赤い蝶の大群が窓から入ってきて、魔法のようにイヴリン先生の姿を作った。今度も今より十歳若い。ただし、本人のうその歴史に現れたやさしげで、快活そうなイヴリン・セイダーとちがって、こちらはアガサが知っているとおりの、何かたくらんでいそうな、意地悪そうな目をしている。

「イヴリン、ここはきみには立ち入り禁止だ」校長は低い声でたしなめた。人さし指をむけ、白い光線で消しゴムみたいにイヴリン先生の足下の床を消していく――

「兄はあなたにうそをついています」イヴリン先生はおだやかにいった。

校長の指が止まった。イヴリン先生はまわりを消されて小さく残った石の床の上に立っている。

「校長、あなたが悪であることは知っています。あなたの双子が善なら当然そうなります」イヴリン先生は校長ににらみつけられてもひるまない。「わたしがここに来たのはあなたに伝えたいことがあるからです。あなたはご自分の未来をあずける相手として、まちがったセイダーを選んだ」

校長はゆっくり人さし指をおろした。消された部分が元どおりになり、イヴリン先生はまたしっかりした床に立っていた。

「あなたが何をさがし求めているか、わたしは知っています」そっと校長に近づいていく。「悪にかかった呪《のろ》いを解く愛の心……あなたの愛を求めていかなる罪もおかすであろう愛の心……『バッドエンド』にふさわしい愛の心……」

イヴリン先生は胸に手をあてた。燃えるような緑の目で校長の目を見る。

「その心は、ここにあります」

校長はイヴリン先生を見つめた。動けなくなっている……と思ったら、くちびるをゆがませ、顔をそむけた。「さっさと出ていけ。これ以上ばかばかしい話はごめんだ」

「兄はあなたに、あなたのさがし求める相手は『森のむこう』からやって来る、と教えた。だからあなたは本校にあのようなけがらわしい読み手を何人も入学させた」

背をむけたまま、校長の体がこわばる。

「校長、これは死の罠《わな》です」イヴリン先生がいう。「わたしは兄の心の中を知っています。兄はあなたを最愛の人のもとにではなく――あなたをたたきつぶす相手のもとに連れていくつもりです」

校長はふりむいてイヴリン先生を見た。「きみは自分の兄の力をねたんでいるだけだ。出来の悪い子分と同じだ。自分に未来を予見する力がないから――」

「わたしには現在を聞きとる力があります。その力のほうがはるかに強い」イヴリン先生も負けていない。「わたしは言葉を、願いを、秘密を聞きとることができる――校長、あなたのも、です。わたしは人々が何を求め、何を願い、なんのために命をさし出すか知っています。わたしはだれの物語であろうと筋書きを変え、わたしの思いどおりに終わらせることができるのです」

「われわれの世界の掟《おきて》は語り手の書く物語への干渉《かんしょう》を禁じている。破れば自《みずか》らの破滅《はめつ》を招く」校長は顔をゆがめて語り手のペンを見た。「わたしはその教訓を身をもって学んだ。二度と同じ過ちをくり返すつもりはない」

「それは、あなたがまだ語り手のペンの力を信じているからです。あなたは自ら行動することなく悪の連敗に終止符を打とうとしている。双子の兄弟の命をうばったあなたにひたすら罰をあたえようとするペンを、操作しようとしている」けわしかったイヴリン先生の表情がやわらぐ。「ですが、わたしはあなたの本当の気持ちを知っています。あなたもわたしの本当の気持ちを知っているはずです。だって、悪が本気になったら何ができるか知っているのはあなたとわたしだけだから――どんな物語も見たことのない悪の力がここにある。わたしとキスをして。そうすればあなたは愛を味方につけることができる。善のまことの愛に負けないくらい憎《にく》しみに満ちた愛を。『バッドエンド』は永遠であり、悪意に満ちています。われわれに打ち勝つ武器は善にはない。わたしとキスをして。そして、善をたたきつぶしましょう。善の物語をひとつひとつ、たたきつぶしていくのです……語り手のペンになんの力もなくなるまで」

校長は輝く青い目をあげてイヴリン先生を見た。「きみは、自分がまちがいなくわたしの最愛の人だと信じているのか?」ゆっくりイヴリン先生に顔を近づけていく……。「自分がわたしの魂《たましい》のさがし求めている相手だと信じているのか?」

イヴリン先生は校長に体をつかまれて顔を赤らめ、キスを待った。

「この闇の心のすみずみまで、そう信じています」

校長のくちびるがイヴリン先生のくちびるの二センチ手前で止まった。顔が意地悪くほほ笑む。

「では、証明してみせろ」

アガサの心臓がひやっとした。と同時にアガサをとり巻いていた場面が溶けて消え、今度は屋外にいた。昼食時間の「芝生《しばふ》」だ。ところが、いつもならエヴァーは片側に、ネヴァーはその反対側に集まって腰をおろし、おだやかに過ごしているはずなのに、ネヴァーの生徒たちはなぜか口をぽかんと開けてエヴァー側を見ている。エヴァーが仲間割れをしているせいだ――男子生徒はこぶしや棒でなぐりあっているし、女子生徒はおたがいに髪《かみ》を引っぱったり、ネコみたいに爪を立てたりしている。教職員、オオカミ、妖精がやめさせようとしてもむだだ――争うエヴァーの生徒たちの上に、血のように赤い蝶がむらがっている。アガサの目の前を今より数年若いダヴィー先生が走っていく。ダヴィー先生は悪の木立のトンネルから出てきたばかりのレッソ先生に、声をかけた。

「イヴリン先生のしわざです」ダヴィー先生は息を切らしている。「盗聴蝶《とうちょうちょう》がわたしの生徒たちの会話を盗み聞きして、廊下でその内容をほかの生徒の耳元でささやいたのです!ほんの小さなもんくも、悪口も、やっかみも全部、内輪《うちわ》もめをあおるために、ささやいたのです!」

「わたしがネヴァーの生徒たちに教えた鉄則のひとつに、悪口をいうときは面とむかって、というのがあります。そうすれば、そんなに興奮せずにすみます」レッソ先生はからかうような口調《くちょう》だ。

「あなたは悪の学部長ですよ！　イヴリン先生を指導するのはあなたの責任で――」

「エヴァーのしつけはダヴィー先生、あなたの責任です」レッソ先生はあくびをした。「イヴリン先生のお兄さんと話をしたらどうですか。そもそも彼女をここに呼び寄せたのは彼なのですから」

「セイダー先生はイヴリン先生と話すことも、わたしの質問にこたえることも拒否しています。お願いです、レッソ先生！　教師は生徒の物語に干渉《かんしょう》することができないのです！　イヴリン先生が悪の生徒たちに内輪もめをしかけるのも時間の問題ですよ！」

レッソ先生はけわしい表情で、善の学校の学部長を見つめ、何か考えている……

芝生の場面が溶けて消えた。今度は以前の、レッソ先生の氷の教室だ。氷の席についた悪の学部長の正面に、イヴリン先生が立っている。

「これは最後の忠告です」レッソ先生が氷のように冷たくいう。「生徒へのスパイ行為はやめてください。善側、悪側、問わずです。そうでなければ本校から出ていってください」

イヴリン先生はすきまのある前歯を見せてにっと笑った。「わたしがあなたなんかの命令を聞くと思っているの？　自分がかくまっている息子に会うために、果てしなき森にこっそりしのびこむ学部長の命令を？」

レッソ先生は紫《むらさき》の目を見開いて青ざめた。「今なんて？」

「ママに会いたいでしょうね？」イヴリン先生が机をまわりこんでレッソ先生に近づく。「おそらく、大きくなったら母親みたいな弱虫になるのでしょう」

レッソ先生は一瞬言葉を失ったものの、また元の冷たい口調《くちょう》でいった。「わたしには息子などいません」「校長にもそういったの？」イヴリン先生はじわじわ近づいていく。「果てしなき森では悪に呪いがかかっていることはごぞんじよね。あなたはこの学校で身の安全を守るためならなんだってするでしょう。でも、悪の教師はゲートの外の者に愛情をしめしてはならない——とりわけ、学部長は許されない。だから、あなたもわが子を捨て、冷血な悪に魂《たましい》をささげると誓《ちか》った」イヴリン先生は氷の机に金色の爪を立てて、レッソ先生を見おろした。「ところが、あなたは今も毎晩、わが子をかくまっているあの洞穴《ほらあな》にこっそり会いにいっている。毎晩、わが子には愛情あふれる母親がいつもそばにいると思わせている。真実を告げたことはない。でも、レッソ先生、ひとつお忘れなく……あなたの息子はそのせいで、あなたを激しく憎《にく》むことになります。なぜなら、あなたはじきに自分自身と息子のどちらかを選ばなくてはならなくなるから。そしてあなたもわたしも、あなたがどちらを選ぶか知っている」

「出ていって!」レッソ先生は立ちあがり、つばを飛ばしながらいった。「さっさと出ていって!」

しかしイヴリン先生はすでに背中をむけてゆうゆうと歩き出していた。蝶の群れが赤い流れになって後をついていく。

レッソ先生はだれもいない冷たい教室にひとりで座っていた。頬《ほお》が赤くなり、体ががたがた震《ふる》えだした。目に涙がこみあげる。声が聞こえ、あわてて涙をふくと、教室に次の授業のネヴァーの生徒たちが入ってきた……。

アガサは息がつまりそうだった。氷の教室の場面が溶けて、また校長の塔にいた。今回、校長はオーガスト・セイダー先生とふたりきりだ。

「レッソ先生もダヴィー先生も、きみの妹を今すぐ追放すべきだと主張している」校長はいった。「また、本校の両学部長は以前から、いかなるときも、何事においても意見の一致がありえないことを考えれば、今回の両学部長の要望には応じるべきだろう」窓の外の両校に目をやる。「イヴリン先生がいなくなりしだい、彼女の悪の授業を引き継いでいただきたい」

「承知《しょうち》しました」セイダー先生は校長の背中に返事をした。

校長がふり返る。「きみは妹の弁護《べんご》をしないのか？　彼女を教師としてここで使ってほしいといったのはきみのはずだ」

「おそらく、妹はここに来るのが早すぎたのでしょう」セイダー先生は謎めいた笑みを浮かべた。「そろそろ失礼いたします。これから授業がありますので」

校長はセイダー先生を見つめながら人さし指をあげた。セイダー先生が白い筋になって消えはじめた――と思ったら、突然、元にもどった。

「もうひとつ、聞いておきたい」校長はセイダー先生にいった。「わたしがさがし求めている相手は……われわれの世界の住人ではない、きみはそういったが、誓《ちか》えるか？」

セイダー先生はまばたきひとつしない。「誓います。この命にかけて」

校長はほほ笑んで、セイダー先生に背をむけた。「ところで、レッソ先生に知らせておいてくれ。本校のゲートの外への外出を認めた特例はとり消すと」

白い閃光《せんこう》が走って、校長先生のうしろにいたセイダー先生の姿が塔から消えた。

アガサは目をおおった。白い光がおさまるのを待って指のあいだからのぞくと、校長の前にまたイヴリン先生がいた。

イヴリン先生は校長のうしろに見える善と悪の学校に目をやった。両校の窓という窓から数百名の生徒たちが教職員とともに外を見ている。まるで公開処刑を待つ群衆のようだ。

「それで、あなたはわたしではなくわたしの兄を選ぶのですね？」イヴリン先生は大勢の観客をばかにするように見た。「あなたを救う女ではなく、あなたを滅《ほろ》ぼす男を」

「きみの兄はうそをつかない」校長は静かにいった。

イヴリン先生はふりむいて校長を見た。「兄はあなたを亡き者とするためなら真実どころか、自分の命さえ犠牲《ぎせい》にするでしょう」

校長は語り手に目をやって何か考えている。「わたしの双子の兄弟は生徒の制服の紋章に魂《たましい》の一部をこめた。生徒をわたしから確実に守るために」しばらくして話しだす。「わたしも不確実なかけはしたくない」

校長はイヴリン先生に背をむけた。「だが、残念ながら本校におけるきみの任期はこれで終わりだ」

イヴリン先生は校長の両肩をつかんだ。「あなたがまちがっていたら？　わたしがあなたの最愛の人だったら？」ひっしでうったえる。「自分のまちがいのせいで命を落としたらどうするの？」

校長は自分の肩をつかんでいるイヴリン先生の手を見おろした。「そこまでわたしを大切に思ってくれるなら……」にやっと笑ってイヴリン先生の深緑の目をのぞきこむ。「きみの望みのすべてを否定するわけにはいかないな」

校長はゆっくりと自分の胸元に手をあてると、水色に光るあやしげな煙を引っぱり出した。心臓の一部のようだ。校長はその煙をそっとつかみ、イヴリン先生の胸元にあてた。煙がイヴリン先生の心臓に吸いこまれていく。イヴリン先生はぎょっとして自分の胸元を見ている。ドレスの赤い蝶がすべて、魔法がかかったように青く変わる。

「保険をかけておこう」校長はイヴリン先生の頬をなでた。おもしろがっている表情だ。「わたしがまちがっていたら、きみはいつの日かこの学校にもどってくるがいい」さっと手を引っこめる。「そして、きみの最愛の人を復活させるのだ」

イヴリン先生が息を飲む――

校長は風を呼んでイヴリン先生を窓から放り出した。イヴリン先生は青いほうき星のように果てしなき森の上空を飛び、水平線に消えた。

アガサが校長の殺気立った青い目を見つめていると、突然、場面は白い煙になって消えた――アガサは咳《せ》きこんで煙を手で払った。エヴァーの生徒たちがアガサの横を悲鳴をあげながら逃げていく。アガサはまた幻《まぼろし》の、かすみのかかった善のホールに……イヴリン先生の書きかえた歴史の中にいた……

その意味はただひとつ。

アガサはふり返った。イヴリン先生が大またでホールのむこうからこちらにむかってくる。怒りで顔がまっ赤だ。さっきの場面からちょうど十年後のイヴリン先生だ。ドレスの蝶は赤から青に変わっている。このイヴリン先生は幻《まぼろし》ではない。自分の記憶に無断で入りこんだ女子にまっすぐ、殺気をみなぎらせて近づいてくる……

「だから、イヴリン先生はあたしたちの物語の中にいるのね――あたしたちをうまく利用して――」

アガサは後ずさりながら叫んだ。「そして――復活させようとしている――」

イヴリン先生がまぶしい青の光を放った。幻《まぼろし》のホールが溶けて元のホールにもどる。三人組がアガサにむかって走ってくる。けれど、アガサはすでに床に倒れていた。

〈アガサ〉
〈アガサ〉
〈アガサ〉

ソフィは口をぽかんと開けてテドロスとホートを見ていた。ふたりともトライアルでソフィを亡き者にするために、ソフィといっしょに戦いたがっている。

〈今すぐアガサに会いたい〉ソフィはぶるぶる震《ふる》えながら思った。あんなトライアルには一歩も近づきたくない。

カストルが前足で蹴《け》ってホートを二、三歩前に行かせた。「ふたりともそれぞれ、かんたんにまとめろ。なぜ自分がフィリップに選ばれるにふさわしいか」

ホートはものすごい目つきでテドロスをにらんだ。この視線で火をつけてやる、といいたげだ。「おれは自分が鞭《むち》で打たれないためだけに親切にする、調子のいい友だちじゃないからだ」ホートはソフィにむかって口をとがらせた。そのくちびるは青ざめて、震えている。「それに、おれはフィリップの親友だ。フィリップもそういってる」

ソフィはホートを見つめた。ホートはすっかり怒りが冷めて、今はただのみすぼらしいネズミそっくりだ。

「そう、ぼくはフィリップの親友じゃないかもしれない」ホートのうしろから別の声がいった。「だけど、フィリップの命を守ってみせる」

ソフィはゆっくりそちらを見た。

「アガサに感じていたのは、それまででいちばん深い愛情だった」テドロスがいった。「ふたりの目が合う。「だけど、フィリップはもっと深いものを見せてくれた。前からずっと求めていた兄弟の絆《きずな》、みたいなものだ。フィリップはプリンスにはめずらしく――むこう見ずでも、気が短いわけでも、利己的でもない。正直で、敏感で、考え深くて、本心に素直だ。男子には本心がない……わけじゃないが、少なくともそれを飲みこんだり隠《かく》したりするやつばかりだ。ところが、フィリップは男子の理想そのもので、名誉と、勇気と、友愛の塊《かたまり》だ。ひょっとしたらぼくはフィリップのおかげで初めて、アガサとソフィを引き裂《さ》くものは死以外にない、と気づけたのかもしれない」テドロスは、驚《おどろ》いて何もいえないフィリップのエルフ似の顔を見つめた。「フィリップといっしょに戦いたい、その理由は、男子女子を問わず、こんなに強い絆を感じた相手は初めてだからだ」

悪のホールのだれも物音ひとつ立てない。

ソフィは涙でうるむ目で自分の元プリンスを見つめた。ソフィは生まれたときからひたすら、自分を必要としてくれる男子を求めていた。魔法の薬で男子に変身してそれが実現するなんて、想像もしていなかった。

「フィリップ、テドロスとホートのどちらを選ぶ?」カストルが候補の男子二名のあいだに入ってきた。

ソフィはテドロスから無理やり目をそらした。何をしているの! 今すぐアガサを呼ばなくちゃ!

「テドロスか？　ホートか？」カストルがどなってソフィをにらみつける。

ソフィは呼吸を整えて、頭の中で響《ひび》きつづけるテドロスの声を黙らせようとした。もうすぐアガサがここに来る。

〈わたしがどう返事をしたって関係ない。中止なんだから。トライアルは中止になるんだから〉

でも、もし中止にならなかったら……何か手ちがいがあって行われることになったら……ソフィの命をうばうことを使命と考えているプリンス本人が今、出場させてくれとたのんでいる！

〈ホート〉

〈ホート〉

〈ホート、っていって！〉

十人目の代表の名が自然に、さらりと口から出た。ソフィはほっと息をついた。あとは今すぐランタンの明かりをつけて、親友を呼ぶだけ――

ところが、ソフィがホートを見たとたん、イタチ少年の顔から笑みが消えてショックの表情に変わった。裏切られた、という表情だ。そこでソフィは気づいた。ソフィが口にした名は「ホート」ではなかった。

ゆっくりとふり返る。

テドロスが親友にほほ笑んでいた。感謝と愛情で顔を輝かせている――男子のソフィを女子のソフィから守るという決意にあふれている。

ところが、ソフィがどきんとした理由はテドロスの明るい表情ではなかった。

テドロスの肩越しに何か光っている……

……男子のホールの窓のむこうで……

……アイダ湾の対岸の女子の城で何かがまぶしく光っている……

……赤いランタンの明かりだ。危険を知らせている……

ソフィは気づいた。わたしは最低最悪のまちがいをおかしてしまった。

第22章
最後の出場者

「やっとふたりになれた」男子の声に重なって、水面が小さく波打つ音が聞こえる。まるでハープの伴奏のようだ。

アガサが目を開けると、太陽の光がなつかしい湖いっぱいにふりそそいでいた。温かなそよ風に湖面が揺らめき、輝いている。ほんの一瞬湖面が静止して、アガサの姿が映った。みすぼらしい黒のワンピースを着て、顔は幽霊みたいに青白い。となりにはエヴァーの男子生徒の制服を着た金髪の男子がいる。

「あ、あたしたち、ど、どうやってここに?」アガサは男子のほうを見て、ささやくような声で聞いた。

「それでこそぼくのプリンセスだ」テドロスは湖面に目をやった。「昔のアガサならトマトみたいに真っ赤になって聞いただろうな。『ソフィはどこ?』って」

アガサはトマトみたいに真っ赤になった。「ソフィはどこ?　無事?」聞きながらあたりを見る。

金色の光がまぶしすぎて、湖のまわりの様子がまったくわからない。「ソフィはここに――」

「アガサにずっと聞こうと思っていたことがある」テドロスは葉を一枚、指ではじいて湖に飛ばした。「最初に会ったときから、アガサはぼくのことが気に入らなかった……『えらそうなかんちがい人間』とか、いろんな呼び方をして……」また葉を一枚はじき飛ばす。アガサのほうは見ない。「何がきっかけで気持ちが変わったんだ？」

「これは何――ここはどこ――」アガサは不安げにまわりを見た。ふたりは燃え立つような金色の光の壁にぐるりとかこまれている。以前、プリンスのダミーを隠《かく》していた黒い竜巻とそっくりだ。「あたしたちの物語に何が起きたの――」

「ぼくもアガサもそれを理解しようとしているんだろ？　そのためにアガサの答えを聞きたい」テドロスは前を見たままだ。「アガサにはぼくがどう見えていたのか知りたい」

アガサの頬から赤みが消えた。その昔、アガサもこの湖岸でマッチを指ではじいて飛ばしながらソフィにたずねたことがあった。自分はまわりの子と「どうちがう？」と。

「見ちゃったの」アガサはやさしくいった。「ほんの一瞬」

テドロスがようやくアガサと目を合わせた。

「一年前のトライアルでソフィに裏切られた後、ソフィを見たときのテドロスの表情を」アガサはいった。「すごく悲しそうだった。自分には、おたがいに守り合うことができる仲間さえいればいい、っていいたげだった」

テドロスは口元をゆがめて目をそらした。「それじゃまるで女子だ」

アガサはふっと笑った。「あのときのテドロスは、プリンスでもなんでもないひとりの男子に見えた」

テドロスの肩がこわばる。

「たくましいけど、それと同じくらい傷つきやすい男子に見えた」アガサはテドロスを見たままだ。

「だけど今、アガサは、ぼくは弱虫だからアガサを傷つけようとしていると考えている」テドロスは静かにいった。「本当のぼくを見たたったひとりの人である、きみがだ」

テドロスは刺すような、すがるような目でアガサを見た。

「まだ何かひとつ見逃している気がしないか？」

テドロスのうしろで金色の壁がぱかっと開いて、光がテドロスを飲みこんだ。アガサは手をのばしたけれど間に合わなかった。まわりの芝が突然紺《こん》色に、木々が薄い青紫《あおむらさき》色に変わる。湖面がいっきに燃えあがり、炎の波頭が立つ――

アガサが目を開けると、まわりは暗かった。頭ががんがんする。すみきった夜空に銀色の星がまたたいている。アガサはすぐに子犬柄の毛布を体に巻きつけて体を起こした。そばでたき火が暖かく燃えていて、影になった女子ふたりのあぜんとした顔がこちらを見ていた。芝生《しばふ》は閑散として、ほかにはだれもいない。

「目が覚めたのね」キコがか細い声でいった。「目を覚ましたわ！」

リーナは棒付きチョコレートキャンディーでむせている。「わ、わたし、イヴリン先生を呼んでくる！」大きなお尻を揺らしながら、よたよた走って暗がりに消えていった。

アガサは何をいったらいいかわからないし、口の中がかわいてうまくしゃべれない。体はこごえて冷たく、こめかみがずきずきする。頭の中で不安をあおる映像が行ったり来たりしている……湖岸ですがるようにアガサを見るテドロスの整った顔……男子に変身したソフィのぼうぜんとした顔……アガサにせまってくるイヴリン先生の顔……

さっき見た最後の映像がぼんやりよみがえってきた。「あの人が校長先生を復活させようとしてる

「校長先生が——ダヴィー先生に教えなきゃ——」アガサはかすれた声でつかえながらいった。

——」

「しっかりして。イヴリン先生がいってた。目を覚ましたら少し変なことをいうかもしれないって」キコは心配そうにアガサの額に手をあてた。「やっぱり、すごい熱。ずっと火のそばにいたって感じ」

「だって、すぐそこにたき火が」アガサはしわがれた声で——

「イヴリン先生は、アガサは幻《まぼろし》の煙に反応したっていっていたの」キコはアガサにかまわずしゃべりつづけた。「アガサは『読み手』だから免疫力が弱かったりするんですって。ヘスター、アナディル、ドットの三人はイヴリン先生がアガサに何かしたって騒いでいたけど、みんなはあの三人も煙を吸いすぎたんだって思っているわ。わたしさっき、ヘスターが窓から外にむかってばかみたいに赤いランタンをふっているのを見たの。タトゥーを入れた魔女より怖いものがあるとしたら、タトゥーを入れた頭のおかしい魔女よね。それにしても、アガサ、丸一日寒い屋外にいるなんて、免疫力以前の問題。残念ながら、全部見逃しちゃったわね。代表チームの発表も、ごちそうも、お芝《しば》居《い》も——お芝居は予定より早めに終わっちゃったけど。モナのかぶり物がモナを食べちゃおうとしたから。あれはたぶん、ヘスターがかぶり物に呪《のろ》いをかけて——」

アガサはキコの襟《えり》をつかんだ。「聞いて、よけいな話はもういいから！」アガサはおなかの底に

力を入れていったけれど、まだ声がかすれて、出にくい。「イヴリン先生は危険人物なの！　トライアルの前にダヴィー先生とレッソ先生に教えなきゃ――」

「アガサ」キコはかたい声で、きっぱりといった。「トライアルはもう二時間前にはじまったの」

「え？」アガサは驚《おどろ》いてキコから手を離《はな》した。「けど、それって――それって――」怖くて声がつまった。

ゆっくりと目線をさげ、体から子犬柄の毛布をとる。アガサはトライアルのユニホームを着ていた。サファイア色のチュニックはじょうぶで薄いメッシュ製。その上にはおっているフードつきのウールのマントも同じサファイア色で、裏地は銀色の紋織だ。マントの前のポケットには青い蝶の紋章がついていて、中に白いシルクのハンカチが一枚入っている。ハンカチの縫《ぬ》い目が魔法できらめいている。

アガサがうしろをふり返ると、目の前に青の森のゲートがそびえていた。ゲートは魔法で赤々と燃え、中にいる者が出られないように封じている。一方、ゲートのむこうの木々は魔法の灰色の霧《きり》につつまれて、青の森の中はいっさい見えない。アガサは上をむいて西ゲートにかかっている巨大なボードを見た。ホタルの光で書かれた文字が並んでいる。

おとぎトライアル〈女子チーム〉
ソフィ
ヘスター
ドット

ベアトリクス
アナディル
モナ
アラクネ
ミリセント
ヤラ

「あれが今、青の森にいるメンバー」キコがいった。「十分ごとに女子と男子が一人ずつ、組になって中に入る。すでに九組が入って、残りあとひと組。まだだれもハンカチを落としていない。つまり、だれも降参《こうさん》していなくて――」

ところが、アガサはまだボードを見てあぜんとしている。「ソフィ？　ソフィは……中にいるの？」

「ひと組目で入った、ってイヴリン先生はいっていたわ。ただ、だれもソフィが中に入るのを見ていないの。だけど、ホタルはソフィの名前を表示した。てことは、ソフィは青の森にいるってこと！　よかった。だって、アガサとソフィがいなかったら女子側は勝てないもの。イヴリン先生は、アガサはすぐに目を覚ますから大丈夫だって――」

「けど、なんでソフィがトライアルに出てるの！」アガサはひとり言みたいにいいながら、ふらふらとゲートに近づいた。「いつもどってきたの？　なんであたしを助けてくれなかったの？　ダヴィー先生かレッソ先生か、だれかに聞かなくちゃ――」

頭上で歓声が鳴り響《ひび》いた。

「アーガーサ！　アーガーサ！　アーガーサ！」

えっ？　アガサは青い城を見あげた。どのバルコニーにも生徒がむらがっている。芝生《しばふ》に立つ木々はすべて葉が落ちているので、上からでもアガサの姿がよく見える。全員、大声でアガサの名前を呼びながら鳴り物を鳴らしたり、紙吹雪をふらせたり、カラーペンで文字を書いたプラカードをふったりしている。「がんばれ、女子！」「男子を奴隷《どれい》に！」「ソフィ&アガサ、女子に勝利を！」

アガサはめぐみの塔のいちばん上にあるバルコニーに目をこらした。教職員が全員、くっつき合ってこちらを見ている。ようやく顔の見分けがつくくらいだけど、ダヴィー先生、レッソ先生は体を緊張《きんちょう》させて、心配をこらえきれない表情だ——ポルックスは教職員のうしろでドアを見張っている。ポルックスの頭は巨大なクマの胴体に載っている。

「ね、マンリー先生。いったとおり、すぐに準備をしてきたでしょう」明るい声がした。

アガサがふり返ると、イヴリン先生が西ゲートの角から優雅に出てきた。はげ頭であばただらけの顔のマンリー先生もいっしょだ。そのうしろから緑の髪のニンフ二名が宙を飛んでついてくる。マンリー先生ににらまれてキコは子ヒツジみたいに逃げ出した。マンリー先生はアガサに気づいて、さらに怖い顔でにらんできた。

「運がよかった」マンリー先生はせせら笑いをした。「ぎりぎり間に合ったらしい」

「本当にね」イヴリン先生はにやっと笑った。運なんかじゃない、という顔だ。

マンリー先生は足音を立てて東ゲートのほうに歩いていく。「イヴリン先生、これ以上おかしなまねをしたら、総攻撃《そうこうげき》をかけますぞ」ふりむいてえらそうにいう。「読み手の準備ができていようとなかろうと、二分後に最後の男子を送りこむ」

マンリー先生がいなくなったとたん、アガサは顔を真っ赤にしてイヴリン先生を見た。「ひどい、なんでソフィをトライアルに出場させたの！　あたしのところにもどってきたソフィを罠《わな》にかけてつかまえたの？　ソフィにも静止の魔法をかけたの？」

イヴリン先生はくちびるをゆがめて笑いながら、ゆっくりアガサのそばまで来た。「いい、アガサ、あなたの考える物語では、わたしは悪者。その物語では、わたしがソフィの前兆を生じさせた……わたしがソフィをトライアルに出場させた……そして、わたしは死者を復活させられる……」甘い声でいう。「だけど、あなたはもう学んだはずよ」とがった金色の爪の先でアガサの顔をつつむ。

「あなたの物語はつねにまちがっている」

アガサは歯をむき出してにらんだ。「本当に？　じゃあ教えて、あなたが全部やったんじゃないとしたら、だれがやったの？」

イヴリン先生が意地悪くほほ笑む。「わたしの兄は前になんていっていた？　答えが近すぎて、見えないこともある。答えが」――アガサの耳に冷たいくちびるを押しあてる――「目と鼻の先にあることもある」

「あんたなんてうその塊《かたまり》」アガサは怒りをおさえて、イヴリン先生を押しのけた。しかしイヴリン先生はまたにやっと笑っただけ。まるでおいしい秘密を味わっているかのようだ。

「この生徒をゲートまで連れていって」イヴリン先生が指示した。

ニンフ二名がアガサの腕を一本ずつつかんで、地面から持ちあげると、そのまま宙を飛んで青の森の西ゲートに運んでいく――

「うそつき！　いっとくけど、ソフィは生きて森から出てくるんだから！」アガサはうしろをむいて叫んだ。「あたしたち、生きて出てくるんだから！」

しかし、イヴリン先生のチェシャネコみたいに笑う顔はそこで見えなくなった。アガサを運んでいるニンフたちが角を曲がったからだ。ニンフたちは炎をあげる格子状のゲートの前を通過した。頭上の女子たちの歓声がさらに大きくなる。

ニンフたちがむかう先には蝶の群れがいる。群れは女子側のスコアボードがかかっている西ゲートのすぐ上を飛んでいる。アガサがいやがってもがいてもニンフはびくともしない。アガサは青の森の東にそびえる男子の学校の赤い城を見あげた。赤と黒のレザーの制服姿の男子生徒たちがバルコニーにむらがってプラカードをふったり、かけ声をかけたりしているけれど、その声は遠くてこちらまでは届かない。東ゲートの上の男子側のスコアボードは男子の城のほうをむいてかけられていて、そちらも表示はホタルの光だ。〈男子は東ゲートから入るのね〉アガサは思った――

突然、現実をつきつけられた。これは現実だ。本当に起きている。

アガサは今からおとぎトライアルで自分のプリンスと戦う。そして、テドロスや血に飢《う》えた男子、諸国のプリンス全員に勝つ。そうしたらアガサもソフィも生きて逃げられるかもしれない。負ければアガサとアガサの親友は公開処刑だ。

〈見逃してることなんかない〉アガサは歯ぎしりして、自分の弱気な夢、プリンスばかり出てくる夢を呪《のろ》った。

このトライアルはアガサ・ソフィ対テドロスの、命をかけた戦いだ。

〈けど、ソフィはいつもどってきたの？　ソフィは語り手を見つけたの？〉アガサはスコアボー

ドのソフィの名前を見ながらひっしで考えた。〈ソフィはトライアルに出るのをいやがらなかったの?〉

だけど……女子のだれもソフィが青の森に入るのを見なかった、とキコはいっていた。アガサは首をかしげた。どういうことだろう。イヴリン先生はソフィを無理やり出場させたわけじゃなかったの?

「ソフィに何があったの?」アガサはニンフたちに聞いてみた。女子のスコアボードの下にいる蝶の群れまであと少しだ。「あなたたちはソフィを見たの――」

そこで口を閉じた。というのも、青の森のむこうにある男子側のスコアボードに書かれた出場者の名前が読めたからだ。

テドロス
アリック
アヴォンリーのプリンス
ジニーミルのプリンス
レイヴァン
ニコラス
シャザバ砂漠のプリンス
フォックスウッドのプリンス

もうひとり、いちばん上に名前が書かれている。

フィリップ

アガサは出かかった悲鳴をこらえた。

フィリップ
フィリップ
フィリップ

ソフィは男子としてトライアルに出場した。

ソフィは今回のトライアルで、自分を亡き者にしようとしている男子たちの仲間として戦っている。

恐怖が薄らいだ。ソフィの出場に関するすべての疑問が消え去った。ソフィが男子なら、テドロスからは安全なはず。〈ソフィがフィリップでいるかぎり、テドロスはソフィを見つけられない〉旋回《せんかい》して飛ぶ蝶の群れの前におろされながら、アガサの心臓のどきどきはおさまってきた。〈そして、ソフィを見つけられなければ、テドロスはソフィの命をうばうことができない〉もしかしたら、ソフィは巧妙な作戦を思いついたのかも……

アガサはみぞおちをガツンとなぐられた気がした。

〈三日〉ユーバはいっていた。マーリンの魔法は三日しか効かない……せいぜいトライアルがはじまるまでだ。

ソフィはいつ女子にもどってもおかしくない。

魔法が解けた瞬間、ソフィの命をうばおうとする男子たちにかこまれているかもしれない。

アガサの両脚に血がみなぎって、一刻も早く走り出したがっている。

今すぐソフィをさがしにいかなきゃ。

男子、女子それぞれのスコアボードから、爆音《ばくおん》とともに赤、青の火が吹きあがった。最後の出場者「アガサ」の名前が女子のスコアボードに表示され、最後の対戦相手の「ヴェクス」の名前が男子のスコアボードに――

青い蝶の群れがゲートめがけて飛んできて、炎をあげるゲートのすぐ前でドアの形を作った。すると内側の火が一瞬にして水に変わり、青の森に入るための小さな雨のカーテンができた。アガサはそのむこうに目をこらした。細い道が蛇行しながら、青く光るシダの野の奥へのびている。

一年前、アガサとソフィはともにおとぎトライアルで戦い、そして生還した。

今回はおたがいをさがさなくてはならない。

テドロスが先に見つけていないことを願うだけだ。

〈ソフィ、今行くからね〉

ニンフたちに背中を押され、アガサは温かくふりそそぐ雨をくぐり抜けた。そのとたん、うしろで火がごうごうと燃え出して、アガサは青の森の中にいた。

第23章 青の森の犠牲者

青の森の女子側のスコアボードにアガサの名前が表示されるのを見た瞬間、ソフィの男子の体の筋肉という筋肉が凍りついた。

〈中にいる〉

〈アガサが今、中にいる〉

ソフィはアガサの赤いランタンの明かりを見たときから、つまり、今回のいまわしいトライアルに出場せざるをえなくなったときから丸一日、恐怖も自分への嫌悪《けんお》も封じこめていた。今、そのすべてが体内から突風のように飛び出し、膝《ひざ》からくずれ落ちそうになった。自分がしたことのせいで、ふたりはこんなはめにおちいってしまった。ソフィもアガサもまだ生きて、同じ場所にいるのがせめてもの救いだ。

〈どうしてテドロスを選んじゃったの！〉ソフィは自分をののしった。あの瞬間、テドロスはまた本当にわたしを好きになってくれるかもしれない、なんて思いきりばかな妄想《もうそう》を抱いて、ふたつの事実を忘れてしまった。その一、テドロスはわたしとわたしの親友を殺そうとしている。その

二……テドロスはわたしを男の子だと、**「男子」**だと思っている！

ソフィは目の前のうっそうとした森を見つめた。今日の青の森はトライアル用に青白い照明で照らされているので、不気味な冬のおとぎの国のように見える。ソフィの内側の何もかもが大声でアガサを呼びたがっている、アガサといっしょに逃げて隠《かく》れたがっている――

「フィリップ、いそげ」テドロスがちらっとふり返り、眉をひそめた。テドロスは鋼《はがね》の丸い盾とエクスカリバーを手に、からみ合う枝をかき分けてトルコ石色の雑木林《ぞうきばやし》を進んでいる。黒と赤のマントの襟《えり》に刺繍《ししゅう》してある頭文字のTには血がついている。「さっきはフィリップのせいでふたりとも死ぬところだった。遅れないようについて来い」

ソフィはテドロスに追いつこうと足を速めた。剣をおさめてある鞘《さや》が太い腿《もも》にバンバンあたるし、男子の制服のFの刺繍にはテドロスのTの刺繍以上に血がついている。トライアル開始二十分後、ふたりは骨だけの怪鳥ステュンフに出くわした。ステュンフは片方の翼にけがをして、ブルーベリーの野に横たわっていた。テドロスはフィリップに、放っておけ、といった。ステュンフが襲《おそ》うのはネヴァーだけ、プリンスは襲《おそ》わない――はずなのに、ステュンフは奇声をあげてフィリップに飛びかかり、盾を丸のみした。テドロスはすぐに助けにいったけれど、フィリップはわめいて剣をふりまわすだけだった。あやうくふたりともステュンフのえじきにされそうになり、最後はテドロスがステュンフの首を切り落とした。テドロスはそれからずっと、フィリップを不審げな目で見ている。

「あのステュンフの頭がおかしかったのはぼくのせいじゃない」ソフィがこういうのは四回目だ。できるだけプリンスらしい口調《くちょう》でいう。

男子の学校での最終日はあわてふためいているうちに終わってしまった。ソフィはアガサの合図にこたえるため、なんとか女子の城に引き返そうと思い、夜になるのを待った。しかし、カストルはおしおきルームの真ん前で寝ていた。男子チームのリーダーに今晩、牢獄の中でじゅうぶん体を休めてもらうためだ。ただし、ソフィがそうしたいと思っても体を休めることはできなかった——テドロスは一晩じゅう青の森の詳細な地図を描いたり、マンリー先生がしぶしぶ返してくれた名剣エクスカリバーを磨いたり、かつて善の生徒軍のリーダーだったときのように熱っぽく戦略を語ったりしていたからだ。

「フィリップ、ぼくらはふたりひと組で行動しよう。ほかの女子の相手はアリックとほかの代表メンバーにまかせて、こっちはソフィとアガサだけをねらう。あのふたりもぜったいいっしょに行動しているはずだ」テドロスはいった。「見つけたらすぐに切りかかる。でないと、こっちが先にやられる」

「青の小川の橋の下に隠《かく》れたらいいんじゃないか？　日の出まで」ソフィはブロンドのショートヘアに枕をかぶって泣きそうな声でいった。

「それは女子のせりふだ」テドロスは鼻で笑った。

今、男子の体に閉じこめられた女子は自分を殺すつもりでいる男子のすぐうしろを、からみ合う青い枝をかき分けて歩いている。テドロスはトルコ石色の雑木林《ぞうきばやし》に立つオークの木一本一本を上から下までじっくり見たかと思うと、いちばん高い木に飛びついた。

「何をしているんだ」ソフィは小声で聞いた。

「アガサはたった今、西ゲートから青の森に入った」テドロスはどんどん木をのぼっていく。「アガサはまずシダの野をわたって、ソフィをさがしにいくはずだ。フィリップものぼってこい。ここからならシダの野がよく見わたせる」

ソフィは今まで一度も木にのぼったことがない。(「そんな低俗な遊びを楽しめるのは男子だけ」)けれど、アガサをさがせるかもしれない、そう思ったらテドロスよりするすると木をのぼっていた。冷たいそよ風に顔が凍りそうになりながら、いちばん上の大枝にあがって立つと、トルコ石色の雑《ぞう》木林《きばやし》のむこうに目をこらした。テドロスも追いついてきて横に並んだ。

「何も見えない」ソフィはむすっといった。

「ほら、手を貸せ」

ソフィはさし出されたテドロスの手のひらを見つめた。

「大丈夫、落としたりしない」テドロスがいう。

ソフィが出した大きな手をテドロスはしっかりと握り、その手を引いて葉の少ない枝の先へと進みだした。ソフィの無精《ぶしょう》ひげの生えた顔は火がついたみたいに真っ赤だ。一年前にテドロスと手をつないだときの感触を思い出してしまった。あのとき、ふたりは初めて恋に落ちて……テドロスがこの青の森でソフィに舞踏会《ぶとうかい》のパートナーの申しこみをして……まさにこういう月明かりの下で身を寄せ合い……テドロスのくちびるがソフィのくちびるに近づいて……

「フィリップ、ブタみたいに汗をかいているぞ」テドロスがからかって、ソフィのじっとり汗ばんだ手を離《はな》した。

ソフィははっと我《われ》に返った。やだ、何を考えていたの。足を踏みはずしそうになり、あわててそばにあった枝をつかむ。

「女子の姿はどこにも見えない」テドロスがいった。「フィリップは見えるか？」

ソフィは葉のすきまから青の森の北側一帯に目をこらした。シダの野もハイマツのしげみもトルコ石色の雑木林《ぞうきばやし》も、青みがかった白い照明でじゅうぶんに明るいけれど、女子のサファイア色のユニホームはどこにも見えない――マント姿の男子の影がふたつか三つ、しげみの中をうろついているのがわかるだけだ。アガサの姿はどこにもない。ソフィは胸が張り裂《さ》けそうなくらい悲しくなる、と同時にほっとした。テドロスにもアガサの姿は見えないらしい。

「アガサとソフィは怖がって隠《かく》れているにちがいない」テドロスがいった。「どちらかが行動を起こすまでここで待とう――」

南の森から一発、白い花火があがった。最初の降参者《こうさんしゃ》が出たサインだ。テドロスもフィリップも落ちそうになりながらふり返ると、かなり先の木立のこずえが大きく揺れているのが見えた。カボチャの畑のあるあたりだ。悲鳴が響《ひび》きわたった。男子、女子両方の声だ。怪物の叫び声も聞こえる。と同時に、青いカボチャがいくつも、サッカーボールみたいに木立の上を飛んでいった。長く、恐ろしげな爆発音《ばくはつおん》とともに打ちあがった白と赤の花火が、その後を追いかけていく。

そして、静かになった。

「何があったんだ」ソフィは驚《おどろ》くばかりだ。

「先生たちのしかけた罠《わな》のひとつだ」テドロスがいった。「どんな罠か知らないけど、男子も女子も両方やられたらしい」

ソフィはすぐに両側のスコアボードを見た。〈お願い。アガサでありませんように〉

〈ヴェクス〉、〈レイヴァン〉、〈モナ〉、〈アラクネ〉の表示が消えた。

ソフィはほっとため息をついて——そして、どきっとした。「だれも死んでないよね？」

テドロスはうなずいた。「降参したときと命を落としたときでは花火の種類がちがう。マンリー先生に聞いておいた」

ソフィはきゅうに吐き気がしてきた。これまではテドロスが本気でソフィを殺すつもりだといわれても他人事《ひとごと》みたいに思っていた。けれど、テドロスがマンリー先生にそんな質問をしたとなると、これはもうまちがいない。

下のしげみから枝を踏む足音が聞こえた。ふたりが目をむけると、プリンスがふたりいた。片方は体が大きくたくましく、もう片方は細身で俊敏そうだ。ふたりとも戦闘用の斧を手に、まわりをうかがいながら道を歩いている。

「ネヴァーは怪物と戦うのが下手だ——昔は味方同士だったからな」体の大きなプリンスがいう。「こっちが助けてやろうとしたのに、ネヴァーの男子はばかみたいに降参のハンカチを落とす」

「おかげで、こっちのほうはほうびを手にする確率が高くなる」細いほうのプリンスは寒さに歯を食いしばっている。「それにしても、首にほうびのかかっている読み手の女子ふたりはどこにも見あたらないな。南の森はもう全部さがしたっていうのに」

「臆病者らしく青の小川の橋の下に隠れているんだろう。さ、行くぞ」

ソフィはふたりがいなくなるまで見ていた。悲しくてしかたない。

「フィリップ、どうした？」テドロスはフィリップの表情に気づいた。

「プリンスたちが暗殺者に？　あのふたりの女子の首にほうびをかけて？」テドロスを見たソフィの顔は青ざめ、おびえている。「テドロスはちがうだろ。テドロスの考えるどんなことが起こるとしても」ソフィはかすれた低い声でいった。「テドロスは悪者にはならない」

ゆっくりとテドロスの顔が弱々しげになっていく。親友の目をとおしてようやく本当の自分が見えた、という感じだ。「フィリップに何がわかる」そっという。

ソフィの足下の枝がかすかに揺れている。ソフィは自分の足が震《ふる》えているせいだと気づいた。

「今回のことが全部まちがいだったらどうする?」かすれた声でいう。「ソフィはただ、親友といっしょに家に帰りたいだけだとしたら?」

テドロスは口を結んで目をそらした。激しく葛藤《かっとう》しているのがわかる。

「ソフィはただ、親友とのハッピーエンドを望んでいるだけだとしたら?」ソフィはいった。

テドロスの体から力が抜ける。今にも殻《から》にひびが入り……

が、テドロスの顔はまたけわしくなった。まるで仮面だ。

ソフィは自分のうしろを見ているテドロスの視線を追った。青の森のむこうに女子の城がそびえている。城のてっぺんは木のこずえとほぼ同じ高さだ。テドロスは目をこらしてほまれの塔の屋上を見ていた。屋上はたいまつの明かりと、ときどき空にあがる花火に照らされている。

「さあ、行こう」ソフィはいそいでいった。ほまれの塔の屋上に何があるかは知っている――

ところが、テドロスは動こうとせず、屋上の物語園を見つめている。物語園はかつてはテドロスの敬愛する父親にささげられていたが……今はテドロスを捨てた母親の物語に作りかえられている。

「あそこに何があるか知らないけど、見たってしかたないよ」ソフィはテドロスをせかした。

テドロスは枝から大きな青い葉を一枚ちぎると、金色に光る人さし指の先をむけて氷に変えた。

その氷の葉を目の高さに持ち上げて、魔法でまわりを薄く溶かすと、双眼鏡のレンズのようになった。これならもっとよく見える。

「テドロス、やめておけ」ソフィはいった。

けれどテドロスはすでに物語の最後の場面を見ていた。バルコニーの近くにある、紫《むらさき》のイバラの生垣でしきられた場面だ。母親の植木の像が、見るからに憎々《にく》しげな顔で赤ん坊のプリンスを水に沈めようとしている。母親がひとり息子を殺そうとしている。

「あれは真実じゃない」ソフィはやさしくいった。ソフィもレンズをとおして見ている。「テドロスもわかっているはずだ」

テドロスは何もいわずに最後の場面を見ている。浅く吐く息が白い。

「フィリップ、読み手の女子ふたりに死んでもらわなくてはならない理由を知っているか？　ぼくの父親が母親の首に懸賞金《けんしょうきん》をかけた理由と同じだ」

テドロスがフィリップを見た。目に涙がにじんでいる。「残っているハッピーエンドはそれしかないからだ」

ソフィの顔から希望の光が消えていく。「本物の悪者みたいないい方だな」ソフィはつぶやくようにいった。

男子ふたりは枝にもたれ、おたがいをにらむように見た。どちらも目に涙を浮かべている。

テドロスはフィリップを押しのけて、幹をつたっておりはじめた。

「隠《かく》れたければ隠れていろ」テドロスはいった。「ひとりであのふたりをさがしにいく」

ソフィはかたまったままテドロスを見ていた。背中を冷たい汗がつたい落ちる。ソフィの内側の何もかもが逃げたがっている。橋の下に隠れたがっている。日の出までそうしていれば、自分は助かる。

でも、テドロスにアガサを見つけさせちゃだめ。

ソフィは震《ふる》える脚でテドロスの後を追った。


アガサはソフィのことをたくさん知っている。ソフィの好きな色（サクラソウみたいなピンク）も、生まれつき足首にイチゴの形のあざがあることも、大笑いする前にかならず顔が赤くなることも。けれど、いちばんよくわかっているのは、ソフィがこのトライアルを生き抜く戦法はひとつしかないことだ。

〈橋の下に隠《かく》れる〉

アガサが青の森に入ると同時に、テドロスがアガサをさがしはじめることは――木の上から偵察するかもしれないこともふくめて――わかっていた。だからアガサは黒いオオヤマネコに変身した。そして、着ていた服は口にくわえて、シダの野をこっそり抜けて青の小川まで行った。小さな水音を立てて流れる川には灰色の石橋がかかっている。アガサは青いミントのしげみの陰で人間の姿にもどり、またユニホームを着ると、足音をしのばせて暗い土手に出た。橋の下の川は真っ暗だけど、人さし指を光らせることはできない。男子に気づかれてしまうかもしれない。

「ソフィ？」アガサは小声で呼びながら、凍りそうに冷たい川に入っていった。膝《ひざ》くらいの深さだ。魚があわてて逃げていく。ひょっとしたらソフィはアカエイに変身したかもしれない。「ソフィ、あ、あたしよ――」寒さで歯をカチカチ鳴らしながら小声で呼びかける――

氷のように冷たい手がアガサの首筋をつかみ、川の中に引き倒した。アガサがひっしで顔を出して息を吸い、大声で助けを呼ぼうと——したら、目の前にヘスター、アナディル、ドットがいた。三人とも泥《どろ》を塗《ぬ》ってカモフラージュした顔で、腰まで水につかってアガサを見ている。三人は土手のえぐれたところに隠れていたのだ。アガサはほっとしてへたりこみそうになった。

「だからいったでしょ。アガサはここに来るはずだって」ドットはヘスター、アナディルにえらそうにいってから、ふたつかみ分のイワシをホウレンソウとフダンソウに変えてアガサにさし出した。アガサにとって野菜はウサギの食べ物だけれど、おなかがすいていれば関係ない。「ソフィはどこ?」アガサは口いっぱいホウレンソウをほおばりながら聞いた。

「アガサといっしょだと思ってた」アナディルは顔をしかめた。襟《えり》の内側からペットのネズミ三匹が顔を出しているけれど、こちらも泥を塗ってカモフラージュしてある。「あいつが敵側として戦ってるあいだ、うちら三人はここに隠れて命をつなぐつもり」

「じきに敵側じゃなくなる。ユーバの魔法はいつ解けてもおかしくないから」アガサは張りつめた声でいった。「また女子にもどる前にソフィを見つけなきゃ」

ヘスターの悪魔のタトゥーさえ心配顔だ。

「それだけじゃないの」アガサは暗い口調《くちょう》でいった。

アガサは低い声でイヴリン先生の記憶の中で見たことを全部話した。三人とも呼吸が荒くなって苦しそうだ。

「校長先生を復活させる?」ドットが叫んだ。「どうやって?」

「ばか、声が大きい!」アナディルがしかった。「でもさ、意味がわからない。予見者が死者を幽霊としてよみがえらせられるのは、せいぜい数秒——」

「イヴリン先生はほかの方法を見つけたのかも」ヘスターが何か考えているような顔で、アナディルのほうを見た。「ただし、実行するには助けがいる」

アガサは背筋がぞくぞくっとした。ニンフ二名が来る前のイヴリン先生の謎めいた言葉を思い出したのだ。今回の物語の中で悪は自分ひとりではない、とほのめかしていた。けど、じゃあほかにだれがいる？　イヴリン先生がそんな恐ろしい計画を実現するのにだれが手を貸す？　だれが悪者になって終わる？

ほかにもいろいろ思い出してきた。図書館のカメのメッセージ。今回のトライアルについて警《けい》告《こく》していた……イヴリン先生の研究室にあった薬の作り方を書いた紙。そそのかすかのようにわざとらしく置いてあった……イヴリン先生のあの意地の悪いほほ笑み。それに、ソフィがこの三日間どこにいたか、しっかり把握していた……

「イヴリン先生は今回のトライアルに、ソフィとあたしを別々に出場させたかったんだ」アガサは突然わかった。「最初からそのつもりだった。イヴリン先生はソフィを男子側として出場させたかったんだ」

「だけど、なんで？」ドットが聞いてきた。「なんでイヴリン先生はソフィをテドロスといっしょに戦わせたいの？」

ヘスターはまた何かじっと考えて、そしてにらむようにアガサを見た。「アガサ、最後にもう一回聞くよ。ソフィは善、それはまちがいないんだね？」

アガサは男子側のスコアボードに目をやった。〈フィリップ〉は表示されたままだ。

「昔のソフィならかわいい自分を守るために、この橋の下に隠《かく》れていたと思う。あたしたち全員、それは知ってる」アガサはひとり言みたいにいった。「けど、ソフィは今、青の森のどこかで、男子側の出場メンバーといっしょに動いて……」アガサはまっすぐヘスターを見た。「あたしが男子側に見つからないようにしてる」

ヘスターは大きく息を吐いた。ようやく納得したらしい。「となると、アガサはソフィがまた女子にもどる前に見つけなきゃならない、そうだね？　ソフィを見つけて、日の出までソフィといっしょに隠れる。男子側と戦うのはあたしたちにまかせておきな。アガサがトライアルに勝ったら、うちらにはまた語り手をさがすチャンスができる。語り手はあの塔のどこかにあるに決まってる――」

ヘスターは途中でいうのをやめて、警戒する目つきになった。

アガサの耳にもだれかの声が聞こえた。

「ミリセント、ここに隠れましょうか」ベアトリクスの声だ。土手のすぐ上にいる。

ベアトリクスのスキンヘッドの頭が見えてきた。青い室内履きをはいた足で一歩ずつ川に入り、ぶるぶる震《ふる》えながら川の中を歩いていく。サファイア色のマントがうしろに大きく広がっている。「女子は臆病だからここに隠れている、男子側はそう思っているはずよ」ベアトリクスはいった。「つまり、ここで待ちぶせしていれば、こっちから先に攻撃《こうげき》をしかけられる」

ミリセントも川に入ってきた。汚れた赤い髪はうしろでしばってある。「わたしはやっぱり、木に変身して待ちぶせするほうがいいな」

「変身を解いたら、森の中で丸はだかになっておしまいよ」ベアトリクスは隠れる場所をさがして土手を見わたしながらいい返した。「そんな恥ずかしいこと――」

声がとぎれた。ベアトリクスは暗い川面に映る自分の顔にちらっと目をやった。すぐ横に何か映っている……だれかの目がふたつ……ううん、ふたりいる……三人……

ベアトリクスが目をあげ、あっと口を開いた――アガサは片手でベアトリクスの口をふさぎ、アナディルとふたりでベアトリクスを土手に押しつけた。ヘスターとドットはミリセントの担当だ。

「語り手はどこ！」アガサはベアトリクスの口から手を離《はな》した。

「忘れないで、わたしたちは同じチームなのよ」ベアトリクスがえらそうにいう。

「どこに隠《かく》したの！」アガサは声を低くしていった。「なんでソフィには見つけられなかったの！」

「その一、わたしにはなんの話かまるでわからない。その二、プリンセス・アガサはいつから、いばりんぼうになったの！」

「ベッドの下にヘビ皮のケープを隠してたでしょ――男子の制服も――ベアトリクスは男子の城にしのびこんだ――」

「わたしがベッドの下に隠しているのはメイク道具とエクステの入ったトランクだけ。正直、どうしてもおしゃれをしたくなっちゃうときがあって――」

「うそ」アガサはいった。「もうばれてる。イヴリン先生に送りこまれたのはあんたなんでしょ！」

「わたしはひっしにとり入ろうとしたけど、イヴリン先生はまるで相手にしてくれなかったわ」ベアトリクスはいい返した。「上位で今回のトライアルの代表になったけど、先生は知らん顔よ。このトライアルで勝てば、名前くらいは覚えてくれるかもしれないけど」

アガサは驚《おどろ》いて目を丸くした。ベアトリクスの顔をまじまじと見て、それからようやくベアトリクスをつかんでいた手をゆるめた。ベアトリクスはアガサの手をふりほどいた。

「ミリセント、行くわよ。男子をさがしに」ベアトリクスはそういい捨てて、じゃばじゃば川をわたりだした。そばかす顔のミリセントがいそいで後を追いかける。

アガサはぼんやり川面《かわも》を見つめ、しばらく考えこんだ。ふとヘスターの顔を見る。ヘスターの顔が青ざめている。

「ヘスター、ベッドの下にあった男子の制服がベアトリクスのじゃないとしたら……だれのなの？」

しかしヘスターは聞いていない。アナディル、ドットもだ。三人ともアガサのうしろを見たまま、かたまっている。

アガサもゆっくりうしろを見た。

川の下流で大柄なプリンスがベアトリクスののどに、細身のプリンスがミリセントののどに斧の刃をあてている。その真ん中に立っているのはアリックだ。さびついた、ぎざぎざのナイフを手に、アガサと三人組を見てにやにや笑っている。

「アリック、ベアトリクスとミリセントは降参《こうさん》するから」アガサは冷静をたもって、かすれた声でいった。「ハンカチを落とさせてあげて」

「それは善と悪の学校のルールだろ？」アリックはアガサを見てにやっと笑った。紫《むらさき》の目が燃えている。「悪いが、おれは生徒じゃない」

「それなら、ここはあんたのいるところじゃない」アガサは顔をしかめた。声が震《ふる》えている。ベアトリクスとミリセントの泣く声が大きくなってきたからだ。「あんたが連れてきたプリンスたちも全員、同じ」

「いいか、おれは昔、母親から聞いた。真の悪者にはつねに宿敵がひとりいる。その宿敵は悪者の幸福の前に立ちはだかる」アリックはさびたナイフで黒い髪をなでた。スパイクヘアのとがった先のひとつひとつがカラスのくちばしみたいに光っている。「そして、おれの宿敵はおまえの『学校』にいることがわかった。もし戦争でその宿敵と対戦できないとしても、何人か殺せばそいつを引きずり出せるかもしれない」

「宿敵？　だからあんたはここにいるっていうの？」アガサはショックのあまりうろたえた。プリンス二名が斧の刃を女子ふたりののどに押しあてる。「け、けど、その宿敵ってだれ？　この学校のだれがなんの罪もない人々を傷つけることを正当化できるっていうの？」

アリックはアガサをまっすぐ見つめ、一瞬口をつぐんだ。「それがおとぎ話の危険なところだ」女子の城をにらむように見あげる。紫《むらさき》の目がなぜか悲しげにくもる。「ひとつの物語が別の物語を開くこともある」

アリックはまたプリンスたちのほうを見た。「やれ」

プリンス二名が斧の刃をのどにぐっと押しつけた。ベアトリクスとミリセントが目を見開く。

「待ちな！」ヘスターが叫んだ。タトゥーの悪魔が首から飛び出して、ふくらみ、靴サイズの血色の悪魔になる。斧の刃が女子ふたりののどに食いこみ、ベアトリクスもミリセントも息を飲んだ、その瞬間、ヘスターの悪魔がふたりのマントのポケットから白いハンカチを引っぱり出して地面に落とした。ふたりの姿が消え、斧の刃が空《くう》を切る。ふたりがいたはずの場所から白い花火があがった。プリンス二名が火の粉を浴びてわめきながら地面につっぷす。

アリックは激怒して、ヘスターめがけてぎざぎざのナイフを投げつけた。しかし、ナイフは宙でニンジンに姿を変え、ブーメランみたいにアリックの顔を直撃した。アリックは地面に倒れた。

「逃げよう！」ドットがアガサとヘスター、アナディルに叫ぶ――

全員きびすを返して逃げようとした。そこに、フードをかぶった男子側の残りのメンバーたちがシダの野から飛び出してきた。武器をふりかざしてせまってくる。アガサの目が大きく開く。フィリップはいない……テドロスも。

「ソフィをさがしに行って！」アナディルが大声でアガサにいった。すぐそばにヘスターとドットが立っている。

「あたしもいっしょに戦う！」アガサはいった。

「アガサ、早く行って！」ドットがいった。男子グループが五、六メートル近くまでせまってきた。

「手遅れになる前にソフィのそばに行ってあげて！」

「だめ！　そんなことしたら三人とも命がない！」アガサは叫んだ――

「ばか！」ヘスターがくるっとアガサを見た。目が燃えている。「魔女は三人組が最強なんだ。あんたはいらない！」

アガサは涙で目をひりひりさせながら走りだした。青い木立に飛びこむ手前でちらっとふり返ると、ヘスターは恐怖に青ざめた顔でアガサを見ていた。けれど、すぐに人さし指を赤く光らせて目をそらした。男子グループが襲《おそ》いかかってきたからだ。アガサに見えたのはそこまでだった。

高い塔のバルコニーではレッソ先生とダヴィー先生が緊張《きんちょう》した表情で、たいまつの明かりに照らされた男子チーム、女子チームのスコアボードを見守っていた。ベールにつつまれた暗い森で何が起きているかを知る手がかりはこれだけだ。

ダヴィー先生の目のはしには、バルコニーに集まった教職員の上を蝶の群れが旋回《せんかい》したり、ポルックスがドアの番をしたりしているのが見えている。女子の城のバルコニーのどこにも、下の芝生《しばふ》にも、イヴリン先生の気配はない。

男子の学校から大きな歓声があがった。〈ベアトリクス〉と〈ミリセント〉の表示がスコアボードから消えて喜んでいる。降参《こうさん》したふたりが芝生に姿を現した。ぶるぶる震《ふる》えながら泣いている。すぐにニンフたちが飛んできて、魔法で治療するためにふたりを城に運んでいった。

男子側の得意げなかけ声はつづいている。女子側の出場者は残り六人。ダヴィー先生は横からそっとレッソ先生に近づいた。「レッソ先生のシールドは南ゲートにもかかっています」すばやく耳元でささやく。「あれを解いて、中に――」

「ダヴィー先生、もう一度だけいいます。教師がトライアルに干渉《かんしょう》したら、対戦は無効になります」

レッソ先生がささやき返す。「男子もプリンスも全員、われわれの城に攻め入ってくる。大惨事になります」

「あのシールドを通り抜けられるのはレッソ先生だけです！　あなたが助けに入らなければ、ソフィとアガサの命はありません！」

レッソ先生がダヴィー先生のほうを見た。「わたしは前にも一度、あなたにせがまれて干渉したことがありました。イヴリン学部長の件です」責めるような口調《くちょう》だ。「そのせいでわたしがどんなにつらい目にあったか、あなたにはけっしてわからないでしょう」

ダヴィー先生は長いあいだ黙っていたけれど、また口を開いた。

「いいですか、イヴリン学部長はアガサを攻撃《こうげき》したのですよ。しかも授業中に、われわれがずっと守ってきたはずの学校で。そして今、われわれの地位をうばったあの女は、われらが平和への唯一の希望をおびやかしている。この状況で、あなたはアガサに自分で自分を守れというのですか？　レッソ先生、あなたは悪の立場をたもとうとしているのではない。臆病なだけです」低く、おし殺した声でいう。「今回、われわれをイヴリン・セイダーから守ってくれる校長はいない。いるのはあなただけ。イヴリン学部長のエンディングがどうであれ、それを止めるためならどんな代価も支払う価値がある」

レッソ先生は自分を見つめる同僚の真剣な目を見た。が、すぐに咳払《せきばら》いして目をそらした。「ダヴィー先生はいつも大げさすぎます。アガサには彼女を守るわが優秀な魔女たちがついています。ヘスターとアナディルは有能な同志、いえ、それ以上です」

青の森から飛んできた閃光《せんこう》がふたりの頭上を通過した。花火が打ちあげられ、暗いバルコニーに白い光がふりそそぐ。ふたりともとっさに女子側のスコアボードを見た。〈ヘスター〉の表示が消え、同時に本人が芝生に現れた。顔も青いマントも血だらけだ。よろよろ立ちあがろうとして、膝《ひざ》をついた。

「何があったのです！」シークス先生はポルックスのクマの巨体の横を駆け抜け、バルコニーから城に入った。アネモネ先生、青の森の講師数人も後を追う。

ダヴィー先生はヘスターを見つめた。ヘスターはニンフたちにささえられて、枯れた芝に血をたらしながらトンネルに入っていく。ダヴィー先生は両手を震わせ、横にいるはずのレッソ先生を見た——

しかし、レッソ先生はすでにいなかった。

スコアボードから〈ヘスター〉が消えた。降参《こうさん》を知らせる白い花火があがった。それを見て、アガサは心からほっとした。ヘスターは生きている。

アガサは青白く光るチューリップの園を駆け抜けながら、まだ青の森に残っている女子側の出場者の数を数えた……アナディル、ドット、ヤラ、ソフィ……

一方、ソフィは三人組に襲《おそ》いかかった男子グループの中にいなかった……テドロスもだ。

アガサは心臓がばくばくしだした。ソフィは今テドロスといっしょにいるの？　いつ女子にもどるかわからないのに、なんでソフィはテドロスのそばにいるの？

いいようのない不安の針が一本、胃につき刺さった。アガサはそれを無視しようとした。

〈ソフィはテドロスといっしょにいるに決まってる。テドロスがあたしを見つけないようにしているんだから〉アガサは自分にいい聞かせた。〈ソフィはあたしを守ろうとしてる〉

しかし、不安は穴を広げて、奥へ奥へと入ってくる……

ヘビ皮のケープ、男子の制服。ベッドの下に丸めて押しこんであった……

二週間前、手首にスピリックのとげの跡がたくさんついていた……

なんとしてもアガサを家に連れて帰りたいと思っている友だち……

アガサはハイマツのしげみの途中でぴたっと止まった。

〈ピンクの魔法〉

心臓が鳴っている。校長の塔に行ったときのことを思い出したのだ。テドロスはきゅうにアガサから離《はな》れて、いないはずのだれかをひっしでさがしていた。

〈うそよ……ありえない……〉

ソフィがあのときあそこにいたはずがない！　ソフィは生まれ変わったんだから。昔のアガサみたいに誠実な親友になったんだから。ソフィは善で、今もあたしのために命を犠牲《ぎせい》にしようとしている！　そのソフィがあたしとテドロスの仲を裂《さ》いて、あたしの味方のふりをしてたなんてありえない。森のむこうの魔女だってここまでずるいことをしたり、裏切ったりするはずがない。ここまで……悪になれるはずがない。

アガサは全身が汗ばんできた。

〈本当に？〉

近くで男子たちの悲鳴が響《ひび》きわたった。つづけて小鬼の低いうなり声がして、トルコ石色の雑木《ぞうき》林《ばやし》の上に赤い花火があがった。男子側のスコアボードの〈チャディック〉、〈ニコラス〉の表示がまたたいて消えた。

アガサは進路を変えて南ゲートにむかうことにした。とにかく、一刻も早くソフィを見つけなくてはならない。

「南ゲート？」ソフィはテドロスのうしろから、青白く輝くシダレヤナギの林を歩いている。トロールやその他の怪物の残した大きな足跡があちこちにあって、ソフィの男物のブーツの足跡も小人の足跡に見えるくらいだ。道はでこぼこだし、ふくらはぎは痛いし、膝丈《ひざたけ》ズボンがきつくてお尻に食いこむしで、ソフィは赤ん坊みたいに転びそうになってばかりだ。「南ゲートのそばに何がある？」

「カボチャの畑だ」テドロスはソフィよりだいぶ先を、行く手のじゃまになる枝を切り払いながら歩いている。「青の森の中でいちばん開けたエリアだ。ソフィとアガサがこっそり通り抜けようとすればすぐに発見できる。ただし、フィリップがさっさと歩いてくれればの話だ」

ソフィは眉間にしわを寄せて、アガサが見つかったとき、テドロスから守る方法はないか考えた。テドロスがアガサに危害を加える前に静止の魔法をかける。テドロスの赤いハンカチをとって地面に落とす……

ソフィの心臓が突然、速く打ちだした。テドロスのマントのポケットから赤いハンカチが少し見えている……テドロスは今、むこうをむいている……

チャンスだ。

ソフィの人さし指がピンクに光りだした。不安の感情に反応したのだ。ソフィは心臓をどきどきさせながらゆっくり人さし指をあげると、その先をテドロスの背中にむけて――

「フィリップは戦うのは下手くそだけど、いっしょに行動してくれてうれしいよ」テドロスは前をむいたままだ。「前からずっと相棒になる親友がほしかった。わかるだろ。例の女子ふたりみたいに」

ソフィの人さし指の光が弱くなる。

テドロスがふりむいて、少し怖い顔をした。「それはいいとして、ぼくが抱っこして運んでいかなきゃ無理か？」

ソフィは一瞬どきっとして、そして早足で歩きだした。なるべく男子らしい歩き方をしてみる。

「変じゃないか、まだ先生たちのしかけた罠《わな》にひとつも出くわさないなんて――」

「いや、怪物なんか怖くもなんともない。怖いのは例の魔女だけだ」

ソフィは立ち止まった。きらきら光るヤナギの長い枝がテドロスをやさしくなでている。これから戦いにいく騎士をはげまそうとしているかのようだ。

テドロスはソフィが静かになったことに気づいてふり返った。「今度はなんだ？」

「テドロスはだれかの命をうばったことがある？」

「え？」

ソフィは三メートル離《はな》れた距離《きょり》からテドロスをにらむように見た。「だれかを殺したことはあるのか？」

テドロスは体をこわばらせて、エルフそっくりの、すんだ瞳の友を見ている。「ガーゴイルを、一度」短くこたえる。

「それは自分の身を守るためだったんだろ。今回は復讐《ふくしゅう》だ」ソフィは冷たくいった。「今回は殺人だ」プリンスそのものの顔が苦痛でくもる。「その後どんなに善になろうとしても、殺人の罪からは逃れられない。その罪は何度も夢に出てきて、そのうち自分が怖くなってくる。その罪はつねに不気味な黒い影みたいにつきまとってきて、おまえは一生ずっと悪のままだ、とささやく。そして殺人の罪は最後には……自分の一部になる」

テドロスは体をこわばらせ、少し立ち方を変えた。「なるほど。だけど、なんでそんなことがわかる？　ステュンフ一羽さえ相手にできないマウントホノーラ出身のフィリップに」

ソフィの目がテドロスの目を刺した。「テドロスが想像できないくらい恐ろしい殺人を犯したことがあるからだ」

テドロスは目を見開いたまま、何もいえない。

きらめく青いヤナギの林にさしてきた月明かりが、スポットライトのように男子ふたりを照らした。それぞれの吐いた息がおたがいにむかって白くただよう。

テドロスは月明かりに照らされたフィリップの顔を見て、ふと首をかしげた。「変だな。顔がちがって見える」

「え？」

「なんだか……肌がすべすべに見える」テドロスはもっとよく見ようと、どんどん近づいてくる。「ひげをそったのか……」

ソフィははっとした。〈変身の魔法が！〉男子でいることになれてしまって、変身の魔法のことを忘れていた！　いつ女子にもどってもおかしくない！　テドロスから逃げなくちゃ！

「光のせいだ」ソフィはそうごまかして、テドロスをせかした。「行こう、トロールのえじきになる前に」

かすかなうめき声が頭のすぐ上から聞こえた。テドロスが立ち止まる。「声がしなかったか？」

「何も聞こえないけど――」

けれどまた聞こえた。風船から空気がもれているみたいな、かすれた弱々しい息づかいが聞こえる。

ふたりともゆっくりと、ヤナギの木を見あげた。

「だれかいるのか？」テドロスが声をかけた。

木の上のほうの細い枝やきらめく青い葉のすきまから、何かがちらちら見えている。テドロスは目をこらした。暗さに少しずつ目がなれて、隠《かく》れているものの形が見えてきた……人の影だ……

……サファイア色のマントを着ている。

「女子か」テドロスは勝ち誇ったようにいう。

うしろで花火の音がして、ふたりともふり返った。白い光が空をよぎり、また女子二名の名前がスコアボードから消えた。

〈ドット〉

〈アナディル〉

ソフィはほっとため息をついた。ふたりともなんとか無事で、降参《こうさん》のハンカチを落とすことができた。

ところがそこで、テドロスがさっきの木を見たままなのに気づいた。逃がさないぞ、という目つきだ。というのも、ドットとアナディルが降参したなら、今、この木に隠れて動けなくなっているのは、おそらく……

「ぼくがつかまえる！」ソフィはそう叫ぶと、木に飛びついて――

しかしテドロスのほうが早かった。隠れている女子めがけてソフィより先に、ピューマのように駆けあがっていく。ソフィはテドロスを追って枝から枝へとのぼった。先にアガサのところに行かなくちゃ。からみ合う、とがった枝をかき分けてものすごいいきおいでのぼり、テドロスのマントの襟《えり》をつかむ。テドロスはうしろにのけぞった。ソフィはテドロスを追い越してのぼっていく。

「何をする！」テドロスが声をひそめてどなる。

ソフィは体じゅうの力をかき集めて、隠れている女子めがけて枝から枝につかまってのぼった。

かなり近づいたところで、うしろからテドロスに組みつかれた。

「待て、ぼくがしとめる」テドロスは低い声でいってソフィを押しのけた。どうしよう。ソフィはブーツの底でテドロスの背中を押した。テドロスはつんのめってひとつ下の枝に顔をぶつけた。

フィリップがいそいで先に行こうとした。テドロスはすぐに顔をあげてフィリップをつかんだ。フィリップがテドロスを引っぱたく。ふたりは密にのびた枝をつたって、獣《じゅう》のように相手をかんだり、蹴《け》飛ばしたりしながら先を争ってのぼった。そしてついに、隠《かく》れている女子まであと少しというところでテドロスがフィリップをふり切った。息を切らし、頬は真っ赤だ。歯をぎりぎりいわせて剣をかまえ、獣のような声をあげて、獲物《えもの》のフードをはずす――

と思ったら、ゆっくり剣をおろした。

「だれだ?」

ソフィもテドロスの横に来て、青い葉の陰に隠れていた赤毛の女子を見つめた。その子はほとんど目が開かず、小さくうめいている。鼻が高く、そばかすのある顔は死人みたいに真っ青だ。

「ヤラ?」

「知っているのか?」テドロスは意外そうな顔をした。

「聞いたことがあるんだ。この子がだれかに名前を呼ばれて芝生《しばふ》に入っていくのを」ソフィはあわててうそをついた。男子はだれもヤラを見たことがないはずだ。

「とにかく、この子の白いハンカチを出して下に落とそう」テドロスはくやしそうだ。「早くソフィとアガサをさがしにいかないと――」

声がとぎれた。ヤラのあごに血が乾いてこびりついているのに気づいたからだ。テドロスがゆっくりヤラのマントの前を開くと、首に切り傷があった。ぎざぎざのさびた刃で深く切りつけられたらしく、すでにかなり出血している。

「アリックか」テドロスはつぶやくようにいった。ヤラは苦しそうにぜいぜい息をしている。気管が切れているのだ。「アリックのナイフでやられたんだ」

ソフィがテドロスを見た。どちらの顔もいいたいことは同じだ。無理だ、ヤラはじきに息が絶える。

ソフィがヤラの頭をそっとささえると、テドロスはヤラのポケットを全部さがした。何もない。

「ヤラ、きみを女子側の教職員のもとに送り返したい。白いハンカチはどこにある?」

ソフィは悲しい顔で首をふった。「この子はしゃべれない」

「ヤラ、きみを助けたいんだ!」テドロスはひっしで声をかけている。ヤラの肩をつかむ——

「テドロス、いっただろ——」

「ヤラ!」テドロスは大声で呼んだ。

肩をつかまれたまま、ヤラがかすかに身動きした。目はまだ閉じている。「ち……ちがう……ヤラ、じゃない」ささやくような声だ。

ソフィもテドロスも驚《おどろ》いて体を引いた。

ヤラがゆっくりと、青い目をなんとか開け、テドロスの目をじっと見た。親友に会ったかのようにほほ笑む。「お——おれは……ちがうんだ」

テドロスはとっさにヤラから手を離《はな》した。ヤラの顔が変わりはじめたのだ。頰に赤毛の無精《ぶしょう》ひげが生えて、あごは引きしまって四角くなり、くちばしみたいに高い鼻が引っこんで、ウェーブのかかった赤毛は頭に吸いこまれて短髪になった。ソフィは真っ青になった。目の前で例の魔法が解けるのを見てしまった。テドロスはソフィよりさらに青ざめて、自分がソフィ以上に知っている男子を見つめ返している。

「ト、トリスタン?」テドロスは驚《おどろ》いて言葉につかえた。「だけど、ありえない――どうやって――なんでこんなことが――」

「わ……悪かった……」トリスタンは苦しそうにいった。もうすっかり男子の姿にもどっている。「女子の学校は……すごく……きれいだった。男子はみんな――すごく、下品だった……テドロス以外は……テドロスはおれのたったひとりの友だちだった……」

テドロスは涙があふれて何もいえない。どうしたらいいかわからず、トリスタンを、そしてフィリップを見た。

「トリスタン、ハンカチをくれ」ソフィはようやくそういった。

「あの先生はおれを女子の学校にいさせてくれた――」トリスタンの体が震《ふる》えた。「いたいだけいていいといってくれた……その代わり――」

「あの先生、というのは?」テドロスはまだ事情がわからない。

「女子の学部長だ……その代わり、あれを隠《かく》してこいといわれた……だから、テ、テーブルの下から別のところに、隠した……」

「それはいいから」ソフィはトリスタンの頬に手をあてた。「ハンカチがどこにあるかだけ教えてくれ」

トリスタンの目がふっとソフィの目を見て、突然、きらっと光った。気づいたらしい。ソフィの顔をじっと見つめて、弱々しくほほ笑む。「きみか」

ソフィは心臓が破裂《はれつ》しそうだ。

テドロスは首をかしげてトリスタンを見ている。「だけど、フィリップが男子の学校に来たのはトリスタンがいなくなった後だ。なんで知って――」

「頭が混乱しているんだよ」ソフィはすばやくごまかすと、トリスタンを抱えなおして自分の襟《えり》のFの刺繍《ししゅう》を見せた。「ぼくはフィリップ、マウントホノーラ出身のフィリップだ。それより、たのむ――ハンカチを――」

「語り手は」トリスタンはまだソフィにほほ笑んでいる。「隠した……きみたちの物語の本に……学部長にいわれたとおり……そこならさがすはずないからって……」

「いったい何をいってるんだ？」テドロスはもどかしそうだ。

「わからない」ソフィはうそをついた。心臓がばくばく鳴っている。

「あれは……きみたちの本の中に……」トリスタンの息がつまった。「学部長が……とりにくる……あの本があれば……きみたちのエ、エンディングを……」

しかし、トリスタンはもう息がつづかなかった。赤毛の男子はけいれんして、そして動かなくなった。心臓がついに止まった。両目がもう一度、ゆっくりと閉じる。

トリスタンの体が光輪につつまれるようにじわじわ輝き出した。どんどん熱くなって、金色に輝く。その瞬間、トリスタンの体が光ってばらばらになった。光の破片が空にむかって飛び出し、赤みをおびた金色の星座になってヤラの顔を描いた。その光が弱まり、赤い雨になって青の森にふってくる。女子のスコアボードから〈ヤラ〉の表示が消え、そしてトリスタンもいなくなった。

テドロスはフィリップを押しのけ、転げ落ちるように木からおりていく。木の陰になった青い草地に飛びおり、体を折り曲げて吐いている。「アリックはなんでヤラの命をうばったりしたんだ！なんで女子の命をうばったりしたんだ！」大声で叫ぶ。「しかも、女子じゃない――ト、トリスタンだった！　仲間の男子だ――だけど、だれもトリスタンに話しかけようとしなかった、だれも親切にしてやらなかった――女子の学校に行きたくなって当然だ――」テドロスは息をつまらせて両《りょう》膝《ひざ》をついた。「トリスタンは幸せになりたかっただけなのに！」

ソフィはテドロスの背中に手を置いた。

「フィリップ、トリスタンはきっと怖かったと思う」テドロスはささやくような声だ。「ひとりで木に隠《かく》れて……死んでいくなんて……」両手で顔をおおう。「もうほかのだれも死ぬのを見たくない。たのむ。あんなふうに死なせたくない」鼻をすすって、目をこする。「フィリップのいうとおりだ。ぼくにはできない――だれを傷つけることも――」

ソフィはテドロスの横で膝をついた。「だれも傷つけなくていい」

「自分があの女子ふたりに殺されたくなかったら、こっちが先にやるしかない！」

「ぼくと約束してくれたら大丈夫」ソフィはテドロスを安心させようとした。「約束して。あのふたりを生かしておくと」

テドロスが目をあげてソフィを見た。頬がぬれている。夢から覚めようとするかのように首をふる。「フィリップの顔がどんどんちがって見えてきた。やさしく、おだやかになって……」顔を赤くして目をそらす。「なんでフィリップがプリンセスだったら、なんて考えているんだ。なんでフィリップの顔がプリンセスの顔に見えるんだ」

「約束して。ソフィとアガサを家に帰らせるって」ソフィは緊張《きんちょう》した声でいった。「プリンスとして約束して」

「ひとつ条件がある」ふたりの目が合った。「フィリップは自分の王国に帰らない、ここでぼくと暮らす。それが条件だ」

ソフィは真っ赤になってテドロスを見つめた。「え、な、何?」

テドロスはソフィの肩をつかんだ。「ぼくを善のままでいさせてほしいんだ。アリックみたいな、怒りに満ちた悪で終わりたくないんだ。フィリップさえいれば、ずっと善でいられる」

ソフィはテドロスをじっと見た。全身がバターみたいにとろけそうだ。ソフィが愛したたったひとりの男子が、永遠にいっしょに暮らしてくれ、といっている。

男子として。

ソフィの体がゆっくりと、テドロスから離《はな》れていく。

「テドロス、聞いて」ソフィはいった。「ソフィはアガサといっしょに生きて家に帰りたい。今回のことを終わらせるにはそれしか方法がない。ほかのだれも死なせないためには、それしか方法がない」

「ぼくも親友がほしいんだ」テドロスはさらに強くソフィの肩をつかんだ。「フィリップは、母親のようにひとりで終わりたくない、といったじゃないか」テドロスの青い目が弱々しげになる。「ぼくも父親のようにひとりで終わりたくない」

「ぼくには待っている人がいる」ソフィはかすれた声でいった。「その人は本当のぼくを知っている。世界のどの男子にも代えられない」

「フィリップが女子ならよかったのに」テドロスの手がフィリップの背中におりていく。「だから、フィリップの顔がどんどん女子に見えてきたんだ」

「約束して。あのふたりを帰らせてやるって」ソフィはくり返した。心臓がどきどきしている――

「ぼくに残っているのはフィリップだけだ。ひとりにしないでくれ。たのむ」

「いいから、約束して――」ソフィはあえぎながらいった。

「またおかしなことになってきた」テドロスはつぶやくようにいった。完全にぼうっとしている。

「声まで女子の声に聞こえてきた」

ソフィは手を前に出してテドロスを止めようとした。が、テドロスにその手をつかまれた。テドロスの見開かれた、混乱しきった目をのぞきこむ。と同時に、テドロスが顔を近づけ、くちびるを合わせてきた……

「うそでしょ」ふたりのうしろでだれかが声をあげた。

ふたりとも驚《おどろ》いてふり返る。

アガサがいた。

第24章 仮面をはがれた悪者たち

テドロスはすぐにフィリップから手を離《はな》してあいだを空けた。顔が真っ赤だ。「ち、ち、ちがうんだ――」しどろもどろになりながら、くるっとアガサを見る。「今のはまちがって――」

ところが、アガサは金色に光る人さし指の先をテドロスの横にいる、エルフ似でショートヘアの男子にむけていた。

「アガサ、聞いて」フィリップはそういいながら後ずさりして青いヤナギのほうに――

「ひきょう者」アガサはつぶやくようにいいながら、フィリップに近づいていく。「うそつき、ひきょう者」

テドロスはとっさにフィリップを体でかばい、光る人さし指の先をアガサにむけた。「アガサ、フィリップには手を出すな。相手はぼくだろ」

けれど、アガサはまだテドロスを見ようとしない。刺すような目でフィリップを見ている。ア

ガサの人さし指がさらに明るく光りだす。「今、テドロスとキスしようとしたよね！　自分はテドロスとここで暮らして、あたしだけ家に帰そうとした！」

「ちがう！」フィリップは叫んだ――

テドロスがはっとフィリップを見た。「ふたりとも知り合いなのか？」

「あの夜、校長先生の塔にいたんでしょ。そして、あたしとテドロスに攻撃《こうげき》をしかけた。テドロスがあたしを敵だと思うようにしむけた！」アガサはフィリップに言葉をぶつけた。

「そっちだってテドロスに会わないって約束したくせに！」フィリップもいい返す。男子の声になったり、女子の声になったりしている。「アガサを失いたくなかった！　うばい返したかった！」

「それで、うそをついてふたりで家に帰ろうとしたの？」アガサがいう。

「いったいなんでぼくのプリンセスと親友が話をしてるんだ？」テドロスはわけがわからず、ぼうっとしている。

「アガサに教えたかったんだ。アガサの願いはまちがいだって」フィリップは涙をこらえていい返した。「親友のほうが男子より大切だって」

アガサは腹立たしくて首をふった。自分が否定してきた夢も感情も、自分にソフィの本当の姿を教えようとしていたのだ。「わからない？」冷静な声でいう。「あんたが止めようとすればするほど、あたしのテドロスを願う気持ちは本物になるのに」

フィリップが一歩うしろにさがった。完全に傷ついている。

「いったい何がどうなっているんだ」テドロスは目を見開いて、声はしゃがれている。

「友だちよりテドロスを選ぶの？」フィリップはかすれた声でいった。割れたあごが震《ふる》えている。

「わたしは命がけでわたしたちを守ろうとしたのに？」

「テドロスとキスしたのはそのため？」アガサはからかうようにいった。「あたしたちの命を救うため？」

「むこうがキスしてきたの！」フィリップが叫ぶ。

「ま、待ってくれ――どうかしてたんだ――」テドロスはつかえながらいった。「ぼくらはたんなる友だちだ――アガサとソ、ソフィみたいな――」

「どういう友だちなんだか」アガサはフィリップをにらんだ。

「アガサ、信じて、お願い」フィリップはいった。「わたしはアガサを選んだ。たとえテドロスがわたしを求めたって、たとえ永遠にテドロスの――」

「まわりが暗くて――フィリップの顔がちがって見えたんだ――」テドロスはうめくようにいいながら、岩にどさっと腰をおろした。「どんな男子だって同じまちがいをしただろう――」

「アガサが、こんなところ忘れたい、っていったから」フィリップは言い訳をした。「わたしたちのハッピーエンドをとり返したい、っていったからよ！」

「何がハッピーよ！　あんたのせいで男子ひとりが犠牲《ぎせい》になった」アガサは叫んだ。「あんたのせいで、あたしたちふたりともまだ命があぶないままなのよ！」

「わたしはふたりでまた昔にもどりたかっただけ。ここに来る前の、プリンスに出会う前の生活にもどりたかっただけ！」フィリップはうったえた。「アガサとまた本当の友だちになりたかっただけ！」

「本当の友だちは友だちを成長させる」アガサは怒りすぎて首が赤いぽつぽつだらけだ。「本当の友だちは友だちの恋愛をじゃましない、友だちにうそなんかつかない」

テドロスがいきなり立ちあがった。「もういい！」強い口調《くちょう》でアガサにいう。「ふたりがどこで知り合ったかなんてどうでもいい。ひさしぶりに会ったいとこ同士だろうと、秘密の文通仲間だろうと、マウントホノーラのハイキング仲間だろうと関係ない。とにかく、フィリップはアガサにはもうなんの用もない、そうだろ？」顔が怖い。「ぼくの気が変わる前に大切なソフィをさがしにいけ。でないとこの手にかける」

アガサは目を丸くしてテドロスを見つめ、すぐに大声で笑いだした。

「何がおかしい！」テドロスがどなった。

「本当にわかってないの？」アガサは驚《おどろ》いてしまった。「まだフィリップが自分の友だちだと思ってるの？」

「大の親友だ」テドロスが切り返す。「今初めて、ようやく、アガサがぼくじゃなくソフィを選ぼうとする理由が理解できた。フィリップはぼくをわかっている。ぼくを守り、ぼくのために戦う。そんなことは女子にはできない。前からずっと愛の対象は女子だとばかり思っていた……けど、フィリップみたいな友だちには愛より深いものがある。だからアガサよりも、フィリップみたいな『良き』友を選ぶ。何度でも」

「じゃあ、フィリップについて教えてあげる」アガサは見くだすようにいった。「フィリップが良き友だとしたら、ランスロットもテドロスのお父さんにとっては良き友だったわけよね」

テドロスは歯をむき出し、剣を抜いた。「今なんていった？」

アガサは表情をやわらげてテドロスの顔を見つめた。「善と悪の見分けがつかないのね？」

テドロスの全身がこわばった。不安がへビみたいに体の内側をはいずっていく。テドロスがふり返ると、フィリップは後ずさりをはじめていた。アガサの横をすり抜け、暗い草地を出て、きらめくヤナギの林へと退《しりぞ》いていく。そして今、青白い光の中、テドロスにはついに親友の顔がはっきりと見えた。おびえて、震《ふる》えている……

ただし、もうテドロスの知っている顔ではなかった。

一秒ごとにフィリップの顔の各部位が少しずつ変わっていく。砂の像が完成するまでを早回しで見ているようだ。すらっとした高い鼻がなだらかに、丸く、小さくなって、まつ毛が濃《こ》く、長くなる。エルフみたいな耳が縮《ちぢ》んでうしろに倒れ、眉毛が整ったアーチ形になる。変化は首から下にも、魔法の縫《ぬ》い目がほどけたように加速して広がっていく。フィリップの静脈の目立つかたい筋肉はなめらかなクリーム色の肌に、ショートヘアはブロンドの長い巻き毛に、ごつい脚は細くすべすべになって、お尻は元の丸みをとり戻して……最後は冷たい月明かりの下、ブロンドの美少女が、男子の黒と赤のマント姿で小さくなって震えていた。おびえたネコのように、目を見開いて泣きそうな顔をしている。

テドロスはふらっと木にもたれた。「どうしてみんなおれにうそをつく」ささやくような声だ。

「どうして何もかもいつもうそなんだ」

「何もかもじゃない」アガサは静かにいった。

ソフィはテドロスから後ずさって、ほほ笑もうとした。

「ぼ、ぼくの命をうばわないでくれ、テドロス」ソフィはつかえながらいった。「わかるだろ？　フィリップだよ、テドロスの友だちだよ……ちょっとちがうだけ……」

テドロスのソフィを見つめる青い目はどんよりとして、凍りついている。まるで今起きたことをひとつひとつ再生し、言葉のひとつひとつを分析しているかのようだ。少しずつ、テドロスが金色の光につつまれる。内側で温かみが目覚めて、暗く、とがった心を溶かしているのかもしれない。

ソフィはほっとして肩の力を抜いた――

ところが、テドロスはソフィなんか見ていなかった。

テドロスは輝くヤナギの下に立つ幽霊みたいな黒髪のプリンセスを見ていた。

「ア、アガサは……ずっとおれを好きでいてくれたのか?」テドロスの声はやさしい。

アガサがうなずく。涙が頬をつたう。

「あのとき塔で話したことは全部、本当だったのか?」テドロスの目もうるんでいる。

アガサがうなずく。さらに激しく泣きだした。

「あのときなんでアガサにキスしなかったんだろう?」しゃがれた声でいう。「なんでアガサを信じなかったんだろう?」

「テドロスは……すごくばか」アガサは泣きながら首をふった。「なんで男子はそんなにばかなの?」

テドロスは涙目でほほ笑んだ。「プリンスのいない世界は結局、理想の世界なのかもしれない」

アガサはむせながら声に出して笑った。ようやく気がねなくプリンスとの会話を楽しむことができた。

ソフィはふたりのあいだにぼうっと立っているだけだ。絆《きずな》をとりもどした恋人たちにとって……ソフィは透明《とうめい》人間も同然だった。

紫《むらさき》の光がテドロスをかすめて飛んだ。威嚇《いかく》射撃だ――

レッソ先生が木立から飛び出してきた。煙をあげる人さし指の先で、おどすようにテドロスをさしている。「アガサ、ソフィ、今すぐテドロスから離《はな》れなさい！」指示しながら南ゲートのほうにさがっていく。「ふたりとも、安全になるまで果てしなき森に隠《かく》れていなさい！」

女子二名も男子一名も動かない。

「何をしているのです！」レッソ先生はソフィ、アガサをしかりつけた。「ほかの男子がいつここに来るかわからない――」

しかし、そこでレッソ先生は目を見開いた。アガサがソフィから後ずさり、テドロスのもとに行ったからだ。テドロスがアガサを守ろうとするように両手で抱きしめる。テドロスとアガサは抱きしめ合ったまま、男子の制服姿でぽつんと木の陰に立っているソフィをにらみつけた。

「何が……何が起きているのです……」レッソ先生はソフィとアガサを交互に見ている。

「アガサ、わたしはアガサの願いを阻止《そし》することが善だと思っていた」ソフィは涙を流し、声はおぼつかない。「よい行いをしているつもりだった」

レッソ先生さえソフィから後ずさりしていく。紫の目が冷やかなのは、事実を知ってしまったからだ。「男子がひとり犠牲《ぎせい》になった……生徒たちがけがをした……死を呼ぶトライアル……すべて……ソフィ、あなたのせいだったの？」

「行こう」テドロスはアガサの腕をつかんだ。「ソフィは自分で身を守ればいい」

「わたしはママみたいになりたくなかった。ひとりきりで終わりたくなかった」ソフィは涙を流しながらアガサにうったえた。「だれも傷つけるつもりはなかった――」

「アガサ、行こう」テドロスはさっきより強い口調《くちょう》だ。

アガサはテドロスを見あげた。夢で見たとおり、純粋で愛にあふれている……次にソフィを見た。ヤナギのくぼ地のむこうで後悔《こうかい》の涙を流している。

うそはない。秘密はもうない。

今回の選択は本物だ。

赤い炎がくぼ地に飛びこんできた。アガサもテドロスも赤い煙に巻かれてうしろによろめく。わけがわからずふり返ると、赤と白の花火があらゆる方向から空にあがっていた。どれも好き勝手に広がって、流星雨《りゅうせいう》のようだ。その瞬間、男子側のスコアボードのホタルが燃えあがり、残っていた名前が全部消えた。〈テドロス〉も〈フィリップ〉も……。耳をつんざく爆発音《ばくはつおん》がした。男子側のスコアボードが火をあげて燃えている。目を開けていられないくらいまぶしい。さらに、青の森の反対にある女子側のスコアボードも爆発した。衝撃《しょうげき》で地面が震《ふる》える。西ゲートの上から黒い煙がのぼっている。

「何が起きてるの？」アガサはおそるおそるいった。まだ耳鳴りがする。

アガサもテドロスも、背後で地鳴りのような、低くてにぶい音が鳴っているのに気づいた。

ふたりともゆっくりと、青ざめた顔をあげた。

ふたつの城にかかっていた魔法のベールが霧《きり》のように晴れて、男子の学校も女子の学校も大騒ぎになっているのが見えてきた。人影がアリの大群みたいに下へ下へとおりていく。武装した女子生徒たちはバルコニーからアイダ橋に飛び下りて、武器をふりまわしたり、人さし指を光らせたり、爆破された橋のきわで叫んだりしている。一方、アイダ湾の対岸からも怒りをむき出しにした男子と傭兵《ようへい》のプリンス、合わせて数百人がアイダ橋に大挙してきた。全員恐ろしげな武器を手に、血に飢《う》えて吠えている。

「彼らはわたしがここにいることを知っています」アガサとテドロスのうしろで声がした。

レッソ先生だ。紫《むらさき》の目はふたつの城を見つめている。

「わたしがルールを破ったのです」レッソ先生の声はかすれている。「トライアルは終わりました」

アガサはつばを飲んだ。「どういう意味ですか？」

三人は相手を亡き者にしたくてしかたない四百名の男子、女子を見つめた。双方をへだてているのは切れた橋だけだ。

「戦争だ」テドロスがいった。「戦争がはじまった」

アガサたちの頭上でヤナギの枝が明るく光りだした。まるで青いモールのようだ。と思ったら、その光が嵐雲みたいにふくらんで、木から流れ落ちてきた。月明かりの下で流れの正体は蝶だとわかった。何千匹もの青い蝶が、ヤナギの木をネオンライトみたいに光らせていたのだ。蝶の群れはバッタの大群のように突風となってくぼ地を駆け抜けていく。アガサは手で顔をおおった。テドロスは蝶の群れに剣で切りつけたけれど、なんの役にも立たない。よろけて地面に手をついて――うしろで突然、大きく息を飲む気配がした。アガサがふり返ると、レッソ先生が蝶の群れにつつまれて地面から浮いていた。

「イヴリン学部長は――」レッソ先生はがくぜんとした表情だ。「全部聞いていた――」

「待って！」アガサはレッソ先生をつかまえようと――

蝶の群れはレッソ先生を連れていこうとしている。レッソ先生はパニックに襲《おそ》われながらも、アガサの耳に口を近づけてささやいた。「アガサ、彼とキスを！　そのときが来たら、彼とキスをするのです！」

そしてレッソ先生は蝶に学校まで連れもどされた。レッソ先生のアガサへの最後のたのみは戦争の喚声に飲まれた。

アガサは月明かりに照らされたくぼ地でかたまったまま、浅い息をくり返すだけだ。

「レッソ先生に何をいわれた？」声がした。

アガサはすぐ横でふらつきながら立ちあがるテドロスを見た。金髪《きんぱつ》はすっかり乱れている。

「アガサ？」別の声がした。

ふりむくと、まだ残っていた不気味な赤い煙が木立に吸いこまれるように消えて、そこからソフィが姿を現した。

「レッソ先生はなんて？」ソフィは緊張《きんちょう》した顔だ。

アガサは月明かりの照らすくぼ地をはさんでソフィを見つめた。このくぼ地がふたりの舞台だ。男子、女子の鬨《とき》の声がひとつに混ざり合って、コーラスみたいに遠くで響《ひび》いている。

頭上で木のこずえが突然、乾いた音を立てて揺れ出した。何か巨大なものがヤナギの林をかき分けてまっすぐこちらにやって来る。

アガサはぎょっとして後ずさった。校長の銀の塔がヤナギの林を押し分けて現れた。動く塔はすべるように月明かりの下に出ると、ぴたっと止まった。その反動で地面に亀裂《きれつ》が走る――テドロスは地面にできた長い亀裂の片側に、ソフィはその反対側にいて、アガサはふたりのあいだで亀裂をまたいでいる。

塔の窓から最後の蝶の群れが三人の背後に飛んできて地面におりた、と思ったら、もりあがって人の形になった。舞台女優のように、空き地のスポットライトの中にイヴリン・セイダーが姿を現した。爪を長くのばした手で、表紙が赤いサクラ材の本を持っている。あの本だ。

アガサとソフィの物語の本だ。

「トライアル」イヴリン先生が甘い声でささやく。「なんて素敵な言葉。重要な意味をいろいろ持っている。たとえば、結末にむけての試み。あるいは、忠誠心《ちゅうせいしん》や体力をためすこと。あるいは、人生における困難のとき。けれど……わたしはもっとかしこまった意味が好き」ここで芝居《しばい》がかった間をとる。亀裂の両側に分かれたソフィとテドロスを見つめて、深緑の目の上のこげ茶色の眉を寄せる。「証人の前で罪を問う審判《しんぱん》」

深緑の目が真ん中にいるアガサに移る。イヴリン先生は謎めいたほほ笑みを浮かべた。

「今ここで、正真正銘《しょうしんしょうめい》のトライアルがはじまります」

イヴリン先生はとがった爪の先で、持っている本の背のいちばん上のとじ糸をパチッと切った。光り輝く語り手のペンが飛び出す。怒りで赤く燃えている。『ソフィとアガサの物語』の本はイヴリン先生の両手を離《はな》れて宙に浮き、月明かりに照らされた。語り手のペンはカミソリのようなペン先で乱暴に本のページを開くと、インクで絵を描きはじめた。白いページをめくっては色鮮やかな挿絵《さしえ》で物語の空白を埋めていく。ついに最後のページになったところでペースが遅くなった。じっくり時間をかけてテドロスとソフィのあいだに立つアガサを描いている……。

ただし、挿絵のソフィは今アガサの目の前にいるソフィとはちがっていた。

最後のページに描かれたソフィは髪の毛が一本もない、いぼだらけの年老いた魔女だ。

その魔女の下にペンは一行書いた。

〈その悪者は最初からずっと隠《かく》れていたのです〉

アガサとテドロスはゆっくりとソフィのほうを見た。月明かりに照らされたくぼ地で白く、美しくたたずんでいる。

「アガサ、わかるでしょう。あなたはわたしがソフィの前兆を生じさせたと思っていた。悪者はわたしだと思っていた」イヴリン先生は月明かりのささない、くぼ地のすみにある切り株に腰かけた。

「けれど、わたしはまったく関係なかった、ちがう？」

「アガサ、わたしは魔女じゃない……それは知っているでしょ……」ソフィは鼻で笑った。

しかし、アガサはソフィの側にある足をあげて、テドロスの側に両足で立った。ソフィの顔が驚《おどろ》きで赤くなる。

「アガサは思っているの？　わたしが今もまだ悪になることができるって」ソフィはささやくようにいった。「わたしがアガサを傷つけることができるって？」

アガサの両手が震《ふる》えている。「ソフィ、魔女はおとぎ話をめちゃくちゃにする。魔女は自分のほしいエンディングを迎《むか》えるためにうそをつく」

ソフィはテドロスにうったえた。「わたしはテドロスにとっていい友だちだったでしょ？　あんないい友だちが魔女のはずがない！　アガサにそういって！」

「いい友だち？　うそでかためた友だちなんて友だちじゃない」テドロスは亀裂《きれつ》のむこうで怒りをあらわにした。「校長先生は、自分に匹敵《ひってき》する悪者をさがして地の果てまで行った。なぜ校長先生がソフィ、きみを選んだか、今ならわかる。きみは死ぬまでずっと悪なんだ」

「わ、わたしは悪じゃない！　わたしは善になろうとしている！　わからない？　わたしは努力しているのよ！」ソフィは叫んだ。「校長先生はまちがっていた！　わたしを誤解していた！」

アガサの目は語り手が挿絵《さしえ》に描いたおそろしい魔女を見ている。アガサはまた数歩、テドロスのいるほうに後ずさりした。「ソフィ、語り手はうそをつかない……」

「ちがう――アガサ、お願い――」ソフィはいった。「アガサは本当のことを知っているでしょ――」

ソフィはどうしたらいいかわからなくなった。亀裂のむこうのアガサに駆け寄ろうとした――が、首にするどい痛みが走って悲鳴をあげた。さらに手首、肘《ひじ》の下にも痛みが走る。

アガサもテドロスも目を見開いてソフィから後ずさっていく。ソフィの胃が氷みたいに冷たくなった。ソフィはゆっくりと片方の腕をあげた。不気味な黒いいぼがふたつできている。いぼはジュッ、ジュッと音を立ててさらにあちこちにできていく。肌も熱い牛乳の膜《まく》みたいなしわが寄って、茶色いしみだらけになってきた。

「ちがう……わたしじゃない……イヴリン先生が……」ソフィはつかえながらいったけれど、暗がりにいるイヴリン先生の姿は見えない。「イヴリン先生のしわざよ！」

アガサは後ずさってテドロスの横に並んだ。ふたりとも金色に光る人さし指の先をソフィにむけている。ソフィのブロンドの髪がごっそり抜けて、背中が曲がって、脚が棒みたいに細くなった。

アガサは首をふった。怒ればいいのか、悲しめばいいのかわからない。「ソフィだったのね。最初からずっと、ソフィのしわざだったのね」

「ごめんなさい……あやまるわ、全部」ソフィは泣きながら苦痛にもだえている。「でも、わたしは魔女じゃない！」

「ソフィはもうここにいられない」アガサは涙で目がかすんでいる。「あたしもソフィも幸せになるには、離《はな》れて暮らすしかない」

テドロスが驚《おどろ》いてアガサを見た。

「アガサ、そんなのいや！」ソフィは叫んだ。

語り手が突然、さらに赤く燃え出した。〈おしまい〉を予感したのだ。

アガサはためらった。ソフィの歯は黒ずんで溶け、髪はどんどん抜けている。アガサの表情が悲しみにぐらついた――

「アガサ、命あるかぎりふたりで幸せに暮らそう」テドロスはせかした。「今から、すぐに」

アガサは目に涙を浮かべてうなずいた。

「お願いだから、わたしを信じて！」ソフィはすがる――

「ソフィ、それは無理」アガサはテドロスをつかんだ。「もうソフィを信じられない」

「いやよ！」ソフィはアガサに駆け寄ろうとしたけれど、また痛みが走って膝《ひざ》からくずれた。

アガサはテドロスにしがみついた。ソフィの体が縮《ちぢ》みだしたからだ。ソフィは遠吠えのような悲鳴をあげている。いぼだらけの頭皮が光り、顔は意地悪な魔女のおばあさんに――

「アガサ、早く」テドロスがいった。ソフィが亀裂《きれつ》を乗り越えてこちらにはってくる。

「アガサ、わたしはママみたいになりたくない」ソフィはうったえた。「ママみたいに終わりたくないの！」しわだらけの手をたったひとりの友だちにのばす……

アガサは深く、大きな悲しみをこめてソフィと目を合わせた。そして、目をそらした。

ソフィは一瞬ひるんだ。目はテドロスの腕に抱かれたアガサを見ている。「いや……こんなのいや……」ソフィはその先がいえない――

テドロスは青い目でアガサをまっすぐに見て誓《ちか》った。「永遠に」

アガサの頭の中でテドロスとのエンディングを願う自分の声が聞こえた。心臓が打つごとに声は大きくなる。アガサに、その気持ちを信じなさい、と呼びかけている。

今度こそアガサはその声に耳をかたむけた。

プリンスにすべてをゆだねようと思った。

「永遠に」

テドロスがアガサの頬を手ではさんでキスをした。ふたりのくちびるが初めてふれ合う。アガサは頭がぼうっとなった。まばゆいばかりの輝きが血管を駆け抜ける。テドロスのぬくもりを全身で受け止めながら、うしろでソフィの獣《じゅう》のような叫びがどんどん小さくなって、そして静かになるのを聞いていた。アガサはテドロスにぎゅっとしがみついた。心臓が宙に浮いたみたいに軽くなって、時間が広がり、不安が灰になってくずれていく。あたしはとうとうハッピーエンドを迎《むか》えたみたい、とうとうだれもうばうことのできないエンディングを迎えたみたい……。

ふたりのくちびるがようやく離れた。プリンスもプリンセスもおたがいから手を離し、呼吸を整える。ふたりの目が月明かりの下、ページを開いたままのおとぎ話の本を見た。物語をしめくくるキスの場面がページいっぱいに描かれている。ふたりの物語から魔女は消えた……ページの下に最後の文字が記されていく……

〈お〉〈し〉〈ま〉

イヴリン先生がとがったペン先の下に指先をさしこんだ。糸車の針が刺さったかのように、指先から血がしたたり落ちる――

「い」は書かれないままだ。

アガサの目がゆっくりと下にさがって、足下を見る。

髪の毛が一本もない、しわだらけの魔女があぜんとした表情でアガサとテドロスを見あげていた。みにくい顔は涙でぐしょぐしょだ。ところが、魔女に変身したときと同じくらいあっというまに、ソフィはまた元の美しい、若々しい姿にもどった。魔女は消えて、代わりに裏切られて、打ちひしがれた女子がいた。

アガサは心臓が飛び出しそうなくらい驚《おどろ》いた。別れを告げたはずの親友が……まだここにいる。今、恋人たちがキスするのを見せられた後、だれにも愛されず、ひとりきりで家に送り返されるはずだったのに、そうならなかった。

けれどソフィの目は何もうったえていなければ、許しを求めてもいない。ぽかんと遠いところを見ているだけだ。目の前にいるこの黒髪のプリンセスはだれだっけ、といいたげだ。

いやな予感がして、アガサはイヴリン先生のほうを見た。

「魔女の前兆を生じさせ、それをなんの罪もないかわいそうな女子のせいにする。そんなことは学部長には不似合いな行為だと思う人もいるかもしれないけれど、わたしはいいエンディングが心から好きなの」イヴリン先生はにたにた笑っている。蝶の群れが暴れつづける語り手をイヴリン先生の手から抜きとり、宙で拘束した。イヴリン先生は動けないペンをにらみながら、指先についた血をなめた。「エンディングには少しやっかいなところがあるのよ。物語は、語り手が〈おしまい〉と書くまで完結しない。そして見てのとおり、あなたの物語には今現在、一文字足りない。つまり、わたしたちは結局のところ、まだ〈おしまい〉に達していないということ」イヴリン先生はアガサにほほ笑んだ。「親愛なるプリンセス、あなたはもうあなたのハッピーエンドを迎《むか》えたのだから、ソフィにも公平なチャンスがあっていいと思わない？　だって、これはソフィの物語でもあるのだから」

ソフィはエメラルドのように大きな目で、イヴリン先生を見あげた。

「そのペンをよこせ」テドロスが剣を抜いて――

イヴリン先生が人さし指の先をテドロスにむけた。魔法をかけられたヤナギの木が枝をのばしてテドロスをつかまえ、幹にしばりつけた。

テドロスは怒り、もがいている。「いったい何をするつもり――」枝がテドロスの口をふさいだ。

「いいこと、アガサ、わたしの蝶の群れがあなたたちふたりを学校に連れもどしたのは、ふたりの物語のエンディングにふさわしい願いが、わたしの耳に届いたからよ。でも、それはあなたの願いではなかった」イヴリン先生はアガサのまわりを歩いている。「ソフィの願いだった」

「え、ど、どういうこと？」ソフィはあわてた。

「そう、あなたも願ったじゃない」イヴリン先生はいった。「忘れた？」

蝶が一匹、イヴリン先生のドレスからひらひら飛び出した。ネオンライトみたいに羽を点滅《てんめつ》させながら、ソフィの声を正確に再生する。

「もう一度ママに会いたい。会えるならなんでもする。なんでも」

アガサは思い出した……墓地の近くで聞いた……ふたりで抱き合って……

「マ、ママのこと?」ソフィは突然、表情が明るくなった。と思ったら、すぐにくもった。「でも、ママは亡くなった……生き返るはずが……」

「でも、ソフィ、あなたは自分の物語の中にいるのよ」イヴリン先生がいった。「願いには絶対の力がある。そのためになんでもする気があるなら」

アガサの心臓が止まった。黒い目を大きく開けてイヴリン先生を見つめる。

〈その悪者は最初からずっと隠《かく》れていました〉

しかしそれはソフィではなかった。イヴリン先生でもなかった。それは――

「だめ!」アガサはソフィに駆け寄ろうとした。「ソフィ、だめだよ! イヴリン先生はソフィを利用しようとして――」

ヤナギの枝がのびてアガサをつかまえた。テドロスと同じ幹にしばりつけて、枝をかませてしゃべれなくする。

ソフィはわめくばかりのアガサを無視した。目をあげてまたイヴリン先生を見る。「わたしは何をすればいいんですか?」

イヴリン先生はソフィに顔を近づけ、とがった爪の先でソフィの顔をなでた。「自分の願ったとおりのことをするだけ。ママにまた会うために、どんな代価でも喜んで払うんでしょう?」

アガサは叫んだけれど、言葉にはならない――

「代価って?」ソフィは首をかしげた。

「アガサはプリンスとキスをした。アガサはあなたを永遠に追い払おうとして、そして、あなたにキスの場面を見せた」おどすようないい方だ。「あなたにはもうだれもいない。プリンスも、友だちも、父親も、あなたの帰りを待っている人も、信じられる人も、だれもいない」

ソフィは悲しげな顔でイヴリン先生の目を見つめた。

「あなたを愛しているたったひとりの人に会えるなら、どんな代価も支払う価値があると思わない？」イヴリン先生はなぐさめるようにいった。

ソフィは動かない。うしろでわめくだけのアガサの声に耳をかたむけている。

「本当にまたママに会えるんですか？」ソフィは聞いた。

「あなたの願いはあなたの物語を終わらせることができる。アガサの願いと同じように」イヴリン先生がこたえる。「あとは心から願うだけ」

アガサはヤナギの木から自由になろうともがいた。腕に枝が食いこんで、あちこちに切り傷ができていく――

「わかりました」ソフィがごくりとつばを飲み、うなずく。

イヴリン先生は歯を見せてにやっと笑った。そしてソフィの胸元に手を近づけ、魔法でソフィの心臓から青く細長い光を引っぱり出した。その光が夜空を照らす。と同時に、イヴリン先生のドレスの蝶の柄の色が赤に変わって……

アガサはやめさせようと叫んだけれど、ソフィの目は青い光に釘づけだ。光は渦を巻いて球になり、催眠術《さいみんじゅつ》をかけようとするように宙に浮いている。

「では目を閉じて、願いを声に出していいなさい」イヴリン先生がやさしく指示する。

ソフィは目を閉じた。「なんでもするからママに会わせてください」か細い声でいう。アガサの叫ぶ声は聞こえないふりだ。

「もっと心から」イヴリン先生がかみつくようにいう。「願いは心から願わなければだめ」

ソフィは歯を食いしばった。「なんでもするから、ママに会わせてください」

沈黙が流れた。アガサまでが静かになったからだ。

ソフィがこわごわ目を開けると、球が不気味な青い光を放ちながら回転をはじめていた。球は少しずつ、粘土《ねんど》や彫刻《ちょうこく》の像みたいに形を作っていく。ソフィは思わずうしろによろめいた。幽霊が見えてきたからだ。ほっそりしたふたつの素足が紺《こん》色の草地の少し上に浮かんでいる。ソフィはゆっくり目をあげた。風でふくらんだ青いローブ、肘《ひじ》を軽く曲げた青白くて棒のように細い腕、スワンのように白くて長い首……そして、ソフィそっくりの顔。永遠に若いバニラ色の肌に、小さくて丸い鼻、すずしげな緑の目。幽霊はソフィに愛情たっぷりにほほ笑んだ。ソフィはがくりと両《りょう》膝《ひざ》をついた。

「ママ?」ソフィはささやきかけた。「本当にママなの?」

「ソフィ、ママにキスして」母親がいった。声は遠く、くぐもっている。「キスして、そしてよみがえらせてちょうだい。ママが望むのはそれだけよ」

「よ、よみがえらせる?」ソフィは言葉につかえた。

うしろでアガサが長い悲鳴をあげた。その声がとぎれて――

「その昔、ソフィは友だちのキスでよみがえった。愛のキスで」母親がいった。「でも、そのエンディングはつづかなかった、そうでしょ? 今度はソフィが自分の本当の最愛の人を見つける番よ」

「でも、だれもわたしを愛してくれない」ソフィはつぶやくようにいった。「アガサでさえ」

「ソフィ、ママはあなたを愛している。でも、ソフィはママみたいに終わらなくていいの」母親はソフィをなぐさめた。「だって、アガサよりももっとソフィを愛している人がいるんだから。本当のソフィを知ったうえで愛している人がいるんだから」

アガサは口にかまされた枝をかみ切ろうと、ひっしだ――

「ママがそうなの？　ママがその人なの？」ソフィは目を見開いて母親にたずねた。

母親がほほ笑む。「ママを信じて、それだけでいいの」

「信じる」ソフィの目から涙がこぼれる。「本当のわたしを知っているのはママだけ」

「じゃあママにキスをして、そしてくちびるを離《はな》さないで」母親はソフィに注意した。「勝手にキスをやめたら、ソフィは愛を手にする最後のチャンスをなくしてしまうから」

アガサは枝をぎりぎりかんで、かみ切ろうと――

ソフィは心臓をどきどきさせて母親の幽霊に近づいた。

アガサの口の中で枝がぽきっと折れた――

「ソフィ、ママにキスして」母親がいった。「手遅れになる前に」

アガサは枝を吐き捨てた。**「ソフィ、だめ！」**大声で叫ぶ――

しかし、薄れゆく月明かりの下、ソフィは母親のくちびるに自分のくちびるを押しあてていた。

ソフィの顔はおだやかで、自信に満ちて輝いている。これで幸せがやって来る……この、初めての心からのキスが、わたしにふさわしいエンディングを迎《むか》えさせてくれる……

その瞬間、合わせたくちびるが冷たく、かたくなった。母親の幽霊の顔がいっぺんに千年分老けたかのようにしぼみ、腐《くさ》り出した。うじがわいて肌がはがれ落ち、あばただらけの頭の骨だけが残る。ソフィはぎょっとしてくちびるを離《はな》したくなったけれど、母親の注意は覚えている。くちびるに氷のような冷たさを感じながら祈りつづけた。わたしをけっして置き去りにしない愛をください、プリンスや友だちの愛より深い愛をください。母親の肌がゆっくりと、白い大理石みたいにかたくなってきた。目の前にある顔が幽霊の顔ではなくなり、つやのある若々しい顔になっていく……だれかわかった。ソフィは思わずうしろによろけた。キスの相手は生きている男子だ。

象牙色の二本の素足が紺《こん》色の草地を踏んだ。校長が顔をあげた。裾《すそ》の長い青いローブを着て、仮面はつけていない。彫刻《ちょうこく》のような若者の顔には傷もしみもなく、不気味なほど青白い。くしゃくしゃの髪は真っ白だ。

アガサもテドロスも息をつめ、幹に背中をつけて身をすくませた。おたがいにしばられたまま相手の手をさがす。

ソフィは校長を見あげた。復活した校長はソフィが知っているどの男子よりハンサムだ。「校長先生が……今回のことは全部、校長先生が……」

「ソフィのためだ」校長はそうささやくと、氷のように冷たく長い指でソフィの頰にふれた。「ソフィ、前にいったとおり、きみはわたしのものだ」

「ソフィにはそんな人いらない！」アガサは木にしばられたまま叫んだ。「ソフィ、校長先生は悪なの！　悪そのものなの！　願いはまだとり消せる！　まだ〈おしまい〉じゃない！」

ソフィは涙をこぼしながら、ようやくアガサを見た。アガサのおびえた目には最悪の悪者の姿が映っている。ソフィはアガサの目を見て、突然、現実に引きもどされた。そして、悲しい思いで首をふった。アガサのいうとおり……きっぱりいわなくちゃ、この悪者とはなんの関係もありませんって。全部とり消さなくちゃ……

けれどソフィはそこで、親友の小さな手がプリンスの強く、温かい手に握られているのに気づいた。

そう、アガサはもういない。

校長のかたく、冷たい手に引き寄せられても、ソフィはあらがわなかった。

アガサはショックで青ざめた。

「わたしは？」声がした。

校長がふり返ってイヴリン先生を見た。イヴリン先生は顔を赤らめ、期待をこめて相手を見つめている。「最愛の方を連れもどしました」得意げにいう。「校長先生の希望をかなえてさしあげました」

「まさに。たしかにきみの兄が予見したとおり、彼の妹がそれを実現するために働いてくれた」校長はにやりと笑って、薄い青色の目でイヴリン先生の目を見た。「わたしは最愛の人をこの手に呼びもどすことができた」

イヴリン先生は誇らしげにほほ笑み返した。しかし、すぐに表情が変わりはじめた……校長の目が赤く燃えて、その視線がイヴリン先生の目に深く刺さってきたからだ。イヴリン先生は息ができず、心臓が止まってしまったかのように胸元をつかんでいる。

「今、希望がかなった」校長がソフィを強くつかんだ。

イヴリン先生は地面にくずれて粉々になった。後に残ったのは赤い千匹の蝶の死骸《しがい》だけだ。語り手をつかまえていた蝶の群れもひからびて地面に落ち、語り手は待ちかまえていた校長の両手におさまった。

校長が幹に並んでしばりつけられたままのアガサとテドロスを見た。

「さて、話はどこまで進んでいたかな？」

校長は語り手から手を離《はな》すと、その動きを目で追った。語り手は宙返りして、宙に浮いているおとぎ話の本のところまで行くと、アガサとテドロスのキスの挿絵《さしえ》の下に途中まで書かれていた文字を消した。そして、またすぐ新しいページを開いて、ソフィと校長がキスしている場面をいっきに、色鮮やかに描くと、その下にさっき消したばかりの太字の文字を記した……

〈おしまい――〉

「ソフィ、だめ！」アガサはけんめいに叫んだ――

語り手が最後の一字を書き記すと、本が閉じて、ふわりと、ほとんど音もなく草地に落ちた。

アガサはゆっくり顔をあげて校長を見た。校長はソフィの腰に手をまわしてアガサをにらむように見ている。

「一……」校長がほほ笑む。

青の森の上にそびえるふたつの学校が突然腐って、どす黒く染まった。どちらがどちらか見分けがつかない。どちらも昔の悪の学校より暗く、不気味だ――

「二……」

アイダ橋がたちまちつながって、男子と女子が武器を手におたがいめがけて突進する。激突――

校長がアガサを見て、にやっと笑った。「三」

とたんにアガサの体が揺れて消えはじめた。

「待て！」テドロスが枝をかまされた口で叫ぶ――

「家に送り返そうとしてる！」アガサはテドロスにむかって叫んだ。アガサの体が色あせていく。

「ソフィのキスが！　あたしを家に――」くるっとソフィをふり返る。街の時計塔の鐘の音が聞こえてきた……どんどん近くなる……「ソフィ、助けて、あたしをここにいさせて！　あたしの手を握って、ここにいさせて！」

しかしソフィは校長のそばを離《はな》れない。目が悲しげにうるんでいる。

「アガサ、校長先生はわたしを選んだ」ソフィが静かにいう。「アガサはちがう」

アガサは恐怖にかられて叫んだ。体がもう透《す》きとおって……

「そういえば、ソフィの大切な友人にひとつ借りがあったな」校長は笑顔でソフィの腰から手をはずした。「アガサには一年前、わたしの最愛の人を横どりされた」

校長は地面につき刺さっていたテドロスの剣を引き抜いた。テドロスは目を見開いて、しばられたままもがいた。

アガサは息を飲んだ――

「さて」校長はエクスカリバーを見つめ、うなずいている。「自分の父親の剣で命をうばわれる気持ちはどうだ？」剣をテドロスの頭上にふりあげ、赤い目を見開いてふりおろす。

「やめて！」アガサは叫んだ。体が光って、ばらばらに――

剣がテドロスのシャツの胸元を切り裂《さ》く寸前《すんぜん》、アガサはテドロスの手をつかんだ。剣が空《くう》を切る。

テドロスはゆらめきながら無傷でアガサに抱きしめられていた。

あぜんとした表情のプリンスとふたりで消えながら、アガサは見ていた。校長がアガサにむかって薄笑いを浮かべ、冷たい、石のような手でソフィを抱えている。校長とソフィがともに地面から浮き、空を飛んで校長の塔に帰っていく。最後にもう一度ソフィとアガサの目が合ったけれど、どちらも声に出して相手を呼ぶことはなかった。

かつて心から愛し合ったふたりが、今は他人同士のように引き離《はな》された。どちらも男の腕に抱かれている。善は善に、悪は悪に……

どちらの願いもかなった。

訳者あとがき

前巻で、ソフィとアガサは「校長」によってガヴァルドン村から「善と悪の学校」に連れ去られ、約九か月後に数々の困難を乗り越えていっしょに帰ってきた。ガヴァルドン村では二百年前から四年に一度、子ども二名が連れ去られつづけ、その全員が行方不明のままだった。初めて無事に帰ってきたソフィとアガサは、最初のうちは村じゅうの人々から英雄扱いされ、もてはやされていたけれど、それから九か月もたった今ではふたりを特別扱いする人はだれもいない。ソフィもアガサも善と悪の学校であったことはすべて過去のことにして、平凡なガヴァルドン村での生活にもどるつもりだった。

ところが、正体不明の敵から「ソフィを引き渡せ。さもなくば、ガヴァルドン村はおしまいだ」という内容のおどしを受け、ソフィとアガサは村から逃げ出すしかなくなった。ふたりが謎の青い蝶に導かれて「花園トレイン」経由で善と悪の学校にもどると……「アイダ湾」の両岸にそびえる両校は、ふたりの覚えている学校ではなかった。どちらも外から見た塔の様子や内装だけでなく、それぞれの塔で暮らす生徒や授業内容も、何から何まですっかり変わっていた。

くわしいことは読んでからのお楽しみとして、この第二巻にも第一巻に出てきたおなじみの、個性的な先生や生徒が次から次へと登場する。
学校の変わりように驚《おどろ》くふたりを迎えたのは、ダヴィー先生とレッソ先生だ。ふたりはソフィとアガサに、学校が変わってしまったいきさつを説明し、こう告げた。いったんはハッピーエンドを迎えたはずの「ソフィとアガサの物語」から「おしまい」が消され、閉じられたはずの物語がまた開いてしまった。ふたりがガヴァルドン村に帰るためには、「語り手のペン」が新たに「おしまい」と書かなくてはならない。しかし、語り手のペンは現在、拘束され、動きを封じられてしまっている、と。

ソフィとアガサは協力し合い、元ルームメイトたちの力も借りて解決策を見出そうとするけれど、そうかんたんにはいかない。というのも、アガサはかつて恋をした学校一ハンサムなプリンス、テドロスと再会して、テドロスとのハッピーエンドをあきらめきれていない自分に気づいてしまったからだ。一方、ソフィはアガサがテドロスとよりをもどすのをなんとか阻止《そし》しようとする。ふたりの関係はふたつの学校の隠された過去によって、さらに複雑になっていく。

それにしても、このシリーズを読んでいると、善と悪、男子と女子、「よい子」と「悪い子」、「かわいい」と「ぶさいく」など、相対する要素について、何を基準に分けるのか、どこで区別するのか、そもそも分ける必要があるのかなど、いろいろ考えさせられてしまう。ソフィとアガサもそのはざまで悩み、揺れ動きながら、真剣に自分の気持ちを見つめようとする。

おとぎ話の世界の扉をふたたび開けてしまったソフィとアガサがそれぞれ心から何を願い、どのような結末を迎えるのか。物語は新たな学校を舞台にめまぐるしく展開していく。

最後になりましたが、いくつもの質問にていねいにこたえてくださった作者のソマン・チャイナニさん、つきあわせをしてくださった石田文子さん、編集者の中野幸さんに心からお礼を申し上げます。

二〇二四年九月二十四日

金原瑞人・小林みき

ソマン・チャイナニ（SOMAN CHAINANI）

アメリカの作家、脚本家。ハーバード大学で英米文学を、コロンビア大学大学院で映画製作を学ぶ。2013年に発表した小説家としてのデビュー作「The School for Good and Evil」がベストセラーとなり、以降人気シリーズとして全６巻、前日譚を２巻まで刊行。全世界で累計400万部を突破している。2022年にNetflixで映画化された際は、80カ国以上で初登場１位を獲得。脚本家としても名を連ねた。

金原瑞人（かねはら みずひと）

1954年、岡山市生まれ。法政大学教授、翻訳家。訳書は児童書、ヤングアダルト小説、一般書、ノンフィクションなど、600点以上。主な訳書に「パーシー・ジャクソンとオリンポスの神々」シリーズ（ほるぷ出版、共訳)、「ネズミの冒険」シリーズ（ブロンズ新社)、『青空のむこう』（求龍堂)、『世界でいちばん幸せな男』（河出書房新社)、『彼女の思い出／逆さまの森』（新潮社）など多数。著書に『ジョン万次郎』『雨月物語』（岩崎書店）などがある。

小林みき（こばやし みき）

1968年生まれ。英米文学翻訳家。東京女子大学卒業。慶應義塾大学大学院卒業。教職を経てシモンズ大学大学院（米国マサチューセッツ州）で修士号取得。主な訳書に「パーシー・ジャクソンとオリンポスの神々」シリーズ（ほるぷ出版、共訳)、『若草物語』『ドリトル先生』（ポプラ社）などがある。

スクール・フォー・グッド・アンド・イービル 2
プリンスのいない世界

2024年12月7日　第１刷発行

著　者
ソマン・チャイナニ
（SOMAN CHAINANI）

訳　者
金原瑞人・小林みき

発行者
徳留慶太郎

発行所
株式会社すばる舎
〒170-0013
東京都豊島区東池袋3-9-7 東池袋織本ビル
TEL 03-3981-8651（代表）
03-3981-0767（営業部直通）
FAX 03-3981-8638
https://www.subarusya.jp/

印　刷
株式会社光邦

ISBN978-4-7991-1277-9